A OGNI SVOLTA

UN ROMANZO DELLA SERIE "MANIPOLARE IL SISTEMA"

Brenna Aubrey

Traduzione: Mirella Banfi

SILVER GRIFFON ASSOCIATES
ORANGE, CA, USA

ISBN 978-1-940951-53-9
Silver Griffon Associates
P.O. Box 7383
Orange, CA, USA 92863
www.BrennaAubrey.it

Per mia madre

RICONOSCIMENTI

Sono molto grata a una moltitudine di persone che hanno preso parte alla produzione di questo libro: a Kate McKinley, Sabrina Darby, Courtney Milan, Leigh Lavalle, Minx Malone, Marquita Valentine, Anne Nicole Ureta, Kat Sommers, Tessa Dare, Sarah Lindsey e Carey Baldwin. Un grazie anche alle "professioniste": Eliza Dee, Martha Trachtenberg, e Sarah Hansen.

Grazie anche ad alcuni favolosi autori per il loro incoraggiamento: H.M. Ward, Hugh Howey, Liliana Hart, Debvra Holland e altre voci Indie. Un enorme grazie anche a tutti i lettori e i blogger che hanno amato, letto e lasciato una recensione sul primo volume della serie. Apprezzo veramente ciascuno di voi.

Un ringraziamento di cuore alla mia famiglia. Grazie mamma, per il tuo sostengo costante e caloroso. Grazie anche a mio marito. Mi piace essere la tua socia in affari, esattamente come mi piace essere la tua socia in tutto il resto. E un grazie speciale ai miei due piccolini. Vi vorrò sempre bene xoxo.

La prima missione

Emerge dalla città dov'è nata. È una giovane elfa, cresciuta ed educata dai migliori. Con la porta est della città alle spalle, Findelglora si guarda intorno, gli occhi sgranati per la meraviglia, ansiosa di affrontare il mondo ed esplorarne i molti misteri.

Ma ogni eroe ha bisogno di una missione per cominciare.

Mentre riflette su quale potrebbe essere questa prima missione, il suo sguardo cade su un uomo anziano che sembra profondamente abbattuto, con le spalle curve per la tristezza. Porta l'uniforme della Vecchia Guardia degli elfi: una giacca in stile militare, ornata di scintillanti medaglie di servizio e un kilt. Quando incrocia lo sguardo di Findelglora, si raddrizza e le rivolge un saluto non molto entusiasta.

«Buongiorno, fanciulla. Mi sembri piena di vita e di speranza, pronta ad affrontare questo mondo difficile e miserabile. Ti auguro buona fortuna. Sarai una piccola scintilla di luce in un ambiente oscuro.»

Findelglora s'inchina davanti a quest'uomo venerabile. Sa che un giorno era il capitano della guardia della città. Il generale SylvanWood ha passato la vita al servizio del re e del suo paese. Sfortunatamente, oramai passa i suoi giorni accanto alla porta più lontana dalla città, solo un'ombra vuota e tormentata dell'uomo che era una volta, uno dei più grandi eroi della città.

«Messere, ho fretta di avventurarmi nel mondo e seguire il vostro eccellente esempio. Avete una missione per me?» gli chiede.

SylvanWood si passa una mano tremante sul viso.

«Se solo avessi potuto salvarla. Se solo avessimo potuto passare insieme la nostra vita.»

Findelglora non capisce.

«Di chi state parlando, messere? Come posso aiutarvi?»

SylvanWood scuote la testa.

«Nessuno ci è riuscito e lei è perduta per sempre. Ogni giorno, in ricordo di lei, metto dei narcisi gialli accanto a questa porta: è l'ultimo luogo in cui l'ho vista quando mi ha dato un bacio d'addio. Ma oggi, non mi sento molto bene e non so se riuscirò ad arrivare fino al prato per raccogliere i fiori.»

Il cuore di Findelglora soffre sentendo la triste storia di SylvanWood. Scuote la testa chiedendosi quale missione eroica potrebbe aiutarlo.

Vincere un drago? Sottomettere un cattivo stregone? Il suo sguardo s'illumina mentre si rivolge a lui.

«Allora, lasciate che colga io i fiori per voi, perché possiate onorare anche oggi il vostro amore.»

SylvanWood sembra scettico.

«Sei giovane e ci sono nemici, perfino nei prati all'esterno di queste mura.»

Findelglora rimane eretta e gonfia il petto, brandendo la spada arrugginita che si era procurata prima di arrivare alla porta della città.

«Sono pronta, messere. Oggi, come tutti gli altri giorni, onorerete il vostro amore con un mazzo di narcisi gialli!»

* *Findelglora ha ricevuto la missione: cogliere dieci narcisi gialli e portarli a SylvanWood.*

* *Ricompensa promessa per il compimento di questa missione: il primo pezzo di armatura che porterà per il resto delle sue avventure nel vasto mondo.*

Capitolo Uno

Cinque settimane di tortura. Tre chilometri alla fine. Quasi caddi in ginocchio rendendomene conto, o forse era perché non mangiavo da due giorni. Quello, e il fatto che avevo percorso le ultime cinquecento miglia attraversando le montagne più alte della California e i piedi mi stavano uccidendo.

Era il tardo pomeriggio, si avvicinava l'ora di cena. Cena. Sembrava una cosa meravigliosa. L'ultima cosa che avevo mangiato era una barretta al cioccolato che avevo scroccato a un altro escursionista il giorno prima. L'avevo tenuta da conto, dando un morsetto per volta fino all'ultimo pezzetto e l'avevo finita quella mattina a colazione. La cena sarebbe stata perfetta. E dormire in un bel letto morbido.

Per le ultime cinque settimane, avevo dormito per terra o nella mia tenda-amaca, tutte le volte che trovavo un posto per appenderla. Ma quel calvario era quasi finito, grazie al cielo.

Per la millesima volta mi maledissi da solo per essere stato testardo e aver voluto portare fino in fondo quel folle piano. Non mi ero permesso di rinunciare all'idea di un'escursione sulla lunga distanza, una volta deciso. Sospirando, misi nuovamente in dubbio il mio buonsenso. Perché avevo lasciato il mondo civilizzato? Perché mi ero lasciato indietro *lei*?

Emilia ed io avevamo passato solo un mese e mezzo insieme, come coppia. Una settimana al ranch di sua madre quando avevamo finalmente deciso di cominciare una relazione seria, e poi a casa mia per altre cinque settimane, a programmare questo folle viaggio, la mia versione della visita di Superman alla Fortezza della solitudine.

E lei mi aveva sostenuto in tutto, pensava che fosse una buona idea che mi allontanassi, rompendo con il lavoro, *la mia amante*, come lo chiamava lei. Ma certo non ero stato pronto a prendere una pausa da Emilia.

Ero quasi arrivato. *Quasi arrivato.* Quelle due parole erano diventate il mio mantra per gli ultimi cento chilometri di quella pista estenuante. Le Happy Isles nella Yosemite Valley, capolinea nord della famosa (e tormentosa, nel mio caso) pista John Muir, erano a soli tre chilometri. Il panorama era stato bello per le prime centinaia di chilometri ma ora non ne potevo più del paesaggio dell'alta Sierra. Non avrei avuto rimpianti, anche se non avessi più visto una pineta in vita mia.

Il fiume Merced scrosciava più avanti. Avrei voluto buttare subito a terra lo zaino, tanto ero stufo del peso di quella dannata cosa. Ma cercai di non pensarci. Tenni gli occhi inchiodati sui segnali che indicavano il capolinea della pista, avanzando un doloroso passo alla volta.

Sapevo che Emilia sarebbe stata lì ad aspettarmi al capolinea, e quello mi fece accelerare. Non vedevo l'ora di rivederla, prenderla tra le braccia… Dio come mi era mancata.

Più avanti, sentii la presenza di un escursionista diretto a sud, quindi mi tirai verso il lato destro della pista. Non alzai nemmeno lo sguardo. Ero ben diverso dal tipo socievole, energico che era partito un mese prima. Quell'idiota era rimasto da qualche parte sull'estenuante percorso tra il monte Whitney e il Silver Pass.

L'escursionista che si stava avvicinando era una donna. Lo capivo dal suono dei suoi passi. Si spostò sulla pista, per dirigersi diritta verso di me. Tornai al centro della pista e lei si spostò di nuovo, tanto che quasi ci scontrammo prima che mi fermassi. Alzai gli occhi, pronto a lanciare una furiosa sfilza di epiteti, quando vidi la sua bella faccia sorridente.

Era stupenda. Lunghi capelli castano scuro con riflessi ramati e grandi occhi castano ambrato, dell'esatto colore dei suoi capelli. Era alta per una donna e aveva lunghe gambe tornite sotto i calzoncini che portava. E non la vedevo da cinque settimane. *Emilia.*

Emisi un sospiro di sollievo e lasciai cadere lo zaino con un tonfo.

«Adam?» disse lei con la voce ridente. «Sei tu?»

La presi tra le braccia. «Accidenti, sei una gioia per questi occhi stanchi» borbottai, affondando la faccia nel suo collo profumato. Ero sicuro di non essere altrettanto profumato, ma lei mi restituì l'abbraccio. Ignorai il dolore persistente nei miei muscoli e la strinsi più forte.

Il suo corpo era morbido, cedevole contro il mio e prenderla tra le braccia era come essere a casa. I suoi capelli erano come seta contro il mio volto peloso. E quel profumo di pesche e vaniglia… avrei potuto ubriacarmi solo con quello. Premetti di nuovo il volto contro il suo collo.

Emilia si tirò indietro ridendo. «Sembri un montanaro!»

Immaginai che volesse dire che non voleva un bacio, con la barba e i capelli di trentacinque giorni. Beh, peggio per lei, l'avrei baciata comunque.

Mi voltai e premetti la bocca sulla sua e lei mi rese il bacio prima di staccarsi con una risata. «I tuoi baci adesso fanno il solletico.»

Sorrisi. «Vieni qui e lascia che ti faccia ancora un po' di solletico.» Riuscii a piantarle in faccia qualche altro bacio prima che si staccasse di nuovo.

«Com'è stata l'escursione?»

Sospirai. «Lunga.»

Emilia sorrise. «Tutto qui? Nessuna rivelazione profonda sul senso della vita?»

«Ho deciso che gli zaini sono il male assoluto.»

Si abbassò a prendere il mio zaino, sollevandolo sopra una spalla. «Quest'affare è piuttosto pesante.»

Allungai la mano per prenderlo, ma lei mi fermò. «L'hai portato per ottocento chilometri, penso di poterlo portare io per tre.»

La guardai con la faccia seria, pronto a discutere, quando lei alzò le sopracciglia. «Smettila di essere testardo. Viviamo in un mondo moderno. Posso portare il tuo zaino. Potrai ricambiare portando i miei libri di scuola. Andiamo. Sembri esausto.»

Mantenni la mia finta faccia scura, ammirando la testardaggine che me la faceva amare tanto. Quella forza. Quell'indipendenza che era così caratteristica di Emilia. Le aveva fatto superare un sacco di difficoltà nella sua vita e l'aveva resa la donna meravigliosa che era. A volte m'irritava, ma era ciò che la rendeva *lei*.

«Più affamato che esausto.» Si voltò e mi misi al passo con lei mentre continuavamo verso il capolinea della pista insieme, spalla a spalla.

Sul suo bel volto apparve la preoccupazione. «Com'è successo? Abbiamo calcolato male i depositi di cibo?»

C'erano stazioni lungo tutta la pista dove si potevano spedire i rifornimenti. Avevamo calcolato la quantità di cui avrei avuto bisogno e dove spedirli prima ancora che cominciassi quella follia.

Esitai, chiedendomi se dovessi dirle la verità sul motivo per cui avevo finito il cibo, rischiando di sembrare un idiota. Forse c'era un'altra scusa che potevo prendere. Le mie guance pelose bruciarono per l'imbarazzo. Oh, che diavolo!

«Due sere fa, ho lasciato il contenitore anti-orso troppo vicino al versante di una collina. Quando mi sono svegliato la mattina dopo, era sparito in fondo a un profondo burrone.» Date le norme molto stringenti che imponevano di evitare che gli orsi potessero attingere alle riserve di cibo degli escursionisti, tutti dovevano portare le loro derrate alimentari in contenitori a prova di orso. C'erano norme precise che imponevano di non appendere il cibo agli alberi. Non dovevamo lasciarlo troppo vicino a dove dormivamo, per evitare di attirare gli orsi nelle tende. Ma qualche orso avventuroso si era avvicinato di notte e aveva fatto rotolare il mio cibo nel burrone.

Sapevo benissimo che non avrei dovuto fare una cosa così stupida ma, in mia difesa, ero stato così stanco da non riuscire a pensare. Risultato, uno a zero per la natura.

«La mamma e Peter ci aspettano al capolinea per darci un passaggio.» Sorrise. «Andiamo a trovarti qualcosa da mangiare. Un bell'hot dog gustoso? Sei solo a pochi chilometri dal piccolo ristorante dello Yosemite Village.»

Quasi sbavai alla menzione di un hot dog. Le lanciai un'occhiataccia e lei si mise a ridere. «O forse preferisci un grosso hamburger succoso, o...» Le passai la mano intorno alla vita e strofinai la barba contro il suo collo. Lei si dimenò, lasciando cadere lo zaino.

La tirai verso di me per un altro lungo bacio. Le sue labbra erano morbide e aperte per me e, anche con quella folta barba, ovunque la nostra pelle si toccasse scoccavano scintille. La mia lingua uscì per assaggiarla e lei sospirò, con le mani che salivano intorno al mio collo. Così vicino alla fine della pista il sentiero era pieno di escursionisti, quelli che la percorrevano solo per un'ora o due, non gli idioti zelanti come me. Le teste si voltarono, ma non m'importava chi ci vedesse. La strinsi a me, rifiutandomi di lasciarla andare, come se potesse sparire come un miraggio.

Dopo essermi saziato, avrei dovuto nutrire una fame di diverso genere. Emilia si tirò indietro, senza fiato, con la faccia rossa. «Dovrai liberarti di quella barba se vuoi avere una chance.»

Sorrisi sotto la barba. Non sembrava poi così sicura. Mi chinai ad afferrare lo zaino prima che potesse prenderlo lei di nuovo e lei sbuffò, poi borbottò che ero testardo come un mulo.

«Dai, vieni, c'è un hamburger, o magari tre, con il mio nome scritto sopra» le dissi.

***

Accidenti, quell'hamburger era una magnificenza, la cosa più deliziosa che mi fossi mai ficcato in bocca.

Non riuscivo a smettere di grugnire e gemere, il che fece sì che Emilia e sua madre mi guardassero con un'espressione preoccupata. Emilia aveva viaggiato per oltre seicento chilometri dal sud della California con sua madre e mio zio Peter per venirmi a prendere alla fine della mia escursione da incubo. Anche se era bello vederli, avrei preferito avere Emilia tutta per me, una volta occupatomi dei bisogni essenziali, come mangiare e farmi un bagno. E dormire in un vero letto.

«Sta mangiando come un cavernicolo» sussurrò Emilia a sua madre. «Gli uomini di solito regrediscono quando vivono nelle lande selvagge?» I suoi occhi castano-dorato brillavano divertiti. Giusto per provocarla, grugnii ancora più forte, infilandomi in bocca l'ultimo terzo dell'hamburger tutto in una volta.

Kim sorrise. «Non preoccuparti. Non credo che sia permanente. Una volta tornato nella sua tana, ingurgiterà birra e si metterà immediatamente a guardare Darth Vader in Star Trek.»

Emilia ed io ci voltammo contemporaneamente a guardarla, inorriditi per il suo clamoroso errore, l'incubo di ogni nerd. Kim alzò le mani in segno di resa. «Scherzavo!»

Peter ridacchiò e scosse la testa mentre io cominciavo a ingurgitare le patatine fritte più in fretta che potevo. Mi guardò un po' cauto. «Vuoi che ti ordini un altro hamburger? Devi essere mezzo morto di fame da quando Yogi ti ha rubato il cesto del picnic.» Guardò il mio piatto. «Il prossimo lo offro io. Mi sembri un po' denutrito. Cominci a ricordarmi i tuoi giorni alle superiori.»

Lo guardai storto. *Quello* era un colpo basso. Alle superiori non pesavo più di 45 chili. Peter si alzò e andò a passare l'ordine.

Emilia prese il suo cellulare e guardò l'ora. «Voglio chiedere al portiere dell'albergo se può prenderti un appuntamento con il barbiere.»

La guardai fintamente offeso. «Come… non ti piace il mio nuovo look?»

Mia sorrise. «Ah, è così che lo chiami? Hai le briciole nella barba, Adam il Grizzly.»

Mi ficcai in bocca un'altra manciata di patatine e grugnii. «Dannazione, sono così buone!»

Mia arricciò il naso. «Sei disgustoso.»

«*Bo Shuda*» chiocciai con la bocca piena di cibo mezzo masticato, nella mia miglior imitazione di Jabba the Hut.

Mia alzò gli occhi al cielo. «Ihh, *adesso* ho proprio voglia di baciarti…»

Guardai le sue labbra invitanti. L'avrei baciata un attimo dopo essermi lavato i denti. E dopo il prossimo hamburger… o forse due. Per la barba, beh, quella l'avrebbe dovuta sorbire.

Dopo aver mangiato, andai nella mia stanza e crollai sul letto. Stavamo all'Ahwahnee Hotel nella Yosemite Valley, che era stato il paese dei balocchi per famose celebrità durante la prima parte del ventesimo secolo. Ora era un lodge di lusso per quelli che visitavano il parco ma non apprezzavano le gioie del campeggio. Dopo aver passato le ultime cinque settimane dormendo per terra con gli insetti o appeso in una tenda-amaca, ero pronto per un po' di lusso.

Feci una doccia, poi mi crogiolai nella jacuzzi riuscendo a lenire molti dei miei doloretti, ma non potei fare niente per i miei poveri piedi praticamente distrutti e pieni di vesciche. Probabilmente avrei dovuto tenere costantemente i calzini per le settimane successive, per evitare di disgustare Emilia.

Andai a letto presto quella sera e non mi svegliai fino a metà della mattina seguente quando Peter mi chiamò chiedendomi quando avevamo intenzione di fare colazione. Cibo. Cibo che non avrei dovuto togliere da un pacchetto, reidratare e cuocere su un fornelletto da campeggio e ingoiare a fatica. Una colazione che non sarebbe stata una pappa di avena acquosa.

Pancetta, uova, pancake, pane tostato e ancora pancetta. Avevo ancora quel look arruffato, ma non puzzavo più come una carogna. Ero pulito e volevo veramente vedere Emilia. Mi era mancata ogni giorno nelle cinque settimane in cui ero stato via. Aveva dormito con sua madre quella notte, per darmi la possibilità di recuperare il sonno perso, ma si sarebbe trasferita in camera mia, quel giorno stesso. Non vedevo l'ora.

Durante le parti più lunghe, solitarie e remote del sentiero della Pacific Crest, c'era una voce dentro di me, così forte e persistente che non riuscivo a coprire, specialmente nei giorni di completa solitudine. Passavo giornate intere senza parlare. Avevo avuto ore su ore per pensare alla vita, a Emilia, a tutto.

Avevo fatto quel viaggio per cercare di scoprire qualcosa di me, per pensare, per togliermi dai pericoli di uno stile di vita che creava dipendenza e che minacciava la mia salute e la mia felicità. Ma avevo scoperto che non mi piaceva come avevo pensato essere rinchiuso nella mia testa. Avevo dimostrato di poter vivere senza la mia droga. Ventotto giorni di riprogrammazione in un centro di riabilitazione funzionavano bene per drogati e alcolisti. Che c'era di meglio per riprogrammarsi, per un drogato del lavoro come me, di staccarsi da tutto, fuori dalla portata di telefonini, Wi-fi e tutti gli altri moderni orpelli tecnologici?

Beh, era fatta. Mi sentivo soddisfatto e compiaciuto del risultato. Mi ero staccato da tutti i comfort materiali e riuscivo finalmente ad apprezzare le cose che erano veramente importanti. O almeno lo speravo. Avevo anche avuto un'idea fantastica per un nuovo gioco su cui volevo lavorare, un progettino privato che avrei tenuto segreto per il momento, perché, beh, non era nel mio stile rivelare le cose finché non ero pronto.

Una volta superata la sensazione di vuoto per la mancanza di Wi-fi e telefono cellulare, avevo passato un mucchio di tempo a pensare a Emilia e a questa nuova entità: *noi*. I miei sentimenti erano cresciuti enormemente durante il tempo in cui ero stato via. E il giorno successivo, mentre visitavamo la Yosemite Valley, ammiravamo la cascata più alta degli Stati Uniti e fissavamo meravigliati le ripide scogliere di granito El Capitan e Half Dome, non riuscii a toglierle le mani di dosso. Le mettevo le mani sui fianchi, intorno alla vita, le prendevo la mano.

Non riuscivo a stare accanto a lei senza toccarla. L'Adam di cinque anni prima avrebbe vomitato vedendo quello attuale. Ed io apprezzavo le piccole cose a cui non avevo mai nemmeno pensato prima: il modo in cui voltava la testa e si chinava verso di me tutte le volte che la toccavo. Il modo in cui faceva scorrere il pollice sul mio quando ci tenevamo per mano. Il modo in cui sorrideva e fingeva di sospirare pazientemente ogni volta che mi chinavo per baciarle il collo.

Mentre ammiravano gli arcobaleni che la luce del tardo pomeriggio creava nelle acque spumose delle Bridal Veil Falls, le cascate Velo da Sposa, mi presi un momento per studiare il suo bel volto. Lei sembrava pensierosa, lontana un milione di chilometri.

Le strinsi più forte la mano. «Va tutto bene?»

Emilia voltò di scatto la testa verso di me, e la sua espressione s'illuminò immediatamente. «Sì. Sono contenta che tu sia arrivato sano e salvo. Mi preoccupavo tutte le notti. Continuavo a collegarmi al programma delle mappe per controllare la tua posizione secondo il tuo localizzatore GPS.»

Era l'unico pezzetto di tecnologia che avevo portato con me, che lei aveva insistito che portassi. Il localizzatore le mostrava costantemente su una mappa il punto dove mi trovavo.

«È successo qualcosa d'interessante mentre ero via?»

«Mhmm» disse Emilia, voltandosi verso le cascate, accigliata. «Mi hanno respinta.»

La guardai preoccupato. «Dalla facoltà di medicina? Chi sono gli idioti che ti hanno respinto?»

Fece spallucce, cercando di sembrare indifferente, ma si capiva che era delusa. Portai la sua mano alla bocca e la baciai.

«La Davis.»

«Bah. Comunque non era quella che volevi. Andare avanti e indietro sarebbe stato un bel problema.»

Emilia si mise a ridere. «Non erano la mia prima scelta, è vero.» Alzò di nuovo le spalle, un po' rigida, aggrottando ancora la fronte. Distolse lo sguardo, ma le strinsi nuovamente la mano per attirare la sua attenzione.

«No, davvero. Va tutto bene?»

Emilia abbassò gli occhi. «Nervosa, immagino. Che la prima risposta sia stata un no... È un po' come fallire nuovamente il test. Mi chiedo se la Davis non sia il primo di una lunga fila di rifiuti.»

«Non accetto questo modo di ragionare. Qualcuno doveva dire di no. È solo capitato che siano stati i primi a rispondere. Scommetto che il rifiuto non aveva niente a che fare con le tue qualifiche, ma sia stato a causa di qualche stronzata tipo una scadenza o roba simile.»

Emilia sospirò. «Ma... se loro sono stati così pronti a respingermi, mi chiedo se qualcuna delle altre mi vorrà.»

«Ma questa volta sei andata alla grande nel test. Il tuo punteggio era eccellente. E inoltre avevi una media altissima. Sei brillante e qualunque università non lo capisca è troppo stupida per meritarti.»

Lei mi appoggiò la testa sulla spalla, mi lasciò andare la mano e mi mise le braccia intorno alla vita. Io mi voltai e ne approfittai per baciarle i capelli, con un'ondata di emozioni che mi stringeva il petto.

Detestavo vederla così delusa. Sapevo quanto avesse lavorato duramente per rifare quel test e, in qualche modo, il suo precedente fallimento aveva veramente scosso la sua fiducia in se stessa. Sospirò. «Sei fenomenale per il mio ego. Penso che ti terrò intorno per un po'.»

Mi schiarii la voce e decisi che era meglio tentare di distogliere i suoi pensieri dai fatti negativi. «Allora, che ne dici di qualche buona notizia? Mi sono perso qualcosa d'interessante?»

Emilia si raddrizzò e mi sorrise. «Stavo morendo dalla voglia di dirtelo, in effetti. Hanno scoperto la missione nascosta in Dragon Epoch! È su tutti i blog.»

Mi si gelò il sangue. Il mio cuore cominciò a battere come un martello e sono sicuro di essere impallidito. Quella missione era la mia bambina e lo sentivo solo *adesso*? Strano. Ingoiai il nodo che avevo in gola e la guardai mentre mi sorrideva felice.

Poi si acciglò mentre mi guardava. Io ero paralizzato. Ammutolito. Quella reazione emotiva stava scioccando perfino me. Si staccò. «Merda, va tutto bene? Mi dispiace. Stavo solo scherzando.»

L'ondata di sollievo mi colpì con la forza di una tonnellata d'acqua di quella cascata. Quasi mi sentii stordito. Mentre mi guardava, aggrottò la fronte. «Mi dispiace. È stata veramente una cattiveria da parte mia. Non avevo idea che... che cos'è stato? Sembravi quasi... nel panico.»

Distolsi lo sguardo e alzai le spalle, fingendo indifferenza. Riuscivo a malapena a capire io la mia reazione. Come diavolo avrei potuto spiegargliela? «Non so, ero solo sconvolto per essermelo perso. Hai ragione... è *stata* una vera cattiveria.»

Emilia mi abbracciò di nuovo. «Mi dispiace. Mi sento malissimo.»

La tirai verso di me, abbracciandola a mia volta. Poi piegai la testa per mordicchiarle l'orecchio. «Sai che questo significa che dovrai farti perdonare più tardi, vero?»

Scoppiò a ridere. «Mi sento troppo in colpa.»

Continuai a baciarle l'orecchio. «No. Solo, fai in modo di farti perdonare» dissi, con la voce densa di significato. E la baciai, cercando di non esaminare quello strano senso di sollievo che avevo provato alla notizia che aveva scherzato. La missione era ancora nascosta, al sicuro. Non era ancora ora. Andava tutto bene.

Quando tornammo in albergo quel pomeriggio, mi lasciò con l'ordine di fare una doccia e andare dal barbiere. Scherzai, dicendo che volevo tenere il nuovo look, anche se dovetti smettere, visto che stavo impazzendo per il prurito. Riuscii comunque a strofinarle la barba sul volto ancora qualche volta, finché ne avevo la possibilità. Ma ero ansioso di liberarmi da tutto quel pelo, specialmente perché ero arrapato da morire e probabilmente Emilia non mi avrebbe permesso di avvicinarmi finché avessi avuto l'aspetto di B.C., il cavernicolo.

Quanto tornai dal barbiere, Emilia era nella mia stanza e si stava preparando. Mi chiamò dal bagno mentre mi cambiavo d'abito per andare a cena. Noi quattro dovevamo incontrarci in sala da pranzo alle sette. Quando lei uscì, pronta per andare, capii che avremmo fatto tardi.

Perché, accidenti, era stupenda. Indossava un vestito a portafoglio che aderiva alle sue forme snelle. Era rosso scuro e il contrasto con la sua pelle chiara era ipnotico.

No. Non saremmo usciti finché non avessi fatto qualcosa per la mia erezione istantanea. Deglutii, fissandola.

Emilia scoppiò a ridere. «Hai il segno della barba sull'abbronzatura!»

Mi accarezzai la guancia liscia. «Davvero? Beh, almeno sono un po' abbronzato. Più del solito, comunque.»

«Scommetto che ti senti due chili più leggero, senza tutto quel pelo.»

Sorrisi. «Vieni qua e dammi un bacio vero adesso.»

Emilia esitò, probabilmente capendo che cosa mi stava passando per la testa in quel momento, quando il mio sguardo cadde in quella sacra valle tra i suoi seni. «Okay, ma non abbiamo tempo per altro, sfortunatamente. Dobbiamo essere giù tra cinque minuti.»

«Certo. Avremo tutta la notte, dopo la cena. Sei ancora in debito con me per quell'orribile scherzo» dissi, facendole segno di avvicinarsi. Non era una bugia. Dopo cena, sarei stato più che pronto per la seconda, o forse la terza tornata. Forse anche la quarta, se avessi avuto una bella bistecca e il dessert come carburante. L'unica cosa che poteva rallentarmi era l'esaurimento fisico. Certamente non la mancanza di desiderio.

Si avvicinò. «*Solo* un bacio per ora.»

«Certo» dissi, abbracciandola e cominciando a baciare le sue labbra morbide e piene. Lei si aprì immediatamente ed io le misi una mano sulla nuca, tenendo la sua bocca contro la mia. Aveva le labbra morbide come petali di fiori. Si mossero sotto le mie, premendo quando la strinsi forte a me. Le infilai la lingua in bocca, avido. *Era mia.* Le parole mi echeggiarono in testa, mentre mi travolgeva un'ondata di possessività.

Quell'escursione era stata una carestia in più di un senso. Tirai il suo corpo contro il mio. Le nostre lingue s'intrecciarono. La volevo, subito. Nessuna sorpresa. Erano passate cinque settimane.

Le mie mani andarono al suo seno. Malleabile, sodo, la misura esatta per le mie mani. I suoi capezzoli reagirono obbedienti alle mie carezze. Era irresistibile, esattamente come la ricordavo. Approfondii il bacio e...

Lei mi diede uno spintone e fece un passo indietro, con il volto arrossato e respirando forte, così bella. Evitò il mio sguardo. «Okay, mhmm, ora di andare» disse con la voce un po' incerta, ma sapevo che non ci stava mettendo il cuore.

Il rossore si diffuse al collo e sopra il seno.

Mi leccai le labbra come una tigre affamata che si era appena vista una succosa bistecca penzolare davanti e poi sparire di colpo. Niente da fare, quella tigre non sarebbe rimasta a sbavare senza lottare.

«Succedono cose belle a chi sa aspettare.» Emilia sorrise e mi schiaffeggiò la mano quando tentai di nuovo di toccarla.

Arretrò. Ci guardammo per un lungo momento, con l'aria carica di aspettativa. Emilia fece un respiro profondo e un passo indietro, ma io non mi mossi. Sospirando, si voltò e andò verso la porta. Io la osservai ma non la seguii. Lei aprì la porta prima di rendersi conto che non mi ero mosso. Voltando la testa mi chiese: «Vieni?»

Fissai le sue lunghe gambe da dove sbucavano da sotto l'abito. Tutto il sangue nel mio corpo sembrava essere stato pompato a sud, e mi sentii sollevato sapendo che l'equipaggiamento essenziale funzionava ancora come doveva dopo un periodo così lungo di astinenza.

Andai da lei e le tolsi gentilmente la mano dalla maniglia, richiudendo la porta.

«Adam...» cominciò a dire.

Le misi l'altro braccio intorno alla vita, affondando la bocca sul suo collo. «Aspetteranno. Possono ordinare un antipasto.»

Emilia si voltò e adesso l'avevo chiusa tra me e la porta. *Perfetto.*

Rise e si divincolò per liberarsi, inviandomi una fitta di piacere in tutto il corpo. «Non hai intenzione di accettare un no in risposta, vero? Tipico.»

Emisi un gemito baciandole ancora il collo. «Dammi cinque minuti» dissi.

«Cinque minuti? Non mi sembra molto divertente.»

«Dammi cinque minuti per convincerti che scopare proprio adesso è una buona idea.» E prima che lei potesse confermare o tirarsi indietro, allungai la mano, tirando la cintura che teneva chiuso l'abito a portafoglio, che si aprì, mostrando un reggiseno di pizzo nero e le mutandine abbinate. Oh, diavolo. Non saremmo *andati* da nessuna parte finché non fossimo *venuti*.

Strofinai il bacino contro il suo e lei inspirò bruscamente. Avevo di nuovo la bocca sul suo collo e stavo succhiando la sua pelle morbida e deliziosa. «È come scartare i miei regali il mattino di Natale.»

«No» disse Emilia, con finta severità. «È come aprire i regali in anticipo, la sera prima.» Ma non poté nascondere la qualità sospirosa della sua voce che conoscevo bene. Era eccitata. Molto.

«Sono sempre stato un bastardo impaziente» dissi, sganciando la chiusura anteriore del suo reggiseno, che si divise come un sipario nei vecchi cinematografi.

«Adam» mormorò.

«Ssst. Non ho ancora finito il tentativo di persuasione.»

«Sapranno perché siamo in ritardo.»

Quasi risi tra me e me. Stava cedendo facilmente, arrapata come me, senza dubbio. «Non ci vediamo da oltre un mese. Non è un gran mistero.»

Quando tentò di dire ancora qualcosa, soffocai le sue proteste con un bacio, premendola contro la porta, travolgendola con il mio stesso bisogno di lei. Avevo le mie mani sul suo seno, sui suoi fianchi, sull'interno setoso delle sue cosce. La mia bocca sulla sua, la lingua che la penetrava come volevo penetrarla in altri modi. Ero un uomo in fiamme e l'unico modo di spegnerle era di tuffarmi e annegare in lei.

Il suo sapore, la sensazione delle sue curve premute contro di me mi stavano portando oltre il punto di non ritorno. Non sapevo se ce l'avrei fatta a finire la cena prima di ricominciare, se in quel momento mi avesse chiesto ancora di fermarmi.

Le appoggiai la mano sul seno, frenetico, leccandole i capezzoli. La mia erezione stava diventando più forte, quasi dolorosa. Era passato un mucchio di tempo e cercare di tenere a bada la mia libido in quel momento era come tentare di trattenere una tigre affamata con un filo di cotone.

Emilia ansimò e si tirò indietro quando la strinsi troppo forte. Non proprio la reazione che cerchi quando tenti di convincere la tua partner con poco tempo a disposizione. Si irrigidì contro di me.

«Mi dispiace» mormorai contro la sua bocca. «Ho troppa voglia e sono un po' disperato.»

Emilia fece una risatina e staccò la bocca, portandosi la mano dove dovevo averle fatto male.

«Posso baciarti per far passare la bua?»

Emilia aggrottò la fronte per un momento, come se non mi stesse ascoltando, quindi allungai la mano, tolsi gentilmente la sua e la sostituii con la mia bocca, baciandola, allungando la lingua per assaggiarla dolcemente. Sapeva di vino speziato e more. E di qualcosa che non avrei saputo descrivere, un sapore solo suo. La pelle morbida e liscia aggiungeva solo un altro livello alla sua essenza. La leccai e lei gemette il mio nome.

Tenni la bocca dov'era e feci scivolare la mano sopra lo stomaco liscio fino ad appoggiarla sul pube caldo sotto le mutandine. Lei ricompensò i miei sforzi con un piccolo squittio in fondo alla gola.

La accarezzai lì e le si fermò il fiato in gola, con le mani che stringevano i miei bicipiti. Era una danza che aveva dei passi che stavamo ancora imparando e scoprendo. Ed era sempre diversa.

Emilia mise le mani sotto la camicia, che mi aveva sfilato in fretta dai pantaloni. Il suo tocco era incandescente, i palmi accarezzavano il mio torace. Sibilai. «Non hai un grammo di grasso, sei duro come la roccia.»

Le rivolsi un'occhiata maliziosa. «Quello non è l'unico punto dove sono duro come la roccia» dissi, slacciandomi i pantaloni.

Dovevo averla. Quel traguardo in quel momento era importantissimo. E non avrei sprecato nemmeno un altro minuto.

Riportai la mano alle sue mutandine, spostandole di lato mentre lei si teneva alle mie spalle. La guardai negli occhi. «Ho bisogno di scoparti. Non riesco ad aspettare nemmeno un altro secondo.»

E mi spinsi nel suo calore umido. Lei si richiuse attorno di me, stretta, avvolgente. Ringhiai. La soddisfazione di affondare dentro di lei fu di breve durata perché il nodo di tensione si strinse nel mio inguine. Sarei venuto come un adolescente se non mi fossi calmato.

Emilia mi avvolse una lunga gamba intorno al fianco, bloccandomi contro di lei. Era così dannatamente sexy, irresistibile in realtà. Non che io volessi resisterle. L'istinto mi urlava di andare alla carica. E quindi lo feci, affondando fino in fondo, inchiodandola contro la porta. La mia bocca trovò nuovamente la sua, obbligandomi a rallentare.

Era passato troppo tempo ed ero così eccitato che ero sicuro che quella prima volta non sarebbe durata molto, per quanto cercassi di rallentare. Dopo cena ci saremmo presi tutto il tempo, assaporandolo. Forse ore, se avessimo voluto. Merda, non avevo ancora finito e stavo già programmando la volta successiva. Era ridicolo, in effetti, perché ero dentro di lei e lei era stupenda e mi stava divorando con il suo corpo, le sue labbra, i suoi occhi.

Allungai una mano tra di noi, strofinai il suo clitoride e lei appoggiò la testa alla porta e gemette. La sua presa su di me si fece più stretta quando i suoi muscoli si contrassero nel punto dove eravamo uniti. Stava per venire ed io riuscivo appena a mantenere il controllo. Ondulai il bacino contro il suo, con i muscoli tesi e contratti. Tutte le volte in cui mi sentivo vicino al punto di rottura, mi fermavo e accarezzavo lei.

«Oh Dio!» gemette Emilia, venendo. Sentivo i suoi spasmi che la facevano contrarre intorno a me. Smisi di trattenere il fiato, pronto a seguirla oltre il precipizio. Lei arcuò la schiena, premendo il suo petto delizioso contro il mio. Le contrazioni del suo orgasmo mi toglievano il fiato. Spinsi un'ultima volta, lasciandomi andare mentre venivo in profondità dentro di lei. Mi travolse un'ondata di piacere puro, violento. Ansimai il suo nome.

Quando mi rilassai e tornai a terra, la baciai, stringendola forte. Sapevo che avrei dovuto tirarmi fuori e lasciarla andare, ma non volevo farlo.

Le baciai il collo. Con un minimo di persuasione, avremmo potuto ricominciare da capo. Con ogni briciola di controllo che riuscii a racimolare, allontanai il volto e la guardai negli occhi.

Poi le misi le mani sulle guance e premetti il mio volto sul suo.

«Ti amo» mi disse.

«Lo so» risposi sorridendo, citando la risposta di Han Solo alla principessa Leia nel film *L'impero colpisce ancora*.

Lei rise ed io la baciai di nuovo.

«Non voglio *mai più* restare lontano da te per così tanto tempo.»

«No» sospirò Emilia, felice. «Devi smetterla di lasciarmi indietro quando parti per le tue grandi avventure.»

La fissai, aveva le guance rosate dopo il sesso. Era *lei* la mia prossima grande avventura. Lei era *mia*.

«Sei mia.»

«Cosa?»

«Sei mia. Per sempre. E dato che non ti piace se ti lascio indietro, potrai accompagnarmi l'anno prossimo quando percorrerò per intero l'Appalachian Trail.» Stavo scherzando ovviamente, beh, quasi completamente. Solo all'idea di un'altra epica escursione mi faceva male dappertutto.

Emilia rise, quella sua adorabile risata. «Fanculo.»

Mi tirai indietro, sogghignando. «Diamoci una sistemata perché adesso sto morendo di fame.» Guardai la mia camicia stropicciata. «Capiranno sicuramente che cosa stavamo facendo perché mi hai praticamente strappato la camicia di dosso mentre mi seducevi senza vergogna.»

Mi colpì il braccio con il dorso della mano, ridendo, poi riallacciò il reggiseno. «Lasciami allacciare il vestito e poi possiamo andare.»

«Già» dissi, infilando la camicia nei pantaloni. «Incarta quel bel regalo, così posso divertirmi a scartarti di nuovo più tardi.» Il pensiero di "dopo" m'inviò una fitta di desiderio direttamente all'inguine. Se non fossi stato così maledettamente affamato, sarei stato pronto per il secondo round in un paio di minuti.

La prossima volta avrei perlomeno aspettato di essere orizzontali. Emilia si allacciò il vestito, ci ripulimmo e lei fece del suo meglio per nascondere ciò che era successo. Ci riuscì, eccetto un livido scuro alla base del collo, che pareva non avesse notato nello specchio. Ed io mi guardai bene dal farglielo notare.

Con gli occhi fissi sul livido, sorrisi tra me e me. Nel mio turbine di passione l'avevo marchiata. *Mia.*

Misi la mano sulla deliziosa curva della sua vita e la guidai fuori dalla porta. Il procedimento per eccitare una donna non era diverso dal progettare un software. Una volta, i vecchi progettisti preparavano dei diagrammi di flusso prima di cominciare a scrivere una sola riga di codice. La programmazione in sé era tutta una questione di causa ed effetto. Eccitare una donna era la stessa cosa: immettere alcune informazioni per ottenere il risultato desiderato.

Con le macchine, lo stato iniziale era sempre lo stesso, ma con una donna era una variabile. Il procedimento seguiva uno schema, ma c'erano fattori diversi che influenzavano il suo stato iniziale: com'era stata la sua giornata, se fosse o meno stanca, quanto tempo era passato dall'ultima volta. Potevi guardarla negli occhi con un chiaro intento in una brutta giornata e lei avrebbe sospirato, girandosi dall'altra parte, ignorandoti. Ma in una giornata buona, potevi passare da una sub-routine all'altra: accarezzavi questi posti e lei si bagnava, baciavi quei posti e avrebbe cominciato a gemere, la leccavi lì e si apriva a te. Non funzionava sempre. A volte le sub-routine che sceglievi non ottenevano il risultato desiderato.

Come con il codice, era necessario sperimentare. Se un punto non produceva una reazione di piacere, era necessario cercarne un altro, o un altro ancora. I parametri d'inserimento erano importantissimi. Se un tizio desiderava *immettere* qualcosa nella sua partner, doveva accertarsi che i parametri fossero quelli giusti, o tutta la routine sarebbe crollata.

Quindi avevo usato saggiamente i miei cinque minuti di seduzione, mi ero assicurato che le mie sub-routine avrebbero ottenuto il massimo rendimento. E in men che non si dica, avevo ottenuto che si muovesse sotto le mie mani. Facile come programmare!

Quando ci presentammo a cena, interrompemmo Peter e Kim che sorseggiavano vino davanti a un piatto di antipasti, ridendo, le teste chine l'una verso l'altra.

Alzarono gli occhi quando ci sedemmo. Sorrisi. «Scusate il ritardo.»

Peter e Kim si scambiarono un'occhiata ed Emilia arrossì.

«Nessun problema» disse Kim.

«È stata colpa *mia*. Qual è il piatto del giorno? Sono affamato.»

Mi voltai verso Emilia mentre non guardavano e le feci l'occhiolino.

«Spero che tu abbia recuperato le tue buone maniere e non ci tocchi una nuova imitazione di Jabba the Hut» disse Emilia sospirando drammaticamente, con un gran sorriso sul volto.

Aveva quell'aspetto soddisfatto, di donna che aveva appena fatto sesso. La pelle rosata, i capelli un po' in disordine, i capezzoli ancora eretti che strusciavano contro il vestito. Mi leccai le labbra. In quel momento, avevo una fame pazzesca di cibo. Più tardi avrei avuto fame di *lei*.

Capitolo Due

Tornati a casa dal parco nazionale, avemmo dieci meravigliosi giorni di pigrizia per godere l'uno dell'altro prima che dovessi tornare al lavoro. E facemmo in modo che ogni secondo contasse. Fino all'ultimo giorno.

Ma il nostro tempo insieme finì un buio lunedì mattina di fine settembre. Intorno alle sei, la sentii muoversi nel letto, come se si stesse voltando per alzarsi. Emilia allungò le mani a tentoni verso la sveglia, presumibilmente per spegnerla prima che mi svegliasse. Quando afferrò le lenzuola per alzarsi, rotolai e le misi una mano intorno alla vita, bloccandola. Lei si fermò di colpo.

«Scusa. Ti ho svegliato?»

«No» risposi, tirandola verso di me e premendo la mia erezione mattutina contro il suo sedere sodo. «Ero già su.»

Si mise a ridere. «In più di un senso, vedo.»

Accarezzai con le labbra la pelle fragrante del collo, proprio nel punto in cui si univa alla spalla. «Non ti ho sentito lamentarti ieri sera. O ieri pomeriggio in piscina…»

Emilia rabbrividì sotto il mio tocco, ma sospirò stancamente. «Ho paura che mi sfinirai, con la resistenza che hai sviluppato durante l'escursione.»

«Oh, non credo che ci sia pericolo. Ma non significa che non mi divertirò a provarci, a sfinirti, intendo.» Ridacchiai contro il suo collo, alzando la mano verso il suo seno. Eravamo ancora nudi dopo il sesso della sera prima. Era veramente bello essere a casa.

«Mhmm» disse Emilia e capii che avrebbe tentato di farsi desiderare. Mi piaceva trovare sempre nuovi modi per convincerla. «Volevo andare a correre.»

Le passai la lingua tra le scapole. «Puoi andare dopo.»

«Ma dobbiamo andare a lavorare oggi…» disse, con la voce che diventava ansimante, effetto delle mie mani che accarezzavano i suoi capezzoli.

Feci scivolare una mano dal seno verso la pancia e poi più giù tra le sue gambe. Emilia emise un gemito che mi accese il sangue. A volte ci voleva una sub-routine completa e a volte era facile come premere un tasto. Le misi la bocca contro l'orecchio. «Posso garantirti che al capo non importerà se sarai in ritardo.»

Emilia si girò sulla schiena per guardarmi. «Sei insaziabile.» Mi agganciò le mani sulla nuca ed io la baciai.

«Mhmm, mhmm» confermai. «Perché sei irresistibile.»

«Ah, quindi è colpa *mia?*» disse spalancando gli occhi, con un lento sorriso sulle belle labbra.

Fece forza sulle mie spalle, facendomi sdraiare sulla schiena e si mise in fretta a cavalcioni. *Oh, diavolo, sì.*

«Allora facciamo in fretta» disse ridendo.

Non fu una cosa rapida. Ma a lei non dispiacque.

***

Era il mio primo giorno di lavoro dopo tre mesi. E, per la primissima volta, stavamo andando in ufficio insieme. Stranamente, sembrava confortante e familiare.

L'Adam di cinque anni prima si stava rivoltando nella tomba. Ma l'Adam di adesso non poteva essere più felice. Prima di incontrare Emilia la vita era come un videogame vecchio stile, giocato su una console malconcia. Piccolo, che aveva bisogno di tanta immaginazione per diventare interessante, con enormi margini di miglioramento. Con lei, era come essere immersi nella realtà virtuale, un'esperienza unica. Non c'era stata vita prima di Emilia.

La guardai. Aveva la testa bassa, concentrata sulle mani mentre lavorava sul suo laptop. Come mi aveva chiesto, avevo tenuto la capote chiusa, per non scompigliarle i capelli. Dopo aver cambiato marcia, le presi una mano.

«Che cosa c'è?»

Mi diede un'occhiata preoccupata. «Niente. Eccetto che siamo in ritardo, e tutti ci vedranno arrivare insieme.»

Alzai un sopracciglio. «È un problema?»

Emilia sospirò. Tolsi la mano dalla sua per cambiare nuovamente marcia, poi la ripresi. «Nessuno sa della nostra relazione. Sapranno perché ho ottenuto il lavoro.»

«Sei stata assunta per sostituire Cathleen durante la sua assenza per maternità. Tutti pensano che tu stia facendo un lavoro fantastico. Mac è entusiasta di avere il tuo aiuto con la convention della Draco. Conta qualcosa come hai ottenuto il lavoro?»

Emilia scosse la testa. «No, ma... non ho mai voluto essere *quella* di ragazza, lo sai, vero?»

La guardai perplesso. «Quale ragazza?»

«La ragazza che va a letto con il capo.»

«A me sembra sexy.»

«Ovvio.»

La guardai, notando che aveva ripreso a lavorare sul laptop. «Andrà tutto bene. Perché non entri per prima? Io resterò in auto per qualche minuto, nessuno ci vedrà arrivare insieme.»

Emilia sorrise. «Grazie.»

«Ma stasera? Tutti ci vedranno andar via insieme.»

Emilia si lisciò la gonna con la mano libera. «Già. Ci stavo pensando. Stavo cercando un appartamento. Non posso permettermi gli affitti qui a Irvine, però...»

«Cosa? Perché?» le chiesi, preoccupato.

«Perché Irvine è uno dei posti più costosi dove vivere da queste parti. Forse Tustin. Ho visto un posto settimana scorsa...»

Evitai di guardarla. Meglio fare il finto tonto e lasciare che "me lo spiegasse". A volte, se si permetteva a una persona di dar voce alle proprie preoccupazioni, questa riusciva a capire quanto fossero infondate in realtà. «No, intendevo dire, perché stai cercando un appartamento? Sei rimasta a casa mia mentre ero via. Non puoi semplicemente rimanere?»

«Beh, non stavamo vivendo insieme. Io stavo solo... beh, restando a dormire.»

Mantenni un'espressione seria, anche se la tentazione di sorridere era tanta. «Ma ora stiamo vivendo lì insieme.»

Emilia tossicchiò e si dimenò sul sedile, a disagio, come faceva quando voleva evitare di parlare di qualcosa.

«Sì, di default.»

Finsi di non capire, cambiando nuovamente marcia. «Allora sei irritata perché non ti ho chiesto formalmente di trasferirti da me?»

Fece una smorfia. «No.»

Sapevo che significava *Sì*.

«Emilia, vuoi venire ad abitare con me?»

«Ci sono già.»

«No, voglio dire, traslocare con tutte le tue cose e restare a vivere con me.»

Restò in silenzio per un bel po'. «È un passo piuttosto importante, non credi?»

Questa volta fu molto più difficile non sorridere. Si stava già innervosendo. «Beh, stiamo già vivendo insieme, di default. Non c'è bisogno che lo definiamo in nessun modo.»

«Allora saremmo come dei... coinquilini?»

Aprii la bocca e poi la richiusi, dandole un'occhiata. Stava sorridendo come se la battuta la divertisse. «Coinquilini con alcuni *vantaggi*» la corressi.

«Mhmm. *Vantaggi* significa "sesso mattutino che ci fa arrivare entrambi in ritardo tutti i giorni"? Perché potrebbe mettermi nei guai con il mio capo.»

«Neanche per sogno. Purché il sesso mattutino sia con *me*, non ti metterai nei guai.»

Mi diede una gomitata. «Intendevo dire nei guai con Mac.»

«Ma io sono il capo di Mac.»

«Sono seria. Forse non è una buona idea vivere insieme mentre lavoro per te.»

«Innanzitutto, è molto probabile che non ci vediamo nemmeno. Secondariamente, *noi* abbiamo cominciato prima che tu iniziassi a lavorare lì. Inoltre, non hai mai fantasticato di farti il tuo capo nel suo ufficio durante la pausa pranzo?»

«No» rispose con la voce impassibile. «Mai.»

Questa volta sorrisi apertamente. Vedremo... di colpo, dovetti lottare contro l'immagine di rialzarle le gonne, piegarla sopra la mia scrivania... oh, sì, *decisamente* una cosa cui pensare.

Cambiai di nuovo marcia. «Una volta che la convention sarà finita e Cathleen sarà tornata, avrai tempo durante il nuovo anno per prepararti per la facoltà di medicina. Sospetto che per allora riceverai un mucchio di offerte, anche se sappiamo entrambi che andrai alla UCI.»

Mi guardò con la coda dell'occhio. «*Se* mi accetteranno.»

«Ti accetteranno.»

Parcheggiammo e sembrò… strano. Ero stato via per quasi tre mesi. Nei cinque anni precedenti, avevo praticamente vissuto lì, e nei nostri precedenti uffici. Dopo mesi di assenza, sembrava bizzarro tornare. E anche inquietante. E non riuscivo a capirne il motivo.

Me n'ero andato per dimostrare qualcosa a me stesso, e anche a Emilia. Ero diventato dipendente dal lavoro, e avevo dovuto vincere l'assuefazione. Potevo sconfiggerla. Avevo usato il lavoro come stampella per restare distaccato dalla vita. Temevo che sarei ricaduto nella stessa vecchia trappola. Come un alcolista che fissasse un martini ancora intatto o un bulimico che fissasse un hamburger, sul tavolo davanti a lui. Le torrette a specchio della moderna struttura che ricordava un castello incombevano sul parcheggio, quasi come braccia che si allungassero per dare il bentornato a un vecchio amico.

Respirai a fondo e ricordai che avevo dimostrato di poter vivere senza la società, e che la società poteva sopravvivere senza di me, almeno per un trimestre.

Comunque non ero ancora sicuro se sarei riuscito a mantenere quello stato zen o se sarei ripiombato nei vecchi schemi. Guardai Emilia, osservandola quando si chinò e mi baciò.

«Ti amo» le dissi.

«Lo so» rispose lei con un sorriso, poi scese dall'auto e attraversò il parcheggio. Mi avrebbe tenuto lei sulla buona strada, impedendomi di ripiombare nella mia dipendenza. Anche se non sapeva che era quello che stava facendo.

Quando entrai nell'edificio qualche minuto dopo, fui salutato dai sorrisi e dalla contentezza di tutti, dal personale della sicurezza allo staff di assistenti. Il mio assistente stagista era estatico e la mia segretaria personale, Maggie, mi rivolse un'occhiata esausta, porgendomi una pila alta trenta centimetri di "solo posta veramente urgente" che dovevo controllare.

Apparentemente il mio direttore finanziario, Jordan, non era stato entusiasta di dovermi sostituire. Aveva tentato di tutto per persuadermi a rinunciare al periodo di aspettativa. Oltre a tutto, lui e Maggie non erano mai andati d'accordo. Avevo sperato che dopo tre mesi passati a lavorare insieme, avrebbero trovato il modo per convivere. A quanto pareva non era successo.

La mattinata cominciò tranquillamente. Ero rintanato nel mio ufficio a controllare la pila di documenti urgenti, mettendo delle note per Maggie sulle lettere. Le email sarebbero venute dopo, anche se avevo chiesto all'assistente, Michael, di vagliarle per me, indicandone la priorità.

Dopo circa un'ora entrò Jordan, bussando brevemente come suo solito. Appoggiai sulla scrivania il documento che stavo controllando e mi misi comodo, concentrandomi su di lui. Sembrava sconvolto e un po' terrorizzato. Lo guardai preoccupato. Jordan era stato il mio miglior amico durante il breve periodo che avevo passato al college e, quando avevo avuto bisogno di un amministratore per la mia neonata società di videogiochi, sapevo che sarebbe stato perfetto. Lui si era effettivamente laureato al Caltech, mentre io avevo abbandonato per trasferirmi a San Diego e lavorare per la Sony.

«Ehi» dissi. «Eccoti qua. Mi stavo chiedendo se avevi intenzione di venire ad annunciarmi le tue dimissioni o roba del genere.»

Si acciglio, a metà tra l'arrabbiato e lo spaventato a morte. Che diavolo? Era così arrabbiato perché ero tornato?

«Bello riaverti qui. Io non so fare il tuo lavoro» disse. Stropicciò il foglio che aveva in mano, piegandolo a metà e poi in quarti poi in ottavi. Sembrava veramente... *nervoso*. Prima stavo scherzando, ma forse aveva veramente intenzione di dare le dimissioni. Merda.

Espirò forte e affondò nella sedia davanti a me, con la faccia cupa. «Sarei venuto prima ma stavo cercando il coraggio di essere io il primo a dirtelo.»

Uh-uh. Raddrizzai le spalle e mi preparai, unendo le mani sulla scrivania davanti a me. «Che cosa mi devi dire?»

Jordan sbatté gli occhi e si strinse il ponte del naso con due dita. Aspettai, fissandolo. Era il dongiovanni dell'ufficio, metà delle impiegate era innamorata di lui, che non se ne accorgeva nemmeno. Di solito usciva con modelle e aspiranti attrici. Tutte le volte che davo un ricevimento a casa mia o quando c'era un evento sociale al quale doveva partecipare, aveva sempre una donna diversa al braccio. Cambiava donne come una starlet di Hollywood cambiava vestiti.

Ma quel giorno era tirato, pallido, aveva i capelli in disordine come se ci avesse passato le mani parecchie volte. In parole povere, stava da schifo.

«Cazzo, Adam. È il tuo primo giorno. Non so come dirtelo.»

Feci un respiro profondo e aspettai.

«I giornali hanno dato una notizia. Ieri sera un ragazzo di vent'anni del New Jersey ha commesso un omicidio-suicidio. È andato in auto a casa della sua ragazza e le ha sparato, poi ha rivolto l'arma contro di sé. Questa mattina presto, ora della costa orientale, la famiglia ha rilasciato una dichiarazione alla stampa. I genitori danno la colpa delle sue azioni alla sua "dipendenza debilitante da Dragon Epoch". Si parla di un'azione legale.»

Mi spostai sulla sedia e mi strofinai la guancia, guardando a lungo fuori dalla finestra, con la mente che andava all'impazzata. «Dovremo contattare gli avvocati...»

«Ho appena chiesto a Maggie di mettersi in contatto con l'ufficio di Joseph. Possiamo fare una teleconferenza, se vuoi. Dobbiamo anche coinvolgere appena possibile gli assicuratori per la responsabilità civile. Ho anche già stampato l'elenco dei log-in di questo ragazzo e tutto quello che sappiamo riguardo agli accessi al suo account. Qualcuno, immagino sia stata la sua ragazza, ha usato le sue credenziali per collegarsi lo scorso fine settimana per distruggere o vendere tutta la sua roba. Alcune erano cose piuttosto rare su cui lavorava da mesi. Il ragazzo aveva chiesto al servizio clienti di restituirgliele, ma ha ricevuto la risposta standard.»

Cazzo. La stanza mi girò intorno per un momento prima che mi alzassi di colpo e cominciassi a camminare avanti e indietro. C'era una procedura standard in questi casi, perché avevamo avuto un mucchio di problemi con gente che sfruttava il sistema clonando degli oggetti e attrezzature e vendendoli per soldi veri sui siti di aste online. Non permettevamo più di riavere attrezzature che erano state cancellate usando credenziali legittime per collegarsi. La pirateria informatica era tutto un altro problema.

«Quindi, quando il servizio clienti ha controllato la sua petizione non ha trovato prove di pirateria? Contatta la persona che ha parlato con lui. Dovrà rilasciare una dichiarazione.»

Jordan si chinò in avanti, prese un blocco dalla mia scrivania e una penna dal suo taschino, scribacchiando in fretta. Era mancino, quindi scriveva con la mano piegata a un angolo bizzarro.

Mi strofinai la fronte, riflettendo. Ora stavo camminando sul lato del mio ufficio che dava sul giardino interno. Le mie finestre erano completamente oscurate all'esterno, quindi la mia privacy era completa, mentre io potevo guardare il verde fuori e cercare di ritrovare la mia calma interiore. Impossibile quella mattina.

«Dobbiamo fare una riunione con l'ufficio Pubbliche Relazioni. Chiudere le linee esterne. Mettere un risponditore automatico. Nessuno parla con nessuno finché non saprà esattamente che cosa dire.»

«Devo contattare un consulente esterno specializzato in eventi come questo?»

Sbattei gli occhi. «Fai qualche ricerca. Fai una lista. Potremo discuterne. E fallo in fretta.»

«Hai intenzione di rilasciare una dichiarazione?»

«Non prima di aver parlato con l'avvocato, quindi vediamo di incontrarlo subito.»

«Sarà meglio che ci prepariamo all'assalto della stampa. I primi furgoni sono probabilmente già per strada.»

Chiusi gli occhi, strofinandoli con il pollice e l'indice. «Fai venire tutti gli addetti alla sicurezza non di turno, faranno gli straordinari, e avvisa l'intera sezione che probabilmente ci sarà una flotta di furgoni in arrivo. Devo incontrare i capi dipartimento. Nessuno può uscire dall'edificio finché non avremo dato istruzioni precise su come rispondere alle domande della stampa.»

«Sì, ci penso io. Preparati a una giornata maledettamente lunga.»

Sentii una fitta di nausea. «Dimmi tutto quello che sai di questo ragazzo, e dell'incidente.»

E Jordan mi riferì tutto. Quando uscì, mi sedetti e guardai fuori dalla finestra per un quarto d'ora interminabile, prima che si scatenasse l'inferno.

CAPITOLO TRE

NELLE SETTANTADUE ORE SEGUENTI DORMII pochissimo, passai la maggior parte del tempo in ufficio e, pareva, al telefono tre ore su quattro. Emilia era meravigliosa, mi portava roba da casa, pasti che mangiavamo insieme nella sala mensa e non mi disse nemmeno una volta di non passare la notte in ufficio.

Qualche giorno dopo ero in teleconferenza con gli assicuratori quando Emilia mi portò la cena, preparata e imballata espressamente dalla mia cuoca. Vi prestai poca attenzione, mentre camminavo avanti a indietro nel mio ufficio. I rappresentanti dell'assicurazione a New York m'imponevano ciò che dovevo fare per rispettare i termini della loro copertura contro le responsabilità civili. Ero alla loro mercé e lo sapevano, e avrei dovuto passare sotto le loro forche caudine. Lottavo per non perdere la pazienza.

«Coglioni» mormorai quando rimisi a posto il telefono.

Mi voltai a guardarla, aveva liberato il tavolo rotondo nell'area salotto del mio ufficio e l'aveva coperto con una tovaglia, avvicinato delle sedie e stava sistemando due piatti coperti che erano stati tenuti in caldo nei contenitori termici. L'odore del cibo mi fece salivare immediatamente e mi resi conto di quanto fossi affamato. Non mangiavo dalla colazione, nonostante i suoi ripetuti messaggi, a cui avevo risposto solo in parte, che mi invitavano a pranzare.

«Mhmm. I tuoi migliori amici lavorano fino a tardi a New York solo per tormentarti. Che ora sono, là, le nove?»

Mi strofinai la nuca guardandola versare l'acqua nei bicchieri. «Grazie per avermi portato la cena. Non so quanto tempo avrò per mangiare. Devo scrivere una dichiarazione questa sera e mandarla all'ufficio legale e a quelli della pubblicità per avere la loro approvazione. E dopo...»

Emilia venne verso di me, mi prese un braccio con entrambe le mani e mi tirò verso il tavolo. «Allora mangia anziché perdere tempo a dirmi tutto quello che devi fare *invece* di mangiare. Ti ho persino portato un po' di vino, se lo vuoi. E ho preparato proprio io i biscotti con i pezzetti di cioccolato. La cuoca ha cercato di non ridere quando ho bruciato la prima teglia. Ma il resto è venuto proprio bene.»

Mi sedetti a mi fiondai sul cibo, tagliando una fetta di bistecca al gorgonzola e masticandola. Mi sforzai di masticare per non ingoiare pezzi troppo grossi. Era stato molto premuroso da parte della cuoca cucinare i miei piatti preferiti. Sospettavo che glielo avesse suggerito Emilia.

Scossi la testa. «Niente vino. Ho ancora parecchie ore di lavoro davanti a me.»

Mi fissò a lungo, preoccupata. «Stai bene?»

Deglutii il boccone e annuii. «Prima che tu dica qualcosa sulle ore che...»

«Non avevo intenzione di dire niente sulle ore. So che questa situazione richiederà tutto il tuo tempo, che tu lo voglia o no.»

Espirai lentamente. «Grazie per aver capito.»

«Ovviamente sai che cosa significa, vero? Che questo fine settimana dovrai staccare.»

«Oh, davvero?»

Emilia annuì. «Sì. Niente telefono, niente laptop, okay?»

Feci una smorfia. «Non posso farti promesse.» Chi sapeva che cos'altro avrebbero voluto da me quei coglioni dell'assicurazione?

«C'è quel nuovo film sugli astronauti nella stazione spaziale. Potremmo andare a vederlo...»

Suonò il telefono sulla mia scrivania e sentii la voce di Maggie dall'interfono. «Adam, hai una chiamata dal signor Macy.»

Balzai in piedi, pulendomi la bocca e poi gettando il tovagliolo sul tavolo. Emilia si addossò allo schienale, chiaramente delusa. Mi voltai verso di lei mentre prendevo il telefono. «È il mio avvocato, non posso ignorarlo.»

«Ehi, Joe» dissi al telefono. E passai la mezz'ora seguente a parlare con lui mentre Emilia tagliava la mia bistecca in pezzettini minuscoli. M'infilava in bocca un boccone tutte le volte che smettevo di parlare. E mentre parlavo, teneva la forchetta pronta a qualche centimetro dalla mia bocca, come se fosse pronta a lanciare un assalto.

All'inizio ero così concentrato sulla telefonata che quasi non feci attenzione a quello che stava facendo, mi limitavo a masticare ogni volta che mi infilava un pezzettino di carne in bocca. Poi, dopo un po', mentre Joe continuava con il suo legalese, divenne un gioco. Era stata una giornata *molto* lunga e il mio cervello si stava spegnendo.

Smettevo di parlare e spostavo di colpo la testa di lato per evitare il suo attacco. O abbassavo il mento. Dovetti effettivamente cercare di non ridere verso la fine quando quasi m'infilzò la punta del naso con la forchetta. Grazie a Dio per quel divertimento perché l'avvocato si stava dilungando sulle deposizioni in loco. Finii l'ultimo boccone di bistecca, ormai fredda, circa un minuto prima di finire la telefonata.

Mi rilassai sulla sedia, notando come sembrasse compiaciuta Emilia. Era la prima volta in tutta la giornata che avevo voglia di sorridere, per non parlare poi di ridere. «Peste» le dissi.

Emilia era vestita in modo adatto all'ufficio, una camicia button-down bianca, una gonna grigia corta che finiva qualche centimetro sopra il ginocchio e calze di nylon scure. Sexy da morire. La divorai con gli occhi, desiderando avere il tempo di divertirmi un po' con lei. Doveva avermi letto nella mente perché mi appoggiò un piede sopra la coscia. Si era già tolta le scarpe da un bel po'. Aveva uno scintillio negli occhi.

«Mhmm. Mi chiami peste per averti nutrito a forza? Come mi chiameresti se facessi *questo*?» Fece scivolare il piede sopra la coscia per strofinarlo sul mio inguine. Il suo tocco m'inviò una fitta di piacere in tutto il corpo. Serrai la mascella, reagendo immediatamente.

Sibilai forte espirando mentre diventavo duro a causa delle sue attenzioni. Le afferrai la caviglia, allontanandola. «Oh, ho un sacco di nomi per *questo*. E sono tutti buoni.»

Alzò le sopracciglia fissandomi. «Non vuoi più niente?»

Sospirai, esausto. «Non si tratta di ciò che voglio. Si tratta di tutte le stronzate che devo finire stasera. Oltre a tutto pensavo che non volessi essere *quella* ragazza...»

Emilia sorrise, facendo scivolare l'altro piede sulla mia coscia, con lo stesso movimento del primo. «Una ragazza ha il diritto di cambiare idea, no? Specialmente quando il suo capo è *estremamente* sexy in quel modo *"mi sono appena tolto la cravatta e slacciato il colletto"*.»

Cercai ancora una volta di protestare... debolmente.

«Maggie è ancora qui...»

Mi sorrise. «Dammi cinque minuti per convincerti che scopare proprio adesso è una buona idea.»

Risi quando ripeté le mie parole di quella prima sera insieme a Yosemite. Il suo piede scivolò di nuovo sopra il mio inguine e mi mancò il fiato. Dio, che sensazione meravigliosa.

Le afferrai l'altra gamba e la tirai verso di me. Lei scese dalla scrivania e si sedette sulle mie ginocchia, con la gonna che risaliva lungo le cosce. «Bastava un minuto e mezzo» mormorai prima di cominciare a baciare quella bocca succulenta.

«Novanta secondi?» disse quando le permisi di riprendere a respirare. Stavo già spostando la bocca verso il collo e il primo bottone della camicia. «Devo essere arrugginita.»

Le avevo slacciato la camicia e il reggiseno e avevo il suo delizioso capezzolo eretto in bocca quando si sentì il bip dell'interfono. Maggie. Dannazione.

Tirai via la bocca. «Che cosa c'è?» sbottai.

Una pausa. «Solo per farti sapere che sto andando a casa. Hai bisogno di qualcos'altro?» Avrei potuto ridere. Emilia aveva il lobo del mio orecchio in bocca e lo stava raschiando delicatamente con i denti mentre succhiava piano. Fui invaso dal desiderio. Stava pensandoci Emilia a soddisfare tutti i miei bisogni. Infilai le mani sotto la sua gonna, oltrepassando il bordo di pizzo delle calze autoreggenti. Agganciai le sue mutandine.

«No, grazie» grugnii. Appena l'interfono si spense, le strappai le mutandine.

«Da zero a strappamutande in quattro minuti» rise Emilia mentre mi apriva la cerniera dei pantaloni. «Forse non sono poi così arrugginita.»

Feci scivolare la mano sulla carne umida e la mia erezione fu immediata. «Allora, per quelle fantasie capo-impiegata...» Cominciai ad accarezzarla e le si rovesciarono gli occhi sotto le palpebre abbassate mentre tirava indietro la testa, mostrandomi la gola in quel modo che mi faceva impazzire.

«Ti ho detto che non ne avevo.»

«Mhmm. Bene. Mi sa che stiamo per soddisfare le mie.»

Entrai in lei, gemendo. Era il paradiso. «Dio è così fottutamente bello.»

«È fottutamente bello. Siamo bravi a fottere» disse Emilia ridendo, muovendosi sopra di me.

«Facciamo tutto bene» mormorai roco contro la sua bocca.

Volevo perdermi in lei. Dimenticare tutti i problemi di quel giorno e immergermi in tutto ciò che era Emilia. Ricordai la prima sera in cui l'avevo portata all'orgasmo. Eravamo seduti così. Lei si era messa cavalcioni sopra di me su quel lettino nella spiaggetta dietro casa mia. Le avevo strappato le mutandine anche allora, e Dio, l'avevo desiderata tanto che, in quel momento, avevo quasi gettato al vento tutte le mie convinzioni.

Ripensai al momento in cui l'avevo toccata. Il modo in cui aveva reagito, i suoi dolci gemiti e il grido che aveva cercato di soffocare. Come aveva nascosto la faccia nella mia spalla. Come si era mossa, il modo in cui aveva respirato. L'intensità del suo orgasmo. Mi aveva intossicato. Era stato il momento in cui avevo capito che non sarei riuscito a togliermela dalla testa.

Quella sera l'avevo mandata a casa con la mia auto, continuando a bruciare per lei. Avevo lavorato per tutta la notte, cercando di togliermi dalla mente quell'ossessione temporanea. Lottando per autoconvincermi che *era* temporanea. Ma eccoci qui, cinque mesi dopo, ed ero preso da lei esattamente come allora.

La afferrai, chinandomi in avanti, e mi alzai, appoggiandola sulla scrivania, mentre mi spingevo seriamente dentro di lei. Lei mi mise le gambe intorno ai fianchi, premendosi forte. Ed io mi spinsi un'ultima volta dentro di lei, con l'orgasmo che mi squassava in forti, intense ondate.

Aspettai un lungo momento per allungare una mano tra di noi, per farla finire. Lei mi guardò con quel sorriso languido e quei meravigliosi occhi ambrati, stringendo le gambe intorno a me mentre l'accarezzavo. Quando venne, arcuò la schiena, spingendo in alto il suo bel seno.

Avrei potuto vederla venire per sempre. Era una cosa di pura bellezza. Ma mi obbligai a smettere, a tirar via la mano. E quando lei si raddrizzò, ci baciammo. Lei mi mise le mani intorno al collo e rise. «Siamo *veramente* bravi in tutto.»

Dopo, mise un vassoio dei suoi biscotti sulla mia scrivania e andò ad aprire il letto a scomparsa, sprimacciando i cuscini. E, quando pensai che avrebbe preso i piatti e se ne sarebbe andata a casa mentre io rivedevo la mia dichiarazione ufficiale seduto alla scrivania, prima di mandarla ai reparti per l'approvazione, mi sorprese rannicchiandosi nel letto e addormentandosi.

La raggiunsi quando era già passata la mezzanotte.

***

Per il resto della settimana, vissi in modalità di sopravvivenza. Non mi permisi il tempo di pensare. Il tempo di riflettere. Non potevo permettermi di pensare alla famiglia di quel ragazzo e alla rovina che la sua azione distruttiva si era lasciata dietro.

Essere accusato di creare un mezzo che dava dipendenza, beh, per me era una cosa personale. Mi lacerava dentro. A causa della mia storia, a causa delle dipendenze di quelli che mi erano più vicini, della mia stessa dipendenza. Tenevo tutto dentro come un gremlin imprigionato sotto chiave. Ma aveva il potenziale di trasformarsi in un mostro. E c'era solo quella piccola saracinesca mentale tra chi ero e chi potevo diventare, immergendomi completamente in quel mondo, seppellendomi nel lavoro per attutire il dolore.

E ne ero fin troppo conscio. Sempre.

Tenemmo una breve conferenza stampa (senza accettare domande) e rilasciammo una dichiarazione di condoglianze alla famiglia. Non mi presi la responsabilità di ciò che non era responsabilità mia. Era stata una settimana orrenda ma quando la stampa si buttò su un'altra storia, un'insurrezione in un piccolo paese del Medio Oriente che minacciava di far cominciare un'ennesima guerra, le nostre vite tornarono a essere un po' più tranquille.

Quel fine settimana, decidemmo di restare in casa, di prendercela comoda. Vivere tranquillamente prima che la settimana seguente ci piombasse nuovamente addosso. Era difficile lasciar perdere e allontanarmi dal lavoro, ma Emilia mi tenne sulla retta via, come sapevo che avrebbe fatto.

Dopo un pranzo tranquillo, uscii per una corsa nel tardo pomeriggio. Preferivo correre all'aperto intanto che il tempo era ancora bello. Emilia avrebbe voluto venire con me, ma le sue amiche, Alex e Jenna, erano arrivate con un fascio di posta dal suo vecchio appartamento, e quindi rinunciò.

Mi piaceva correre con Emilia, ma, senza di lei, potevo arrivare più lontano e correre più forte ed era esattamente ciò di cui avevo bisogno per schiarirmi le idee. Un'ora dopo, tornai a un gallinaio urlante di cui avrei potuto fare a meno.

Alex strillava con un tono acutissimo, con le braccia avvolte intorno alle spalle di Emilia. Jenna aveva le mani sul volto, gli occhi pallidi grandi come dollari d'argento. Era successo qualcosa. Emilia era rossa e tremava.

M'innervosii, diventando immediatamente protettivo. Che cos'era successo? I miei occhi volarono alla pila di posta aperta sul tavolo di fronte a loro. Cattive notizie?

Ero tutto sudato dopo la corsa, ma non m'importava. «Emilia, va tutto bene?»

Alex si staccò da Emilia, poi si voltò e corse verso di me. Io arretrai e tesi una mano. «Sudato» dissi, più che altro per evitare il momento imbarazzante. Alex aveva l'abitudine di buttarsi tra le mie braccia ed era strano come Emilia non se ne accorgesse o non se ne preoccupasse. Francamente non avevo la pazienza di occuparmi di Alex. Volevo sapere se Emilia stava bene.

Alex saltellò su e già sulla punta dei piedi nel mio campo visivo. «Sta più che bene, Adam! È...»

«Alejandra!» la interruppe Jenna. «Lascia che glielo dica Mia, per favore.»

Fissai Emilia, che mi rivolse un tremulo sorriso. Okay, quindi non era una cattiva notizia. Lasciai andare il fiato, rilassai le spalle e aspettai.

Emilia sorrise, radiosa alzando una lettera piegata. «Mi hanno accettato!»

Girai intorno ad Alex e andai immediatamente da lei. La sua gioia contagiò anche me. La abbracciai, tenendola stretta, e non sembrò che la infastidisse che fossi sudato e puzzassi come un cavallo.

Le baciai i capelli. «Hanno fatto in fretta! Devono veramente volerti. Nessuna sorpresa. Congratulazioni!»

Mi strinse a sé, afferrandomi come fossi un'ancora di salvezza. «Grazie» mi sussurrò all'orecchio.

Le baciai la guancia. «Sapevo che saresti entrata. La UCI è una grande università.»

Emilia si irrigidì tra le mie braccia e le due ragazze, fortunatamente, si acquietarono. Mi stavo stancando degli strilli acuti di Alex. Voltai la testa per guardarle e Alex e Jenna si scambiarono una lunga occhiata. Emilia aveva la testa bassa, infilata sotto il mio mento. Non si era rilassata.

Jenna allungò una mano e afferrò Alex per il braccio. «Andiamo sulla spiaggia a guardare il tramonto.»

Alex annuì e si voltò immediatamente. Furono fuori dalla porta in un attimo ed io restai a guardarle, confuso. Feci un passo indietro, respirai a fondo e guardai attentamente Emilia. Che evitò il mio sguardo.

«Quindi non è ancora l'UCI. Ero sicuro che ti avrebbero voluto anche altre università» le dissi piano.

Emilia strinse le labbra e appoggiò la lettera sul tavolo davanti a me perché potessi vedere l'intestazione. Johns Hopkins University School of Medicine.

Quando parlò, fu con una vocina così bassa che quasi non la sentii. «Non è solo un'altra università. È quella dei miei sogni.»

Non tolsi gli occhi dalla lettera. Sotto l'intestazione con il nome dell'università, c'era la località: Baltimora, Maryland. Il fottuto Maryland.

Emilia mi stava guardando cauta. Sentivo i suoi occhi su di me, come un tocco fisico. Quindi mantenni un'espressione completamente neutra. Percepivo il cuore battere alla base della gola con una forza che non sentivo da tempo. Quella familiare sensazione dell'adrenalina che scorreva nel sangue.

«L'università dei tuoi sogni? Non mi avevi mai detto di avere una scuola particolare in mente…»

Emilia fece una smorfia. «Ho fatto domanda tanto tempo fa. Prima di fallire il test la prima volta. Avevo avuto un colloquio con loro mesi prima che noi… che noi…»

«È impressionante. Sono sicuro che sia una sensazione meravigliosa.»

Misi la mano sul ripiano e mi appoggiai al braccio. Emilia distolse gli occhi, e sembrò fissare la mia mano che, sfortunatamente, stava afferrando il bordo del tavolo talmente forte che le nocche erano bianche. Mi obbligai a rilassarmi.

Lei si strofinò l'interno del polso con il pollice e spostò il peso da una gamba all'altra. «Il medico con cui ho fatto la mia ricerca per la laurea di primo livello è un ex-alunno molto rispettato del Johns Hopkins. Lavora con l'ospedale St. Joseph. Mi ha incoraggiato lui a fare domanda, con la sua raccomandazione.» Raddrizzò le spalle. «È una delle cinque migliori facoltà di medicina negli Stati Uniti e la numero uno per l'oncologia.»

Annuii. Avevo la bocca secca. Sì, quella era paura. Paura *gelida*. Dovevo pensare in fretta. «Quindi hai intenzione di andare?»

Emilia stava nuovamente evitando il mio sguardo. Cercai di immaginare come affrontare questa faccenda. Se fossi stato troppo deciso, lei si sarebbe irrigidita e avrebbe puntato i piedi come faceva sempre quando le pareva che la stessi costringendo a fare qualcosa. Sospirò. «Non lo so.»

Eccolo. Il *non lo so*. Tanto valeva che avesse detto "Diavolo, sì."

«Sono quattro anni, di più se hai intenzione di fare lì l'internato, come sembra.»

Emilia aggrottò le sopracciglia. Probabilmente il tono piatto nella mia voce la stava confondendo. Quello che non sapeva era che, dentro di me, stavo cercando di tenere a freno il bisogno enorme di aggredire la minaccia, controllare la situazione. Il desiderio era come una bestia selvaggia che stesse tirando le catene, morendo se necessario nel tentativo di vincere. Mi sarei occupato più tardi della minaccia, dopo aver avuto il tempo di pensare, ideare una strategia, a mente lucida. Per il momento, Emilia non doveva sentirsi minacciata da me.

Annuii. «Capisco.»

Finalmente mi guardò in volto, con i suoi grandi occhi dorati che studiavano ogni particolare. «Davvero?»

«È il tuo sogno, Emilia. Spero solo che non sia il tuo unico sogno.»

Restò a bocca aperta e mosse la bocca per un momento, come se stesse cercando di capire che cosa dire. Forse non aveva capito ciò che volevo dire io. Che anch'io volevo far parte del suo sogno.

Mi sorprese prendendomi la mano e racchiudendola nella sua più piccola. «Ovviamente no.»

«Allora non parliamone, per ora» dissi con la voce più tranquilla che riuscii a trovare. «Vediamo se riusciamo a capire più tardi che cosa fare.»

Una relazione da costa a costa per quattro anni, probabilmente di più. Non era certamente il *mio* sogno. Sembrava più un maledetto incubo. Certo, sarei potuto andare da lei tutti i fine-settimana, ma chi voleva passare cinque ore in volo per andare e cinque ore per tornare solo per passare quarantotto ore in cui stipare ogni conversazione, ogni sguardo, ogni carezza, ogni evento, ogni scopata, per poi passare un'altra lunghissima settimana con un letto vuoto, e a tavola da solo? Sarei ripiombato nei miei vecchi schemi. Lo sapevo con sicurezza. Sarebbe stato l'unico modo per affrontare la vita senza di lei.

Saremmo stati da soli per lunghi periodi di tempo. E le relazioni a distanza... sapevo perfettamente che non funzionavano. Mia cugina Britt era stata fidanzata con il suo ragazzo del liceo, quello che doveva essere l'amore della sua vita, e uno dei miei più cari amici alle superiori. Una volta partita per il college a Chicago, la relazione non era durata più di un anno. Per allora, lei aveva conosciuto Rik, che sarebbe diventato suo marito, e il mio amico Todd ne era rimasto distrutto.

Le relazioni a lunga distanza non funzionavano. E la nostra non sarebbe mai riuscita a sopravvivere a cinquemila chilometri e quattro anni, probabilmente di più.

Cazzo, non era ancora nemmeno partita. Non aveva ancora nemmeno preso la decisione di andare e già mi pareva che qualcuno mi avesse sparato nel petto con un calibro dodici.

Emilia tornò da me e mi abbracciò. Io chiusi gli occhi, permettendomi una smorfia che lei non poteva vedere e piegai la testa per baciarle i capelli. Non c'era assolutamente modo che riuscissi a fare a meno di lei. Dovevo solo riuscire a convincerla che la UCI era un'alternativa meravigliosa al suo sogno di sempre.

In qualche modo.

***

Il giorno dopo aver ricevuto la lettera di accettazione, Emilia ed io ci sedemmo nella sala giochi a casa mia. Emilia era davanti a me, e si batteva con impazienza le carte sulla mano, come per ricordarci che eravamo lì per giocare. Ma Heath aveva appena lanciato il guanto di sfida con la vecchia, solita domanda: in un combattimento, chi avrebbe vinto? Le navi di Star Trek o quelle di Star Wars?

«Beh, di quale versione dell'*Enterprise* stiamo parlando? Perché c'è un'enorme differenza.» Guardai Heath mentre prendevo un altro crostino di pita dalla ciotola quasi vuota e me lo mettevo in bocca, ammiccando a Emilia, seduta dall'altra parte del tavolo, in risposta al suo sospiro di sopportazione.

«È importante? Contro un caccia stellare qualunque versione dell'*Enterprise* verrebbe vaporizzata» rispose Heath, prendendo l'ultimo crostino dalla ciotola prima che ci arrivassi io.

Tossicchiai per togliermi le briciole dalla gola e bevvi un po' d'acqua, riflettendo. «Okay, l'*Enterprise* dei film della riedizione. Ma qualunque versione batte un cacciatorpediniere stellare anche solo in fatto di manovrabilità.»

Emilia sbuffò, picchiandosi la mano sulla fronte. «È una discussione così… *da uomini*. Voi due andrete avanti per ore. Dai! Ho qualcuno a cui fare il culo, gente» disse, alzando la sua serie di carte.

Heath rifletté un momento masticando il crostino, poi annuì. «Certo, non si può manovrare un cacciatorpediniere in un fazzoletto di spazio, ma non ne ha bisogno. Come dimostrato dall'Impero durante la scena nel campo di asteroidi, la sola potenza di fuoco è infinitamente superiore a quella dell'*Enterprise*.»

La testa di Emilia colpì il tavolo con un tonfo. «Voi due mi state uccidendo. Decidetevi a giocare una carta!»

Nascosi una risata. «Ma se confronti la pura potenza di fuoco...»

«Arriva la Battlestar Galactica e li fa fuori tutti e due. Fine.» Emilia agitò una mano mimando un taglio per sottolineare le sue ragioni.

«Siamo troppo geek per te, Mia. Oh povera bambina.»

Emilia sbuffò. «Dio, tanto varrebbe discutere chi potrebbe battere l'altro in un combattimento, il capitano Kirk o Darth Vader!»

«Darth Vader» esclamammo Heath ed io all'unisono scambiandoci un sorriso.

«Lui ha il potere della forza, yo» aggiunse Heath. «Può soffocare un tizio dall'altra parte della galassia solo attraverso un ologramma.»

Alzai un dito. «Già, non c'è storia» dissi, dando un'occhiata scherzosa a Emilia. «Se opponessimo Darth Vader a Gandalf, d'altra parte...»

A Heath s'illuminarono gli occhi. «Oh, epico!»

Emilia sospirò. «Vince Galdalf. È il mago che ha ucciso un Balrog tutto da solo. Fine della discussione. Ora... vogliamo giocare? Non ricordo più a chi tocchi.»

«A te» risposi. «Heath ha definito il terreno e convocato un lord Goblin.» Indicai le carte a faccia in su davanti a lui.

«Comunque questo gioco fa schifo con solo tre giocatori» sospirò Emilia, giocando la carta di un'isola.

«È perché stai perdendo» disse Heath.

«Forse, oppure *ti* sta chiamando "ruota di scorta" e non in modo molto sottile, oltre a tutto» dissi, facendole l'occhiolino.

«Mi sta bene. Comunque sto per scatenare la mia orda di Goblin e darle una bella ripassata.» Heath alzò e abbassò suggestivamente le sopracciglia, rivolto a Emilia. «Tutte tue basi mie» disse, citando una frase di un videogioco straniero mal tradotto. Emilia rispose con una boccaccia.

Lei resistette solo un'altra mano, poi Heath ed io finimmo per battagliare ancora per mezz'ora. A quel punto Emilia se n'era già andata. Ero vagamente conscio che si stava comportando in modo strano da tutta la giornata. Anche invitare Heath per "festeggiare" la sua accettazione alla facoltà di medicina e cercare di allentare la tensione tra di noi non aveva funzionato come avevo sperato.

Dopo la partita, Heath decise che era ora di andare casa. Osservai Emilia, cercando di capire se fosse ancora irritata con me. Me lo meritavo, immagino. L'unica volta che aveva tentato di introdurre il discorso della facoltà di medicina, dopo aver ricevuto la notizia il giorno prima, avevo rimandato. Non ero ancora pronto. Non avevo ancora delineato la mia strategia di attacco. Dovevo prepararmi.

Aprii una bottiglia di birra per ciascuno e bevvi un lungo sorso mentre lei raccoglieva le carte e rassettava il tavolo dopo la partita, evitando studiatamente il mio sguardo. Io osservavo tutti i suoi movimenti, ogni espressione che le passava sul volto.

Quindi voleva parlarne? Ora ero pronto. Avevo preparato la mia strategia, perché i giochi si basavano completamente sulla strategia ed io avevo imparato, a quanto pareva, da un maestro. Le parole dell'*Arte della guerra* di Sun Tzu mi sussurravano da migliaia di anni prima.

L'eccellenza suprema consiste nello spezzare la resistenza del nemico senza combattere.

Non avremmo discusso. Avrei cominciato in modo casuale, non minaccioso. E poi le avrei fatto capire le ragioni. Emilia era una donna razionale, quasi troppo, a volte. Viveva nella paura di lasciare che le emozioni la controllassero. Quella paura aveva quasi impedito che cominciassimo la nostra relazione. Quindi avrei trattato questa situazione come due signori della guerra seduti al tavolo e fare una tranquilla trattativa, una divisione di spoglie.

Accidenti se non avevo anche mentalmente tracciato un diagramma di flusso. «La tua mano di carte non era male» iniziai, indicandole. «Avresti potuto battere Heath se avessi pescato le carte giuste in tempo.»

Emilia alzò un sopracciglio. «Ma non *te*, ovviamente. Sai, se vinci ogni singola partita, nessuno vorrà più giocare con te.»

Bevvi un altro sorso di birra e la guardai mentre ritirava il mazzo di carte nella loro custodia e raccoglieva i dadi, infilandoli nel sacchetto di pelle. Era domenica notte, la fine del weekend e non avevo molta voglia di alzarmi e andare a lavorare il giorno dopo. C'era qualcosa di preoccupante in quel pensiero. Non riuscivo a ricordare di aver mai *temuto* un lunedì mattina. Di solito mi eccitava l'idea di cominciare una nuova settimana di lavoro, anche se quella precedente era appena finita.

Emilia fece per alzarsi da tavola quando le indicai la sua birra intatta e lei alzò le spalle, dicendo che non aveva sete. Allungai la mano e la appoggiai sulla sua, impedendole di allontanarsi. «Vuoi parlarne adesso?»

Lei si bloccò per un secondo netto, poi si lasciò sfuggire un lungo sospiro e si appoggiò allo schienale, afferrando la sua birra e bevendo un lungo sorso. Di colpo aveva sete, ed era visibilmente molto nervosa. Quando me ne resi conto, sentii la pressione salire un po'. Che cosa aveva da essere nervosa, a meno che avesse preso una decisione che sapeva non avrei gradito?

Deglutii, cercando di ricordare briciole dell'antica saggezza militare cinese perché mi aiutassero in quel frangente. Non dovevano esserci emozioni. Avrebbe dovuto essere una trattativa calma, razionale. Che avrei vinto io, ovviamente. In un modo o nell'altro.

Sorrisi, nascondendo il mio stesso nervosismo. «Grazie per essere stata paziente con me» cominciai a dire. «Dovevo solo riflettere un momento sulle cose.»

Emilia annuì, guardandomi cauta con gli occhi del colore delle foglie d'autunno. Che colore era poi? Se fossi stata una ragazza sarei stato in grado di definirlo. Erano belli, dorati con pagliuzze più scure intorno alle pupille. Aspettai che parlasse per prima.

«Non riesco a smettere di pensare di andare alla Hopkins» disse sottovoce, con un lieve tremore nella voce. Bene. Sembrava insicura. Era una cosa che avrei potuto sfruttare. Era insicura sulla scelta, nonostante ciò che aveva detto.

Mi massaggiai la mascella, esitando. «Quindi, se capisco bene, hai scelto quell'università per via del loro programma di oncologia.»

Emilia mi guardò e poi distolse in fretta lo sguardo. «Stanno facendo dei lavori affascinanti con le cellule staminali.»

«Non sono gli unici. E nessuno stato ha leggi più favorevoli della California riguardo alla ricerca sulle cellule staminali.» Stavo per aggiungere alcuni fatti sulla Proposta 71 che avevo trovato durante le mie ricerche, ma mi frenai, pensando che non fosse il caso di esagerare. Non volevo che si mettesse sulla difensiva.

«Mhmm. Okay. È vero, ma la Hopkins riceve fondi diretti dallo stato per le sue ricerche sulle cellule staminali. E le loro ricerche sull'epigenetica sono le prime al mondo.»

Mi ero imbattuto in quel termine durante la mia ricerca e lo ricordavo con la mia memoria eidetica, come ricordavo tutto ciò che avevo letto. Epigenetica era lo studio delle mutazioni genetiche e la trasmissione di caratteri ereditari non attribuibili direttamente alla sequenza del DNA. Si rapportava direttamente a come alcune cellule diventavano cancerose nel tempo. E aveva ragione. La Hopkins aveva il miglior medico che studiava quel campo. Ma non ero completamente disarmato anche per controbattere quel fatto.

«La dottoressa Philippa Nguyen ha studiato con quel medico alla Hopkins, quello che dirige la squadra. E ha un suo progetto che porta avanti alla UCLA. E il suo programma ha già ricevuto finanziamenti per almeno altri sette anni.»

L'espressione di Emilia divenne seria mentre elaborava quel fatto. Forse non avrebbe avuto niente da ribattere. «Vedo che hai fatto delle ricerche.»

Alzai una spalla. «Credevo lo sapessi già. E mi piace conoscere tutti i fatti. La squadra della dottoressa Nguyen sembra paragonabile a quella della Hopkins. E i due gruppi stanno collaborando con le loro ricerche e i loro studi.»

Emilia abbassò gli occhi sul tavolo di fronte alle mie mani. Cercai di spezzare la tensione causata dal suo improvviso silenzio prendendo la mia bottiglia e bevendo un sorso di birra.

«Vuoi che vada alla UCLA.»

Aprii la bocca per risponderle, senza riflettere, ma la richiusi in fretta. Attento, Drake. Potrebbe essere un'imboscata. Avevo una minuscola immagine in fondo alla mente dell'ammiraglio

Ackbar, il comandante dalla forma di pesce del Ritorno dello Jedi, che urlava "È una trappola, è una trappola!". Quindi respirai a fondo e pensai a come rispondere, nel modo migliore e più cauto.

«Sarebbe più facile per noi se tu restassi.»

Sbatté gli occhi. «Se andassi lì, dovrei vivere a Los Angeles. La Ucla è a Westwood ed è troppo lontano andare avanti a indietro da qui.»

Abbassai gli occhi, armeggiando con il tavolo, fingendo di pensarci, come se non avessi già preso in considerazione ogni possibile obiezione da parte sua e non mi fossi già preparato per ognuna di loro. Dovevo farlo apparire casuale, improvvisato. *Ogni guerra è basata sull'inganno.* Non avevo voglia di ingannarla. Ma non volevo nemmeno darle un motivo per arrabbiarsi. Meno fosse apparso premeditato, meno avrebbe pensato che stavo cercando di manipolarla.

«Beh, potrei farti portare da un autista. Potresti usare il tempo del viaggio per studiare. Oltre a tutto, se vivessi qui, non dovresti preoccuparti per altre cose come pulire la casa, lavare, cucinare. Qualcun altro lo farebbe per te, mentre se vivessi nel Maryland...»

«Tu potresti vivere là con me» disse.

Sì, ero pronto anche per quella risposta. Piegai la testa, come se stessi riflettendo su come risponderle. «Potrei. In circostanze normali potrei cercare di gestire la società da là e venire qua ogni mese, per passare qui una settimana o due.» Stava facendo i conti? Più tempo lontani se lei se ne andava. Anche se fossi andato con lei.

«Ma... non so come progredirà questa causa. Se dovessimo finire in tribunale, dovrò occuparmene e non potrò partire.»

Non era del tutto vero, però, e lo sapevo. Forse *avrei* potuto farlo funzionare, ma per me non aveva senso, quando lei poteva frequentare un'università altrettanto buona più vicino.

Emilia abbassò gli occhi, fissandosi i pollici, che stava ruotando freneticamente uno intorno all'altro. Rimase a lungo in silenzio, quindi bevvi ancora un sorso per lasciarla pensare. Senza alzare gli occhi, Emilia fece un profondo respiro e poi parlò con la voce bassa, ferma. «Quando ho cominciato il programma di pre-medicina, non avevo idea di che specialità avrei scelto. So da quando ero in seconda media che volevo fare il medico. Non m'importava che tipo di medico. Volevo solo aiutare la gente, essere una guaritrice.»

Io mi leccai il labbro inferiore. Non mi piaceva il tono fermo della sua voce, che stava diventando sempre più sicura.

Poi lei alzò gli occhi e catturò il mio sguardo. I suoi occhi brillavano. Non riuscii a distogliere lo sguardo. Bruciavano di una fiamma interiore, di passione. «Ma quando mia madre si è ammalata, e, Dio, stava così male, ed è quasi morta, e lei era tutto per me. Io...» Le tremò la voce. Scosse la testa e guardò di lato. Deglutendo. «Giurai che avrei fatto tutto ciò che serviva, che avrei lottato nel solo modo che conoscevo. Promisi a mia madre che se avesse preso a calci in culo il cancro, allora lo avrei fatto anch'io. Avrei frequentato la migliore università. Avrei imparato dai migliori e non mi sarei *mai* arresa. E quando fallii quel maledetto test, pensavo che quel sogno fosse volato fuori dalla finestra.»

A quel punto stavo a malapena respirando, al contempo rapito dalla passione nel suo discorso e terrorizzato. La sua decisione non si sarebbe basata solo sui fatti e sulla fredda razionalità, cose con cui mi sentivo a mio agio. C'era un collegamento emotivo. Ero fottuto. Mi sentii freddo dentro. Perché come avrei potuto combattere *quello*?

Deglutii. «Hai almeno pensato alla possibilità dell'UCLA?»

Lei strinse le labbra ed esitò, abbassando gli occhi. «Ho fatto domanda. Ma potrebbero avermi respinto, esattamente come la Davis.»

«Non ti hanno respinto. Sei dentro.»

Alzò di scatto la testa. «Cosa? Come fai a saperlo?»

Sorrisi, felice di poterle dare una buona notizia. «Ho fatto qualche telefonata. Conosco un tizio che è nel comitato raccolta fondi, che conosce il responsabile...»

Mi guardò socchiudendo gli occhi. «Hai chiamato il responsabile delle ammissioni di domenica mattina...»

«No. Ho chiamato un amico che conosce il responsabile delle ammissioni.»

«Perché il tuo amico è nel comitato *raccolta fondi*.»

Smisi di parlare per un momento, studiando il linguaggio del suo corpo. Aveva le mani strette a pugno, la schiena rigida. In fondo alla testa vedevo lampeggiare un segnale d'allarme e sentire le parole. *Pericolo, Adam Drake! Ritirarsi! Ritirarsi! Ritirarsi!*

Ma ero un idiota e quindi insistetti. «L'ho chiamato solo perché immaginavo che avresti voluto sapere...»

«No. Hai immaginato che *tu* avresti voluto saperlo.»

Alzai le spalle. «Sì, va bene, volevo saperlo. È una scelta logica per te. Programmi paragonabili. Sei stata accettata. E c'è...»

Emilia aggrottò la fronte. «Quanto hai promesso al tuo amico della raccolta fondi?»

Aprii la bocca e poi la richiusi. «Non gli ho promesso niente.»

Emilia unì le mani, stringendole per un momento, cercando chiaramente di restare calma. «Okay, quanto gli avresti promesso se non fossi stata accettata?»

«Non avrei fatto niente del genere. E non ne avrei avuto bisogno. Eri già nella lista ristretta. Volevo solo sapere. E immaginavo che *anche tu* avresti voluto saperlo. Per poter prendere una decisione ponderata.»

Emilia si massaggiò la fronte, chiudendo gli occhi. «Non riesco a crederci.»

«Che cosa? Che avrei tentato di ottenere tutte le informazioni possibili? È importante. Si tratta del nostro futuro.»

Sospirò, esasperata. «È una decisione mia e tu non puoi prenderla per me.»

Chiusi il pugno sul tavolo in mezzo a noi. «Tu ed io siamo *noi* e questo significa lavoro e compromessi.»

Sbuffò, quasi scoppiò a ridere, *ridere*. Sentii una fiamma d'irritazione bruciarmi dentro il petto. «Adam. Giuro su Dio che quella parola non significa quello che tu credi che significhi.»

Alzai un sopracciglio, per niente divertito dalla sua parafrasi della famosa citazione dal film *La storia fantastica*. «Ah sì? Che cosa penso che significhi?»

Mi bucò con lo sguardo. «Significa che tu ottieni quello che vuoi ed io devo accettarlo.»

Mi strofinai la fronte, soffiando fuori il fiato. «Non ho tempo per queste stronzate, Emilia. C'è una seria minaccia contro la mia società, il *mio* sogno. Non posso allontanarmi dal lavoro, te l'ho detto. Ho fatto del mio meglio per controllare il bisogno di essere costantemente in ufficio. Ma in questo momento non posso accettare i compromessi che tu vuoi che accetti.»

Emilia alzò le spalle, poi gettò in alto le mani. «Allora, com'è possibile?»

«Di che cosa stai parlando?» dissi a denti stretti. Non mi piaceva la direzione in cui sembrava andare.

«Noi. Questo. La nostra relazione. Ciò che vogliamo e ciò di cui abbiamo bisogno non sono nemmeno compatibili se non impariamo a dare e prendere.»

«Qui non si tratta di una decisione tipo "vino bianco o rosso con la cena". Siamo entrambi neofiti quando si tratta di relazioni e questa è una decisione importantissima che influenzerà le nostre vite per molto, molto tempo.»

«Quindi io devo cambiare ciò che voglio se voglio stare con te?»

Per quella domanda non avevo una risposta. Nessuna risposta che potesse piacerle. Quindi non dissi niente.

Dopo qualche minuto, passato a massaggiarsi la fronte e aspettando che rispondessi, Emilia scosse la testa. «Sono così stanca che non riesco più nemmeno a pensare in modo coerente. Devo andare a dormire.»

«E che cosa succederà domani, quando ci sveglieremo?»

Scrollò le spalle, alzandosi. «Immagino che lo capiremo domani. Siamo due persone intelligenti. *Dovremmo* essere in grado di trovare una soluzione.»

Quella paura gelida era tornata. Nella mia mente scorsero tutte le possibilità, mentre cercavo di trovare una risposta veloce, senza riuscirci.

Io sapevo che cosa volevo. Volevo *lei*. E volevo che restasse qui, con la mia famiglia, i miei amici, la mia società, la mia intera vita, incluso lei. Deglutii e decisi che dovevo dedicare un po' più di tempo a pensarci. La saggezza di Sun Tzu doveva servire a qualcosa in casi come quello. Avrei voluto che qualcuno avesse scritto un libro chiamato *L'arte dell'amore* da poter archiviare in fondo al mio cervello e da cui trarre ispirazione.

***

Per tutta la settimana seguente, fummo come due navi che s'incrociavano nella notte. Andavamo al lavoro su auto diverse perché lei non sapeva quando sarei tornato a casa e lei aveva diversi appuntamenti al mattino, medico o dentista o qualcosa del genere. Al lavoro, io ero occupato dal potenziale disastro legale e da tutta la burocrazia che dovevamo superare per cercare di evitare l'inevitabile. E, ovviamente, la catastrofe imminente di questa decisione che pesava su di noi.

Riuscii a tornare a casa tutte le sere, anche se tardi. Non parlammo più della facoltà di medicina, anche quando arrivò per posta la lettera di accettazione da parte della UCLA. Ma non c'era quell'eccitazione, quell'allegria sul suo volto che c'era stata quando aveva ricevuto la lettera della Hopkins. Solo un sommesso. «L'ho ricevuta.»

Decisi allora che era necessario formulare un nuovo piano di attacco… cercando di non farlo apparire tale.

L'unica cosa di cui ero sicuro era che non sarei rimasto a guardare. Detestavo non avere il controllo di una delle cose, no, *la* cosa più importante della mia vita. Continuavo a pensarci, anche mentre ero occupato con i problemi legali e le normali attività lavorative.

Ma capivo che la infastidiva, perché anche le poche ore prima di andare a letto che passavamo insieme, di solito cenando tardi o magari guardando la TV o un film insieme, Emilia era distante, silenziosa.

E non era nemmeno molto interessata al sesso, e questo era scocciante. Anche più del normale, perché il sesso sarebbe stato uno sfogo notevole. Le volte che cominciavo io, lei inventava delle scuse ridicole per evitarlo, o restava lì, distratta.

Cominciai a provare una sensazione che non provavo mai: il panico.

Stava cercando di allontanarsi da me, preparandosi a trasferirsi nel Maryland? Era risentita perché la nostra relazione le stava impedendo di realizzare il suo sogno?

Era ora di mostrarle un nuovo sogno per sostituire quello vecchio? *L'arte della guerra... è questione di vita o di morte, una strada per la sicurezza o per la rovina.* Non stavo facendo la guerra a Emilia. Ma stavo facendo la guerra al suo proposito di andare a vivere dall'altra parte del paese senza di me, per poter ottenere il controllo di ciò che era mio.

Quella settimana, mentre passavano i giorni, nella mia mente si stava formando un altro piano. Quindi lei era emotivamente attaccata alla decisione di andare alla Hopkins da molto prima che ci conoscessimo. Ma ora avevamo una relazione e questo cambiava le cose. Cose che le avrei fatto capire. Aveva un nuovo attaccamento emotivo e quello, speravo, era molto più forte di quell'idea distante di andare a scuola nel Maryland. Era attaccata a *me*. Ed io non avrei rinunciato a lei.

Le avrei offerto un nuovo sogno. Avrei trovato un modo per renderle impossibile andar via. Speravo che fosse già una scelta difficile, ma non mi sarei fatto scrupoli ad alzare la posta.

Quando chiamai Kim Strong, qualche sera dopo, non fu solo per chiederle di aiutarmi con il mio nuovo piano, ma anche per chiederle la mano di sua figlia.

Capitolo Quattro

Il venerdì seguente, portai Emilia fuori a cena, col pretesto di festeggiare il fatto che l'avessero accettata in tre diverse facoltà di medicina, Hopkins, UCLA e San Diego. La UCI non aveva ancora risposto e anche se era la più vicina tra quelle che aveva scelto, sapevo che non la interessava quanto le altre.

Non era un venerdì sera qualunque. Era la sera in cui avremmo festeggiato i suoi successi, di cui andavo molto fiero. Ma sarebbe anche stata la sera in cui avrebbe accettato di diventare mia moglie. E avevo programmato tutto nei dettagli, con un po' di aiuto da parte dei miei amici, perfino del riluttante Heath, che non aveva esitato a dirmi che pensava fosse una pessima idea.

Ma lo ignorai perché ero sicuro di cosa provavo per lei e cosa provava lei per me e sapevo che Emilia avrebbe capito che era il prossimo passo logico per noi. Avevo la scatolina dell'anello che mi pesava nella tasca della giacca. Ero nervoso da morire, ma non avevo dubbi che fosse una mossa necessaria nel mio piano di attacco.

Il ristorante era sul mare a Newport con una fantastica vista sulla baia, a poche miglia da casa. Non ero un tipo romantico e non ero incline a gesti grandiosi. Comunque Emilia non si sarebbe aspettata un grande gesto da me. Ma volevo comunque che quella sera fosse speciale, una serata alla quale avremmo ripensato quando fossimo stati vecchi bacucchi insieme. Era difficile contenere l'eccitazione. Avevo il cuore che batteva forte e probabilmente la mia mano era anche un po' sudata mentre stringevo il piccolo astuccio di velluto. Era straordinario che riuscissi perfino ad avere pensieri come quelli senza farmela sotto.

Eravamo seduti accanto alla ringhiera proprio sopra le onde che si infrangevano. Faceva caldo e il tempo era asciutto, com'era tipico per l'inizio di ottobre nel sud della California. Soffiavano i venti di Santa Ana, come sempre in autunno. All'inizio ci fu imbarazzo, lunghi silenzi interrotti da brevi conversazioni. Ero sicuro che fosse in gran parte dovuto al mio nervosismo.

«Notizie dagli avvocati?» mi chiese.

Rimasi sorpreso che ne avesse parlato in una sera come quella, poi liquidai il discorso. «Non ne voglio discutere stasera.»

Emilia alzò le spalle e distolse lo sguardo. «Scusa.»

Mi schiarii la voce. «Nessun problema.»

Emilia aveva un vestito nuovo, di un azzurro vibrante, e i lunghi capelli scuri drappeggiati su una spalla. Quando eravamo entrati, aveva fatto voltare molte teste. Era veramente una bella donna e non mi stancavo mai di notarlo. Ma lei sembrava distante, distratta, quella sera come tutte le altre sere quella settimana.

Mi chinai in avanti e mi schiarii la voce. «Hai avuto occasione di guardare il programma dell'UCLA?»

Lei si tirò indietro, giocherellando con il menu. «Forse non dovremmo parlare nemmeno di *quello*. Troviamo qualcosa di neutrale di cui discutere. Come, ad esempio, il film che vedremo dopo la cena.»

La studiai per un lungo momento, cercando qualche indizio su che cosa le stesse passando per la testa, sentendo quella gelida paura che mi formicolava nella schiena. Non ci parlammo finché il cameriere non ebbe preso i nostri ordini e i nostri menu.

Emilia giocherellava con le goccioline di condensa sull'esterno del suo bicchiere d'acqua.

«Che cosa c'è?» dissi.

Lei mi rivolse un'occhiata cauta prima di concentrarsi di nuovo sul bicchiere. Scosse la testa. «Scusami. Non so dove ho la testa.»

La studiai, sapendo esattamente dov'era la sua testa. Stava ancora pensando alla Hopkins.

La serata continuò allo stesso modo, frammentata. Toccò appena la cena. A tratti, conversavamo per un po'. Emilia mi raccontò una storia buffa su Mac che aveva strapazzato una stagista che aveva flirtato un po' troppo con gli abbonati su Reddit.com. Ma restammo perlopiù in silenzio. Ogni tanto la coglievo a rivolgermi un'occhiata turbata e anche se avrebbe dovuto farmi recedere da quello che avevo intenzione di fare quella sera, riuscì solo a rendermi più deciso.

Perché a volte sono un idiota. Un testardo, fottuto idiota. Quindi, con il dessert, ordinai una bottiglia di champagne. Appena lo versarono nella sua flûte, Emilia la svuotò in fretta, indicando al cameriere di riempirla di nuovo. Due bicchieri di vino a cena e ora stava succhiando lo champagne come se stesse morendo di sete.

«Che cosa sta succedendo? Quello era il tuo terzo bicchiere.»

Emilia spalancò gli occhi. «Li stai contando?»

«Lo stavo solo chiedendo. Mi sembri nervosa.»

Fece una smorfia. «Anche tu.»

Non potevo negarlo. *Ero* nervoso. Per ragioni ovvie. Ovvie per *me*, comunque.

Emilia sospirò e spinse in avanti il piatto del dessert, intrecciando le dita e appoggiando le mani ripiegate sul tavolo. «Dovremmo parlare» disse con la voce tesa.

Quella paura gelida, pungente nel mio petto s'intensificò. «Sì, sono d'accordo. C'è qualcosa che volevo chiederti.»

Lei aprì la bocca come per continuare, poi cambiò idea. «Oh, che cosa volevi chiedermi?»

Mi bloccai, per un secondo. Le gocce di sudore che si raccoglievano sulla mia fronte venivano spazzate via immediatamente dalla brezza calda e asciutta. Misi la mano nella tasca della giacca e ne tolsi la scatolina. Le presi la mano, con la scatola chiusa nell'altra.

«Ti amo» dissi.

Lei fece un respiro tremante e mi strinse la mano. «Ti amo anch'io.»

«Voglio darti una cosa.» Allungai la mano e le misi la scatolina di velluto nero nella mano che le stavo tenendo.

Lei la fissò come se le avessi dato uno scarafaggio morto. Il tempo sembrò curvarsi e rallentare intorno a noi. Ero appena entrato nel mio TARDIS privato, ma non c'era modo di uscirne. Sentii lo stomaco che si stringeva. Non era un buon segno. Proprio per niente.

Le tremò la mano, appena un po', ma la voce era molto più scossa. «Mi hai comprato un gioiello?»

Io inspirai a fondo e trattenni il fiato. «Aprila.»

Nonostante la partenza infausta, cominciavo a essere impaziente di vederla aprire l'astuccio e rendersi conto di che cosa le stavo chiedendo. Lei toccò la scatolina, esitando, e deglutì.

«Aprila, Emilia» la invitai.

Lei sbatté gli occhi e poi ubbidì. Prima restò a bocca aperta e poi sembrò smettere di respirare.

«È un...» ansimò, con gli occhi che si spalancavano per lo shock.

«Un anello di fidanzamento, sì.»

Non sapevo praticamente niente di gioielli, ma mi aveva aiutato Kim a sceglierlo. Era un diamante quadrato, di due carati, con un'incastonatura bassa, circondato da pietre incastonate a ghiera (o almeno così mi aveva detto il gioielliere). Emilia lo fissò per qualche momento, senza muoversi né parlare. Beh, diavolo, oramai ero in ballo e lei si sarebbe abituata all'idea una volta che avesse visto quella maledetta cosa sul suo dito. Mentre cercavo di calmare il cuore che minacciava di uscirmi dal petto, le presi la scatola dalla mano e tolsi l'anello. Tossii e mi feci forza, raddrizzando le spalle. «Io ti amo, Emilia. Non vedo perché non dovremmo cominciare a programmare il nostro futuro *adesso*. Vuoi sposarmi?»

La sua mano era diventata di ghiaccio nella mia e lei era diventata paurosamente pallida, con i grandi occhi che sembravano ancora più enormi e scuri nel suo volto. Poi cominciò a tremare. In tutto il corpo.

Restai di sasso. Non aveva detto niente. Forse dovevo infilarle l'anello sul dito? O dovevo aspettare che mi desse qualche indicazione? Nei film, l'uomo faceva sempre la domanda mentre metteva l'anello al dito della donna. Quindi, dato che lo stavo comunque tenendo in mano, decisi di metterglielo. Sarebbe stata più disposta a dire sì quando lo avesse visto scintillare sulla sua mano.

Non riuscii ad andare oltre la prima nocca prima che Emilia strappasse via violentemente la mano. L'anello cadde sul tavolo e restò lì a oscillare come un penny tra di noi. Lo fissammo entrambi, come se fossimo due amanti che vedevano il loro futuro evaporare davanti a loro. Perché era *così*.

Ogni respiro che prendevo mi causava una fitta di dolore alla cassa toracica. Il cameriere raccolse i nostri piatti da dessert, ignorando studiatamente l'anello sul tavolo in mezzo a noi.

Guardammo entrambi vagamente il nostro coperto. Per mancanza d'altro da fare, presi il portafogli, ne tolsi la carta di credito e la consegnai al cameriere. Con un po' di fortuna, avrebbe perlomeno tenuto lontano il bastardo per un po'.

Finalmente trovai il coraggio di guardarla. Lei stava ancora fissando a occhi sgranati l'anello abbandonato, che scintillava alla fiamma della candela sul tavolo. Lentamente, scosse la testa e finalmente parlò. «Che cosa significa?»

Il silenzio incombeva nell'aria intorno a noi, denso come una cortina opaca di sfiducia.

«Dimmelo tu» risposi, asciutto. Non aveva intenzione di darmi una spiegazione? Avevo la testa piena di pensieri ingarbugliati e mi chiedevo se fosse il caso di fare pressioni per scoprire che cosa stava pensando. O se quello fosse il posto giusto per farlo.

E com'era possibile pensare coerentemente quando mi sembrava di aver ricevuto un colpo nelle palle con una mazza?

«Adam» disse con la voce che tremava. Riluttante, alzai gli occhi per guardarla. «Non c'è modo...»

«Non ora o mai?» Dio, sembravo un tale perdente dicendolo. Come quel mingherlino piagnucolante sdraiato in una pozza del suo stesso sangue nello spogliatoio, che fissava i quattro tizi che lo avevano appena pestato.

Emilia scosse la testa. «Non lo so nemmeno...» Merda. La situazione era peggiore di quanto avessi pensato.

«Scusami. Faccio venire la macchina.» Mi alzai.

Invece andai in bagno e mi presi un minuto per calmarmi. Tentai, in effetti, di buttarmi in faccia un po' d'acqua fredda. Non mi fece un granché bene. Era tornato quel dolore nel fianco. Che cosa voleva dire? Non ora o mai?

Quando tornai al tavolo, c'erano il conto e la ricevuta da firmare. Rimisi nel portafogli la carta di credito e aggiunsi la mancia. Abbassai gli occhi e vidi che l'anello non era più sul tavolo, ma era stato rimesso nella sua scatolina nera. Come se, senza quel promemoria, avessimo potuto tornare a comportarci... beh, non normalmente, perché non era così che ci eravamo comportati per tutta la sera. O per giorni, se era per quello.

Lasciai la scatola sul tavolo. Non avevo nessuna voglia di toccare quella maledetta cosa. Ma con la coda dell'occhio, mentre mi voltavo per andarmene, vidi Emilia che lo raccoglieva e lo metteva in borsa. Non era il modo in cui avevo immaginato che portasse a casa l'anello.

Ah, merda. Ricordai il gruppo di persone che avevo chiesto a Kim di invitare per farle una sorpresa. La scusa era di festeggiare la sua accettazione alla facoltà di medicina, ma l'avevo anche programmato come un festeggiamento per il nostro fidanzamento. Pensai in fretta. Potevo portare Emilia al cinema e mandare un messaggio a Kim per farglielo sapere, ma tutti pensavano di essere lì per festeggiare il successo di Emilia, ed era così. Ero obbligato ad arrivare fino in fondo.

Avremmo dovuto stamparci in faccia dei bei sorrisi e fingere che non fosse successo niente. La guardai con la coda dell'occhio. Aveva la testa china e aspettava accanto a me che arrivasse l'auto. Sembrava confusa e un po' arrabbiata.

Ciò nonostante non ero pronto ad arrendermi. Una piccola battaglia persa, anche se non sapevo perché, non significava che *tutto* fosse perduto. Ed io non ero tipo da arrendermi facilmente. Non lo ero mai stato. *Vincerà colui che sa quando combattere e quando non farlo. Vincerà colui che, preparato, aspetterà che il nemico non sia preparato.*

Sarei impazzito in silenzio, ma avrei preparato un altro piano e sarei stato pronto quando le sue difese sarebbero state più deboli.

Viaggiammo in silenzio. Emilia aveva le braccia strettamente ripiegate sul petto, ma non ci dicemmo nemmeno una parola.

Diavolo, sì, ero incazzato. Che cosa diavolo stava succedendo? Pensava che andassi in giro a proporre il matrimonio a tutte le donne? Come se quella, per me, fosse una sera qualsiasi? Non avevo mai nemmeno voluto *pensare* al matrimonio. Non lo avevo mai nemmeno desiderato. Fino a lei.

E, certo, magari ero anche motivato in parte dalla paura, ma c'era forse una motivazione migliore? Molti grandi gesti erano stati motivati dalla paura. Okay, l'avevo visto come un mezzo per assicurarmi di tenerla con me. Avevo pianificato tutto. Ci saremmo sposati prima che cominciasse l'università. Avrebbe cominciato il primo anno da donna sposata e sarebbe stata *qui* con me.

Anche se mi spaventava l'idea della festa, in un certo senso ero sollevato al pensiero di essere circondato dalla gente, così non saremmo dovuti restare da soli. Per non annegare in quel silenzio, denso come la nebbia che copriva la costa di Newport quasi tutte le mattine.

Parcheggiai l'auto in garage e attraversammo il ponte e gran parte della Bay Island, dove vivevamo, ancora in silenzio. La mia casa incombeva poco più avanti, con solo qualche luce all'interno e le lampade da giardino per illuminarci la strada. Le acque della Back Bay lambivano la spiaggia intorno a noi.

Emilia si schiarì la voce ed esitò sul portico, ma io la ignorai. Stavo già pensando al futuro. Che cosa sarebbe successo dopo? Il mio diagramma di flusso mentale non aveva tenuto conto di quella possibilità. Questo rifiuto. Questo silenzio.

«Adam» disse, mentre appoggiavo il pollice sulla serratura biometrica della porta d'ingresso.

«Possiamo parlarne dopo? Adesso non è il momento.»

«Ma...»

«Entra e accendi le luci» dissi a denti stretti.

E lei ubbidì. Io restai sul portico per un momento, respirando a fondo. Si accese la luce e si sentì urlare "SORPRESA!"

Emilia arretrò finendomi contro, palesemente terrorizzata, prima di portarsi le mani al volto. Non riuscivo a capire se stesse ridendo o piangendo. A essere sincero, in quel momento non mi interessava.

Nella grande anticamera di casa mia c'era gente dappertutto, dozzine di persone. Che diavolo? Avrebbe dovuto essere una piccola festa, qualche drink e congratulazioni. C'era uno striscione sulla parete in fondo, completo di immagini di coppe di champagne e coriandoli.

Dal sistema audio arrivava musica a forte volume e una folla di gente circondò Emilia, chiedendole se fosse sorpresa. Lei mi lanciò qualche occhiata furtiva, rivolgendomi qualche sorriso forzato, ma si capiva che era nervosa, forse irritata.

Ed io non avevo nessuna voglia di stare vicino a lei.

Qualcuno ci mise in mano dei bicchieri di champagne. C'erano coriandoli dappertutto, sul pavimento, nei nostri capelli. Qualcuno era finito sul vestito di Emilia, appiccicandosi alla sua scollatura umida. Fu in quel momento che notai che stava sudando. Tutto il viso luccicava. Era rossa in volto e nervosa e sudava come se fuori ci fossero stati quaranta gradi.

Quasi all'unisono, svuotammo i nostri bicchieri di champagne in un sorso. Sentii battere sulla spalla e mi voltai verso Heath. «Va tutto bene?» mormorò.

Io scossi la testa e gli voltai le spalle. Non ero dell'umore giusto per il suo "Te l'avevo detto".

Diedi un'occhiata in giro, catalogando i presenti. La mamma di Emilia, Kim, era accanto a mio zio Peter. Mio cugino Liam si nascondeva dietro alla folla, con le mani sulle orecchie, irritato. Lui detestava faccende come questa, specialmente se c'era musica ad alto volume. La sorella di Liam, Britt e suo marito Rik, avevano preso una babysitter per i ragazzi. E, ovviamente, c'erano Alex e Jenna, insieme ad altri amici.

C'era quella domanda ripetuta «Sei rimasta sorpresa?» ed Emilia che rispondeva «*Non* ne avevo proprio idea!» Rideva con un tono acuto, da panico, in un modo che indicava chiaramente che non era divertita, ma che stava cercando di farsi coraggio.

Cercai di non mostrare che ero di pessimo umore, ma non funzionò. Dall'altra parte della stanza, Peter mi guardò preoccupato, mimando con la bocca «Che cosa c'è che non va?» Invece di rispondergli, distolsi lo sguardo.

Poi successe. Quando si calmò l'eccitazione della sorpresa iniziale, Alex si precipitò da Emilia nel suo solito modo frenetico. Agitava le mani per aria, strillando con tutto il fiato che aveva in corpo. «Fammi vedere la mano, Mia!»

Emilia restò immobile. Io mi spostai, ma non fui abbastanza veloce. Alex aveva già la mano sinistra di Emilia tra le sue e una smorfia di confusione sul volto, visto che l'anello chiaramente non c'era. Maledizione. Chi glielo aveva detto?

Lo sapevano solo due persone: Heath e Kim. Guardai la madre di Emilia ma la sua attenzione era concentrata su sua figlia, la fronte aggrottata, confusa. Tutto il gruppo si zittì, fissandoci.

Emilia mi lanciò un'occhiata di puro terrore, con gli occhi spalancati ed io mi misi al suo fianco, togliendo dolcemente la sua mano da quella di Alex. Allontanai Emilia dalla sua amica, che era restata a bocca aperta, portandola tra la folla intorno a noi, muovendomi come se avessi una tonnellata di mattoni legata a ogni piede.

«Credo che serva un brindisi alla futura dottoressa. Altro champagne!» *E rinforzate il mio con un po' di vodka, per favore.* Maledizione. Maledizione a tutto. Quella serata doveva finire. Appena fottutamente possibile.

Cristo, fammi arrivare in fondo a questa sera. Odiavo faccende simili anche in circostanze ordinarie. Non ricevevo mai più di poche persone per volta. Era tutto quello che riuscivo a tollerare. Ma erano stati Kim e Peter a organizzarla ed io avevo lasciato che facessero quello che volevano. Ero troppo occupato a preoccuparmi per la proposta di matrimonio per prestare attenzione alla lista degli ospiti. Perlomeno non c'era nessuno dell'ufficio, a parte Liam e Jordan, a fare da testimoni alla mia umiliazione.

La festa si spense in fretta. Specialmente perché Emilia si era scusata ed era sparita per quasi un'ora. Aveva passato buona parte di quel tempo a parlare con Heath, mentre io dovevo occuparmi degli ospiti. Fortunatamente Kim era un tipo attento, aveva capito che qualcosa non andava e aveva aiutato a far finire quel disastro di festa prima che potesse peggiorare.

Per me, beh, io stavo ancora bruciando dentro. Per il brusco rifiuto senza spiegazioni, per l'umiliazione pubblica e, ora, per il fatto che era da qualche parte in casa, nascosta, a confidarsi con Heath invece che con me.

Sentii una fitta di rabbia acuta. Avrei voluto prendere a pugni qualcuno. Prima che l'ultimo gruppetto di ospiti se ne andasse, andai in camera, per mettermi una t-shirt pulita e pantaloncini da corsa. Era troppo tardi per andare a correre lungo la Back Bay, ma c'era un tapis roulant nella palestra al piano di sotto. Dovevo bruciare in qualche modo l'energia in eccesso.

Quando uscii dalla cabina armadio, Emilia era nella stanza, seduta in fondo al letto, con la testa tra le mani. Stava da schifo.

Era ovvio che avesse avuto una tempesta emotiva. Ma aveva pianto sulla spalla di Heath invece che sulla mia. Di colpo decisi che era *lui* quello che volevo prendere a pugni. Poteva essere gay e non desiderarla in senso romantico, ma sarebbe sempre stato il primo uomo a cui lei si sarebbe rivolta nei momenti di crisi, non a me. E lo odiavo per quello. Anche se era una brava persona e le guardava le spalle.

Mi fermai per un po' prima di andare verso la porta senza dire una parola.

«Adam» disse.

«Che cosa c'è?» Mi fermai ma non mi voltai.

«Dovremmo parlare.»

«Che cosa c'è da dire?» Mi voltai, rigido. «Basta feste a sorpresa. Okay.»

Lei si alzò lentamente e si avvicinò a me. Io non mi mossi. «Per favore, Adam…» allungò una mano, come per toccarmi, ma io mi tirai indietro.

Emilia fece una smorfia. «Perché ti allontani da me?»

Scossi la testa. «Chi è stata la prima a farlo?»

«Possiamo parlare di stasera?»

Tirai il fiato e poi espirai lentamente. «In questo momento sono troppo arrabbiato. Ne parleremo domani.»

«Ma…»

Ma io mi stavo già voltando e allontanando. L'ultima cosa che volevo era che le emozioni prendessero il sopravvento. Dire qualcosa che avrei rimpianto. In quel momento stavo bruciando di rabbia, frustrazione e, specialmente, paura.

Che cosa ci stava succedendo? E come aveva fatto a succedere così in fretta? Quella gelida paura era tornata, ma questa volta non mi sarei lasciato sopraffare. Avrei alzato le mie difese, scavato più in fondo. E avrei tratto conforto dall'antica saggezza, sperando di farne il mio faro.

Qualche ora dopo, dopo aver corso fino all'esaurimento, tornai in camera e lei era a letto, con le luci spente. Feci una doccia e mi sdraiai accanto a lei, senza toccarla. Avrebbe potuto esserci un chilometro di distanza tra di noi. Sapevo che non stava dormendo perché non respirava in modo regolare. Le voltai la schiena e restai per ore dal mio lato del letto, proprio come lei, sveglio, continuando a rivedere gli eventi di quella sera, come alla moviola.

Dovevo inventarmi un nuovo piano, ma non riuscivo a pensare, con la testa piena solo di disperazione. Non avevo idea di che ora fosse quando finalmente mi addormentai.

Capitolo Cinque

ORMII SOLO QUALCHE ORA, SVEGLIANDOMI DOPO UN sogno inquietante su mia sorella Bree. Non la sognavo da anni. Stava piangendo, dicendomi qualcosa, ma non riuscivo a vederla in faccia. Era in ombra. Risentii alcune delle ultime parole che mi aveva detto quando avevo dodici anni, quando mi aveva ributtato su quell'autobus in partenza da Seattle, per rimandarmi a casa a Mt. Vernon. «Te lo prometto, Adam, verrò presto a casa a trovarti. Adesso fai il bravo e torna a casa.»

Mi sedetti, madido di sudore freddo, affondando il volto tra le mani, cercando di contenere quel nuovo diluvio di dolore, fresco e potente come se la scena avesse avuto luogo il giorno prima. Sabrina, la mia dolce sorellina. Non era mai tornata, nonostante la promessa. Non l'avevo più rivista. Non sapevo nemmeno dove fosse sepolta. La mia povera Bree. Sentii una fitta di nausea e mi alzai in fretta dal letto per andare in bagno a lavarmi la faccia.

Era presto, e quando uscii vidi che Emilia stava ancora dormendo, con i capelli castano dorato sparpagliati sul cuscino candido. Lottai contro il desiderio di tornare a letto, tirarla verso di me, premere la sua pelle morbida contro la mia. In quel momento la desideravo tanto da far male, ma dopo la sera prima, dopo *tutto* quello che era successo, non ci riuscii. Il suo rifiuto era ancora una ferita aperta. Invece mi infilai dei vestiti e uscii dalla stanza per andare nel mio studio. Avevo dormito solo poche ore e il sole stava cominciando appena a illuminare il mondo con una luce grigiastra acquosa.

Non riuscivo a scrollarmi di dosso la sensazione inquietante che mi aveva lasciato il sogno. Quel vuoto doloroso che mi rammentava quanto mi mancasse Bree. Erano passati quattordici anni dall'ultima volta che l'avevo vista. Quasi non ricordavo com'era, il suono della sua voce, la sensazione delle sue braccia mentre mi confortava.

Quando ero ancora un bambino, dopo la sua morte, la immaginavo come un angelo, che mi proteggesse dall'alto. Non avevo mai sentito la sua presenza più forte della sera in cui mi avevano picchiato a sangue, intrappolato in un armadietto in palestra per tutta la notte, certo che fosse la fine. Ma l'avevo chiamata nei miei pensieri, le avevo detto che stavo per morire, che sarei stato presto con lei. Ma lei aveva risposto che non era così. Che sarei sopravvissuto perché ero forte.

In quel momento, la mia vita era fuori controllo, ero una vittima, una foglia portata dal vento. Quella notte mi aveva cambiato in più modi di quanti potessi definire. Una delle cose che mi aveva insegnato era assumere il controllo della mia vita, essere il controllore e non il controllato.

Mentre ero seduto alla scrivania a guardare passivamente dalla finestra l'acqua colore del tè che lambiva la riva della spiaggetta, mi passai una mano tra i capelli. La mia mente tornò alla situazione con Emilia. Sii il controllore, non il controllato.

I miei pensieri furono interrotti da un suono sulla porta. Mi voltai, trovando Emilia che mi guardava con gli occhi sgranati, pieni di domande. Ci guardammo per un lungo momento pieno di tensione e di colpo mi ricordai quell'istante, in primavera, quando l'avevo vista per la prima volta nella sala conferenze di quell'albergo.

Non avevo avuto idea di che cosa aspettarmi. Mi ero formato delle idee preconcette su di lei e avevo perfino visto le fotografie dell'asta, sapevo che era una bella donna. Ma qualcosa di potente mi aveva colpito nell'attimo in cui ero entrato nella stanza. Era più della sola bellezza fisica e della sua presenza. Sì, l'avevo trovata bella in modo ipnotico. Ma era più di quello. Era la presenza di qualcosa, lì, tra di noi, qualcosa di elettrico, quasi vivo. Un legame che non avevo mai provato prima, immediato, e piuttosto minaccioso.

Avevo quasi rinunciato alla mia decisione di comportarmi da perfetto stronzo in quella riunione per farla rinunciare tout court all'asta. Ci ero comunque riuscito, nonostante avessi dovuto sforzarmi di mantenere quell'apparenza. Una parte di me voleva semplicemente perdersi in quei misteriosi occhi castano dorato.

E da quel momento quella cosa era solo cresciuta, si era trasformata in quell'attrazione che mi teneva fisso nella sua orbita. Ero congelato, sempre rivolto dalla sua parte come la luna, incapace di voltare le spalle, nemmeno per un secondo, alla stupenda bellezza che era la terra. In quei momenti, quando mi permettevo di lasciarmi andare ai sentimenti, mi sentivo impotente come quel povero pezzo di roccia intrappolato per sempre, con quel meraviglioso pianeta azzurro al centro della mia esistenza.

«Ehi» disse dopo un lungo momento, rivolgendomi un sorriso tremulo.

«Buongiorno» le risposi impassibile.

«Hai fame? Posso fare i pancake.»

La cuoca aveva la settimana libera e aveva preparato in anticipo una serie di pasti, ma a Emilia piaceva fare qualcosa ogni tanto. «Credo che mi accontenterò dei cereali freddi.» Era così che mi sentivo: bagnato, freddo, fradicio, senza vita.

Fece una smorfia. «Okay. Possiamo parlare durante la colazione, allora?»

Chiusi il laptop, mi alzai e la seguii fuori dalla stanza, alzando le spalle. «Certo.»

Nonostante avesse proposto i pancake, Emilia mangiucchiò un pezzetto di pane tostato che aveva preparato per sé, osservandomi mentre ingurgitavo i miei Cheerios più in fretta che potevo. Ma bevve più caffè di quanto avrebbe dovuto. Era alla seconda tazza grande quando io bevvi l'ultimo goccio di latte e mi rilassai, con un rutto soddisfatto.

Mi guardò schifata. «Disgustoso.»

Mi alzai, andai a risciacquare la tazza e lei mi seguì. Sembrava decisa a mettermi alle strette. «Dobbiamo parlare.»

Mi voltai, appoggiando le mani sul ripiano dietro di me e chinandomi all'indietro. «Di che cosa vuoi parlare?»

Emilia sbuffò, esasperata. «Di ieri sera.»

«Okay, che cosa vuoi dire?»

«Voglio sapere perché mi hai chiesto di sposarti.»

Strinsi i denti. «Pensavo di essermi spiegato adeguatamente ieri sera.»

Sospirò, esausta. «Non voglio litigare, ma non credo che sia così.»

«Quindi ti sto mentendo?»

Lei aggrottò la fronte e abbassò gli occhi. «Non stai dicendo tutta la verità. È un po' il tuo modus operandi.»

M'irrigidii. Si riferiva, ovviamente, al ritardo con cui le avevo detto che ci conoscevamo già, attraverso i nostri alias online. Quando ci eravamo incontrati di persona, lei aveva pensato che fossimo completi estranei. Ma non era così e per tutto il mese successivo io le avevo lasciato credere il contrario, finché le avevo finalmente confessato che eravamo amici online da oltre un anno. Non l'aveva ancora digerito. A quanto pareva non mi aveva nemmeno perdonato.

«Non so che cosa dirti. Ti ho detto che ti amavo e che volevo programmare il nostro futuro...»

«*Una settimana* dopo aver ricevuto la lettera di accettazione di una scuola dove non vuoi che vada.»

Espirai sibilando, e ripiegai le braccia sul petto. «Se vuoi cominciare a mettere in dubbio tutto ciò che dico, allora perché dobbiamo parlarne?»

Lei distolse gli occhi e sembrò distratta, insicura, mentre strofinava ripetutamente il palmo sullo spigolo del ripiano. «Non metto in dubbio il fatto che mi ami, ma non credo che tu voglia sposarmi per i motivi giusti. Abbiamo appena cominciato a stare insieme...»

«Già» dissi. «E tu vuoi trasferirti dall'altra parte del continente.»

Deglutì. «Pensavo di averti spiegato cosa significhi per me.»

«Forse dovresti spiegarmi quanto significhi *io* per te.»

I suoi occhi divennero duri e le guance arrossate. «Forse non significhiamo abbastanza l'uno per l'altro se nessuno di noi è disposto a trasferirsi.»

Sentii un peso cadermi nello stomaco. «Ti ho chiesto di sposarmi. Non significa che sono pronto a fare qualunque...»

Emilia chiuse il pugno. «Quella non era una proposta di matrimonio, quello era un ultimatum.»

«Non ho mai detto "sposami altrimenti"» sibilai.

«No. Non l'hai fatto. Ce n'era bisogno? Stavi tentando di prendere le redini della situazione, come fai sempre.»

Scossi la testa, cercando di negare ciò che sapevamo entrambi essere vero. Era stato un gioco di potere e lei lo aveva capito immediatamente. «Emilia.»

«Smettila con le stronzate, Adam. Hai chiamato il tuo amico per assicurarti che andassi alla UCLA. Prima, ti sei preparato a comprarmi l'ingresso nella facoltà di medicina se necessario e *poi* ti sei coperto contro i rischi con un anello di fidanzamento.»

Aprii la bocca per ribattere, senza riuscirci, perché aveva quasi del tutto ragione. Ma diavolo se avevo intenzione di dirglielo. Invece rimasi zitto.

Emilia sbatté gli occhi e poi distolse lo sguardo. «Penso che ci siamo buttati in questa storia» e indicò noi due, «troppo in fretta.»

Adesso ero all'erta, con ogni muscolo teso. Mi avvicinai a lei, mettendo un braccio su entrambi i lati del ripiano, intrappolandola. Le nostre facce erano a pochi centimetri di distanza. Lei si tirò indietro a sufficienza per guardarmi, ma non poteva allontanarsi di più. «Non puoi scappare, Emilia» dissi con un tono di voce tranquillo, fermo.

Lei chiuse gli occhi e poi li riaprì. Aveva le mani piatte sul mio torace ma non mi spinse via. Anche quel semplice tocco faceva nascere in me fitte di desiderio. «Non sto scappando» sussurrò.

Affondai la bocca sulla sua con le mani dietro la sua testa, tenendola contro di me mentre il mio corpo le ordinava di arrendersi. Emilia si lasciò andare contro di me, cadendo in quel bacio e aprì la bocca. Sapeva di caffè e cioccolato e rose. Sei *mia*. Il mio corpo lo stava imprimendo sul suo. La dichiarazione era nelle mie mani mentre i pollici si fermavano sulle sue tempie, nel mio bacio, nei miei fianchi che premevano contro i suoi. Divenni immediatamente duro e avrei potuto prenderla proprio lì. Quel desiderio era un pozzo di gravità nel quale stavo cadendo all'infinito.

Lei si staccò da me bruscamente, ansimando come se stesse riemergendo dall'acqua. «Smettila» mormorò. «Smettila di cercare di sopraffarmi.»

La fissai negli occhi per un lungo momento. Chi dei due stava sopraffacendo l'altro, in realtà? Lei aprì la bocca per parlare ed io attesi, teso, pronto.

Mi respinse ed io arretrai, di un passo comunque. Abbassai le braccia, con i pugni stretti lungo i fianchi.

«Che cosa vuoi?» le chiesi.

Fece un respiro profondo. «Non lo so. Specialmente se pretendi che io scelga adesso. *Non lo so.*»

Strinsi i denti, bruciando di rabbia. «Allora forse stiamo sprecando il nostro tempo.»

Emilia restò a bocca aperta per un momento, impallidendo. Era il momento della verità. Era ora che mi dimostrasse quanto ci teneva. Tirò il fiato. «Forse è così.»

Deglutii, con una morsa intorno alla gola. «Quindi permetterai che questa storia ci separi.»

«No, sei *tu* quello che permetterà che ci separi.»

Non mi era mai veramente piaciuta l'idea di giocare a chi si sarebbe arreso per primo, ma l'avrei fatto, se necessario. Se fosse stata lei, ne sarebbe valsa la pena.

«Non sono io quello che non vuole impegnarsi su di *noi*, quello che sta effettivamente contemplando l'idea di trasferirsi. *Non* ho intenzione di accontentarmi di mezza relazione, ed è esattamente quello che avremmo. Se vai via, torneremo a essere gli amici online, FallenOne ed Eloisa, che si parlano nelle chat del gioco, se mai avrai tempo per quello, con i tuoi studi. È quello che vuoi?»

Lei mi guardò con i suoi occhi grandi e scosse lentamente la testa.

«Allora devi decidere.»

«*Adesso?*» Le tremava la voce.

«Che senso ha rimandare? Hai le alternative davanti a te. Resta qui, vai all'UCLA e restiamo insieme e magari ci sposiamo. O vai a Baltimora e...»

«E ti perdo?» Arrossì, guardandomi furiosa. «È una specie di test di merito? Devo dimostrare di essere pronta al sacrificio per poter stare con te? Questo non è il tuo fottuto gioco, Adam. Questa è la *vita*. Se non scelgo saggiamente, allora ti perdo? Beh, vale anche per te. Se *tu* non sceglierai saggiamente come trattare questa situazione, anche tu perderai me.»

La sirena dell'allarme rosso mi risuonava ancora in fondo alla testa. Il palmo delle mani, dov'erano appoggiate sul ripiano, cominciò a sudare. Decisi che assomigliava più a una partita di poker. Ed era ora di restare impassibili e vedere il suo bluff.

«Comunque vada, dipende da te. Allora, che cosa decidi?»

Senza parlare, Emilia strinse i pugni e uscì dalla stanza.

Aspettai un minuto prima di rendermi conto che poteva essere un errore fatale perderla di vista. Quando la trovai nella nostra stanza da letto, lei aveva preso la borsetta e le chiavi e stava cercando le scarpe.

«Che cosa stai facendo?»

«Che cosa ti sembra che stia facendo? Me ne sto andando.»

«Non puoi semplicemente scappare. Devi prendere una decisione.»

Lei si raddrizzò mentre si stava mettendo le scarpe e la sua espressione era gelida. Ma aveva gli occhi pieni di lacrime che cercava furiosamente di scacciare sbattendoli. «Ho preso la mia decisione. Te l'ho appena detto. Me ne *sto andando*. Non accetto gli ultimatum.»

Mi passò di fianco per uscire dalla camera e le presi il braccio. Lei lo strattonò liberandolo e si voltò ad affrontarmi. «Non riesco a credere che l'abbia fatto.» Si schiarì la voce, sbatté gli occhi qualche altra volta e raddrizzò le spalle. «No. Non è vero. *Riesco* a crederlo. Ed è *questa* la cosa peggiore.» Si voltò e uscì dalla stanza.

Mi passai la mano sul volto, resistendo al desiderio quasi irresistibile di seguirla. Se ne sarebbe andata per una notte, al massimo. Forse due. La porta al pianterreno sbatté ed io chiusi gli occhi. Non aveva preso i vestiti. Era solo il suo modo di far valere la sua indipendenza, le famose "palle d'acciaio" della Geek Girl Mia Strong che la rendevano quella che era. E che me la facevano amare tanto.

Si sarebbe resa conto di che cosa significava veramente perdere tutto, perdere *noi* e dopo una notte o due a dormire da sola sarebbe tornata. Camminai avanti e indietro per una buona mezz'ora prima di decidere che stavo perdendo la testa. Ero ancora dolorante per la corsa della sera prima, ma l'energia nervosa era troppa.

Mi cambiai e decisi di sfogare le mie frustrazioni sul sacco da boxe.

Sarebbe tornata, ne ero sicuro, una volta capito che cosa avrebbe perso. A ogni ora che passava quel giorno e con ogni nuova attività, ero deciso a distogliere le mente dalla nostra resa dei conti. Ma l'incertezza continuava a crescere.

CAPITOLO SEI

EMILIA VENNE IN UFFICIO LA MATTINA SEGUENTE. ERA IN orario, avevo controllato. La tenni d'occhio per tutto il giorno, chiedendomi quando avrebbe chiamato Maggie per prendere un appuntamento con me. O forse mi avrebbe mandato un messaggio chiedendomi di parlare dopo il lavoro.

Jordan, che aveva partecipato alla festa a sorpresa, mi girò alla larga, evitando di guardarmi negli occhi. A volte lo coglievo che mi guardava con occhi pietosi. Mio cugino Liam si rifiutava semplicemente di parlarmi. Sembrava che nel breve tempo in cui Emilia aveva lavorato lì fossero diventati buoni amici e che pranzassero assieme quasi tutti i giorni. In qualche modo, nella visione del mondo di mio cugino, sembrava che i problemi tra Emilia e me fossero colpa *mia*.

Non mi chiamò lunedì e nei miei momenti di panico, quando mi chiedevo quanto sarebbe durata quella storia, ricordai che Emilia era incredibilmente testarda. Il nostro braccio di ferro stava continuando. Se mi fossi arreso per primo, a quest'ora l'anno successivo sarei stato sulla costa orientale a gelarmi il culo mentre toglievo dieci centimetri di neve dal parabrezza tutte le mattine.

Così, anche se in quelle due notti avevo dormito da schifo, mi dissi che sarebbe tornata prima che finisse la settimana.

Martedì, gli assicuratori ci informarono che dovevamo presentarci per le deposizioni in loco. Parlavano anche di preparare le condizioni per un accordo, ma io ero decisamente contrario a un patteggiamento. Farlo, sarebbe stato come ammettere colpe o una responsabilità, che io negavo recisamente.

Mi fidai di Joe, il mio avvocato, quando disse che dovevamo per forza fare quello che ci chiedeva la società di assicurazioni. Quindi andammo a New York City per una settimana. Accadde tutto così in fretta che mi prenotarono un volo, che partiva poche ore dopo, con Jordan e Joe. Mandai un messaggio alla mia governante, che mi preparò la valigia e la fece consegnare in ufficio. Saremmo partiti direttamente da lì, dato che era più vicino all'aeroporto John Wayne, su un volo serale, e saremmo arrivati appena dopo mezzanotte, ora locale.

Mandai un messaggio a Emilia per informarla. La sua risposta fu breve e il tono impersonale.

Ci vedremo quanto torni. Buon viaggio.

***

A New York, il tempo non passava mai. Incontrammo i tizi dell'assicurazione nei loro uffici di Manhattan e non fu una settimana piacevole. Lunghe riunioni, deposizioni, discussioni, strategia. Le giornate erano stressanti e le notti vuote. Prendevo il telefono almeno due volte ogni sera per chiamare Emilia, ma riuscii a resistere alla tentazione.

Lei non mi aveva nemmeno mandato un messaggio.

Avevo viaggiato parecchio per lavoro in passato ma ora tutto sembrava più difficile, più intenso e non sapevo se fosse colpa della faccenda con Emilia, della natura della denuncia che stavamo affrontando o una combinazione delle due cose.

Fissavo fuori dal finestrino della limousine, guardando la gente che affollava i marciapiedi di Manhattan mentre Jordan si agitava sul sedile accanto a me.

«Maledizione, è tutto così irritante» disse Jordan mentre l'autista ci stava riportando in albergo. Chiuse gli occhi, strofinandoli. «Se dovrò fare un'altra deposizione, giuro che esploderò.»

Controllai il telefono per vedere se erano arrivati messaggi mentre eravamo in riunione e lo trovai ancora vuoto. Jordan mi diede un'occhiata, poi fissò il telefono. «Che ne dici se usciamo a divertirci un po' stasera? Come ai vecchi tempi.»

Sbuffai. I vecchi tempi. Anche allora non riuscivo a stargli al passo. Jordan era un bevitore, io, decisamente, no. Jordan era un donnaiolo e anche se a me non era mai mancata la compagnia femminile quando la volevo, non avevamo mai avuto gli stessi gusti in fatto di donne.

A Jordan le donne piacevano impeccabili, bellissime e con la testa vuota. «Dai, potremmo andare in un club, magari incontrare qualche bella ragazza cui piacciono veramente i ragazzi della California.»

«Siamo a New York. Qui a nessuno piacciono i ragazzi della California.»

Jordan guardò nuovamente il mio telefono. Io lo rimisi nella tasca della giacca. «Allora, uh, stai ancora con Mia o…»

Io guardai fuori dal finestrino. Non avevamo discusso della festa a sorpresa da quanto era successa. Nessuno, a parte Heath con il quale presumevo stesse vivendo Emilia, sapeva che se n'era andata il weekend precedente.

Mi spostai sul sedile, a disagio, cercando di ignorare quella fitta di paura che mi coglieva tutte le volte che pensavo a Emilia e alla nostra relazione da quando se n'era andata. Stimavo che a quel punto fosse già tornata a casa, probabilmente immaginando che fosse un buon momento per permettere alle ripercussioni del nostro confronto di sgonfiarsi. Quel pensiero mi risollevava un po'. Mi schiarii la voce. «Ci sono degli ostacoli. Andrà tutto bene.»

Jordan alzò le sopracciglia, piacevolmente sorpreso. «Allora siete ancora insieme... bene.»

«Contento che non sia più sulla piazza e quindi non ti faccia concorrenza?»

Jordan scoppiò a ridere. «Almeno lascia che ti offra da bere al bar.»

Sorseggiai lentamente una birra al bar dell'albergo mentre Jordan beveva un paio di rum e coca. Parlammo di tutto, dei vecchi tempi, della ditta, idee per la trama di una nuova espansione di Dragon Epoch.

Mentre finiva il suo terzo drink, Jordan mi fece segno alzando il mento, fissando dietro di me. «Quella bionda dall'altra parte del bar non ha smesso un attimo di fissarti.»

Sogghignai. «Geloso?»

Jordan mi rivolse un sorriso scaltro. «Scommetto che potrei farmi dare il suo numero per te.»

«Non voglio il suo numero. Fattelo dare per te.»

«Non vuoi nemmeno guardare per vedere se è sexy?»

Bevvi un altro sorso di birra. «No. Non m'interessa.»

Jordan mi guardò come se avesse un saporaccio in bocca. «Di tutta la gente... di *tutti* i miei amici... tu sei l'ultimo di cui avrei pensato che si lasciasse contagiare dal virus dell'amore.»

«Wow, quando la metti così, sembra così piacevole...»

«È scioccante, davvero, considerando che tu sei *tu*. E, ovviamente, come l'hai conosciuta.»

Lo guardai confuso. «Cosa, intendi dire nel gioco?»

«No, intendo dire come l'hai conosciuta nella realtà. Tutta quella faccenda alla *Pretty Woman*.»

Improvvisamente a disagio, appoggiai la birra sul bancone, senza guardare Jordan. Jordan, che aveva saputo fin dall'inizio dell'accordo originale tra Emilia e me, ma che non vi aveva mai accennato, fino a quel momento. E l'allusione al film non mi divertiva. Essenzialmente, stava dicendo che Emilia era la mia prostituta e non mi piaceva. Gli rivolsi un'occhiata di avvertimento e lui alzò una mano per tranquillizzarmi.

Era strano che lo stesse facendo in quel momento, che fosse o meno mezzo ubriaco. «Almeno sai che non è interessata solo ai soldi, visto che ha rifiutato la tua proposta. A meno che ti abbia rifiutato perché pensava che avresti pensato che...»

Sbattei gli occhi. «Chiudi il becco, Jordan» dissi, bevendo il resto della birra. «Non sei mai stato in grado di reggere l'alcol. Devi mangiare qualcosa.» Feci segno al cameriere e ordinai tre tipi di stuzzichini mentre Jordan mi guardava con un'espressione completamente sconcertata sul volto.

Dopo un lungo momento di silenzio, in cui entrambi controllammo i telefoni, finalmente alzò gli occhi. «Ehi, amico. In effetti penso che sia una brava ragazza. È solo *giovane*, capisci. Quanti anni ha, diciannove?»

«Ventidue.»

«Piuttosto giovane.»

Lo guardai con la coda dell'occhio. «Sono solo quattro anni meno di me.»

«Tu però hai il cervello e l'esperienza di un uomo di trentacinque anni, amico.»

Alzai le spalle. Arrivò il cameriere con gli stuzzichini e mi chiese se volessi un altro drink. Ordinai un'acqua minerale. Jordan sbuffò, ma non disse niente. Sapeva benissimo che non era il caso di insistere per farmi bere.

Nonostante avesse dichiarato di non avere fame, Jordan divorò un piatto di alette piccanti. Io assaggiai il sashimi.

«Allora che ne pensi di questa storia?» mi chiese dopo un lungo silenzio.

«Le stronzate dell'assicurazione?»

«Già. Tutto quel parlare del patteggiamento.»

«Mi opporrò. Non voglio fare accordi.»

Jordan alzò le sopracciglia. «La gente li fa in continuazione, amico. E il pubblico si rende conto del motivo. Non è un'ammissione di colpa.»

«È così che appare, però. Le apparenze sono importanti. Ho la sensazione che le ricadute saranno piuttosto spiacevoli.»

«I notiziari sono passati a quello che sta accadendo in Medio Oriente.»

«Mhmm» dissi, finendo di masticare un po' di brie spalmato su una fetta di pane. «Dillo ai furgoni dei notiziari che mi seguono nel parcheggio, cercando di estorcermi una dichiarazione.»

Jordan aggrottò la fronte. «Forse dovremmo assumere una guardia del corpo per te, o qualcosa di simile. Solo per un po'» aggiunse quando vide che stavo per protestare. «Non correre rischi, Adam. Non sappiamo quali possono essere le ripercussioni di questa storia. Quella ditta di PR che ho assunto...»

«Finora è stata praticamente inutile. Vogliono che rilasci interviste. Non ho tempo per quella merda. Ho la convention da preparare e quella ha il potenziale di aiutare le pubbliche relazioni più di quanto possano fare loro.»

Mi appoggiai allo schienale, senza aver mangiato molto. Non avevo più fame. Controllai nuovamente il telefono.

«Va tutto bene? Controlli il telefono più spesso della mia sorellina che è ancora alle superiori.»

«Va tutto bene. Penso che una corsa e poi andare a letto presto possano essere una buona idea.»

«La notte è ancora giovane e quella bionda ti sta ancora spogliando con gli occhi.»

«Basta con la bionda. Gesù, sei il geek più arrapato in tutta Manhattan.»

«Meglio il più arrapato che il più noioso» disse ed io gli mostrai il medio mentre firmavo il conto.

Ero a metà della corsa e il tapis roulant andava quasi alla massima velocità. Avevo le cuffie e stavo correndo con il suono della band anni Ottanta, gli Erasure, quando il telefono fece un blip indicando un messaggio in arrivo.

Lo presi e guardai, aspettandomi una battuta irriverente da parte di Jordan, o magari uno scatto della mitica bionda di cui aveva parlato per un pezzo. Quasi inciampai quando vidi che era di Emilia

Fanculo, era ora. Cliccai sull'app per leggere il messaggio, facendo rallentare il tapis roulant.

Volevo solo farti sapere che ho portato via le mie cose oggi. Parleremo quando tornerai da NY.

A quel punto inciampai veramente e quasi caddi da quell'affare, leggendo e rileggendo il messaggio. Appena ripresi fiato la chiamai.

E la chiamata andò direttamente alla segreteria. Fottute stronzate.

Avevo le dita rigide per la rabbia quando scrissi la risposta.

Rispondi al fottuto telefono.

Lei rispose due minuti dopo, mentre stavo asciugandomi la faccia e l'attrezzatura.

Non ho intenzione di parlarne al telefono. Mandami un messaggio quando sarai tornato e ne parleremo allora.

Chiusi la mano sopra il maledetto telefono. Respirai a fondo, svuotai una bottiglia d'acqua e tornai nella mia stanza prima di richiamarla.

Nessuna risposta.

«Mandarmi un messaggio per informarmi che ti sei trasferita è veramente una cosa di merda da fare, Emilia. Ora fai la persona adulta e parlami» ringhiai alla sua segreteria. Emilia non richiamò.

Ora ero spaventato, sul serio. Non era un bluff. Era tutto vero. E non riuscivo a trovare uno scampolo di antica saggezza guerriera cinese che concordasse con come mi ero comportato. *In tutti i combattimenti, si può usare il metodo diretto per unirsi alla battaglia, ma serviranno i metodi indiretti per assicurarsi la vittoria.*

Era vero. Ero stato troppo diretto con lei, esattamente l'opposto di come mi comportavo di solito. Avevo forzato il confronto, cercato di spingerla a decidere immediatamente. Spinto dalla paura. Avevo voluto che s'impegnasse per non dovermi preoccupare per il nostro futuro. Volevo sapere con certezza che sarebbe rimasta con me senza tener conto dei suoi sentimenti e delle sue emozioni.

In breve, l'avevo messa alle strette e non le avevo lasciato nessuna via di uscita, se non andarsene. In diretta contraddizione con i consigli di Sun Tzu. *Quando circondate un esercito, lasciategli una via di fuga.*

Ero stato un idiota e il mio cervello ora stava cercando furiosamente un modo per rimediare.

Due giorni dopo, quando arrivai a casa, era esattamente come aveva detto lei. Era sparito tutto. Il suo armadio era vuoto. I cassetti vuoti, eccetto qualche indumento spurio in un cassetto che sembrava avesse dimenticato. Niente libri sui suoi scaffali. Era. Sparito. Tutto. *Tutto.*

Aveva lasciato (di nuovo) il laptop che le avevo dato io. Stava diventando una specie di nauseante, contorta routine tra noi due. Con un ululato di rabbia bruciante, afferrai quella dannata cosa e quasi la fracassai contro le pareti, prima di fermarmi.

Sarebbe stato il capriccio più costoso che avessi mai avuto. Non scagliavo mai niente contro i muri. Ero un tizio furiosamente incazzato che non riusciva a pensare oltre l'attimo successivo della sua stessa furia.

E in qualche modo, mi sentivo come se stessi perdendo la testa.

CAPITOLO SETTE

Mandami un messaggio quando arrivi a casa, così potremo parlare.

GRAZIE AL CIELO AVEVO AVUTO UN PAIO D'ORE PER calmarmi quando arrivò il messaggio. Era metà pomeriggio e avevo resistito al desiderio di andare a lavorare solo perché stava arrivando il mal di testa. Mi strofinai la nuca. L'emicrania stava cominciando proprio da lì. Erano settimane che non ne avevo, maledizione.

Per un po', erano state una maledizione quotidiana. Durante l'anno precedente erano diminuite parecchio e nei mesi precedenti ricordavo solo pochi attacchi. Ma quella in corso minacciava di mettermi a terra. Riuscivo già a percepire la distorsione rivelatrice al margine del mio campo visivo. Presi il telefono e risposi.

Sono a casa da ore. Vieni qua dopo il lavoro?

La sua risposta arrivò quasi immediatamente. *Che ne dici se andiamo a mangiare qualcosa?*

Fui sul punto di ribattere che avremmo potuto mangiare a casa. La cuoca avrebbe facilmente potuto preparare qualcosa. Non mi sfuggì l'importanza del fatto che non volesse tornare qui e cominciai a sudare, chiedendomi se scegliere un posto pubblico

significava che voleva parlare di una rottura. Sospirai, decidendo
di lasciarle fare a modo suo. Che alternativa avevo?

Dimmi solo dove e quando.

Lei rispose, *Dale & Boomer, alle diciotto. Mi devi ancora la
rivincita a Dark Escape.*

Era un buon segno. Voleva che ci trovassimo in un
ristorante-sala giochi in un centro commerciale all'aperto di
Orange. Avevano giochi di tutti i tipi e un servizio completo di
bar e ristorante. Il suo suggerimento di una rivincita al gioco
faceva sembrare positiva tutta la faccenda.

Cercai di sopportare il mal di testa per un'ora senza prendere
niente, ma stava diventando uno di quelli brutti e dato che non
potevo ricorrere ai soliti farmici forti (che non mi avrebbero
consentito di guidare), presi un paio di pillole più leggere,
sapendo che lo avrebbero solo attutito. Normalmente preferivo
non ricorrere ai farmaci contro i miei mal di testa, ma non volevo
nemmeno finire per staccarle la testa a morsi solo perché stavo
soffrendo.

Ero già abbastanza arrabbiato così com'ero. Ma giurai che
non avrei perso la pazienza, spingendola a scappare ancora più
lontano. Non avrei mandato di nuovo all'aria la mia
importantissima strategia.

Alla fine, ingoiai la pillola più forte e feci venire un'auto per
portarmi da lei. Emilia era già lì quando arrivai, seduta sulla
panca di pelle nella sala d'attesa, e guardava il telefono. I lunghi
capelli scuri erano scostati dal viso e raccolti da una molletta, ma
si era cambiata ed era in jeans e una felpa a maniche lunghe con

il cappuccio, che tirava sul seno nel modo più affascinante. Quando alzò gli occhi e mi vide, mise il telefono nella tasca posteriore e si alzò.

«Ciao» disse, mettendosi di fronte a me, imbarazzata.

Io esitai, spostando il peso da un piede all'altro, altrettanto imbarazzato. «Ciao.»

«Possiamo fare due passi?»

«Nel parcheggio?»

«Beh... sì... solo per parlare per un minuto?»

Alzai le spalle. Erano le sei, era già buio, ma non faceva molto freddo. Le tenni aperta la porta e uscimmo dal ristorante per camminare sul marciapiede lungo il perimetro del centro commerciale.

«Com'è andato il viaggio?»

«Una fantasticazzata.»

«Mi dispiace. Le cose non vanno bene?»

«È stato noioso e Jordan era irritante e...» Smisi di parlare, respirai a fondo e poi, senza guardarla, finii il mio pensiero originale, anche se non era facile. «E tu non c'eri.»

Emilia non disse niente per parecchio tempo, ma sentii la sua mano scivolare nella mia. Gliela strinsi. «Mi sei mancato anche tu.» Si fermò ed io mi voltai a guardarla nella luce morente. «È difficile. Non voglio più litigare.»

Strinsi i denti e riuscii a non pronunciare le parole accese che avevo sulla punta della lingua. *Allora perché mi hai lasciato?*

«Nemmeno io.»

Lei mi guardò negli occhi, con la bocca che accennava un piccolo sorriso, gli occhi pieni di domande. Mantenni l'espressione impassibile per quanto possibile, rifiutandomi di rivelare il tumulto che avevo dentro. Ero felice di vederla, ma dentro di me stavo anche soffrendo.

E avevo deciso che dopo aver ignorato la strategia di Sun Tzu non lasciandole una via di fuga e mettendola alle strette, ora mi sarei attenuto strettamente alla guida strategica. *Ritiratevi, per allettare il nemico.* Sarei rimasto fermo. Avrei lasciato che venisse lei da me. *Piazzate delle esche, per allettare il nemico.*

Emilia sospirò e si spostò verso di me talmente in fretta che non mi resi conto di quello che stava facendo finché non mi abbracciò. Lentamente, rigidamente, le misi le braccia intorno. Colsi un soffio del profumo di vaniglia dei suoi capelli e mi fece male... mi fece *fisicamente* male. Mi tirai indietro prima che lei avesse finito.

Sul volto le apparve per un attimo una smorfia, che poi svanì.

«Sei arrabbiato perché ho traslocato.»

Beh, *quella* era una frase tendenziosa. Come rispondere senza farmi staccare la testa a morsi? «Ti sorprende?»

Lei scosse la testa. «È solo che è veramente difficile per entrambi. Le cose si stavano muovendo in fretta e... ed io pensavo che sarebbe stata l'occasione per allentare un po' la pressione.»

«Quindi immagino che tu non abbia intenzione di tornare tanto presto.»

Ora mi rivolse lei un'occhiata che indicava che, anche lei, temeva di dire le parole sbagliate. «Non adesso. Tutta quella faccenda del vivere insieme, e poi...» Lasciò che la voce morisse prima di menzionare la maledetta proposta di matrimonio.

La paura era tornata e mi afferrava per la gola.

«Quindi a che punto siamo?»

Emilia mi prese le mani tra le sue e abbassò gli occhi, guardandole. «Io non voglio perderti.»

«Non mi hai perso.» *Ancora.*

E immaginai che avremmo lasciato tutta la faccenda della facoltà di medicina sospesa sopra di noi, come l'ascia di un boia, perché di certo non sarei stato io a tirarla in ballo. Non ero *così* stupido.

Mi schiarii la voce. «Sarò sincero con te. Io ti voglio a casa mia. Voglio che torni. Non accetterò questa separazione per troppo tempo.»

Emilia mi strinse le mani. «Non è una separazione. Adam, cerchiamo di andare adagio. *Per favore.* Io non sono un'esperta in materia di relazione, ma nemmeno tu. Dobbiamo poter decidere *entrambi.*»

«Okay.» Dissi con la voce piatta.

Emilia alzò le sopracciglia, fissandomi, «Okay?»

«Lascerò che sia tu a decidere, per ora. Ma non mi tirerò indietro su quello che voglio. E sei *tu.*» Le strinsi le mani e la tirai verso di me finché il suo corpo fu appoggiato contro il mio. Poi la strinsi forte tra le braccia.

Voltai la testa e appoggiai la bocca sulla sua, aprendogliela. La mia lingua scivolò nella sua bocca, confermando con il mio corpo le parole che avevo detto. Sentivo il battito irregolare del suo cuore sulle sue labbra mentre si muovevano sulle mie, palpitanti come le ali di una farfalla. Mi si fermò il fiato in gola.

Le sue labbra dolci, morbide. Il suo sapore unico. Io volevo ciò che era meglio per me. Ed era *lei.* E questa era una battuta d'arresto. Ma non avrei rinunciato. Per niente al mondo. Emilia era volitiva e testarda, ma in me aveva trovato chi le avrebbe tenuto testa. E, dentro di sé, lei lo sapeva maledettamente bene.

Mi tirai finalmente indietro, rilassando le braccia e ci fissammo per un lungo, teso momento. Sembrava che lei stesse trattenendo il fiato.

«Io… mhmm… devo ancora stracciarti a Dark Escape.»

Mi rilassai, feci un passo indietro e alzai le spalle. «Non penso proprio.» Mi fissò alzando le sopracciglia. «Lo hanno installato alla maniera di Donkey Kong. Vieni.» Mi afferrò per il gomito e mi tirò verso l'entrata del ristorante. Mentre attraversavamo l'arcata verso la macchina, mi consegnò una tessera, dicendo che l'aveva ricaricata lei con i suoi soldi.

Le diedi un'occhiataccia e lei alzò le spalle. «Volevo essere sicura che non cercassi una scusa, tipo aver dimenticato la tua carta Dale & Bloomer ultra-express triplo platino.»

Ci infilammo nel separé scarsamente illuminato dov'era installato il videogioco Dark Escape. Indossammo gli occhialini 3-D e afferrando i fucili in dotazione, cominciammo la nostra guerra contro gli zombi, e uno contro l'altro. Dopo quasi quarantacinque minuti, fu lei la vincitrice. A causa dell'emicrania e dei farmaci che avevo preso, la mia precisione era scarsa. Un altro modo per ottenere dei punti era quello di mantenere basso il ritmo cardiaco, perché il gioco misurava la paura. E il mio restò molto più basso del suo mentre distruggevamo zombi a destra e a sinistra. Solo quando mi tolsi gli occhialini mi resi conto che era stato un grosso errore giocare. La testa aveva ripreso a pulsare dolorosamente.

«Stai bene?» mi chiese Emilia, infilando gli occhialini nella loro custodia. Si sedette, e si premette accanto a me nel piccolo separé buio. Sentivo il profumo dei suoi capelli, della sua pelle e mi ricordò che era una settimana che non facevamo sesso.

«Mal di testa» risposi, minimizzando.

«Mi dispiace.» Alzò una mano e mi toccò la fronte. Mi voltai e la guardai; il suo volto era molto vicino al mio. Abbassai la testa e le diedi un bacio sulla bocca. Lei mi restituì il bacio per circa dieci secondi prima di tirarsi indietro. Nell'intimità del piccolo separé buio, tra di noi crebbe una strana tensione. Fatta di dichiarazioni inespresse, di azioni non compiute. Avrei voluto tirarla verso di me, tenerla vicina per sempre. Invece mi tirai indietro.

«Andiamo a mangiare. Sto morendo di fame.»

Ci accontentammo di un separé nel settore bar per ottenere prima i posti. Era più silenzioso, in effetti, eccetto la TV, che era comunque abbastanza distante da poterla ignorare tranquillamente. Ordinammo da bere e da mangiare, lei il suo solito sandwich al tonno, mentre io feci il pieno con un hamburger col bacon e il formaggio erborinato. Emilia rimase di sasso quando arrivò: era almeno tre volte più alto del suo sandwich.

«Scommetto tutto quello che vuoi che non riuscirai a infilartelo in bocca.»

«Certo che ci riesco.»

Lei sbuffò. «Significa che ti puoi slogare la mandibola come un serpente? Perché non me l'avevi detto. È un'abilità molto utile.»

La guardai come se fosse una marziana. «In che modo? Sarebbe un'abilità più utile per *te*, se capisci che cosa intendo.» Le rivolsi un'occhiata esageratamente lubrica.

«Nei tuoi sogni.»

A quanto pareva, per il momento era proprio solo un sogno. Volevo chiederglielo, in effetti. E il sesso? Saremmo andati a letto insieme a breve termine? Perché certo non mi sarebbe dispiaciuto. Sembrava un po' troppo brusco chiederglielo, in quel momento. Intendevo rimandarlo a una sessione incendiaria di pomiciate, più tardi. Avrei potuto toccarla in tutti i punti giusti, farla eccitare e poi farle la domanda. Una settimana e mezza era un periodo di magra piuttosto lungo di quei tempi, dopo aver fatto sesso regolarmente. Forse ero stato viziato.

Emilia era a metà del suo sandwich quando si fermò per asciugarsi le labbra, guardandomi divorare il mio hamburger con aperto divertimento. Abbassò la voce per un momento e rise, nel tono più basso che riuscì a inventarsi. «Solo *bantha poodoo!*»

Ingoiai il boccone, ridendo. «Quella è la *mia* battuta. Tu dovresti indossare un bikini dorato, una catena intorno al collo, e limitarti ad apparire meravigliosa, ragazza schiava.»

Emilia sorrise. «Hai ricominciato con le tue fantasie erotiche sulla principessa Leia?»

Grazie al periodo di magra sarei probabilmente dovuto ricorrere molto presto all'immaginazione. Stare senza sesso faceva schifo e lei era così appetitosa con quella felpa aderente. Avrei voluto succhiarle i capezzoli direttamente attraverso il tessuto. Accidenti, divenne tutto duro solo pensandoci. Ero tornato da capo a essere un adolescente.

«Parlando di bikini dorato, hai già deciso il costume per il party dei dipendenti alla convention?»

«Ci andrò vestita da fatina.»

Sorrisi. «In un costume molto succinto, spero.» Mi leccai le labbra come un pervertito.

«E tu? Come hai intenzione di vestirti?»

Io gongolai. «Segreto.»

«Già, *ovviamente*» sbuffò Emilia. «A te piace mantenere i tuoi segreti, vero?»

«Sono famoso per quello…»

«Ed è la cosa contro la quale amano inveire i blogger.»

Sorrisi alla sua allusione alla oramai famigerata catena di missioni nascoste in Dragon Epoch. «Tutto a tempo debito, *padawan*.»

«E quando sarà? Nel 2023? Penso che a quel punto la gente sarà passata a un nuovo gioco.»

Alzai le spalle. «Ho la sensazione che potrebbe accadere l'anno prossimo.»

Emilia sbuffò di nuovo. «Dai… dammi un altro indizio. "Giallo" non basta. E non so nemmeno se è un vero indizio!»

«Non ti ho mentito» le dissi con un'espressione fintamente offesa.

«Giallo è una traccia assolutamente patetica.»

Le diedi un'occhiata lasciva. «Mhmm; forse potresti trovare il modo di *guadagnarti* un altro indizio.»

Emilia fece una smorfia. «Sì, beh. Dovrei essere certa della *qualità* di quell'indizio prima di impegnarmi.»

Alzai le spalle, presi un anello di cipolla e lo masticai. «Fa' come vuoi.»

Restammo in silenzio ed io mi guardai intorno. Il bar non era troppo affollato, adesso che era passata l'ora di punta per la cena. Parecchi schermi televisivi sbraitavano il notiziario delle sette.

Tornai a guardarla quando mise la mano sulla mia, appoggiata al tavolo. Il suo volto era tornato completamente serio. Voltai la mano a palmo in su per poter stringere la sua.

«Va tutto bene?» Ora era il *mio* turno di chiederlo.

Lei scosse la testa. «In effetti, c'era una cosa…»

Voltai la testa, distratto dal volume della TV nel bar che si era appena alzato di qualche tacca. Quando vidi lo schermo, mi bloccai.

«Che cosa c'è?» chiese Emilia ed io alzai la mano per zittirla. Avevo riconosciuto la donna che veniva intervistata dal notiziario di Channel Seven. L'avevo vista parecchie volte in altre trasmissioni. Era una dei querelanti nell'azione legale contro la mia società. E la madre del ragazzo con tendenze suicide che aveva fatto fuori la sua ragazza e poi si era sparato. Aveva in mano un foglio da cui lesse una dichiarazione, singhiozzando sulla sua terribile perdita. Descrisse come, verso la fine, la debilitante dipendenza di suo figlio Tom dal videogioco fosse stata la sua rovina.

Dopo il breve spezzone, tagliarono su una vista dell'esterno della sede della Draco e poi del reporter che mi inseguiva nel parcheggio mentre andavo verso la mia auto, rifiutandomi di commentare.

La nostra cameriera stava guardando dal bar e appena la mia immagine svanì, si voltò a guardare direttamente il nostro tavolo, a bocca aperta.

«Adam» disse Emilia, con la voce tesa. «Rilassati. Hai tutti i muscoli contratti e le vene gonfie sulla fronte.»

«L'hai visto, vero? Hai visto quella merda?» Mi voltai a guardarla, borbottando sottovoce, sperando che nessun altro in quel maledetto ristorante mi avesse riconosciuto. E conoscendo i notiziari, probabilmente quello spezzone era stato trasmesso alle cinque e alle sei e sarebbe stato riproposto alle undici, probabilmente per più giorni, con qualche minima variazione. Mi massaggiai le tempie.

«Fanculo» mormorai, con il mal di testa che era di colpo diventato un martello pneumatico. Affondai la testa tra le mani.

Emilia si era avvicinata a me nel separé e stava massaggiandomi tra le scapole. «Vuoi parlarne?»

«No. Ne *ho parlato* fino alla nausea.»

«Non ho mai capito perché il ragazzo abbia sparato alla sua fidanzata.»

Sospirai. «Era un giocatore incallito. Ho controllato personalmente le sue statistiche. Giocava almeno sessanta o settanta ore la settimana. Apparteneva a una gilda potente. Faceva dei raid praticamente un giorno sì e uno no.» I raid erano missioni intraprese da grossi gruppi di giocatori che cercavano di far fuori un mostro epico, come un enorme drago o un mago potente. Alzai le spalle. «Un giorno la sua ragazza si è arrabbiata con lui e ha usato le sue credenziali per assumere l'identità del suo personaggio e regalare poi tutto il suo prezioso bottino. Quando lui si è collegato, il suo personaggio era rimasto in mutande.»

«Oh merda. E il servizio clienti non gli ha restituito la sua roba.»

«Esattamente. Quindi lui si è scollegato, si è armato ed è andato a casa della ragazza.» Spinsi via il piatto con l'hamburger mangiato per metà, sospirando disgustato.

«Non ho più fame.» Rimasi seduto a fissare nel vuoto per un lungo momento, prima di voltarmi verso di lei.

«Mi dispiace» mi disse Emilia.

Io scossi la testa e la fissai per un minuto. Aveva un'espressione preoccupata. «Che cosa volevi dirmi?»

Lei scosse la testa. «Non era niente di importante... sto da Heath, nel caso te lo stia chiedendo. Nella sua stanza degli ospiti.»

Stavo per risponderle quando arrivò la cameriera che mise il conto nel vassoietto sul tavolo e se ne andò senza chiederci se volevamo il dessert.

Emilia aveva afferrato una ciocca di capelli e se la stava avvolgendo sull'indice. «Dimmi» le chiesi, prendendole la mano libera e premendo il palmo contro le mie labbra. Lei curvò le dita intorno alla mia guancia.

«Non è niente. Niente in confronto a quello che stai affrontando tu.»

«Sai che puoi parlare con me, vero? Se ti serve qualcosa…»

Emilia sorrise e annuì.

«Quindi torni a casa di Heath adesso? Non vuoi venire a casa nostra… a casa mia?»

Lei esitò. «Lo vorrei, ma non stasera. Sono esausta e domani si lavora.»

Lottai contro il desiderio di insistere. Dovetti rammentarmi il nuovo approccio. Sarebbe venuta lei da me. Mi ero ritirato e lei mi avrebbe inseguito. Proprio come dettava la strategia. Però *avevo* veramente voglia di insistere.

«Allora, quando capiremo come stanno le cose?»

«Non lo so, ma non credo che ci vorrà molto. Ne verremo a capo. Io credo in *noi*.» E sorrise.

L'accompagnai alla sua auto e la lasciai con un lungo bacio appassionato che mi restò sulle labbra per tutto il viaggio fino a casa. Il pensiero di quel letto vuoto per tutta la notte non mi rendeva proprio felice, ma almeno le cose sembravano migliori tra di noi di quanto avevo pensato all'inizio della giornata. Potevo solo sperare che continuassero a migliorare.

***

Ora che avevo deciso di seguire alla lettera gli insegnamenti di Sun Tzu, cominciai a chiedermi che altro fare per riconquistarla. Avevo combinato un casino con la faccenda dell'università ed ero ancora deciso a farle cambiare idea, ma l'approccio diretto e aggressivo mi era scoppiato in faccia.

Quindi ora era il momento di raccogliere informazioni.

È la conoscenza che ti consente di colpire e conquistare. Assumete delle spie, aveva detto il maestro. E Heath adesso era il suo coinquilino e la vedeva tutti i giorni. E per quanto detestassi quel fatto, sapevo che la chiave per scoprire che cosa stava succedendo era proprio lui.

Avevamo in programma di passare insieme tutto il sabato, giocando a paintball. Avevo invitato Heath a far parte della squadra della Draco Multimedia in previsione della grande battaglia del mese successivo con i tizi della Blizzard, uno dei nostri concorrenti. Quest'anno dovevamo avere la rivincita e la Draco non intendeva fare prigionieri. E dato che entrambe le parti potevano "assumere" cinque "mercenari" non professionisti, lo avevo chiesto a Heath.

Il sabato successivo, nonostante fossimo quasi alla fine di ottobre, era una giornata calda nelle colline aride dell'Inland Empire a est di Riverside. Fu una bella faticaccia, aggirarci con i nostri indumenti para-militari e le maschere protettive, elaborando strategie e tattiche per la grande battaglia di novembre. Un gruppo d'irriducibili di circa una dozzina di noi aveva deciso di trovarsi tutti i sabati per allenarci per la battaglia contro i Blizzard. Ciascuno di noi avrebbe poi agito da caposquadra per il resto degli impiegati.

Manovrammo intorno a vecchie rovine, sistemate in modo da assomigliare ai resti di un'antica città. Giustamente, considerando la natura fantastica di Dragon Epoch e, ovviamente, la creazione famosa in tutto il mondo della Blizzard, World of Warcraft. L'unica cosa che avrebbe potuto rendere la faccenda più divertente, avevano detto molti impiegati, sarebbe stato combattere nei costumi dei nostri personaggi. L'idea aveva ricevuto il veto di entrambi gli AD.

Dopo aver salutato il resto del gruppo, Heath ed io finimmo per andare a cenare in un pub vicino, rivivendo gli avvenimenti principali della giornata e scambiandoci idee sulla strategia da adottare. Heath, cresciuto nell'altipiano desertico, era diventato un cecchino esperto e un survivalista. Mi aveva detto che suo padre era un paranoico patito delle armi, che si stava preparando per la terza guerra mondiale fin dagli anni Ottanta. Di conseguenza, Heath era un tiratore scelto con il fucile, avendone avuto uno in mano da quando aveva imparato a camminare. Lo avevo nominato capitano della nostra squadra di cecchini.

Al pub, ordinai un sandwich con il roast beef e una birra. Confrontammo i lividi, i proiettili di vernice non erano roba da femminucce. Lasciavano brutti segni, a meno di indossare un'armatura. Visto il caldo, avevamo deciso di evitarle, per essere "veri uomini". Come compagni d'arme c'eravamo scambiati storie e ci eravamo presi in giro ed era stato facile, come i vecchi amici che eravamo in effetti, anche se Heath non sapeva, quando ci eravamo incontrati la prima volta, che c'eravamo già conosciuti online.

A quel punto giocavamo già insieme da oltre un anno e quando c'eravamo incontrati di persona, ovviamente c'eravamo intesi subito. Ci avevo contato, quando era apparso chiaro che avrebbe agito da "esaminatore" per l'asta di Emilia. E sapevo come rispondere alle domande che avrebbe fatto. Avevo battuto il sistema, per così dire.

Heath sembrava distratto mentre parlavamo dell'ultimo film di successo della Marvel. Continuava a guardare oltre la mia spalla e poi a distogliere lo sguardo, facendo saltellare un ginocchio e comportandosi nervosamente. Alla fine mi decisi.

«Che cosa succede, amico?»

«Scusa, tizio sexy a ore dodici, ecco tutto.»

Sapevo che non stava parlando di me, ma dovevo comunque prenderlo in giro. «Non sapevo di piacerti.»

Lui mi guardò storto. «A parte te.»

Resistetti al desiderio di voltarmi e controllare il bersaglio delle sue attenzioni. Heath era chiaramente imbarazzato. Ma mi presi un momento per controllare il resto della clientela. Erano quasi tutti uomini e la maggior parte di loro era appaiata o riunita in gruppetti più numerosi. Ispezionai il resto della stanza. «Aspetta… siamo in un bar per gay?»

Heath sbuffò. «Sai, per essere un genio a volte sei veramente ottuso.»

«Allora mi hai portato in un locale gay?»

«Sì, e allora? Qui si mangia bene.»

«Vero. Il miglior sandwich da parecchio tempo.»

Heath mi rivolse un'occhiata irritata. «Già, è un errore che non ho intenzione di ripetere, te l'assicuro.»

Alzai le spalle. «A me non importa. Purché qualcuno non mi chieda di ballare.»

Sul volto gli passò una strana espressione. «Vedi qualcuno che balla? Qui non si balla. C'è un sacco di gente che rimorchia, però, ed è stato un errore enorme portarti qua.»

«Perché?»

«Perché ogni tizio in questa stanza ti ha già adocchiato almeno cinque volte.»

Scoppiai a ridere. Quella conversazione con Heath mi ricordava stranamente quella avuta con Jordan in albergo a New York. «Non preoccuparti. Sono già impegnato. Non ho intenzione di andare a casa con qualche numero di telefono.»

Lasciai cadere il coltello per il burro e mi abbassai a prenderlo, voltandomi per dare un'occhiata a un gruppetto di uomini seduto al tavolo dietro di noi. Erano in tre. Uno di loro incrociò il mio sguardo e annuì, sorridendo. Io mi raddrizzai, rivolgendomi di nuovo a Heath.

«Allora, qual è?» gli chiesi.

«Il tizio che ti dà le spalle» borbottò Heath, distogliendo gli occhi, con il ginocchio che saltellava ancora più in fretta.

«Perché non vai a parlargli?»

Mi guardò, ancora più irritato. «Perché è una delle due: o pensano che siamo una coppia e che io sono il bastardo fortunato che è finito con il moro sexy, o stanno guardando te ed io potrei tranquillamente essere un Klingon per quello che gliene frega.»

Lo guardai stupito. Non che normalmente io valutassi l'aspetto di altri maschi ma Heath non era niente male. Era alto, muscoloso (tanto), e aveva i capelli biondo scuro e gli occhi verdissimi. Non proprio qualcuno che dovesse sentirsi a disagio per il proprio aspetto.

«Non intendevo rovinarti la piazza, amico.» Gli rivolsi un sorriso. «Non saprei come fare per evidenziare il mio orientamento sessuale.»

Heath strinse gli occhi per un minuto, poi i suoi occhi s'illuminarono. Prese una penna dal taschino e scribacchiò qualcosa su un tovagliolo. «Fammi un favore e appiccicatelo sulla fronte, dai.»

Mi consegnò il tovagliolo e lo lessi. A tutte maiuscole, sottolineato, c'era scritto HET, per eterosessuale. Risi accartocciando il tovagliolo. «Bel tentativo. Tutto sommato preferisco rovinarti la piazza.»

Diedi un'occhiata alle mie spalle per guardare dov'era seduto il tizio dietro di me e lanciai il tovagliolo appallottolato colpendolo dietro la testa. Poi mi chinai di lato come se fosse stato Heath a lanciarmi il tovagliolo ed io mi fossi abbassato per evitarlo. La mortificazione sul volto di Heath quasi mi fece scoppiare a ridere.

Mi voltai immediatamente e incrociai lo sguardo del tizio seduto dietro di me. Aveva i capelli biondo rossiccio e mi fissava torvo con brillanti occhi azzurri. Si voltò, prese il tovagliolo, lo lesse, guardandomi con le sopracciglia alzate. Io spostai la sedia, alzando una mano come per placarlo. «Mi dispiace. Il mio amico voleva lanciarlo a me, ma sono stato troppo svelto e ha preso te. Stava solo prendendomi in giro per via del mio orientamento sessuale.»

Il tizio diede un'occhiata curiosa a Heath, che diventò rosso come un pomodoro. Io tesi la mano «Sono Adam. Questo è il mio amico Heath. Credo che ti debba delle scuse. Come ti chiami?»

Il tizio ora aveva un sorriso incerto sul volto mentre tendeva la mano per stringere la mia. Poi guardò Heath, e il sorriso si allargò. «Mi chiamo Connor» disse con un accento marcatamente irlandese. «E questi sono i miei amici Jess e Xander.»

Feci un cenno di saluto. «Lieto di conoscervi.»

«Mi dispiace per la pessima mira» disse Heath, dandomi un'occhiata, senza risentimento.

Connor tornò a guardare Heath, sempre con il sorriso sulle labbra. Chiaramente gli piaceva quello che vedeva. «Nessun problema. Ma se succederà di nuovo dovrò farti fuori.»

«Che ne dite se vi offro da bere?» chiesi. «Che cosa state bevendo? Offro io dato che, una volta tanto, sono in minoranza.» Risero tutti e finimmo per riunire i tavoli e avere una bella e lunga conversazione sui giochi di guerra. A quanto pareva Connor aveva servito nell'esercito ed era divertito dei lividi da paintball di cui andavamo fieri.

Quando ce ne andammo, qualche ora dopo, Heath e Connor si erano scambiati i numeri di telefono ed io ero soddisfatto.

Mentre andavamo verso il parcheggio, Heath era ancora in estasi per la nuova conoscenza. «Quell'accento... mio Dio, quando l'ho sentito parlare sarei potuto morire.»

«A me sembrava un folletto» dissi.

«Meno male che sei etero e che hai un gusto eccellente in fatto di donne perché di uomini proprio non capisci niente.»

Mi misi a ridere. «Scusa se ti ho messo in imbarazzo, al bar.»

«Se uscirà con me, sarai perdonato.»

Feci una pausa. «Allora... avrei intenzione di infilare la testa e salutare Mia quando ti porto a casa, se è okay. Le ho mandato un messaggio ma non mi ha ancora risposto.»

«Certo... probabilmente starà facendo il bagno o roba simile.»

Quando arrivammo alla mia auto, gli gettai le chiavi. «Vuoi guidare tu?»

Heath restò a bocca aperta e sembrò perplesso quasi come quando avevo gettato il tovagliolo a Connor. «Cazzo, sì.»

La Porsche cabriolet blu notte del 1953 era il mio orgoglio e la mia gioia. Il tocco finale era la targa: UBR LOOT, che, tradotto dal linguaggio dei video giochi significava Bottino super. Il bottino migliore, il bottino "uber" che sognavano tutti i giocatori. Adoravo quella macchina come fosse un cane fedele. Emilia l'aveva guidata qualche volta ma poi aveva dichiarato che la frizione era "impossibile" e si era rifiutata di guidarla ancora. Penso che avesse più che altro paura di graffiarla. E costava una cifra che avrebbe impressionato la maggior parte della gente. E dal modo in cui la stava guardando Heath adesso, con il desiderio negli occhi, credo che stesse pensando la stessa cosa.

«Vacci piano con lei» dissi, sedendomi dalla parte del passeggero.

Heath si sedette al volante e mi rivolse il sorriso estatico di un ragazzino di dieci anni, ricordandomi i miei nipoti quando saltavano in macchina e fingevano di guidare. Girò cautamente la chiave nell'accensione e quando il motore ruggì, si appoggiò allo schienale con un sospiro. «Credo di essere appena venuto nei pantaloni.»

Mise la marcia e prendemmo il percorso più lungo per casa sua, sulle strade tortuose delle colline di Orange, qualche chilometro a est dal centro. Viveva in un appartamento elegante, che ora divideva con Emilia.

Tornai serio e permisi ai miei pensieri di tornare alla gioia che stava provando Heath nel guidare la mia auto. Mi diede un paio di occhiate curiose mentre scalava le marce, poi si schiarì la voce. «Come te la stai cavando, amico?»

Feci una smorfia. A quanto pareva mi aveva letto nei pensieri, o, molto più probabilmente, la mia espressione mi aveva tradito. «Tiro avanti» dissi, cercando di dimenticare quanto odiavo non vederla tutti i giorni, non abbracciarla mentre dormivamo. Non avevamo vissuto insieme a lungo, ma mi ero abituato in fretta ed era sembrato normale. Poveretto l'Adam di cinque anni prima. In quel momento era l'ombra di un ricordo lontano.

L'espressione di Heath divenne preoccupata, pensierosa.

«Lei come sta?» gli chiesi.

Lui alzò le spalle. «Bene.»

Ancora quella fitta di gelosia. Heath era un bravo ragazzo. Un buon amico. Ero contento che Emilia avesse lui nella sua vita, specialmente quando aveva bisogno di qualcuno che non ero io. Ma, cazzo, avrei voluto prenderlo a pugni tutti le volte che pensavo a Emilia che piangeva sulla sua spalla e non sulla mia.

Tossicchiai e mi sforzai di scacciare le emozioni cupe.

«Mi stavo chiedendo se potevo chiederti un favore...» dissi dopo un lungo silenzio mentre ci arrampicavamo sulla grande collina verso Chapman Avenue.

«Se posso, certo.»

«Chiamami, o mandami un messaggio o fammi sapere se... se Emilia ha bisogno di qualcosa ed è troppo testarda per chiederlo. Che siano soldi o... qualsiasi altra cosa.»

Vidi i muscoli della sua mascella contrarsi quando strinse i denti. «Si sta comportando in modo bizzarro con te?»

Fissai diritto davanti a me. «Le cose sono... delicate.»

Heath fece una smorfia. «Mi prenderò buona cura di lei per te, amico. Deve fare quello che deve fare, ma non sarà una cosa permanente. Sii paziente e cerca di non fare un'altra bravata come la proposta di matrimonio, okay? Verrà lei da te quando è pronta. È forte e sa prendersi cura di sé, ma deve imparare che non è *obbligata* a fare tutto da sola. Sono fiero di lei e so che lo sei anche tu. È praticamente mia sorella, sai. Mia sorella da un padre diverso...»

Guardai fuori dal finestrino laterale, irritato, quando fece una curva a destra a tutta velocità, con un urlo, apparentemente senza preoccuparsi di un'eventuale multa. Erano costose e mi avrebbero tolto troppi punti dalla patente. Lo sapevo per esperienza personale.

Quando scendemmo dall'auto e gli presi le chiavi, mi ringraziò, dandomi una manata sulla spalla. Strinsi i denti, la mano era finita proprio su uno dei lividi più grossi che mi aveva fatto giusto lui con un proiettile di vernice.

Lo seguii nell'appartamento ma era tutto buio. Controllai l'orologio. Erano solo le dieci. Emilia era uscita?

Heath aveva pensato la stessa cosa mentre gettava le sue chiavi e il portafogli sul tavolo accanto all'ingresso. «Mhmm. Forse è uscita con Alex e Jenna?»

Vidi il bagliore dello schermo di un computer che veniva dall'alcova nel suo soggiorno, riconoscendo la musica a basso volume che suonava in sottofondo, il tema musicale principale di Dragon Epoch. Aveva lasciato il computer sulla schermata di log-in. «Sembra che abbia dimenticato di uscire dal gioco» dissi.

Heath sbuffò e andò a chiudere il programma, spegnendo il computer. Notai il blocco che Emilia teneva sempre accanto al computer, pieno di annotazioni sulla missione nascosta delle Montagne Dorate. Resistetti a fatica al desiderio di sfogliarlo, curioso di sapere se ci si stava avvicinando.

Heath sospirò. «Lascia sempre la schermata di log-in. Mi fa diventare matto, quella musica che suona continuamente.» Si raddrizzò. «Senza offesa.»

Mi misi a ridere. «Nessuna offesa. Non ho scritto io la musica.»

«Vuoi lasciarle un biglietto o qualcosa?»

Riflettei sul suo suggerimento e presi il telefono; ancora nessuna risposta. Scrissi un altro messaggio.

Sono da Heath. Ero entrato per salutarti e non c'eri.

Qualche secondo dopo aver premuto invio, sentii un blip accanto al computer. Heath indicò con la testa. «Il suo telefono è qui. E anche la borsa, pare. Deve essere in camera sua.»

Andai alla sua porta e bussai piano. Dopo una lunga pausa, sentii la sua voce dall'altra parte. Ma quando aprii la porta, Emilia era al buio.

«Heath, stavo dormendo. Con chi stavi parlando lì fuori?» borbottò.

«Adam» risposi. «Cioè, sono Adam. Posso entrare?»

Si spostò nel letto, sedendosi. Sbirciai nel buio, cogliendo solo la sua sagoma. Si strofinò gli occhi. «Com'è andata a paintball?»

«Bene» dissi, entrando nella stanza.

Lei si spostò nel letto stretto e indicò lo spazio accanto a lei. «Siediti.»

«Mi dispiace di averti svegliato. Come mai sei a letto così presto?» Non l'avevo mai vista andare a letto prima delle undici. Eppure eccola lì, appena le dieci e dormiva profondamente già da un po'.

«Ero solo molto stanca» disse, sbadigliando.

Mi sedetti accanto a lei e mi abbassai a baciarle la fronte. Lei mi strinse le mani intorno al collo, forte.

«Attenta» dissi. «Il tuo coinquilino mi ha ridotto male.»

«Bastardo» ringhiò. «Gli darò una strapazzata per conto tuo.»

Sembrava calda. Le misi la mano sulla fronte. «Ti senti bene?»

«Sono solo stanca» ripeté.

«Allora non ti terrò…» dissi, poi smisi di parlare. Ma l'ultima cosa che volevo era andarmene, accidenti.

Emilia ricadde sul letto, guardandomi. I suoi capelli scuri sparsi sul cuscino. Feci per alzarmi e lei mi afferrò il braccio. Esitai, sedendomi di nuovo.

Era talmente bella, con gli occhi semichiusi e il suo sorriso pigro. «Puoi restare seduto qui per un po'? Finché mi riaddormento?»

Le presi la mano. «Certo.»

Lei si voltò sul fianco, dandomi le spalle per farmi posto, perché potessi sdraiarmi accanto a lei. Mi tolsi le scarpe e lo feci, mettendole le braccia intorno.

Il profumo di vaniglia e pesche, era quello d'odore di Emilia, e la nostalgia tornò. Quanto mi era mancata. «Emilia…» sussurrai.

«Sì?»

Aprii la bocca. *Mi manchi, come se mi mancasse il braccio destro. Come se mi mancasse il mio cuore pulsante. Come mi mancasse il mio prossimo respiro.* «Me lo diresti se ci fosse qualcosa che non va, vero? Per poterti aiutare?»

Lei rimase in silenzio per un po'. «Che cosa ti fa pensare che ci sia qualcosa che non va?»

«No, niente… solo nel caso in cui…»

Lei si sistemò meglio tra le mie braccia. «Ti dirò esattamente di che cosa ho bisogno adesso. Le tue braccia. Esattamente dove sono. Che mi tengono stretta. È la medicina per tutto quello che mi affligge.»

«Che cosa ti affligge?»

Una pausa. «Te l'ho detto. Sto bene. Sono solo stanca.»

La tirai contro di me, dandomi mentalmente delle mazzate per resistere e non baciarla. Il mio corpo ovviamente voleva cominciare qualcosa, il suo profumo e il suo calore erano troppo vicini, troppo invitanti. Mi rammentai che ero lì per darle ciò di cui *lei* aveva bisogno. La rivolevo con me per sempre e potevo aspettare. Sun Tzu sarebbe stato fiero della mia pazienza.

Si addormentò in meno di dieci minuti. La tenni stretta per un'altra mezz'ora prima di alzarmi dal letto, baciarla sulla guancia e sistemarle le coperte.

Quando tornai in soggiorno, Heath era seduto sul divano e giocava col suo iPad.

Alzò gli occhi. «Va tutto bene?»

«Era veramente stanca.»

Heath lanciò un'occhiata veloce alla porta chiusa e annuì, con l'espressione curiosamente neutra. «Ha avuto una lunga settimana.»

«Ma sta bene, giusto?»

Heath mi guardò male. «Ti sembrava stesse bene?»

«Sì. È solo che...» Scossi la testa. Come potevo spiegare la strana sensazione che non era basata su niente di concreto? Solo il mio istinto?

«Ti ho detto che mi sarei preso cura di lei. Fidati, okay?»

Digrignai i denti. Avevo forse scelta? Ero *io* quello che avrebbe dovuto prendersi cura di lei. «Ok, vado.»

Heath si alzò e mi accompagnò alla porta, aprendola per me. «Grazie, amico. Bella giornata. Ora vai a mettere un po' di ghiaccio su quei lividi, femminuccia.»

«Fanculo» gli risposi ridendo.

«Ci vediamo il prossimo fine settimana? Stessa Bat-ora, stesso Bat-canale?»

«Sì, ci vediamo.»

Fuori, nel parcheggio, esitai prima di mettermi al volante: non riuscivo a scrollarmi di dosso quella sensazione negativa che nasceva dall'insolito comportamento di Emilia. Mi feci forza, dicendomi di non essere paranoico e misi in moto l'auto, cercando di liberarmene. Sfortunatamente, la condizione zen che stavo cercando mi sfuggiva. Continuavo a pormi domande, a rimuginare tra me e me. Di una cosa ero certo, lei era impressa nel mio cervello, nella mia pelle, indelebile e permanente, come un tatuaggio. Anche mentre dormivo.

Capitolo Otto

L^A mattina seguente, domenica, mi alzai con un'erezione violenta, dopo aver sognato Emilia praticamente tutta la notte, e cercandola nel letto mentre ero ancora semi addormentato. Quando le mie braccia restarono vuote, mi voltai sulla schiena, pensando a tutti i modi in cui l'avevo presa mentre ero nel mondo dei sogni. Senza sesso regolare, il mio subconscio stava andando a nozze, alimentato dalla libido affamata.

Come mi succedeva fin troppo spesso ultimamente, scoprii di dovermi masturbare nella doccia quella mattina. Mi aiutò ad allentare un po' la pressione, insieme a una dura seduta d'allenamento. Arrivato a mezzogiorno, avrei voluto chiamarla ma sapevo che sarebbe stata alla cena di famiglia quella sera. Peter aveva invitato entrambi e, stranamente, anche Kim. Quindi, seguendo la mia nuova filosofia di aspettare che fosse lei a venire da me, decisi di non chiamarla né mandarle messaggi prima di vederla quella sera.

Invece mi misi a lavorare al mio nuovo progetto, perché ora mi rifiutavo di fare il normale lavoro d'ufficio durante i fine settimana, a meno che stessi occupandomi di impossibili querele o i preparativi per la convention. E nella mia testa lo giustificavo come hobby, non un *vero* lavoro. Era un'idea eccitante: sviluppare un videogioco di fantascienza ambientato nello spazio, con un'interconnessione con le varie piattaforme di social media: Facebook, Twitter, Pinterest e Tumblr, magari anche altre, non ero ancora arrivato a quel punto. Dato che era ancora allo stato embrionale, non ne avevo parlato con nessuno, nemmeno con Emilia.

Bruciai l'intero pomeriggio lavorandoci, finché fu ora di andare a casa di mio zio. Mi vestii nel mio miglior stile casual, inclusa una camicia rossa, non un colore che mi piacesse particolarmente (anche senza tener conto del doppio significato della maglia rossa come comparsa destinata a morire in fretta in *Star Trek*). La scelsi solo perché una volta Emilia aveva detto che le piaceva quella camicia. Quindi mi accertai di apparire al meglio. Un'esca e tutto il resto...

Quando arrivai da Peter, lui stava preparando la cena in cucina insieme a Kim. Avevo portato la solita bottiglia di vino e una scatola di pasticcini come dessert. Quando entrai, Kim s'illuminò, guardando ansiosamente alle mie spalle.

«Ehi, Adam! Come...» Quando non vide chi stava cercando, si accigliò. «Dov'è Mia? Non viene?»

Appoggiai il vino e la scatola della pasticceria. «Sono quasi sicuro che verrà.»

Kim sembrò sorpresa. Peter le diede un'occhiata e poi si rivolse a me. «Ma... non doveva venire con te? O forse oggi dovevi lavorare?»

Mi bloccai. Presumevo sapessero che Emilia se n'era andata da casa mia. Oh, merda, *merda*. «Io vengo da casa ma lei... starà da Heath per un po'.»

Kim aggrottò la fronte e scosse la testa, poi uscì dalla stanza borbottando qualcosa sul fatto di aver bisogno del telefono. Peter non mi tolse gli occhi di dosso. Condividemmo un lungo momento di tensione.

«Vuoi parlarne?» chiese sommessamente.

Io respirai a fondo. «Non proprio.»

Lui annuì. «Va bene.» Diede un'occhiata alla porta da cui era sparita Kim, con la preoccupazione evidente sul volto. «È preoccupata per Mia.»

Divenni immediatamente nervoso. «Perché?»

«È un po' che non risponde alle telefonate e ai messaggi di Kim.»

Non era da Emilia tagliar fuori sua madre. In effetti era proprio bizzarro. Coprii la mia sorpresa grattandomi la guancia. «Mhmm. Strano.»

«Voi due… avete rotto?»

«No. Ci stiamo solo prendendo… una pausa dal vivere insieme.»

Peter annuì.

Io presi il telefono e controllai i messaggi. Niente. Le scrissi un messaggio.

Ricordi la cena di famiglia? La gente si sta chiedendo dove sei.

Poi mandai un messaggio a Heath.

Dov'è Mia?

La sua risposta arrivò quasi subito. *Non si sente molto bene. È rimasta a casa.*

Risposi: *Sta dormendo? Sei con lei? Arrivo.*

Heath rispose: *Sta bene, ha solo bisogno di riposare. Per favore non venire.*

Soffiai fuori il fiato, a disagio, cercando di frenare il bisogno quasi incontenibile di andare da lei, controllare di persona, assicurarmi che stesse bene. Strinsi il pugno lungo il fianco mentre rimettevo il telefono nella tasca della camicia.

Peter stava affettando le patate e ogni tanto mi dava un'occhiata.

«Britt e i ragazzi dovrebbero arrivare a momenti. Spero che tu abbia deciso di restare.»

Mi conosceva bene. Dal mio atteggiamento aveva capito che ero pronto a scappare. «Kim non è l'unica a essere preoccupata per lei» borbottai.

«Non viene, allora? E tu hai intenzione di andare?»

«Aspetterò finché arriveranno i ragazzi. Ho qualcosa per loro.»

Peter diede un'altra occhiata alla porta. «Beh, avevamo intenzione di parlarne con voi due dopo cena ma… visto che Mia non verrà e che voi due avete dei problemi, forse è meglio dirti semplicemente che Kim ed io stiamo uscendo insieme.»

Sentii un peso enorme nello stomaco a quella notizia, senza riuscire a capire perché. Perché non vedevo come sarebbe potuto finire bene se le cose tra me ed Emilia non avessero funzionato. Sarebbe potuto essere molto più che imbarazzante.

«Sono contento per te» dissi, perché era quello che si aspettava da me. Felice per lui, irritato per me.

Britt e i ragazzi arrivarono proprio in quel momento, e fui contento di non dover continuare la conversazione con Peter.

Mi abbassai e abbracciai entrambi, erano mesi che non li vedevo, poi baciai la loro madre sulla guancia.

«Ehi» disse Britt, guardandosi attorno. «Dov'è la tua metà migliore?»

Quindi nessuno era contento di vedere soltanto me? Splendido.

«Non si sentiva bene. È a casa a dormire.» Solo che non era a casa *mia*, a dormire nel *mio* letto, dove avrebbe dovuto essere.

«Ehi, amico, Mia non c'è?» disse DJ.

«Ehi, DJ. Mi sono perso il tuo compleanno, quindi volevo darti il tuo regalo, va bene? E ho preso qualcosa anche per Gareth, per il suo compleanno il mese prossimo.»

I ragazzi s'interessarono di colpo a me e dimenticarono che Emilia non sarebbe arrivata. Io presi il portafogli e ne tolsi due tessere, consegnandone una a ciascuno. Britt controllò attentamente e quando vide che cosa avevo dato loro, mi guardò con un'espressione rassegnata.

Io alzai le spalle.

I ragazzi presero i loro regali e Gareth alzò il pugno, urlando «*Sì!* Ti avevo detto che ci avrebbe regalato i pass per Disneyland, DJ!»

«Ha anche assunto qualcuno che vi accompagni?» chiese Britt a denti stretti.

«Mamma e papà avranno i loro pass, e un abbonamento al club 33, quello per gli adulti» dissi, porgendolo altre due tessere. A quel punto Britt sorrise e mi ringraziò.

«Valgono per un anno.» Tornai a rivolgermi ai ragazzi, mettendo un braccio su ciascuna delle loro teste. «Prometto che vi porterò quando posso. Voi ragazzi state diventando grandi abbastanza da essere i miei braccioli. Camminerò in giro per il parco con un braccio su ciascuna testa.» Lo dimostrai appoggiando gli avambracci sulle teste come se fossi seduto in una grande poltrona.

Dj si fiondò fuori dalla mia presa. «Mia verrà a Disneyland con noi, vero? Ha promesso di portarmi sulla Thunder Mountain.»

Gareth mi afferrò il braccio e cercò di lottare con me. Alzai il braccio e visto che era aggrappato con entrambe le mani, sollevai anche lui. «Magari andrò verso la piscina e ti terrò sospeso sopra l'acqua» dissi ridendo. Gareth mi lasciò andare in tutta fretta e corse via. Sapevo dov'erano diretti.

«Ragazzi, non nell'auto. Devo andarmene tra un minuto.»

Si voltarono entrambi, con la delusione chiara sui loro volti. Si diressero in fretta verso il cortile posteriore.

«Non oltrepassate il cancello della piscina, ragazzi!» gridò Peter.

«Sì nonno» rispose DJ prima di sbattere la porta.

«Allora, Mia sta bene?»

Aprii la bocca per rispondere che non ne avevo idea quando sentii un blip al telefono. Merda, probabilmente era lei. Lo presi e guardai il messaggio. Mi caddero le braccia.

Era Jordan.

Ho bisogno di vederti al più presto riguardo alla riunione con gli assicuratori di domani mattina. Sei a casa?

Rimisi in tasca il telefono, ignorando il messaggio. Risposi a Britt. «È quello che ho intenzione di scoprire. Ci vediamo. Mi dispiace.»

Presi le chiavi. Mentre uscivo, Kim mi venne incontro e mi accompagnò alla macchina. Sembrava sconvolta. «Ho tentato di mandarle un messaggio. Non risponde. Heath dice che non si sente bene.»

«Già, è quello che ha detto anche a me» dissi in tono piatto.

«Adam, che cosa sta succedendo?»

Desiderai di colpo di poter saltare in macchina e andarmene in fretta invece di avere quella conversazione. Esitai. Che diavolo potevo dirle?

«È per la proposta di matrimonio? È per quello che è arrabbiata?»

Come dirlo in poche parole per non dover rivivere tutto? Evitai il suo sguardo. «Più o meno. Sta facendo fatica a decidere che cosa vuole.»

«Vuoi dire riguardo alla facoltà di medicina?»

Strinsi i denti. «Già.»

«Si sta comportando in modo così strano. Non è da lei. Ha… voi due avete rotto?»

«No.»

Kim sembrò visibilmente sollevata. «Ah. Bene.»

Beh, almeno quello era rassicurante, sapere di avere l'approvazione di sua madre. Magari un po' di quell'approvazione si sarebbe attaccata alla figlia.

«Posso chiederti un favore?»

«Certo» risposi.

«Puoi… ti dispiacerebbe dirle che mi piacerebbe sentirla?»

Feci un respiro profondo e poi lasciai andare piano il fiato. Sarebbe piaciuto anche a me sentirla. «Sì, Kim. Sono sicuro che sta bene. È un momento difficile per lei. Scelte difficili e roba simile.»

Allungai la mano verso la maniglia, e Kim appoggiò la mano sulla mia. «So che è difficile, ma stalle vicino, okay? È fieramente indipendente, ma ha un cuore d'oro. In questo momento è solo confusa.»

Che cosa potevo risponderle? Lo sapevo già e stavo facendo del mio meglio per capire. Annuii. «Grazie.»

Ci volevano solo cinque minuti dalla casa di Peter a quella di Heath. Mentre guidavo, continuavo a chiedermi che cosa stesse succedendo. Era chiaro che Emilia non stava bene. Forse era depressa? Avrebbe spiegato il suo strano comportamento e il fatto che lo tenesse nascosto a sua madre. Beh, *quello* non era insolito come pensava Kim. Emilia non aveva mai raccontato a sua madre le vere circostanze in cui ci eravamo incontrati di persona, né dell'asta per la sua verginità, ed era comprensibile. Ma dopo aver cominciato la nostra relazione, Emilia mi aveva detto che la segretezza sull'asta e gli eventi che erano seguiti avevano causato una frattura tra lei e sua madre. Stava di nuovo tenendole nascosto qualcosa?

Qualche minuto dopo, l'espressione per niente sorpresa di Heath quando aprì la porta e mi vide lì, mi dimostrò che mi stava aspettando. Emilia era in soggiorno. Indossava la t-shirt con la quale di solito dormiva e dei leggings; stava guardando una vecchia puntata di *Doctor Who* e mangiava una ciotola di cereali. Alzò gli occhi, con un'espressione colpevole.

«Allora… il tuo telefono è guasto?» le chiesi, un po' brusco.

Lei mise da parte la ciotola e guardò Heath, che alzò le mani in segno di resa e uscì dalla stanza.

«È qui da qualche parte e non l'ho ancora controllato. Mi sono appena alzata.»

Esitai. «Da un sonnellino?» Controllai l'orologio. Erano quasi le sei e mezza.

«Più o meno.»

Mi sedetti sul divano accanto a lei e lei puntò il telecomando verso la TV per togliere l'audio. «Sei stata a letto tutto il giorno? Perché non me l'hai fatto sapere?»

Lei distolse gli occhi. «Dovrei mandarti dei bollettini sulla mia salute ogni ora?»

«Beh, avresti almeno dovuto dirmi che non intendevi venire alla cena di famiglia.»

Lei si afferrò nervosamente una ciocca di capelli lucenti e l'avvolse intorno a un dito. Mi concentrai su quello. Uh-oh. Strinsi gli occhi.

«Pensavo di venire. Ho messo la sveglia, ma non ha suonato.»

La fissai per un lungo minuto e lei cominciò ad agitarsi. Aveva i vestiti stropicciati, i capelli spettinati e occhiaie profonde. E stava chiaramente nascondendo qualcosa. Mi stava mandando i suoi soliti segnali.

Finalmente alzò le sopracciglia guardandomi. «Che cosa c'è?»

«Sta succedendo qualcosa e non me lo vuoi dire.»

«Non mi sento molto bene, ecco tutto.»

«Intendi dire… fisicamente o mentalmente o cosa?»

Chiuse piano gli occhi e respirò a fondo, chiaramente irritata. «Ho il diritto di avere qualche giornata storta ogni tanto.»

«Perché stai avendo giornate storte?»

Lei alzò le spalle, distogliendo lo sguardo. «Va tutto bene. Sono state un paio di settimane del cavolo, per *entrambi*. Ho solo bisogno di passare un po' di tempo senza fare niente.»

Mi strofinai la fronte. Non avevamo vissuto insieme a lungo, ma non l'avevo mai sentita esprimere il desiderio di passare una giornata in quel modo. Normalmente Emilia era iperattiva. E, normalmente, quando era arrabbiata o si sentiva giù, si collegava e giocava. Diedi un'occhiata veloce all'alcova dove c'era il suo computer. Era spento, probabilmente da quando Heath l'aveva spento la sera prima. Forse stava avendo un mestruo difficile? Sapevo che non era il caso di chiederle se si trattava di quello. Non era il caso di farmi staccare la testa a morsi. Ma se era così, perché non dirmelo, semplicemente?

«Vuoi che resti con te?»

Lei esitò e il mio telefono emise un blip. Lo presi e lessi il messaggio. Era ancora Jordan.

Ehi, dove diavolo sei? Ci sono alcune cose da rivedere.

Chiusi il messaggio e rimisi in tasca il telefono.

Lei mi guardò attentamente. «Chi era?»

«Solo Jordan, che non mi dà tregua, come al solito.»

«Mhmm, ricordo quando eri *tu* che non gli davi tregua, continuamente.»

«Parla con me» le dissi, prendendole la mano. «Che cosa sta succedendo?»

«Non mi sento semplicemente al cento percento. Probabilmente ho preso qualcosa.»

Il mio cellulare cominciò a suonare.

«Dovresti rispondere» disse Emilia. Le diedi un'occhiata. Non molti mesi prima avrebbe detto l'esatto contrario.

Presi il telefono dalla tasca e risposi. «Sì, che cosa c'è?»

«Dove diavolo sei? Dobbiamo riguardare alcuni documenti e tu stai ignorando i miei messaggi.»

«Non possono aspettare fino a domani?»

Una pausa. «Uhm. No. La riunione è domani mattina presto. Dove sei?»

«Sono a Orange.» Lanciai un'occhiata a Emilia, che fissava fuori dalla finestra, distratta. «Dove vuoi che ci vediamo?»

«A casa tua, tra mezz'ora.»

«Va bene.» *Merda.* Non volevo lasciare Emilia. Anche se era chiaro che lei non mi voleva lì.

Emilia si voltò quando finii la telefonata, si spostò sul divano e mi avvolse le braccia intorno al torace, appoggiandomi la testa sulla spalla. Sentii il cuore che si gonfiava in petto e le rubai un bacio nei capelli che profumavano di vaniglia. Annusandoli, sentii i sensi che si svegliavano. «Andrà tutto bene. Vai a occuparti della tua società. Smettila di preoccuparti.»

«Sai che cosa mi farebbe smettere di preoccuparmi?» le chiesi accarezzandole la testa. «Che tu vivessi a casa mia in modo che potessi prendermi cura di te.»

«Perché sapevo già che lo avresti detto?» mi diede un bacio sulla guancia. «Sono adulta. Me la sono cavata da sola per anni prima che ci incontrassimo.»

«Credo che dovresti prenderti un giorno libero domani» dissi.

«Ci penserò» rispose. «Ora vai a placare Jordan. Io finirò quest'episodio, poi probabilmente andrò a sdraiarmi di nuovo.»

«Dovresti anche chiamare tua madre. È preoccupata per te»

«La mamma era da Peter?»

Feci un respiro profondo. «Già... a quanto pare volevano dirci che stanno uscendo insieme.»

Sul suo volto apparve per un attimo un'espressione inorridita. «È... mhmm... è un po'... uffa, non so come definirlo.»

Scoppiai a ridere. «Lieto di sapere che non sono l'unico che è rimasto stranito. Perché non le rispondi? Sembrava veramente sconvolta.»

Emilia si staccò da me e si riappoggiò allo schienale. «La chiamerò prima di andare a sdraiarmi.»

Mi chinai e le baciai la fronte. «Adesso vado. Ti chiamerò domani. E dirò a Mac che starai a casa.»

Aprì la bocca per protestare, ma io alzai un dito. «Non ho intenzioni di discuterne. Prenditi un giorno libero. Così dice il capo. Verrò a vederti domani.»

La salutai baciandola e uscii.

***

Jordan mi stava aspettando quando arrivai. La mia governante lo aveva fatto entrare e gli aveva preparato un drink e un vassoio di stuzzichini mentre lui era seduto in cucina. Presi alcuni canapè e riempii un piatto. Lei lo notò immediatamente, offrendosi di prepararmi qualcosa per cena.

Rifiutai, ringraziandola, ma presi il vassoio di stuzzichini, e Jordan ed io salimmo nel mio ufficio.

«Che cosa c'è di tanto importante da non poter aspettare fino a domani?» gli chiesi, sedendomi alla scrivania davanti a lui.

«Gli assicuratori ci hanno mandato dei documenti che dobbiamo controllare e rimandare con le nostre correzioni appena possibile.»

Mi strofinai la fronte con il pollice. «E non poteva aspettare?»

Jordan mi guardò come se mi fosse spuntato un terzo occhio. «Che diavolo, Adam? Non possiamo farci sfuggire niente. È la nostra ditta. E questi tizi dell'assicurazione ci hanno messo un cappio intorno al collo. Una mossa falsa e cominceremo a soffocare. *No*, non poteva aspettare.»

Bell'immagine. Presi una pila di carte e lessi in fretta la prima pagina. «Qui si parla di un accordo extra-giudiziale. Noi *non* faremo un accordo.»

Jordan mi fissò intensamente per un lungo minuto. «Potremmo non avere scelta.»

«Stronzate. Non tocca a loro decidere.»

«Joseph ha controllato la polizza perché sapeva che lo avresti detto. Non ha ancora trovato niente. A meno che *tu*, come AD sia menzionato direttamente nella causa, non puoi decidere se l'assicurazione patteggia o porta la causa in tribunale.»

Sbuffai e buttai la pila di documenti sulla scrivania. Non avevo voglia di occuparmene in quel momento. Non riuscivo a togliermi dalla testa la preoccupazione per Emilia. Guardai fuori dalla finestra per un po', chiedendomi perché non riuscivo a concentrarmi su nient'altro.

«Adam. Per favore, concentrati su quello che c'è in ballo. Dove hai la testa in questo momento?»

«Stavo cercando di passare un po' di tempo con la mia famiglia…»

«E pensando alla tua ragazza che si è trasferita. Che diavolo ti è successo? Ho bisogno dello squalo che non batteva ciglio davanti a dodici ore di lavoro di domenica, non l'hippie che è andato a fare un'escursione a piedi e a contemplarsi l'ombelico.»

Balzai fuori dalla sedia e andai alla finestra, incrociando le braccia. «Basta, Jordan, okay?»

La sua sedia scricchiolò quando si dimenò. «Cristo, scusami, ma… ho bisogno che tu sia presente. A cosa stai pensando?»

Mi passai una mano sui capelli. «Sono preoccupato per lei. C'è qualcosa che non va, è solo una sensazione. C'è qualcosa che non mi sta dicendo. Ma so che non è il caso che chieda a *te* consigli sulle donne.»

«Beh, almeno questo è astuto da parte tua. Che cos'ha che non va?»

«Non lo so. Non si sente bene, immagino. Non parla con me e nemmeno con sua madre.»

Jordan si grattò la barba alla moda e mi diede un'occhiata maliziosa. «Beh, ci sono modi per scoprirlo, lo sai. Posso occuparmene io per te e forse tu potresti concentrarti su questa roba.»

Lo guardai sospettoso. «Cosa, vuoi assumere un interrogatore dell'esercito e roba simile?»

Jordan fece ruotare la sedia. «Conosco un tizio, come quella volta che mi hai chiesto di controllare le finanze di sua madre. Potrebbe seguire Mia per una settimana, dirti tutto quello che vuoi sapere.»

Mi voltai nuovamente verso la finestra. «No.»

«Adam, cazzo, sarai inutile per me e per l'azienda a meno che non ti svegli. Che male può fare? Lei non lo saprà mai. Questo tizio è *bravo*. Tu riavrai la tua pace mentale e la ditta riavrà il suo Amministratore Delegato pienamente funzionale.»

Assumete delle spie, aveva detto Sun Tzu. E cercare di far parlare Heath non sarebbe servito a niente perché era leale fino all'estremo. Non l'avrebbe mai tradita. Ma un professionista poteva scoprirlo in fretta. Avrebbe trovato tutto quello per cui lo pagavo. Ma c'era qualcosa da scoprire? Stava veramente nascondendomi qualcosa?

«Vedremo.» Mi schiarii la voce e raddrizzai le spalle. «Controlliamo questo documento pagina per pagina, allora. Vuoi qualcos'altro da mangiare o altro?»

Jordan mi guardò, palesemente sorpreso. Finalmente alzò le spalle. «No, sto bene così.»

Controllammo i documenti nel dettaglio fino a dopo mezzanotte. Quando andai a letto, non capivo più niente per la stanchezza. E già temevo il lunedì mattina, che arrivò prima ancora che avessi chiuso gli occhi. Qualche ora di sonno e litri di caffè erano l'unico modo in cui sarei sopravvissuto al giorno dopo.

***

Un cimitero. Pieno di luce brillante. Era appena prima di mezzogiorno. Soffiava una brezza asciutta, un suono lamentoso, luttuoso, tra gli alberi. In distanza, dei corvi gracchiavano. Avevo in mano un mazzo di rose e stringevo gli steli dentro il pugno, con le spine che pungevano e mi bucavano il palmo. Controllai ogni tomba. Tutte. Ero lì da ore. Giorni. Settimane. E nessuna di loro era quella che cercavo.

Mi voltai, tornando alle tombe che avevo già visto. Leggendo e rileggendo i nomi. Ero tornato sui miei passi, sapendo di essermi perso, che non sarei arrivato da nessuna parte. «Bree? Dove sei?» la chiamai e la voce non era la mia, ma quella di un ragazzino. Il ragazzino che ero stato. «Bree. Torna da me!»

Mi svegliai di colpo, affannato, con il cuore che batteva forte. I pensieri confusi. La t-shirt era fradicia di sudore e c'erano le linee ondulate dell'inizio dell'aura dell'emicrania al margine del campo visivo. *Bree...* Quel grido disperato mi echeggiava nella testa. *Lei se n'è andata. Per sempre,* rispondeva una voce secca, cinica, la voce dell'Adam adulto.

Ricaddi contro il cuscino umido, debole per il panico. Sì, era un sogno, ma la realtà era troppo terrificante. Non potevo perdere Emilia come avevo perso Bree.

La mia brama di sapere che cosa stava succedendo era ancora più intensa quella mattina di quanto fosse stata la sera prima quando avevo parlato con Jordan. Pensavo alla sua offerta, a tutte le possibilità che sarebbero nate nell'assumere un investigatore privato. Soppesai i pro e i contro.

Inevitabilmente, un'ora dopo chiamai Jordan. Erano le cinque del mattino.

«Che cosa c'è?» gracchiò Jordan al telefono. L'avevo evidentemente svegliato.

«Chiama il tuo tizio. Digli di mettersi in contatto con me e gli darò le informazioni di cui ha bisogno. Voglio che sia riservato, okay. Non voglio che la segua, deve solo controllare alcune cose.»

«A che servirebbe? Ci metterebbe solo di più.»

Scrollai le spalle. In effetti, non aveva molto senso. Violare la sua privacy era violare la sua privacy da qualunque parte lo si guardasse. Sospirai. «Dagli il mio numero e fammi parlare con lui, okay?»

«Certo… e grazie per la sveglia.»

Chiusi la telefonata, cercando di raccogliere l'energia per alzarmi, farmi la doccia e prepararmi per un'altra giornata. Avevamo una chiamata in teleconferenza con gli assicuratori alle otto. Dato che loro avevano il fuso orario dell'est, dovevamo cominciare presto.

La mia mattinata procedette tentoni, come fossi uno zombie appena uscito da uno dei miei giochi, ed ero alla mia terza tazza di caffè quando cominciò la telefonata.

Ovviamente loro volevano fare un accordo e, secondo il mio avvocato, non c'era un accidente di niente che io potessi fare. Stavano preparandolo proprio mentre parlavamo.

Alle dieci, i tizi di New York erano andati a pranzo ed io ero seduto nel mio ufficio, con la testa tra le mani, e cercavo di capire che cosa fare a quel punto. Mi tenevano praticamente per le palle e se avessi deviato dal loro piano, avrebbero ritirato la copertura ed io sarei stato responsabile in toto per l'importo della causa e di tutte le spese legali conseguenti. E anche se avevo buone probabilità di vincere in tribunale, avrei comunque perso perché le spese sarebbero state altissime.

Avevo contattato il reparto marketing per assicurarmi che Emilia non fosse venuta al lavoro e mi avevano confermato che era rimasta a casa. Le mandai velocemente un messaggio chiedendole se stava bene.

Rispose che si sentiva meglio e che avrebbe passato la serata con sua madre. Chiese se poteva venire a casa mia il giorno dopo.

Frenai l'onnipresente irritazione per il fatto di non poterla vedere ogni giorno, e confermai.

Nel primo pomeriggio, ricevetti una chiamata da un numero che non avevo in rubrica. Risposi, pensando che potesse essere l'uomo di Jordan. Quando si presentò, gli chiesi della sua esperienza e gli dissi che cosa volevo che scoprisse.

Mi chiese le informazioni di base, nome, età, indirizzo, descrizione fisica, che tipo di auto guidava. Mi sentivo sempre più sporco a ogni particolare che gli rivelavo. Mi sentivo uno stalker, come se stessi invadendo la sua privacy su tutti i fronti.

Ma quelle domande continuavano a tornarmi in mente. Che cosa le stava succedendo? Perché si stava comportando in un modo così strano? Perché si era *veramente* trasferita? Era solo il nostro solito gioco a chi calava le brache per primo o c'era qualcos'altro? C'era *qualcun* altro?

Dio, meglio che non ci fosse nessun altro o non sarei stato responsabile per le mie azioni. Il pensiero di un altro uomo con lei mi faceva impazzire di rabbia, tanto che non riuscivo nemmeno a contemplarlo.

«Voglio una sorveglianza di basso livello. Non voglio che venga seguita.» Non potevo rischiare che lei lo scoprisse in qualche modo e anche se Jordan mi aveva assicurato che questo tizio era bravo, non avevo intenzione di correre rischi.

«Dice che abita in un condominio? Quanti appartamenti ci sono? Vive da sola o con qualcuno?»

«Un centinaio e ha un coinquilino.»

«Quindi una normale tecnica di sorveglianza di basso livello probabilmente non sarà efficace, tipo guardare la sua posta o la spazzatura o roba simile. Ci vorrà del tempo se non vuole che venga seguita.»

Mi fermai, fissando la parete. «Può controllare i suoi tabulati telefonici, pagamenti bancari e roba simile?»

«C'è anche dell'altro online, i social media, per esempio.»

Sbuffai. «A quello ho già pensato io. Scavi un po' e veda che cosa riesce a scoprire. Alla fine se vedrò che ci vuole troppo tempo, chiamerò io per dirle se è il caso di cominciare a seguirla.»

«Mi sembra che vada bene. La terrò informato su quello che scopro. Messaggi o preferisce le email?»

«I messaggi vanno bene.»

Chiusi la telefonata e restai a guardare nel vuoto per un po'. Ero incollato al suo blog e a ogni commento da giorni. Non c'era niente. E anche i suoi account Facebook e Twitter erano ugualmente privi d'informazioni personali, non c'erano nemmeno quelle piccole informazioni che Emilia si sentiva normalmente di dare, come lamentarsi di avere un raffreddore o del tempo, non che noi avessimo il tipo di clima di cui lamentarsi nel sud della California. Ma adesso erano *meticolosamente* privi di qualsiasi informazione personale. Come se stesse nascondendo qualcosa.

Aveva scoperto da tempo che leggevo regolarmente il suo blog. Fino a quel momento non aveva influenzato il suo modo di scrivere, perfino sui giochi della Draco. Ora il blog era stato sterilizzato da qualunque cosa di personale. Non c'era più molta Girl Geek nel blog Girl Geek.

A ogni domanda che mi ponevo quella vecchia paura diventata più forte. Non potevo perderla. *Non l'avrei persa.*

Capitolo Nove

Martedì uscii presto dal lavoro perché Emilia non era venuta in ufficio, e le mandai un messaggio per sapere se stava bene. Mi disse che voleva ancora vedermi e le chiesi di venire a casa mia a metà pomeriggio. Avrei finito di lavorare da casa. Inoltre, tutto quello che mi restava da fare era testare una nuova app che sarebbe stata svelata alla Draco Convention e avevo deciso di farlo da casa. In effetti, Emilia avrebbe potuto aiutarmi.

Ero a metà dei test iniziali quando arrivò. Entrò e si lasciò cadere sul divano di fronte a me, in soggiorno. Indossava jeans, una t-shirt marrone con la scritta in grandi lettere dorate BROWNCOAT, accentuata da stelle a cinque punte che la dichiaravano una fan eterna dell'amatissima ma purtroppo breve serie TV di fantascienza *Firefly*. E, in testa, un berretto da baseball nero con il logo di Dragon Epoch.

«Bel cappello», le dissi.

Lei mi rivolse un sorriso stanco. Sembrava non dormisse dall'ultima volta che l'avevo vista domenica. La guardai preoccupato. «Stai bene?»

Lei sbatté gli occhi. «Ho un aspetto veramente tanto orribile?»

Mi alzai e andai a sedermi accanto a lei. «Sembri veramente stanca. Pensavo che mi avessi detto che stavi meglio, ieri. Com'è stata la giornata con tua madre?»

Lei distolse gli occhi, prese la punta della coda di cavallo e la fece roteare tra le dita. La osservai, con gli occhi che passavano dal suo sguardo sfuggente ai movimenti agitati della mano. «Beh, ho cominciato a sentirmi da cani dopo averti mandato il messaggio, quindi ho finito per annullare.»

La scrutai attentamente, convinto che tutto quello che mi avrebbe detto da quel momento in poi sarebbe stata dissimulazione o perfino una bugia.

«Ora ti senti meglio?» Certamente non sembrava così. Aveva gli occhi gonfi. Avrei voluto metterla alle strette, costringerla a parlare, ma dovetti frenarmi a forza, ricordandomi che non avrei più preso quella strada. Mi appoggiai e mi limitai a guardarla.

Lei mi diede un'occhiata veloce e si chinò a baciarmi sulla guancia, gettandomi le braccia al collo.

«Ehi» dissi, tirandola vicina. Affondai il naso sul lato del suo collo, inspirando. Lei restò aggrappata a me a lungo, senza muoversi, e quindi continuai a tenerla stretta.

«Emilia, che cosa sta succedendo?»

Lei si staccò e mi piantò un lungo bacio sulle labbra, poi chinò la testa di lato. «Niente. Mi sei solo mancato.»

Evitai di farle notare l'ovvio, che se fosse tornata a vivere a casa non le sarei mancato. Diedi un'occhiata al suo zaino, sperando che l'avesse preparato per passare la notte da me, ma anche se così non fosse stato, avevo fatto passare il mio assistente al supermercato locale per prendere alcune cose. Non vedevo l'ora di farle vedere la mia piccola sorpresa: mi ero procurato in anteprima una copia digitale di un film che non sarebbe uscito nelle sale ancora per un mese. Avevo dovuto sfruttare amicizie influenti e chiedere parecchi favori per ottenerlo. L'avremmo visto nella sala audiovisiva dopo cena. Non vedevo l'ora di guardare l'espressione sul viso di Emilia quando sarebbero apparsi i titoli di testa.

Guardò il mio laptop. «Su che cosa stai lavorando?»

«Mhmm. Stavo per dire "top secret" perché so quanto ti piace.» Le diedi un buffetto sotto il mento quando alzò gli occhi al cielo. «Ma in effetti ho bisogno di te. È una nuova app che sveleremo durante la Convention e ho bisogno di te per testarla.»

Le si illuminarono gli occhi. «Un'app per il telefono? Tipo un nuovo gioco o...?»

«È un'app accessoria di DE. Per interagire con il gioco anche quando non si è collegati e non si sta giocando.»

Mi guardò irritata. «Dal telefono? È un prodotto finito e lo scopro solo *adesso*?»

«Non temere, piccola blogger. Lo scoop è tuo. In effetti, dirò a Mac di dare a te il lavoro di preparazione della recensione per la Convention.»

«Che cosa fa? Ti permette di parlare con gli amici con cui giochi?»

Presi il telefono e aprii l'app. «Sì, c'è la chat ma non è tra le caratteristiche più importanti. Si possono impostare comandi offline per far fare delle cose al tuo personaggio, come, per esempio, lavorare sulle sue capacità non di combattimento, oppure...»

«Ohh, Eloisa finalmente potrà diventare una tessitrice esperta. Durante il gioco non ho la pazienza necessaria per quella roba. Preferisco andare a fare a pezzi gli orchi che imparare cose. Senza offesa.»

Scoppiai a ridere. «Nessuna offesa. Non ho sviluppato io le capacità non di combattimento nel gioco.»

Feci una dimostrazione dell'app ed Emilia s'immerse immediatamente, con un enorme sorriso sul volto. «Oh, è così fico! Posso vendere roba agli altri giocatori nella casa d'aste.»

«Sì, puoi scambiare o vendere attrezzature nel gioco anche quando non sei collegata.»

Mi guardò preoccupata. «E i problemi di sicurezza, tipo quello che è successo a quel ragazzo nel New Jersey?»

«Si deve registrare il telefono quando si crea un account, prima di usare l'app. C'è una sezione annunci dove si possono pubblicizzare le cose da vendere. Si possono anche mandare degli avvisi, quindi, se vuoi invitare degli amici a collegarsi per fare un raid, puoi invitarli con un messaggio al loro cellulare, mandato direttamente dall'app.»

«Favoloso. Sei un fottuto genio.» Emilia cominciò a premere i comandi. «Svelto, collegati come FallenOne, voglio vedere se riesco a fargli fare delle cose dal telefono.»

Tornai al mio laptop e mi collegai. Passammo la mezz'ora seguente provando tutta una serie di comandi. Emilia era entusiasta e mi fece un milione di domande. «Merda, non riesco a credere di essere venuta a letto con te ogni notte per mesi e me l'hai tenuto nascosto.»

«Gli affari sono affari» dissi. «Tu giochi per la squadra avversaria.»

«Ah!» disse, ma continuò a premere pulsanti, con una smorfia sul viso. Sembrava distratta, pensierosa.

«Che cosa c'è che non va?»

Emilia mi guardò con occhi che sembravano quasi spaventati. «Ehm, beh...»

La guardai preoccupato. «È l'app?»

«No, l'app è favolosa.» Si raddrizzò, porgendomi il telefono. Io lo appoggiai vicino al laptop. Forse finalmente si sarebbe spiegata?

Ma mentre la guardavo notai che era diventata di colpo molto pallida. Si schiarì la gola e poi tossì. «Sono venuta perché volevo passare un po' di tempo con te. Ma anche perché dobbiamo parlare.»

Mi irrigidii di colpo. La frase "dobbiamo parlare" non presagiva *mai* niente di buono. Smisi di respirare. Era venuta per rompere con me? Era quello il motivo del suo comportamento evasivo? Merda. Avevo bisogno di un minuto per raccogliere le idee, formulare un piano. «Posso prenderti un bicchier d'acqua?»

Emilia si schiarì nuovamente la voce. «Sì, grazie. E, uhm, magari un po' di vino?»

Acqua *e* vino? Mi alzai, andai in cucina, prendendo un bicchiere per riempirlo al dispenser di acqua fredda del frigo. Avevo il cervello in fiamme. Cambiare argomento? Non avrebbe funzionato. Perché avrebbe voluto rompere? Quella paura assillante che ci fosse qualcun altro rifece capolino. Ma non era venuta a lavorare per due giorni ed era evidente che durante il fine settimana non era stata bene.

Non avevo informazioni e non ne avrei avute finché l'investigatore non mi avesse contattato. Era in vantaggio lei adesso e dovevo trovare un modo di evitare una discussione. Pensai in fretta. *In guerra, il modo per vincere è evitare ciò che è forte e colpire ciò che è debole.*

Tolsi la bottiglia del Sauvignon Blanc dal frigorifero e la stappai. Non toccavo il vino da quando lei se n'era andata. Tornai nella stanza, con un bicchiere in ciascuna mano e li appoggiai sul tavolino davanti a lei. Lei non alzò gli occhi; aveva ripreso il telefono e stava giochicchiando con l'app.

Prese il bicchiere di vino e lo svuotò in un lungo sorso, senza togliere gli occhi dal telefono. Che diavolo? «Sono lieto che l'app ti abbia conquistato» dissi.

Emilia non rispose per un po'. Si schiarì nuovamente la voce e mi guardò con una strana espressione sul volto. «Hai appena ricevuto un messaggio. Da qualcuno che si chiama Miguel.»

Mi si gelò il sangue. Deglutendo, feci del mio meglio per nascondere la paura. Tesi la mano verso il telefono ma Emilia non me lo diede. Strinsi le labbra e abbassai la mano.

C'era una buona possibilità che quel messaggio fosse innocuo. Poteva non essersi nemmeno resa conto che Miguel era l'investigatore che avevo assunto per raccogliere informazioni su di lei. Poteva essere una paura infondata. Ma se era così, perché mi mancava il fiato?

Fece una smorfia, guardando nuovamente il telefono. «Già, Miguel vuole sapere se ti sta bene che attacchi un localizzatore GPS alla mia auto, anche se non vuoi che io venga seguita.»

Appoggiò il telefono, guardandomi furiosa. Si abbassò a prendere il suo zaino, poi si voltò, ma fece solo pochi passi prima che la intercettassi, prendendole il braccio.

«Posso spiegare.»

Strattonò il braccio, liberandosi. «Che *cazzo*, Adam?»

«Ero preoccupato per te...»

«Come dice ogni maledetto stalker su questo pianeta. Devo andare» disse, in tono rigido, secco.

«Avevi detto di aver bisogno di parlarmi» dissi, mettendomi nuovamente davanti a lei.

«Perché dovremmo parlare?» disse a denti stretti. «Puoi semplicemente farmi seguire dal tuo fottuto investigatore privato.»

«Emilia…»

Si allontanò da me, dandomi uno spintone. «Piantala! Eri davvero così sconvolto perché ho rifiutato la tua proposta e me ne sono andata? Come se tutte le altre donne nella galassia non facessero la fila per sposare lo stramiliardario giovane e sexy. Non riesci a digerire il fatto che non stia strisciando ai tuoi piedi per la gratitudine, perché ho la possibilità di diventare la prima di quella che probabilmente sarà una lunga fila di signore Adam Drake? È quello il grande mistero che hai bisogno di risolvere? Perché te lo dirò io subito. E non hai bisogno di sprecare soldi facendomi seguire.»

Mi tirai indietro, incrociando le braccia sul petto. Chiamai la governante, che sapevo essere nella stanza accanto ad ascoltare ogni parola. Cora era una donna saggia. Quando le dissi che per quel giorno aveva finito, uscì due minuti dopo con la borsa sul braccio e se ne andò senza guardare nessuno di noi.

Emilia era furiosa e, stranamente, aveva le lacrime agli occhi. Lei non piangeva mai. Io ero in preda al panico e cercavo di pensare a che cosa cazzo fare. Non c'erano istruzioni nell'*Arte della guerra* su cosa fare quando l'altra parte scopriva le tue spie ed era incazzata da morire. E, a giudicare dall'espressione di Emilia, questa stava diventando una guerra a tutto campo.

Cambiai atteggiamento. «Ho incasinato tutto.»

«Perlomeno su questo siamo d'accordo.»

«Possiamo sederci e parlarne?»

Emilia strinse le labbra e si asciugò una lacrima con una brusca passata della mano. Poi scosse la testa. «Sono troppo arrabbiata con te in questo momento.»

Soffiai fuori il fiato. Non avrei fatto un'altra volta l'errore di metterla alle strette ma diavolo se avevo intenzione di lasciarla andar via in quel modo. «Hai il diritto di essere arrabbiata. Ma l'ho fatto...»

«*Non* dire che l'hai fatto per amore! Non *osare* dirlo. Non ne avevi il diritto.»

«Non ho il diritto di sapere che cosa ti sta succedendo, perché ti stai comportando in modo così strano?»

Spalancò gli occhi e lasciò cadere lo zaino sul pavimento. «Avresti potuto, non so, fare quello che fanno le persone *normali*, e *chiederlo*.»

«*L'ho* chiesto. Parecchie volte. Al ristorante. A casa di Heath. *Qui*. Un'ora fa. Non me lo vuoi dire. E non vuoi dirlo a tua madre. E ho il sospetto che stessi evitandoci entrambi domenica e che *non* avessi mai avuto in programma di uscire con lei ieri sera.»

«Questo non c'entra con il fatto che eri preoccupato per me, ma con il tuo bisogno di controllare me e tutta la mia vita. Se non puoi nemmeno ammetterlo, abbiamo chiuso.»

«Non sono un fanatico del controllo...»

Emilia sbuffò, incredula. «È *esattamente* quello che sei! Hai cercato di controllarmi prima ancora che ci incontrassimo di persona. Hai preso le redini della mia asta, mi hai preso in giro, allettandomi con i soldi. Ma era *giusto*, no? Perché mi stavi *salvando*. E l'ho tollerato perché mi sono innamorata di te, nonostante tutto.»

«Mi sono innamorato anch'io di te. Non l'avevo in programma.»

«E l'hai usato come scusa per continuare a controllarmi. È così che è stato fin dall'inizio tra di noi e non avrei mai dovuto permetterlo. È così che tratti tutti quelli che fanno parte della tua vita. Ci muoviamo tutti secondo i tuoi piani ben orchestrati, come facessimo parte di un tuo software, e se qualcuno cerca di deviare, tu cerchi di riprogrammarci. Allora, Mia vuole andare a studiare medicina nel Maryland. Io la riprogrammerò perché diventi la signora Adam Drake e lei resterà qui.»

Cazzo. Mi passai la mano tra i capelli, cercando qualcosa da dire. Ma quello che *non* avrei dovuto dire fu esattamente quello che mi uscì di bocca in quel momento. «Stai esagerando, non credi? Tirando fuori tutto quello che puoi perché non vuoi sentirti in colpa per avermi piantato per seguire dei programmi che avevi fatto prima ancora di incontrarmi.»

Restò a bocca aperta. «Oh mio Dio. Oh. Mio. Dio. Davvero, Adam, sei la persona più brillante che abbia mai conosciuto, ma a volte proprio non capisci. Sei questa enorme forza della natura che arriva e mi travolge, portandomi in giro come una bambola di pezza. Ed io te l'ho *permesso*.»

«È questo il problema. Tu mi vedi come un uragano. L'uragano è vita. L'uragano è il casino in cui ti trovi ed io sono l'àncora che ti tiene a terra e al sicuro, che impedisce che ti travolga.»

Emilia cominciò a tremare e gli occhi le si riempirono di lacrime. Strinse i pugni lungo i fianchi. Feci un passo verso di lei, tendendo la mano, ma lei arretrò. «*Vorrei* potermi fidare di te abbastanza da considerarti la mia àncora quando ne ho bisogno. Ma non posso. Tu non *puoi* avere il controllo di tutto.» Poi successe la cosa più sorprendente, scoppiò in lacrime. Un singhiozzare forte, caotico che avevo visto una volta sola, e anche quella volta era stato a causa mia e in circostanze molto simili.

Restai di ghiaccio. Avrei voluto andare da lei, prenderla tra le braccia, ma era così maledettamente furiosa con me, e sapevo che sarebbe stata una cattiva idea. Quindi, nel panico più completo, feci la cosa più patetica possibile. Presi una scatola di fazzoletti e gliela porsi.

Senza una parola, Emilia ne afferrò una manciata e vi nascose la faccia.

«Vieni qua. Siediti, per favore.»

Lei si lasciò accompagnare verso il divano, continuando a singhiozzare. Mi sedetti accanto a lei, porgendole stupidamente altri fazzoletti di carta mentre lei esauriva quelli nella scatola che aveva in mano.

«Emilia, parla con me» le dissi dopo un po', quando sembrò che fosse riuscita a riprendere il controllo di sé. «Mi dispiace di aver incasinato tutto. Ma voglio esserci per te.»

Lei scosse la testa, asciugandosi ripetutamente la faccia, «Hai fatto un casino, un grosso, enorme casino.»

Non dissi niente, a lungo, e lei si voltò verso di me, come aspettandosi qualche spiegazione scaltra, ma non riuscii a trovarla. Invece avevo il cuore che batteva come se avessi appena fatto una corsa e sentivo un pezzo di ghiaccio in fondo allo stomaco. Avrei voluto dirle quanto ero spaventato. La stavo perdendo e più sentivo che mi stava scivolando dalle mani più stringevo automaticamente la presa. Aveva ragione. Io *avevo* bisogno di avere quel controllo. Non averlo mi gelava le budella per il terrore.

«Che cosa posso fare per farmi perdonare?» le chiesi a voce bassa.

Lei ci pensò a lungo. «Devi fare un passo indietro.»

Non staccai lo sguardo dal suo. Erano incollati, come fusi insieme, una specie di legame tra le anime che ci teneva avvinti. «Non ci riesco.»

La sua espressione divenne dura. «Devi farlo.»

«Dimmi perché.»

«Perché mi devi dimostrare che lo puoi fare, che puoi non essere il folle stalker che diventi quando ti sfugge il controllo.» Esitò e distolse lo sguardo. «Ci serve tempo da passare lontani l'uno dall'altra. Tempo perché tu mi lasci spazio e mi dimostri che non hai bisogno di dominare tutto e cercare di manipolarmi. Perché se non puoi dimostrarmelo, non mi fiderò mai di te e questa storia non funzionerà mai.»

Non dicemmo niente per lunghi minuti. Io mi strofinai la fronte. Non mi piaceva quello che stava dicendo e avrei voluto ribellarmi. Avevo già un mucchio di risposte brillanti in testa, risposte che potevo progettare per cercare di ottenere una certa reazione da parte sua. Ora che me lo stava facendo notare, mi faceva quasi paura quanto fosse automatico per me quel modo di pensare. Pensavo sempre immediatamente al modo di aggirare ogni situazione, come se fosse un puzzle da risolvere, una sfida da vincere. Anche con lei.

Ma se non fossi riuscito a smettere, se non *avessi* smesso, l'avrei persa per sempre. Cercai di immaginare la mia vita senza di lei. Sarei stato perso, alla deriva. In caduta libera nello spazio. Strinsi forte gli occhi.

«Voglio solo prendermi cura di te.»

La sua voce era sommessa ma ferma. «La tua idea su come prenderti cura di me significa prendere il comando di ogni situazione.»

Ovvio. Perché doveva essere una cosa brutta? *Sii colui che controlla, non il controllato.* Ma non potevo controllare *lei*.

«Come farò a sapere che starai bene? Che sarai al sicuro?»

Emilia continuò a non guardarmi. «So prendermi cura di me.»

Strinsi i pugni. «Quindi ci stiamo lasciando?»

«Per ora.»

Mi sentii stringere lo stomaco. «Che cosa significa?»

«Significa che dobbiamo imparare a fidarci l'uno dell'altro. Tu devi fidarti abbastanza di me da fare un passo indietro e lasciare che gestisca la mia vita ed io devo potermi fidare che non mi starai col fiato sul collo, controllando tutto quello che faccio.»

Rimasi in silenzio, con Emilia che mi osservava attentamente. Non battevo ciglio, non la stavo guardando. Non avevo idea di che cosa dire.

«Inoltre, mhmm. Dobbiamo porre dei limiti precisi. Non posso lavorare alla Draco...»

«*Cosa?* Perché?»

Emilia distolse gli occhi. «Non dovrei lavorare per te...»

Mi irrigidii. Ma allora, quando diavolo l'avrei vista? Avevamo alcuni amici in comune, ma era tutto. Se non avesse lavorato per me, non avrei saputo dov'era tutto il giorno. Chiusi il pugno. Non potevo permetterlo, problemi di controllo o meno che fossero. Almeno, durante le ore di lavoro, dal lunedì al venerdì, per i prossimi tre mesi, avrei saputo esattamente dov'era. Non era sufficiente, ma era già qualcosa.

«E i tuoi impegni? La convention? *Abbiamo bisogno* di te.»

Emilia esitò, quindi andai avanti. «E Liam? Come pensi che reagirebbe se smettessi semplicemente di lavorare da noi?»

Emilia si strofinò la fronte. «È un colpo basso.»

«Per favore. Almeno promettimi che resterai fino all'anno nuovo. E magari per allora avremmo risolto i problemi.» Dio, lo speravo tanto.

«Ho bisogno di un po' di tempo per pensarci. Dammi una settimana.»

Tirai il fiato e lo lasciai andare adagio. Volevo *veramente* che s'impegnasse, subito, ma se avessi fatto pressioni sarei stato ancor più un idiota per non aver imparato la lezione. «Okay. Prenditi tutto il tempo che ti serve, ma, per favore, torna.»

Lei si dondolò sul divano, pensierosa. Le lacrime ricominciarono a scorrere, rigandole le guance pallide. Mi si strinse la gola e Dio se non sentii anch'io le lacrime bruciare dietro le palpebre. Cazzo. Faceva male. Faceva male da morire. Tirai su col naso e distolsi lo sguardo, sbattendo gli occhi. No, non avrei pianto, non lì, non di fronte a lei. Non piangevo da… Dio, non riuscivo nemmeno a ricordarlo. Quando avevo scoperto che Bree era morta, mesi dopo il fatto? Nemmeno allora.

Avrei voluto prenderla tra le braccia. Avrei voluto proibirle di andarsene. Avrei voluto resistere e non cedere di un millimetro. Il mio primo istinto. Un errore enorme.

Le presi una mano gelida tra le mie. «Mi dispiace. Sono un idiota.»

Restammo in silenzio per un lungo momento pieno di tensione. Poi lei si schiarì la voce. «Adam, io…»

«Non dirlo» dissi con la voce soffocata prima che potesse finire, prima che la lama potesse affondare più in profondità nel mio cuore. «Non voglio sentirtelo dire di nuovo finché non sarai tra le mie braccia, con le labbra vicino alle mie, pronta a baciarmi, pronta a essere nuovamente mia. Perché, Emilia, se non puoi fidarti di me abbastanza da tornare da me per sempre, allora non tornare. Non sarò in grado di sopportare il distacco un'altra volta.»

Se ne andò qualche minuto dopo. La accompagnai mentre attraversava Bay Island per andare alla sua auto e invece di chinarmi a baciarla, come avrei fatto di solito, le aprii la portiera. Lei mi guardò per un lungo momento attraverso il finestrino prima di mettere in moto. Mi tirai indietro e poi mi allontanai, rifiutandomi di guardarla andar via, via dalla mia vita.

Stavo perdendo il controllo della mia vita. Non ero più io al timone. E stavo perdendo tutto.

Capitolo Dieci

IL GIORNO SUCCESSIVO, MERCOLEDÌ, ERO NUOVAMENTE AL lavoro, questa volta per passare l'intera giornata su questioni assicurative e legali. Cercai di non infuriarmi con Jordan tutte le volte che metteva piede nel mio ufficio per questioni di lavoro. Non era colpa sua, dopotutto. Avevo seguito io il suo consiglio di merda.

Mio cugino Liam fece una delle sue rare apparizioni nel mio ufficio appena prima di pranzo. Quando Maggie lo fece entrare, alzai gli occhi, sorpreso, finendo di scrivere l'email sulla quale stavo lavorando. Lui andò alla finestra e fissò l'atrio.

«Ehi, amico, come va?» gli chiesi, chiudendo il computer.

Lui alzò le spalle, agitato, senza dire niente. Uh-oh. Aveva uno dei suoi momenti.

Non si voltò a guardarmi, e non mi sorprese, visto che guardava raramente la gente negli occhi. Noi, la sua famiglia, ci eravamo abituati ma il resto delle persone lo trovava stranamente inquietante. I "neurotipici", come ci definiva Liam, avevano la fastidiosa abitudine di aver bisogno che la gente li guardasse negli occhi, un bisogno che lui non sentiva.

Alzò una mano e giocherellò con il bordo della finestra.

«Che cosa c'è che non va?»

«Cena di famiglia» borbottò.

«Mi dispiace di essere dovuto andar via presto...»

Lui sbuffò e cominciò a camminare avanti e indietro nella stanza, con le mani ficcate nelle tasche dei pantaloni. «Mia non è venuta.»

Splendido. Lui e tutto il resto della mia famiglia, più preoccupati perché Mia non c'era invece che per me. Diamine. Puzzavo o cosa?

Quindi Liam incolpava me per la sua assenza. Beh, si poteva dire una cosa su mio cugino. Era coerente. Molto coerente.

«Quel giorno non si sentiva bene.»

Liam mi guardò con la coda dell'occhio.

«È tutto incasinato adesso. Tutto. Lei non lavora più qui. Perché non puoi semplicemente scusarti con lei? Perché le cose non possono tornare com'erano?»

Sbattei gli occhi. «Mi piacerebbe che fosse così facile.»

«Potrebbe essere facile. Se solo smettessi di essere un idiota.»

Normalmente non accettavo stronzate da nessuno, ma lasciavo parecchia libertà d'azione a mio cugino. Ciò nonostante, a quel punto mi stava sui nervi. «Stai attento, Liam. Non sono dell'umore giusto e non ho la solita pazienza, quindi se sei qui per lamentarti perché Emilia non era alla cena di famiglia, puoi...»

«Mia» disse.

«Cosa?»

«Lei preferisce che la chiamino Mia.»

Non da me.

«Allora pensi che non sia venuta a cena perché non la chiamo Mia?»

Lui continuò a camminare e tolse le mani dalle tasche, muovendole furiosamente come quando era agitato. Si stava strofinando il palmo con le dita. Era una forma di *stimming*, un meccanismo di auto-rassicurazione. «Stai zitto, Adam. Sai che non è quello il motivo. Scusati e basta. Dille che vuoi che torni da te.»

Mi alzai. Poteva essere una buona occasione per rinforzare la pressione che volevo esercitare su di lei per convincerla a restare a lavorare da noi. «Perché non la chiami? Falle sapere quanto ti manca alle cene e al lavoro.»

Liam si fermò così di colpo che temetti potesse cadere. Guardò in basso, continuando a strofinarsi il palmo. «L'ho fatto.»

Oh? Beh, interessante. «Che cosa ti ha detto?» Dio, avevo così disperatamente bisogno di sapere qualcosa di lei che stavo interrogando il mio ostile cugino perché mi dicesse tutto quello che sapeva. Ero patetico.

Lui si schiarì la voce. «Ha detto che non era a causa tua se non veniva a lavorare. Ma so che stava mentendo.»

Finalmente Liam venne a sedersi sulla sedia davanti a me, accasciandosi. «Sembrava così triste, ultimamente, e così stanca. Tu sei il suo ragazzo. Dovresti renderla felice.»

Strinsi i denti, sforzandomi di non lasciar uscire la risposta amara che avevo sulla punta della lingua. L'*avrei* resa felice, se lei me lo avesse permesso.

«Credo che studiare medicina sia quello che la farà felice, a questo punto» dissi, sorprendendomi da solo. Ero quasi sicuro che stesse usando la nostra rottura come scusa per accettare il posto alla Hopkins.

E avevo le mani completamente legate quando si trattava di trovare un modo per manipolarla, per tenerla qui. Studiai la testa china di Liam per un momento. Ma... io non ero l'unico a cui importava tenerla qui. I suoi amici erano tutti qui. Liam, Alex, Jenna, Heath. E anche sua madre. Se io da solo non ero un motivo abbastanza forte, forse tutti noi insieme avremmo potuto esserlo.

Con il dorso delle dita strofinai l'accenno di barba che avevo sulla guancia, riflettendoci. Non era uno di quei rompicapo intellettuali su cui passavo ore e ore quando ero un ragazzo. Questa era la vita. Era incasinata e non era logica. E dato che io, di solito, ero estremamente razionale, sapevo che non ci sarei riuscito da solo. Le rotelline cominciarono a girare.

Mi rivolsi a Liam. «Ehi, ricordi che insistevi per convincermi a ricominciare a giocare a Dungeon & Dragons?»

Liam sbatté gli occhi guardandomi, chiaramente irritato. Detestava quando qualcuno cambiava argomento senza preavviso. Anche quando si trattava di un argomento che gli piaceva. «Cosa... cosa?»

«Scusa. Stavo solo pensando che potremmo trovarci tutti insieme per una partita. L'amica di Mia, Jenna, sta cercando da un po' di riunirci per una partita di D&D. Immagino che non le dispiacerebbe che facessi io da DM e che lei potrebbe essere uno dei personaggi. E anche tu e gli altri.»

Liam scosse la testa. «Che cos'ha a che fare con Mia?»

«Beh, potrebbero invitare anche lei.» Sarebbe stata una buona scusa per vederla, ora che non avevo altri modi per farlo.

«Ma lei non ha mai giocato. A lei piacciono i videogiochi.»

Alzai le spalle. «Inviteremo anche Heath e tutti loro possono darle il tormento fino a convincerla a venire.»

«Darle il tormento?»

«Modo di dire» risposi, dandogli la spiegazione cui era abituato. Mio cugino era intelligente e aveva un talento incredibile, ma gli era difficile capire il linguaggio figurato. E il sarcasmo. Quello proprio non lo capiva.

«Okay. Io non voglio tormentarla. Stavo per dire che se le dai il tormento allora forse è per quello che non vuole stare con te.»

Feci una smorfia. «Grazie, Liam.» Lei non voleva stare con me. Le parole facevano male, ma erano vere. E in quel momento aveva un buon motivo per pensarla così. Speravo solo che non fosse un motivo abbastanza forte da farle evitare tutti gli altri amici per evitare me.

***

Jenna fu entusiasta quando le proposi di giocare a D&D con lei e i suoi amici. Ci invitò nell'appartamento in cui viveva con Alex, a Fullerton. Avrei potuto offrire la mia casa, ma immaginai fosse più probabile che Emilia andasse a casa di Alex. Ci stringemmo tutti in un tipico monolocale da college, io, Liam, Alex, Jenna. Heath aveva mandato un messaggio per informarci che avrebbe fatto tardi.

Non molto dopo il mio arrivo, Jenna mi disse che Emilia le aveva mandato un breve messaggio per informarla che non sarebbe stata in grado di venire. Cercai di nascondere la mia palese delusione a quella notizia. Avevo lavorato parecchio per progettare un'avventura divertente che, credevo, sarebbe stato un buon inizio per avvicinarla ai giochi da tavolo. Era veramente così incavolata con me da scaricare tutti i suoi amici solo per evitarmi?

Mentre ci pensavo e ascoltavo Jenna e Alex accennare all'assenza di Emilia, cominciai però a sospettare di non essere l'unico che Emilia stava evitando. Avrei potuto interrogare loro due per capire che cosa ritenevano che stesse succedendo, ma ebbi il barlume di un'altra idea. Avrei cercato di essere sottile e ottenere quello che volevo usando la mia specialità... i giochi. Se avessi giocato bene i miei dadi, avremmo unito le nostre forze per la causa comune di farla restare.

Alex ci gettò una pila di manuali D&D. «Non lanciamo i dadi per decidere i nostri personaggi?»

Lei mi guardò sorpresa. «Da quanto tempo non giochi? Quella è roba vecchia, adesso si determinano le caratteristiche con il punteggio. Sei *sicuro* di essere all'altezza di fare il DM?» Il Dungeon Master era colui che decideva la storia, che descriveva le situazioni e il mondo nel quale interagivano i personaggi.

Le risposi con una smorfia. «Ho lavorato parecchio per preparare la trama. Non mi ci vorrà molto per imparare i nuovi meccanismi.» Ovviamente ora, con la mia nuova idea, avrei dovuto cancellare la trama che avevo sviluppato. Quindi sarei andato a braccio. Potevo farlo.

Mentre preparavano i loro personaggi con carta e penna su moduli puliti, controllai in fretta le nuove regole. Erano cambiate *parecchio* dai giorni in cui ero un giocatore fanatico, quando avevo quindici o sedici anni. La società proprietaria di D&D cambiava le regole ogni quattro o cinque anni, o, in altre parole, "appena ci eravamo abituati al vecchio manuale", secondo i giocatori più cinici. Immaginai che non avrei dovuto irritarmi troppo per quella strategia di marketing. Nel mercato dei videogiochi facevamo la stessa cosa, rilasciando espansioni del vecchio materiale che i giocatori dovevano acquistare, per poter continuare a creare utili.

Fortunatamente, io ricordavo tutto ciò che leggevo. Quindi in quarantacinque minuti avevo messo a punto le basi del nuovo sistema. Passai cinque minuti a inventare l'allestimento per la mia nuova idea. Non sarebbe stato elaborato come quello originale, ma forse mi avrebbe aiutato a far capire dove volevo arrivare, anche improvvisando.

Un po' dopo, i giocatori erano seduti curvi sulle schede dei loro personaggi, con i dadi a venti lati in mano, pronti a iniziare una nuova avventura. Heath era arrivato tardi, con l'espressione lievemente irritata, e mi aveva lanciato un paio di occhiate cupe. Decisi che Emilia doveva avergli raccontato la mia ultima colossale stupidata. Perfetto.

Jenna gli aveva preparato un personaggio da usare, quindi non aveva dovuto perdere tempo a prepararne uno.

Presi la stampata della trama che avevo scritto a mano su un vecchio foglio di pergamena. Ne avevo perfino bruciacchiato i bordi con un fiammifero per dargli un aspetto antico, minacciando di far partire l'allarme antincendio del mio ufficio. Mi piaceva il mio D&D vecchia scuola. Ma non avrei letto ciò che avevo scritto originariamente, avrei improvvisato.

Mi schiarii la voce, mi guardai intorno e poi, con la mia voce più seria, da oratore, cominciai a "leggere".

Saluti, viaggiatori. Siete venuti da molto lontano, e da circostanze molto diverse. Alcuni di voi hanno lasciato le famiglie perché dovevate trovare lavoro per provvedere a loro. Alcuni stanno scappando da un oscuro passato. Altri ancora sentono il richiamo dell'avventura. Vi trovate all'interno di una losca taverna, la Pig's Blood, ai margini del lontano paese di Tarenia. È solo moderatamente pulita e voi siete seduti, a bere la vostra birra annacquata e a riflettere sul vostro incerto futuro, quando una donna di mezz'età entra nella taverna, con un foulard scuro in testa.

Alex e Jenna si scambiarono un'occhiata e guardarono Heath e Liam.

Io mi piegai sopra il divisorio di cartone che separava la mia parte del tavolo dalla loro, in modo che non potessero vedere i miei appunti o vedere i dati rotolare oltre lo schermo. «Che cosa fate?»

Jenna alzò la mano. «Io sono una conoscitrice di fini liquori, figlia di un mercante di vini di successo. Non berrei mai birra annacquata. Che altro c'è da bere, qui?»

«Questa è l'unica taverna in un piccolo villaggio di confine, che non ha nemmeno un nome. L'unica scelta che hai è tra questa e l'acqua inquinata» risposi.

«Beh, io non berrei quella sbobba» disse sprezzante. «Invece mangerò pane e formaggio.»

«La cameriera ti porta un pezzo di pane duro e un po' di formaggio ammuffito» risposi. «Tu noti che la donna che è appena entrata aveva pianto. Lei si avvicina al bar e sembra che stia cercando qualcuno.»

Alex alzò la mano. «C'è qualcuno che sembra abbia un mucchio di soldi nella stanza? Qualcuno che possa borseggiare?»

Alex, a quanto pareva, aveva deciso di fare del suo personaggio un ladro. «Quasi tutti qui hanno vestiti tessuti a mano. Sembrano ciò che sono: gente della frontiera che si sforza di sopravvivere in un ambiente duro.»

Alex soffiò fuori il fiato e alzò gli occhi al cielo. «Noioooooso.»

Io alzai le spalle. «Liam. Tu che cosa stai facendo?»

«Quant'è lungo il bar?»

«Circa tre metri.»

Lui prese una penna e disegnò qualcosa su un blocchetto. «Quante sedie… aspetta, sono sedie o sgabelli?»

«Non so… cinque?»

Lui strizzò gli occhi, continuando a disegnare. «Non hai risposto… sedie o sgabelli? E la stanza? Quant'è grande? Quante entrate e uscite ci sono?»

Mi sforzai di evitare di alzare gli occhi al cielo. Avevo dimenticato com'era ossessivo dal punto di vista visivo-spaziale, a causa del suo autismo. Gli dava quelle impressionanti capacità artistiche ma a volte, in casi come questo, era un tratto irritante. «Perché non disegni la stanza sulla mappa della battaglia? Ti darò io le dimensioni.»

Liam si alzò, prese un pennarello cancellabile e cominciò a disegnare sulla superficie lavabile della griglia vuota che serviva come mappa della battaglia. Gli diedi alcuni dettagli che inventai lì per lì e lui li disegnò sulla mappa come una planimetria. I giocatori poi sistemarono le figurine di peltro che rappresentavano i loro personaggi in posti diversi della stanza. Heath ficcò il suo mago in un angolo.

«Heath? Che cosa sta facendo il tuo personaggio?»

Heath era seduto con la mano sotto il mento, e continuava a tenere il muso. «Sta bevendo birra annacquata» rispose in tono monotono e poi lanciò un dado.

Nascosi un sospiro di frustrazione, ricordando di colpo perché non mi eccitava più fare da DM per questo tipo di giochi di ruolo. I giocatori non facevano *mai* quello che volevi che facessero.

«Allora, nessuno è curioso di sapere perché la donna in mezzo alla stanza sta piangendo forte?»

Alex si ringalluzzì. «Sembra che abbia dei soldi? Magari una borsa d'oro che le pende dalla cintura?»

«Indossa abiti neri da lutto. Hai intenzione di derubarla?» risposi, esasperato.

Alex sbuffò e si chinò sul suo gruppo di dadi, tentando di costruire una torre impilandoli uno sull'altro.

M'ingobbii, fingendo di asciugarmi gli occhi e parlai con un tono di voce ridicolmente acuto. «A nessuno interessa conoscere la mia triste storia?»

«Okay, abbocco io» disse Jenna. «Vado dalla vecchia e le offro la mia sedia.»

«Grazie, grazie, cara bambina» dissi con la voce in falsetto.

«Qual è il tuo problema, vecchia?»

«Non è vecchia. È di mezz'età.»

«Nel medioevo, se vivevi fino alla mezz'età, eri considerato vecchio» replicò Jenna.

«Giusto.» Resistetti al desiderio di discutere inutilmente quel punto. «La donna si volta verso di te, asciugandosi gli occhi. "Ho tanta paura" dice. "Tanta paura di non rivederla più".»

«Chi?»

«La mia carissima figliola, Emma.»

«Dov'è andata?»

«È stata stregata dal famoso alchimista Baridus. La porterà via, in una terra lontana per studiare con lui. Dubito che tornerà mai.»

Liam guardò Jenna. «Sai» disse, abbassando in fretta gli occhi quando lei lo guardò. «Dovresti usare le tue capacità per scoprire le sue ragioni e capire se sta mentendo.»

Jenna si tirò indietro. «Uhm. Okay. E i miei occhi sono qui in alto, comunque» disse bruscamente.

Liam la guardò sbattendo gli occhi. «Ovvio» le disse, tenendo lo sguardo fisso sul suo petto. Oh, merda. Jenna si stava arrabbiando pensando che Liam le stesse guardando le tette.

«Comunque…» interruppi prima che cominciassero a volare le scintille. Jenna stava fissando Liam, furiosa, e lui non aveva ancora tolto gli occhi dal suo petto. «Liam» dissi, e finalmente lui voltò la testa. Grazie al cielo.

«Che cosa c'è?»

«Il tuo personaggio sta facendo qualcosa mentre Althea e la donna stanno parlando?» dissi, riferendomi a Jenna con il nome del suo personaggio.

«Aspetterò e vedrò» disse Liam, dando un'occhiata a Jenna con la coda dell'occhio. Trattenni il fiato, sperando che non ricominciasse a fissarle il petto.

Jenna lo guardò storto e poi si rivolse a me. «Forse, uhm, sì forse cercherò di scoprire le sue ragioni.»

«Lancia un dado da 20, secondo il tuo livello di abilità.»

Jenna controllò la scheda del suo personaggio con le statistiche, poi prese un dato a venti lati e lo lanciò. «Ho fatto il mio lancio. Scopro qualcosa?»

«Scopri che è sincera. Sembra che stia dicendo la verità.»

«Okay. Le metterò una mano sulla spalla, per consolarla. "Forza, buona donna. Forse possiamo aiutarti? Che cos'è successo a"… come si chiamava?»

«Emma?» risposi al suo personaggio. «La mia dolce ragazza si sta comportando in modo strano ultimamente. Ha espresso il desiderio di respingere i suoi amici e il suo fidanzato e anche me, la sua cara madre. Sta seguendo i desideri di questi Baridus, e vuole diventare una famosa alchimista come lui. Penso che lui intenda portarla via per sempre. Cerco dei coraggiosi avventurieri che vadano in quella terra lontana, riuniscano i suoi amici più intimi e cari e spezzino l'incantesimo che la convince a restare là.»

Oddio, era così trasparente. Avrebbero sicuramente immaginato che cosa stavo cercando di fare. Di solito ero più brillante con le mie trame, dopotutto era quello che contava in Dragon Epoch. Ma dato che stavo andando a braccio ed ero anche disperato, la mia prestazione era men che stellare.

Heath mi stava fissando cupo, ma lo ignorai.

Alex piegò di lato la testa. «Allora vuoi che troviamo un motivo per tenere qui Emma?»

Jenna la guardò. «Quando ti sei unita alla conversazione? Pensavo di essere io quella che le stava parlando.»

Alex aggrottò la fronte. «Posso parlarle anch'io. Finiremo comunque per formare una squadra per raccogliere i suoi amici, quindi tanto vale cominciare subito.»

«Io devo andare» disse Heath, afferrando il suo sacchetto di dadi e alzandosi.

«Sei appena arrivato» gli fece notare Jenna.

«Mi sono improvvisamente ricordato che ho qualcosa da fare.»

«Stronzate» disse Alex. «Sei scorbutico fin da quando sei arrivato.»

Heath mi lanciò un'altra occhiata. «Sì, beh, se non me ne vado diventerò ancora più scorbutico.»

«Che... perché?» gli chiese Alex.

«Vediamo... la donna sta cercando sua figlia *Emma*, che vuole lasciare i suoi amici e il suo "fidanzato" e andare in una terra lontana a studiare. Come si chiama la donna, dimmi» chiese Heath rivolgendosi a me.

Ci fissammo per un lungo momento pieno di tensione. Alzai le spalle. «Hai intenzione di chiederglielo?»

«Provo a indovinare, è Kimma o Kendra o qualcosa di simile. E il nome del suo fidanzato è Adrian, o Adolfo o *qualcosa* di simile.»

«E il suo miglior amico si chiama Howard o Heathen o *qualcosa* di simile» aggiunse Alex, ridendo.

Abbassai gli occhi, misi le mani sui fianchi. Okay. Ero stato ancora più patetico e trasparente di quanto avessi originariamente pensato. E Heath doveva pensare che fossi un'egregia testa di cazzo per aver tentato un trucco simile. Ma forse adesso saremmo arrivati da qualche parte, ci saremmo messi insieme e ci saremmo avvicinati a Emilia come un gruppo di amici.

Sostenni il rovente sguardo verde di Heath e scossi la testa. «Sì, *Howard* sarà il giocatore principale qui. Probabilmente sarà l'ultimo a unirsi alla missione con gli altri amici di *Emma*.»

Heath scosse la testa, stringendo i denti.

«Che cosa sta succedendo? Che cosa dice la vecchia signora? Perché non stiamo giocando?» mi chiese Liam.

Alex si scagliò contro Heath. «E comunque, perché sei così contento di lasciarla andare così lontano?» Non sorrisi, anche se avevo voglia di farlo. Alex si stava comportando esattamente come avevo sperato.

Heath si voltò di scatto a guardarla. «Perché a me interessa quello che vuole lei.»

Jenna alzò le sopracciglia. «Ma noi siamo il suo gruppo di sostegno. Chi ha nel Maryland? *Nessuno.* Là sarà completamente sola.»

Heath strinse i denti e mi lanciò un'occhiata piena di veleno, poi alzò il mento. «Non è obbligata a essere da sola.» Poi scosse la testa. «Non ce la faccio. Non oggi.»

«Dovremmo intervenire» disse Alex.

Heath la guardò come se fosse un'aliena. «Dovete restarne fuori, maledizione.»

Jenna guardava in basso, sistemando i suoi dadi in file ordinate sul tavolo davanti a lei. «Non sei l'unico qui che le vuole bene, Heath. Ci sentiamo così perché ci importa di lei.»

Liam alzò gli occhi, confuso. «Stiamo ancora parlando di Emma?»

«Non abbiamo mai parlato di Emma, William» disse Heath a denti stretti. Si voltò a guardarmi. «Io me ne vado.»

Lo seguii alla porta e nel corridoio fuori dall'appartamento. Si voltò prima di uscire. Sembrava fosse sul punto di darmi un pugno.

«Mossa di merda, amico. Non mi è piaciuta.»

Piegai la testa, notando la tensione nel suo corpo, i pugni chiusi. «Puoi biasimarmi?»

«Sei tu quello che aveva promesso di fare un passo indietro e fidarti di lei. E ora questa stronzata? Uh-uh. Proprio non capisci.»

Cambiai posizione. «Sto solo cercando di dimostrare qualcosa. Non si tratta solo di lei. E nemmeno di me.»

«Non è il messaggio che trasmetti, ma il modo in cui lo fai. Tutta questa serata era un pretesto. Sei tu che riprendi a fare i tuoi giochetti, e a mantenere i tuoi piccoli segreti. Tu sei tutto trame nascoste e segreti, vero? Seriamente, penso che ti esalti con quella merda.»

Strinsi i denti e mi rimangiai una risposta dura. Non ero abbastanza stupido da volere che la faccenda degenerasse. Non avrei ottenuto niente. E Heath poteva ancora essermi utile, per avere un'idea di quello che succedeva dall'altra parte. Quindi non dissi niente e lasciai che continuasse a sfogarsi.

Arrossì e alzò indice e pollice, avvicinandoli a meno di due centimetri. «Stai camminando sul filo del rasoio, amico. Sei a tanto così dal perderla per sempre. Quindi, se è quello che vuoi, allora continua a comportarti *esattamente* come stai facendo.» Diventava sempre più rosso man mano che parlava. «Sono già stanchissimo così. Mi sono alzato all'alba per accompagnarla...» Smise bruscamente di parlare.

Aprii la bocca per dargli una rispostaccia, ma non riuscii a dire una maledetta parola perché aveva ragione. Ero un coglione. Ricaddi contro la parete dietro di me. Qualche porta più avanti, alcuni studenti sbatterono la porta, discutendo accesamente dell'ultima puntata di *True Blood* mentre si precipitavano giù dalle scale. Sbattei gli occhi.

«Mi dispiace. Sono spaventato. Ecco. L'ho detto. E a quanto pare mi sto scavando la fossa da solo.»

Heath scosse la testa. «Non sono dell'umore giusto per tirarti su di morale, visto che lo sto facendo con lei da una settimana.»

Ripiegai le mani sul petto. «Sta bene? L'hai accompagnata da qualche parte?» gli chiesi, approfittando del suo scivolone.

Mi guardò male, esitando. Sembrò valutare quale sarebbe stata la mia reazione. Poi inspirò e soffiò fuori il fiato. «All'aeroporto.»

«Cosa? Perché?»

Heath alzò una mano. «Buono, ragazzo. È solo per sei giorni.»

«Dov'è andata?»

Guardò il corridoio con la coda dell'occhio, poi cambiò posizione. «Te lo dico solo perché non tenti di seguirla. È andata a Baltimora.»

Fui lieto di avere la parete alle spalle. Mi sentii impallidire. Era chiaramente un segno che l'avevo già persa. Stava prendendo accordi per frequentare la Hopkins.

Riuscii a malapena a gracchiare un grazie prima di allungare la mano verso la maniglia.

Heath mi fermò. «Adam. So che le tue intenzioni sono buone. So che sei innamorato di lei. Ma stai sbagliando tutto, amico. E ora, con stronzate come questa, stai spingendo lontano anche *me*. Siamo amici. Ma non ci riesco. Non *posso* mettermi in mezzo a voi due.»

«Mi sento piuttosto perso in questo momento.» Mi ci volle tutto il mio coraggio per ammetterlo.

«Devi esserci per lei. Essere quello di cui lei ha bisogno. La conosco e so che cosa prova per te e, fidati di me, okay? Se non vuoi incasinare tutto, allora devi fare un passo indietro. Non *dire* che lo farai. *Fallo* veramente.»

Non era facile sentirglielo dire e c'erano poche persone da cui lo avrei accettato. Fortunatamente Heath era uno di quelle. Lo ringraziai a voce bassa, suggerendogli di chiamare Connor e andare a bere qualcosa, poi mi scusai.

Heath annuì, rivolgendomi un sorriso e rassicurandomi che eravamo ancora d'accordo per la partita di paintball del sabato. Lo guardai scendere le scale, respirando a fondo e cercando di dominarmi. Di digerire la notizia che Emilia era andata nel Maryland, probabilmente preparandosi per cominciare l'università in autunno. Merda.

Quando tornai dentro, tre paia di occhi mi fissarono, chiedendomi senza parlare che cos'era successo. Alex piegò di lato la testa, esaminandomi. «Non vedo lividi. Temevo che Heath avesse intenzioni di prenderti a botte!»

Le feci una smorfia. «Che cosa ti fa pensare che avrebbe vinto *lui*?»

Jenna alzò gli occhi dai suoi dadi messi accuratamente in fila. «Ti ha parlato di quello che sta succedendo con Mia?»

Mi strofinai la mascella. «Mhmm. Non sono proprio dell'umore di parlarne. Che ne dite di pizza e birra? Offro io.»

Alex sbuffò. «Ovvio che offrirai tu.»

Smettemmo di giocare e ordinai da mangiare, sperando di farmi perdonare per la partita rovinata. Restammo seduti a parlare dei nostri episodi favoriti di Stargate per qualche ora, con somma irritazione di Liam, che ogni tanto dava un'occhiata di nascosto a Jenna. Credo avesse una cotta per lei.

Lei finse di non notarlo ed io presi mentalmente nota di spiegarle la faccenda del contatto visivo, quando Liam se ne fosse andato. Forse sarebbe venuto qualcosa di buono dal disastro che stava diventando la mia vita.

Non riuscivo a distogliere la mente dal pensiero di Emilia che andava nel Maryland. Era probabile che fosse quello di cui era venuta a discutere martedì, prima di arrabbiarsi con me. Andai a casa quella sera sentendomi più cupo e senza speranza di quanto mi fossi sentito fino a quel momento. Non avevo idea di che cosa fare e l'unico consiglio che avevo ricevuto, da Heath e da Emilia stessa, era di farmi da parte e non fare niente.

Andava completamente contro il mio modo di pensare e agire. Dovevo combattere costantemente contro quegli impulsi. Quindi tornai a quello cui ero abituato, anche se sapevo che era un errore. C'era lavoro più che a sufficienza, tra la querela, la convention e la nuova espansione che stavamo cominciando a sviluppare. E quando non lavoravo, mi buttavo sul mio nuovo progetto, che era il mio modo di lavorare senza chiamarlo lavoro.

Non molto tempo prima, avevo giurato di evitare proprio quel tipo di comportamento, sicuro che Emilia mi avrebbe tenuto sulla retta via. Ora lei se n'era andata ed io mi stavo facendo risucchiare nella vecchia voragine, e rischiando di affondare, forse più di prima. E senza sapere se sarei mai stato in grado di uscirne di nuovo.

Capitolo Undici

IL SABATO SUCCESSIVO ARRIVÒ CON UN'ALTRA SESSIONE DI allenamento e di studio della strategia per la sfida a paintball. Questa volta io e Heath andammo insieme a Jordan, che guidava la sua Range Rover. Passammo una lunga giornata proprio sul terreno che sarebbe stato il campo della nostra battaglia, a mapparlo e a progettare una strategia con gli altri capi sezione che avrebbero ricoperto il ruolo di capitano dei loro plotoni. Insieme al personale della Blizzard avevamo pianificato una guerra che includeva diversi scenari. Cattura la bandiera, Re della collina e una specie di caccia al tesoro. Lavorammo sui movimenti, sulla strategia, la tattica e le comunicazioni.

Mancavano solo due settimane alla guerra e subito dopo ci sarebbe stata la convention della Draco a Las Vegas. Sarebbero state due settimane eccitanti e divertenti se non avessi avuto altre cose in mente… la preoccupazione quotidiana per le conseguenze della querela e, ovviamente, la mia preoccupazione per Emilia.

Una volta scaricato Heath, Jordan mi accompagnò a casa. Mi diedi una sistemata e andammo a cena in un piccolo locale che piaceva a entrambi, a Corona dal Mar.

Avevamo giurato di non parlare di lavoro quella sera, quindi mi raccontò del viaggio a Parigi che avrebbe fatto all'inizio dell'anno nuovo, una volta che la causa e la convention fossero finite. Non sapevo quale delle sue ultime donnine voleva portare con sé. Sì, il mio buon amico aveva profondi e complicati problemi che gli derivavano dal suo stile di vita di playboy milionario.

«Sto facendo tutto in grande... noleggerò un jet privato e ho prenotato la suite dell'attico in uno degli alberghi più eleganti, con vista sulla Tour Eiffel.»

Sbuffai. Noleggiare un jet privato? Non lo facevo nemmeno io. Jordan era ricco, ma non tanto che noleggiare un jet non fosse una stravaganza. Io, d'altra parte, mi astenevo dal fare cose simili non per via del costo, ma per l'impatto ambientale. Secondo me nessuno avrebbe dovuto incidere tanto sull'ambiente. Sì, qualcuno avrebbe potuto dire che ero andato sulla stazione spaziale, lasciando un'impronta ancora maggiore. Ma quel razzo sarebbe salito comunque, con o senza di me. Quel viaggio era stato necessario per portare nuovi astronauti alla stazione spaziale e riportare a terra quelli che vi erano rimasti per sei mesi. In quel caso, io ero stato solo un passeggero.

Scossi la testa. «Perché portare con te una vecchia fiamma? Perché non scegli qualcuno una volta lì, una modella francese o qualcosa del genere?»

Jordan mi sorrise, grattandosi il pizzetto. «Perché allora non mi godrei i vantaggi del jet privato e non potrei mettere un'altra tacca alla mia tessera del Mile-high club.

Alzai gli occhi al cielo. «Avrei dovuto sapere qual era la ragione *importante* per portarti appresso qualcuno.»

«Ehi, non si rinuncia mai all'opportunità di divertirsi durante un volo di dodici ore.» Poi fece una pausa. «Potremmo andarci insieme, tu ed io.»

Gli feci una boccaccia. «Ti voglio bene, amico, ma non in *quel* modo.»

Jordan rise per un momento, poi tornò serio. «Allora, come te la cavi? Ho... ehm sentito che ha lasciato il lavoro alla Draco. Mac si è quasi messo a piangere.»

Mangiucchiai le patatine e il pesce fritto, senza l'appetito che avevo di solito dopo una giornata di paintball. «È in congedo breve, finché non avrà deciso che cosa vuole fare. Tornerà.»

Jordan strinse le labbra. «E a te sta bene?»

Alzai le spalle, senza parlare. Non era un argomento che volessi discutere con lui.

«Allora, hai intenzione di... voltare pagina?»

Smisi di masticare la mia patatina. «Che cosa intendi dire?»

«Beh... intendo dire che il fatto che lei sia andata a passare una settimana sulla costa est significa chiaramente che vuole andare avanti... senza di te.» Strinsi i denti, irritato perché i suoi pensieri rispecchiavano i miei. Che cosa potevo fare, quando avevo promesso che mi sarei tenuto in disparte?

Jordan prese una forchettata di riso pilaf e mi guardò con i suoi pallidi occhi azzurri, come se fossi una bomba sul punto di esplodere o roba simile. «Forse dovresti cominciare a guardarti in giro» disse, con un'alzata di spalle indifferente e un'occhiata cauta.

Lo fissai sopra il mio piatto. «Io non esco con nessuno. Quello non è cambiato.»

Jordan scosse la testa. «Non riesco a capire come tu abbia fatto a trovare la gnocca, finora.»

Scoppiai a ridere. «Quando ce l'hai, ce l'hai.»

«Allora, venerdì sera uscirò con quella modella di costumi da bagno, Marta, la ricordi?»

«La bionda?»

Agitò una mano, indifferente. «Nooo, quella era il mese scorso. Questa ha i capelli scuri, occhi esotici. Pelle color caffelatte… decisamente una candidata per il viaggio a Parigi…»

«E il Mile-high club di Jordan Fawkes.»

Jordan si leccò le labbra. Io scossi la testa. Era incredibile.

Sul viso gli passò un'espressione diabolica. «La sua coinquilina era nell'ultima edizione della rivista Sports Illustrated, quella sui costumi da bagno…»

«Allora perché non esci con la sua coinquilina?»

«Adam sono entrambe sexy. Posso organizzarti un incontro. Un quartetto… ah-ah, no, non intendevo in quel senso» disse davanti all'espressione del mio volto. «Un doppio appuntamento, se vuoi usare un termine da scuola superiore. Potrebbe organizzarlo Marta.»

Sorseggiai la mia birra, spingendo da parte la porzione intatta della mia cena e scossi la testa. «Non riesco a credere che ti serva ancora una spalla.»

«Fanculo. Non mi *serve*. Ti sto facendo un favore. Ho visto questa ragazza. Capelli rossi ed è…» curvò le mani davanti a sé per indicare un seno grande. Dio, era un tale porco.

«Quante sono le probabilità che siano veri?» Non riuscii a resistere. *Dovevo* prenderlo in giro. Lui e la sua stupida ossessione per le modelle.

Jordan divenne serio. «Dai, amico. Te lo meriti. *Lei* ha voltato pagina. Non credi che sia ora che lo faccia anche tu?»

M'infastidì e provai una fitta bollente d'irritazione. Mi spostai sulla sedia e distolsi lo sguardo. Sentivo bruciarmi in fondo allo stomaco la rabbia per la partenza quasi in segreto di Emilia. Ma non avrei saputo dire che cosa odiavo di più, la sua decisione di partire o la mia assoluta incapacità di impedirglielo.

Voleva voltar pagina? Bene. Era ora che ne subisse le conseguenze. Dopo tutto ci eravamo lasciati "per il momento". Strinsi i pugni. «Va bene, verrò.»

Che diavolo, perché no? Come minimo avrei potuto finire col farmi una bella scopata. Il sesso non aveva mai avuto un significato particolare per me, prima di Emilia. Era ora di tornare a essere normale. Il tempo passato con lei era una deviazione dalla norma. Questa situazione incasinata stava ampiamente dimostrando che quell'aberrazione non faceva per me. Lei voleva voltar pagina. Allora lo avrei fatto anch'io.

«Davvero?»

«Questa donna non è un tipo impegnativo, vero? Non mi vanno i tipi difficili da accontentare.»

«Sono modelle, sono *tutte* impegnative. Ehi, nessuno dice che devi avere una relazione prolungata con lei. Magari sei fortunato e finisci con una delle tue piccole "intese".»

Lo guardai assorto. Non mi dispiaceva l'idea di fare nuovamente sesso. Era passato più di un mese. Durante l'ultima settimana che avevamo trascorso insieme, Emilia era stata distratta e le poche volte che avevamo fatto qualcosa era chiaro che non stava partecipando. E da allora non c'era stata nessun'altra. Quindi, sì, fare nuovamente sesso sarebbe stato bello. Mi stava bene.

E forse mi avrebbe aiutato a togliermela finalmente dalla testa. O almeno poteva essere l'inizio di un *tentativo* serio di togliermela dalla testa.

***

Due giorni dopo essere tornata da Baltimora, Emilia mi mandò un'email dicendo che avrebbe desiderato tornare al lavoro fino alla fine di gennaio. Mi chiesi se volesse dire che aveva intenzione di trasferirsi nel Maryland all'inizio della primavera. Non mi diede assolutamente alcun particolare riguardo al suo viaggio, a parte confermare che sapeva che Heath me ne aveva accennato.

Era una nota amichevole, anche se breve. Riuscii a capire poco dal suo tono. Avevo controllato i suoi social media mentre era via, ma era stata in completo silenzio radio. Perfino il blog era spoglio, con pochi post che immaginavo fossero stati scritti e programmati prima che partisse.

Ma ero stufo di rompermi la testa cercando di capire che cosa c'era nella sua. Ed ero stufo di ossessionarmi su di lei. Quindi, verso la fine di quella settimana, stavo quasi aspettando con ansia l'appuntamento alla cieca organizzato da Jordan.

Il venerdì pomeriggio dopo il ritorno di Emilia al lavoro, avemmo una lunga riunione che riguardava la convention. C'era tutto il personale interessato, venti, trenta persone che entravano uno a uno nella stanza. Non potei fare a meno di controllare se ci fosse Emilia. Avrebbe dovuto esserci, ma non la vedevo.

Parlarono i capi sezione e quando Mac si alzò per fare il suo rapporto, si voltò verso la persona seduta accanto a lui ed io mi chinai per dare un'occhiata più da vicino. Era una giovane donna snella con i capelli biondo platino. Quasi caddi dalla sedia quando mi resi conto che era Emilia. Aveva cambiato il suo look. Radicalmente. Ora mi aspettavo che si alzasse in piedi e che cominciasse a chiamare a sé i draghi perché era identica alla

Daenerys Targaryen del Trono di Spade. Meno il costume succinto.

Nascosi lo shock abbassando il mento sulla mano e guardando Mac che continuava a parlare e a fare domande a Emilia. A parte quando gli rispondeva, lei non parlò mai e alzò raramente gli occhi. Controllai l'orologio. La giornata si stava trascinando e quella riunione stava diventando ridicolmente lunga.

Alla fine Jordan si chinò in avanti quando Sarkowitz era sul punto di lanciarsi nel rapporto delle spese previste e disse: «Gente, il capo continua a guardare l'orologio perché ha un appuntamento galante tra un paio d'ore. Possiamo sbrigarci?»

Qualcuno rise ed io mi tirai indietro, imbarazzatissimo e dando un'occhiataccia a Jordan. Lui sorrise e alzò le spalle.

E poi, quasi senza pensare, mi voltai verso l'eroina fantasy dai capelli color platino seduta accanto a Mac. Aveva gli occhi puntati su di me mentre la testa era voltata in un'altra direzione, come se non volesse farsi cogliere a guardarmi. Ma quando il mio sguardo incrociò il suo non distolse gli occhi. C'era una chiara espressione di tristezza nei suoi grandi occhi castani. Sentii ogni muscolo del mio corpo tendersi e la pelle arrossarsi per la rabbia. Era *lei* quella che aveva deciso di andarsene. Ingoiai l'irritazione pungente che mi saliva in gola.

Ma guardandola negli occhi, mi si strinse il petto nonostante la rabbia. Chi era quello che aveva deciso di farla finita? Chi era quello che aveva mollato? Chi se n'era andato? Come osava sentirsi ferita che avessi scelto di voltar pagina invece di crogiolarmi nella disperazione che lei ovviamente si aspettava che provassi?

La mia determinazione aumentò. Fanculo. Fanculo a *lei*. Distolsi lo sguardo e non la guardai più.

***

Quella sera, Jordan ed io incontrammo le due modelle in un ristorante di lusso accanto al molo a Newport Beach. E Jordan non aveva scherzato. Erano entrambe donne bellissime. La compagna di Jordan era Marta e la mia una rossa molto effervescente di nome Carissa. Indossavano vestiti aderenti e tacchi alti scintillanti e sembravano perfette rappresentanti del Sud California, fino alle loro perfette abbronzature, ottenute, a giudicare dalla lieve tonalità arancio, in un salone per abbronzature e non sulle spiagge sabbiose della costa sud.

Carissa era piacevole e non stupida come mi ero aspettato, dato il gusto abituale di Jordan in fatto di donne. Finimmo per parlare di fumetti. Delle due donne, mi era decisamente capitata la migliore in fatto di conversazione. La compagna di Jordan era eccezionalmente bella, sembrava avere dei geni asiatici o mediorientali. Ma non aveva molto da dire.

Bevvi un sorso dello stesso bicchiere di vino che avevo dall'inizio della serata, fissando i brillanti occhi verdi della donna che era con me. Da quando mi fregava qualcosa della conversazione?

Non ero mai uscito con qualcuno prima di Emilia, letteralmente. Le donne con cui ero stato erano amiche, che lei definiva cinicamente come "trombamiche". Non avevo problemi a intrattenere un'amicizia con le donne e spesso mantenevo quell'amicizia anche quando la relazione sessuale finiva, com'era il caso di Lindsay, tra le altre. Ma stare seduto al ristorante, o al cinema, o semplicemente a chiacchierare non era mai stato qualcosa che desideravo. Che cos'era cambiato in me?

Sorrisi quando Jordan propose che andassimo a casa sua. Non era molto sottile. Gli avevo già detto che non avrei portato una donna a casa mia, specialmente dopo averla appena conosciuta. Jordan aveva alzato le spalle, dicendo che aveva una stanza per gli ospiti nella sua esclusiva casa sulla spiaggia che si affacciava su un punto famoso per il surf, il Wedge.

Un tempo, Jordan si era considerato un surfista e aveva cercato di insegnarmelo un paio di volte, ma a me non piaceva. Sì. Vivevo nella baia di Newport Beach, ma questo non significava che intendessi rischiare il collo, letteralmente, per la scarica di adrenalina che poteva venire dallo sfidare le onde che s'infrangevano sul molo di Corona del Mar e formavano il Newport Wedge.

Quando arrivammo a casa di Jordan, ci versammo da bere e Carissa ed io si sedemmo sul divano a chiacchierare, ben oltre il momento in cui ci accorgemmo che gli altri due erano spariti nella stanza di Jordan. Carissa si tolse le scarpe e ripiegò le lunghe gambe sotto di sé, fissandomi negli occhi. Annuiva e rideva a tutto ciò che dicevo, e all'inizio era stato lusinghiero, ma cominciava a diventare irritante. Volevo qualcosa... un'obiezione, una sfida.

Non molto dopo, lei si chinò contro il mio braccio, chiaramente sistemandosi in modo da appoggiare il seno contro di me.

Ero eccitato. Chi non lo sarebbe stato? Era sexy. Eccezionalmente sexy. Si passò le dita dalle unghie perfette tra i capelli color rame e finalmente mi chinai per baciarla.

Era partecipe ed entusiasta. Le aprii le labbra e un attimo dopo avevo la lingua nella sua bocca. Chiusi gli occhi e lei emise un piccolo sospiro. La tirai verso di me. E...

Non riuscivo a smettere di immaginare Emilia mentre baciavo quella donna. La bocca di Emilia sulla mia, il suo sapore. Il seno di Emilia premuto contro di me. La sua pelle morbida sotto le mie mani. *Emilia.* Quei grandi occhi marrone dorato che mi guardavano dall'altra parte della sala conferenze, pieni di dolore e di qualcos'altro. Desiderio.

Cominciai a tossire, violentemente, mentre cercavo di tirare il fiato e mi staccavo da Carissa e dal suo corpo sensuale. Era bella e ne ero attratto. Avremmo potuto darci da fare proprio lì, Dio sa che il mio corpo era più che pronto. Avevo perfino portato i profilattici. Ed erano mesi e mesi che non li avevo con me. Ma guardando gli occhi da gatto di Carissa, sapevo di non volerlo. Non davvero.

Volevo qualcosa di più. Qualcun altro. E non solo fisicamente. Volevo la donna che era la mia compagna perfetta in tutti i sensi. Quella che mi stimolava, che mi sosteneva. Quella che completava i tratti della mia personalità, che riempiva i vuoti dove io ero mancante. Deglutii il grosso nodo che mi si stava formando in gola, cercando di smettere di tossire.

«C'è qualcosa che non va?» mi chiese Carissa.

«Mi dispiace.» Smisi finalmente di tossire violentemente e finii il bicchiere d'acqua, appoggiandolo poi accanto al suo bicchiere di vino. «Ho deglutito dalla parte sbagliata, immagino.»

Lei mi diede uno schiaffetto svogliato sulla schiena. «Va meglio?»

«Sì» dissi, roco, asciugandomi la bocca con la mano.

Lei sorrise, aprendo le labbra gonfie. «Va tutto bene. Dove eravamo? Ah sì, proprio... qui» disse, appoggiandomi la mano all'interno della coscia e chinandosi in avanti. Fece scivolare la mano verso l'alto, fermandosi proprio sopra il mio pene eretto. Espirai forte e le spostai la mano.

«Che cosa c'è che non va?» mi chiese, tirandosi indietro per guardarmi in faccia.

Sospirai e mi appoggiai allo schienale. «È troppo presto» borbottai, guardando il soffitto.

Carissa arricciò il naso. «Ti piace andare adagio?»

Quasi mi misi a ridere. In passato, non mi ero mai fatto scrupolo ad andare a letto con una donna che avevo appena conosciuto. Non avevo mai avuto rapporti occasionali, ma nemmeno relazioni romantiche. Fino a Emilia. *Lei* aveva cambiato tutto. E stavo cominciando a temere che non fosse possibile tornare a essere la persona che ero stata. E lo volevo?

«È troppo presto dopo la mia ultima relazione. Mi dispiace. Sei una donna bellissima e sexy, e sono sicuro che lo sai.»

Scoppiò a ridere. «Non significa che non mi piaccia sentirmelo dire, e da un tipo sexy come te.»

Sorrisi, «Mi dispiace. Mi sento ancora un po' fragile.»

Mi aspettavo una delle due cose: si sarebbe incazzata o offesa che la sua magica bellezza non potesse farmi dimenticare i miei problemi, oppure avrebbe tentato con più determinazione di conquistarmi.

Ma Carissa mi sorprese ancora una volta. Chinò di lato la testa, comprensiva. «Vuoi parlarne. Quanto tempo siete stati insieme?»

«Cinque mesi. Pensavo veramente che fosse quella giusta, però.» Allungai le braccia sullo schienale del divano e Carissa si appoggiò, osservandomi.

«Ma lei non la pensava allo stesso modo, immagino.»

La guardai per un minuto. «No.»

Carissa sorrise. «Beh» disse, alzando un sopracciglio e piegando graziosamente la testa verso di me. «Io ti ho appena conosciuto, ma penso che lei sia piuttosto stupida.»

Si chinò e mi diede un bacio sulla guancia. Era un bacetto di consolazione, ma lo avrei accettato: meglio quello di una scopata di consolazione.

Parlammo per un'altra ora, finché Jordan uscì dalla sua stanza con un asciugamano intorno ai fianchi e ci fissò, ovviamente stupito che fossimo ancora completamente vestiti e non ci stessimo baciando o peggio.

Mi offrii di accompagnare a casa Carissa, di modo che la sua coinquilina potesse passare la notte con Jordan. Lei m'invitò a entrare, ma rifiutai. Andai a casa da solo, in una casa buia e vuota, ma restai lontano dalla mia buia e vuota stanza da letto. Invece andai in ufficio, accesi il laptop e lavorai sul mio nuovo progetto segreto finché il cielo fuori cominciò a illuminarsi e mi appisolai, con la fronte appoggiata alle braccia. Noi programmatori lo chiamiamo "programmare in trance". In realtà stavo usando quel tempo per evitare i demoni che infestavano quel guscio vuoto di casa.

Mi chiedevo quando le cose avrebbero ricominciato a sembrarmi normali. Quando sarei potuto ritornare alla mia vecchia vita, come se gli ultimi sei mesi non ci fossero mai stati, ma stavo cominciando a chiedermi se fosse possibile. In quel momento mi sentivo a terra. Dovevo pazientare ancora?

Sarebbe successa una delle due cose: Emilia sarebbe partita e allora io avrei dovuto trovare il modo di voltar pagina, *oppure* avrei potuto cedere e andare con lei, se (ed era un grosso se) lei mi avesse voluto.

Mentre i giorni passavano senza di lei, con il ricordo di quegli occhi tristi che mi fissavano attraverso un'affollata sala conferenze, cominciai a pensare che diventare un nuovo residente del Maryland fosse un piccolo prezzo da pagare per riaverla tra le mie braccia.

Capitolo Dodici

Il giorno dopo, sabato, avevo un appuntamento con la mia amica Lindsay per mostrarle un appartamento che avevo a Orange. Dato che non la vedevo da un po' e che mi sembrava di avere troppo tempo libero (anche se lavoravo ancora settanta ore la settimana), le offrii di mostrarglielo io e offrirle poi il pranzo. A Emilia Lindsay non piaceva, e a buona ragione. Lindsay ed io avevamo avuto una relazione puramente sessuale quando eravamo entrambi parecchio più giovani: io stavo appena finendo le superiori e lei era una studentessa al primo anno di legge che lavorava per lo studio di mio zio. Poi c'era il fatto che una volta avevo usato Lindsay per far ingelosire Emilia. Quello non lo aveva tollerato, *assolutamente*.

L'appartamento, che avevo originariamente acquistato per offrirlo a Emilia, e che lei aveva prontamente rifiutato, era ancora libero. Ma Lindsay stava pensando di comprarlo per suo nipote, che stava frequentando la Chapman University.

Guidai verso la città di Orange a nord sulla statale 55, cercando di ignorare come mi sentivo guidando sulle stesse strade che percorrevo quando andavo a trovare Emilia nel suo vecchio appartamento. Cercando di ignorare quel costante senso di perdita.

Ero pazzo. Solo cinque brevi mesi prima eravamo all'inizio della nostra storia. Quei cinque mesi ora sembravano una vita, come se avessi vissuto l'esperienza di un'esistenza intera, dalla nascita all'età adulta. Ma era una vita finita molto prima del suo tempo. E nella mia anima c'erano i dolenti, riuniti per il funerale di quella che era stata la nostra relazione, il nostro amore, che non volevano dimenticare o perfino credere che fosse già tutto finito.

Era ancora una ferita aperta, a volte pulsante e a volte un dolore profondissimo. Ma era qualcosa a cui non riuscivo a smettere di pensare, per quanto tentassi.

Aprii la porta ed entrai. Come al solito Lindsay era in ritardo. Ero sicuro che sarebbe arrivata in ritardo al suo funerale. Se fossimo stati una coppia nel vero senso della parola, quell'abitudine mi avrebbe fatto andare completamente fuori di testa. Fortunatamente, non ci avevamo mai nemmeno tentato perché non avrebbe mai funzionato. Eravamo stati entrambi troppo giovani, ma abbastanza saggi da sapere che eravamo entrambi troppo simili e al contempo l'esatto opposto; non saremmo mai potuti andare d'accordo.

Di recente, la primavera precedente, Lindsay ci aveva provato con me, quando aveva appena chiesto il divorzio. Da allora tra di noi c'era stato un po' d'imbarazzo. In effetti, non la vedevo dal giorno in cui era venuta nel mio ufficio per pranzare, il giorno in cui Emilia ci aveva visto insieme. Avevo preso la pessima decisione di vedere come avrebbe reagito Emilia. Avevo afferrato Lindsay per la vita e le avevo sussurrato qualcosa all'orecchio, mentre Emilia ci guardava con gli occhi spalancati e un'espressione inorridita.

Lindsay non era stupida e aveva capito immediatamente, rimproverandomi aspramente, mentre Emilia si voltava e fuggiva dall'edificio. Mi aveva persino detto di seguirla ma, come un idiota, mi ero rifiutato.

Presi il telefono e mandai un messaggio a Lindsay dopo averla aspettata per mezz'ora. Poi sentii il rumore dei suoi tacchi sulla scala. Avevo lasciato la porta accostata, ma andai ad aprirla per lei.

«Adam!» Mi prese per le spalle e mi diede un bacio sulla guancia, che le restituii. Portava troppo profumo ed era perfettamente truccata, come sempre. Sembrava fosse appena uscita da un servizio fotografico per la rivista *Vogue*, cosa tipica per lei. A trentadue anni era ancora una donna molto attraente, lo era sempre stata.

Quando ci eravamo incontrati, mentre fungevo da fattorino per lo studio di mio zio, ero stato estremamente lusingato che una bella e bionda studentessa di legge mostrasse interesse per me. Sì, era stata la mia prima. Non che adesso per me significasse qualcosa.

Feci fare a Lindsay un breve giro dell'appartamento e finimmo nella cucina vuota. «È vuoto da un po'...» disse. C'era una domanda implicita in quella dichiarazione.

Alzai le spalle, non volendo davvero dirle il vero motivo per cui avevo comprato quel posto. «Già, beh, il motivo originale per acquistarlo non esiste più.»

Lindsay mi diede una lunga occhiata ed io evitai il suo sguardo.

«Come te la stai cavando, tigre?»

Le rivolsi un'occhiata interrogativa.

«La querela. Peter mi dice che è un tormento per te. Dovresti smetterla di essere il tuo solito tipo alfa e lasciare che se ne occupino gli assicuratori.»

Sbuffai. «Quelli sono idioti. Risparmierebbero qualche soldo ma metterebbero a rischio la reputazione della mia ditta. Fanculo.»

Lei alzò le sopracciglia. «Non c'è molto che tu possa fare, lo sai.»

«Sì, ma ora le voci su un patteggiamento stanno cominciando a circolare e la gente ne parla nei blog e specula. Si parla di un'udienza congressuale sulla possibilità che i videogiochi creino dipendenza. Indovina che è il primo nella lista per una possibile convocazione?»

Aggrottò la fronte. «Aspetta, che cosa dicono i blogger della tua società? Qualcosa di calunnioso?»

Alzai le spalle. «Congetture, pettegolezzi. Dicono che le mamme preoccupate potrebbero ottenere che mettano restrizioni ai giochi online. C'è già l'indicazione dell'età suggerita per gli utenti. Chissà che cosa verrà dopo? Forse un misuratore della capacità di creare dipendenza?»

Lindsay sbuffò. «Beh, penso che tu conosca, e sia imparentato, con abbastanza avvocati da poter inviare lettere di diffida formulate in modo da spaventarli, come minimo, se qualcuno dovesse attaccare la tua reputazione.»

Alzai gli occhi al cielo. Come se *quello* potesse risolvere il mio problema.

Lindsay mi osservò da vicino, con gli occhi puntati sul mio collo. «Che diavolo è quello? Un succhiotto?»

Mi misi la mano sul collo. «Cosa?»

«Hai un livido, e un altro qui...» M'ispezionò da vicino. «Non sono succhiotti. Allora non ti stai dando da fare con la piccola studentessa?»

Le diedi un'occhiata di avvertimento e lei smise di sorridere scherzosa. «Okay, non ti prenderò in giro. Ma perché sei pieno di lividi?» Allungò la mano e abbassò il colletto della mia polo, allargandolo fino alla clavicola sinistra. «Hai quasi... oh, *questo* quando te lo sei fatto?» mi chiese, sbirciando il tatuaggio.

Prima non ci avevo mai fatto caso, ma da quando Emilia lo aveva menzionato, il comportamento troppo intimo di Lindsay nei miei confronti m'infastidiva. Mi tirai indietro e mi sistemai la maglietta.

«Hai finito? I lividi sono per il paintball.»

«Sì, avevo già superato i lividi. Non pensavo fossero causati da violenza domestica. Ma, il tatuaggio? Non avrei mai pensato che proprio Adam Drake portasse il nome di una donna tatuato sul petto, specialmente non quello della donna con cui non sta attualmente.»

«Allora, il mio appartamento t'interessa o no? Perché se non t'interessa, chiederò al mio agente immobiliare di metterlo in vendita.»

«Hai intenzione di dirmi chi è Sabrina?»

Le rivolsi un'occhiata irritata. «No.» Non pronunciavo mai il suo nome. Mi ci era voluto tutto il mio coraggio perfino per fare il tatuaggio, ma era una cosa che allora *dovevo* fare. Temevo di dimenticarla, di lasciarla scivolare via dalla mia memoria e dal mio cuore. Era un'idea stupida, ma, allora, per me aveva avuto un senso. Era un modo per tenere sempre un pezzetto di lei con me. Non avevo mai parlato di Bree con nessuno, nemmeno con la mia famiglia. Mio zio e i miei cugini, ovviamente, sapevano. Ma Lindsay non aveva mai saputo che cosa portavo dentro il cuore.

E rendeva ancora più notevole il fatto che Emilia fosse stata in grado di farmi rivelare il mio segreto senza fatica. Di solito evitavo di rispondere quando la gente mi chiedeva chi era Sabrina, dopo aver visto il tatuaggio.

Emilia me lo aveva chiesto mentre eravamo seduti nella jacuzzi sul mio yacht, dopo avermi appena rivelato un episodio doloroso del suo passato, mettendo a nudo la sua anima. Ed io le avevo risposto. Semplicemente, con poche parole. Ma anche per quello ci era voluta tutta la forza che avevo. Emilia era la prima persona con cui potevo parlarne. E solo in termini brevi, vaghi, raccontando il mio dolore di bambino come se fosse il racconto remoto di qualcun altro. Scossi la testa per liberarmi da quel pensiero.

Lindsay distolse lo sguardo, spostandosi i capelli biondi sopra la spalla. Era chiaramente irritata per il mio riserbo. «Mi dispiace. Devi essere piuttosto sconvolto.»

«No. Ma *ho* fame e sono le due, quindi che ne dici se ne parliamo a pranzo?»

Lindsay si voltò e andò lentamente verso il ripiano per prendere la sua borsa rosso brillante, in tinta con le sue lunghe unghie. Poi si voltò a guardarmi. «Ho parlato con Jordan. Mi ha detto della tua… rottura con Mia.»

Strinsi le labbra. Non avevo voglia di discuterne con lei in quel momento. «Va tutto bene, Adam. Non ho intenzione di farti ancora proposte. Ho ancora *un po'* di orgoglio. Sono solo preoccupata per te. Ecco tutto. Da amica. Non sei mai realmente *stato* con qualcuno… beh, che io sappia, almeno» disse con un gesto significativo verso il mio torace e il tatuaggio. «Beh, mi dispiace, ecco tutto. Sembravi più felice di quanto fossi da molto tempo. Anche più vitale.»

Sospirai e scossi significativamente il portachiavi, che mi pendeva dalle dita.

Lei mi fissò con gli occhi che diventavano duri. «Okay. Vuoi fare il macho ed evitare di parlarne. Ma è veramente una causa persa?»

Strinsi i denti. «Probabilmente.»

Lindsay annuì. «Ti darò un consiglio non richiesto. E tu mi ascolterai finché non uscirò da quella porta e ti seguirò al ristorante. Mia è giovane, Adam. Cos'ha, ventidue, ventitré anni? È l'età che avevo io quando noi due abbiamo cominciato a fare sesso. L'ultima cosa che avevo in mente allora era l'impegno e un futuro in una relazione. Vuole fare il medico. Io volevo diventare un avvocato. In quel momento era la cosa più importante per me e nessun uomo avrebbe potuto mettersi in mezzo.»

La lasciai parlare. Ascoltai quello che aveva da dire, ma diavolo se volevo avere veramente una conversazione su quell'argomento. Quell'incontro era già ai confini della realtà. Mi aspettavo che Rod Sterling entrasse nella stanza e ci fornisse una concisa narrazione della storia incasinata tra Lindsay e me.

«Allora, decidiamo: italiano o messicano?» le chiesi.

Lei sbuffò. «Pensaci. Dalle un po' di spazio. Potrebbe tornare da te se fai un passo indietro e non fai troppe pressioni.»

Beh, quel consiglio suonava familiare. «È questo il punto in cui tiri fuori il tuo portachiavi motivazionale con la figura di una farfalla e il detto che se ami qualcuno devi lasciarlo libero?»

Lindsay fece un sorriso amaro. «Qualcosa del genere.» Si voltò e uscì dalla cucina. «Vieni, andiamo a mangiare.»

La seguii di fuori e ci godemmo un pranzo piacevole, parlando quasi solo di argomenti sicuri. Almeno non tirò più in ballo Emilia o il tatuaggio. Come ho detto, Lindsay non era stupida. Ma, richieste o no, le sue parole continuarono a girarmi nella testa. Era *questo* il motivo per cui Emilia si era tirata indietro, perché le interessava di più diventare un medico, il suo obiettivo fin da quando era una bambina, di questa nuova relazione, piena di incognite.

Cercando di tenerla stretta, l'avevo spinta lontano perché avevo arrogantemente presunto che fossi io la sua priorità assoluta. Dicendole contemporaneamente che lei non era la mia, con il mio rifiuto a trasferirmi all'est per stare con lei.

Stavo cominciando a rendermi conto di quanto fossi stato ridicolmente ingiusto. La domanda vera era, era troppo tardi per sistemare le cose?

Capitolo Tredici

I L GIORNO DOPO ERA DOMENICA E AVEVO BEN POCO DA FARE in mattinata. In questa vita post-Emilia, i fine settimana si stavano dimostrando i peggiori. La solitudine minacciava di ingigantire e soffocarmi. Specialmente quando facevo di tutto per resistere e non ricadere nel vecchio vizio: il lavoro. C'era parecchio da fare ma non lo avrei permesso. Non potevo ricadere nelle vecchie abitudini.

Ma il lavoro mi chiamava come l'alcol chiama un ubriacone, come il tavolo da baccarat chiama un giocatore. Solo un'ora, diceva la voce. *Puoi collegarti e fare un po' di cose. Sarà così produttivo. Dopo un'ora potrai smettere. O forse puoi passare in ufficio a controllare come vanno le cose.*

Ma avevo dimostrato a me stesso che potevo resistere, anche se solo per quel giorno. Niente controllo delle email di lavoro. Perché una volta caduto in quel precipizio, la risalita era ripida da morire. E non avevo voglia, assolutamente, di andare a fare un'escursione su qualche pista di montagna dimenticata da Dio per ritrovare me stesso.

Decisi che giocare a DE non avrebbe violato il blackout da lavoro di quella domenica. Quindi feci partire il gioco e mi collegai con il mio account invisibile di Gamemaster per vedere se il vecchio gruppo con cui giocavo era in linea. Spesso giocavamo insieme la domenica mattina e volevo vedere se stavano continuando la tradizione.

Controllai la lista dei miei amici.

La tua amica, Eloisa è online. Emilia.
Il tuo amico, Fragged, è online. Heath.
La tua amica Persephone, è online. Kat.

C'erano tutti. Controllai la loro posizione. *Regione delle Montagne Dorate.* Stavano lavorando sulla missione del grande segreto. Resistetti al desiderio di usare i comandi per vedere se riuscivo a leggere i messaggi che si scambiavano. Normalmente usavano la voce, a meno che stessi giocando con loro. Mi tirai indietro con un sospiro. Come il resto dei giocatori di DE il mio solito gruppo di gioco aveva erroneamente concluso che la catena di missioni cominciasse effettivamente nella regione delle Montagne Dorate invece di dove era nascosto il primo vero indizio, in bella vista.

Sorrisi ironico allo schermo. Erano passati mesi dal lancio dell'espansione e nessuno si era ancora nemmeno avvicinato a capire quella dannata cosa. Se la gente non cominciava presto a trovare qualche indizio avremmo avuto una rivoluzione per le mani; una massiccia rivolta di giocatori. Forse persino un sit-in alla DracoCon. C'erano già dei siti che dichiaravano che la missione era un mito, o uno scherzo o che non era ancora stata programmata e inserita nel gioco. Come si sbagliavano. L'idea per quella missione mi era venuta mentre concepivo la trama originale del gioco, anni prima.

Era stato un po' un mio sogno e un obiettivo a lungo termine, sviluppare la tecnologia e programmare il gioco per implementarla. Non intendevo cedere tanto presto quegli indizi. Nemmeno alla donna che amavo.

Ricordavo quando mi stuzzicava per farseli dare. Gli indizi che le avevo dato erano tutti genuini, ma talmente vaghi da essere completamente inutili e lei lo sapeva. Premetti il comando che mi avrebbe permesso di schermare il mio personaggio dalla vista, un'abilità che potevano usare solo gli impiegati della società, e andai dov'erano loro. Non so che cosa volessi ottenere, ma dopo averli osservati prendere a botte una serie infinita di troll per dieci minuti, decisi che mi stavo annoiando. Sarebbe stato più divertente giocare con loro.

Non sapevo come avrebbe reagito Emilia, ma a quel punto non m'interessava. Erano anche i *miei* amici, e meritavo di passare un po' di tempo con loro, anche se Emilia aveva scelto di rompere con me. Rischiavo che mi considerasse uno stalker, ma ero deciso a non mantenere nel mondo virtuale la stessa enorme distanza che stavo mantenendo nel mondo reale.

Uscii dal mio account aziendale ed entrai nel mio account "divertimento".

FallenOne è entrato nel mondo di Yondareth.

FallenOne era un lanciere umano di livello settantacinque. Aveva i capelli grigi e una lunga barba bianca. Sembrava un po' un incrocio tra Babbo Natale e un monaco cinese. Ero di un umore strano il giorno in cui lo avevo creato e il suo aspetto mi aveva fatto scoppiare a ridere. Ma era un duro e mi piaceva come personaggio. Trovai il portale magico più vicino, non potevo usare nessuno dei trucchetti dei dipendenti con quell'account, e mandai il mio personaggio nella zona dove il mio solito gruppetto stava facendo la sua magia.

Persephone a te: Per la miseria... sei veramente tu? Dove sei stato?
Tu a Persephone: Sì, sono veramente io. Avevo altro da fare.

FallenOne è stato invitato a unirsi al gruppo di Persephone.

Cliccai il tasto giusto, accettando l'invito. Di colpo, i miei auricolari furono assaliti dal chiacchiericcio di Heath e Kat nella chat vocale del gioco. E, per la prima volta da sempre, avevo intenzione di unirmi a loro.

In passato, FallenOne aveva interagito con il gruppo solo tramite messaggi. Li sentivo chiacchierare, ma comunicavo con loro solo scrivendo, per mantenere l'anonimato. Non era difficile, dato che scrivevo molto velocemente. Aveva giocato a mio favore quando avevo incontrato Heath e poi Emilia, perché mi aveva aiutato a mantenere segreta la mia identità come co-giocatore. Avevo fatto un sacco di cose, in quei primi giorni, per depistarla perché non sospettasse. Alcune cose erano state carine, altre non proprio, come il mio comportamento da emerito stronzo quando c'eravamo conosciuti di persona.

Mi sistemai gli auricolari e il microfono e premetti il tasto per parlare. «Ehi, gente, come state?»

«Non è possibile!» esclamò Kat. «La voce di Fallen nella chat. Sei *veramente* un maschio!»

Mi misi a ridere. «Pensavi fossi una pollastra?»

«*Io* pensavo che tu fossi una pollastra» disse Heath.

«Fanculo. Sono un uomo. Non parlerò del particolare di avere sessantacinque anni ed essere coperto di peli neri, comunque.»

«Puah» disse Kat. «Spero in Dio che tu stia scherzando.»
Emilia non parlava.

Sapevo che poteva sentirmi. L'icona accanto al nome del suo personaggio indicava che era connessa alla chat vocale.

«Ehi, Mia, perché sei così silenziosa?» chiesi.

«È di cattivo umore. Stiamo massacrando un po' di troll per rallegrarla» disse Kat.

«Ehi, Fallen» disse finalmente Emilia. «Bello sentire la tua voce.»

Il mio schermo s'illuminò con il testo viola che indicava un messaggio privato da Emilia.

*Eloisa a te: Ciao.

«Allora, perché sei di cattivo umore? Ti aiuta massacrare un po' di troll?» chiesi.

*Tu a Eloisa: Ciao.

«Già. Beh, mi conosci. Sono sempre pronta per far fuori un po' di troll. Una volta tanto mi sento utile» disse Emilia. «Questi due perdenti hanno effettivamente bisogno dei poteri della mia super incantatrice per sopravvivere.»

Con mia somma sorpresa, continuammo la conversazione parallela, una in voce e l'altra, quella privata, nella messaggistica istantanea.

*Eloisa a te: Allora, com'è andato il tuo appuntamento galante?
*Tu a Eloisa: Com'è andato il tuo viaggio a Baltimora?
*Eloisa a te: Touché. Mi hai scoperto.

«Macché, Mia» disse Kat. «Tu sei sempre utile. Ma che diavolo... il mio sistema non funziona bene da quando quegli idioti hanno inserito la patch nel sistema, la settimana scorsa. Quegli stronzi devono aver incasinato qualcosa.»

Nascosi un versaccio. Non capitava tutti i giorni che i miei compagni di gioco mi chiamassero stronzo e idiota. E non contava che lei non sapesse che stava effettivamente chiamando *me* idiota e stronzo.

«Sì, quei coglioni della Draco. Accidenti a loro» disse Heath, senza nemmeno tentare di nascondere il fatto che stava ridendo.

Tu a Fragged:'Fanculo.
Fragged a te: AHAHAHAHAHAH

«Kat, il problema è che stai nuovamente ragionando col culo» disse Heath.

«Chiudi il becco, Fragged, o questa volta ti lascerò morire.»

«*Questa* volta? Muoio talmente tante volte in questo gioco che mi faranno comprare un lotto nel cimitero locale.»

Ridacchiai. «Forse è solo PETSET.»

«E che diavolo significa» chiese Kat.

Heath ed io rispondemmo contemporaneamente. «Problema esistente tra sedia e testiera.»

«È un termine comune nell'IT.»

«Oh, stai zitto, Fallen. Mi piacevi di più quando ti limitavi a scrivere» sibilò Kat.

Tu a Eloisa: Allora, ti sta bene giocare con me oggi? Ero piuttosto annoiato.
Eloisa a te: Mi sta bene se giochi. Meglio giocare che lavorare.

Tu a Eloisa: Giusto.

Eloisa a te: Non stai lavorando troppo, vero?

Tu a Eloisa: Uhmmm

«Allora, che cosa stiamo facendo?» Chiesi al gruppo «Ci limitiamo a fare a pezzi i troll per ore e ore? Facciamo qualcosa di produttivo.»

«Stiamo lavorando su questa missione di merda» disse Kat. «Ho letto su Gamer Garden che hanno trovato prove di una chiave per la prima parte del sistema di segrete per salvare la principessa. Cade quando saccheggi un troll morto a caso. Ma è estremamente rara. Quindi ne stiamo uccidendo a centinaia per vedere se cade la chiave.»

Mi rilassai, cercando di non ridere. Non avevo visto quell'articolo. Che stronzata. Lunedì dovevo chiedere agli sviluppatori se avevano piantato loro stessi quell'indizio fasullo.

«Che ne pensi *tu*, Fallen? È una perdita di tempo. Sono *veramente, veramente* curioso di sapere che cosa ne pensi» chiese Heath.

Tu a Fragged: Campa cavallo.

«Non saprei. Seguiamo la corrente. Se vi state divertendo, continuiamo così. Spero che Em... Mia si senta meno scorbutica?»

«Scatenare caos e distruzione sui mostri di Yondareth migliora sempre il mio umore» disse Emilia con una voce disinvolta e distante.

Eloisa a te: Te lo sei quasi lasciato scappare, genio.

*Tu a Eloisa: Non si può essere *sempre* perfetti.*

Già, mi era quasi sfuggito e l'avevo chiamata Emilia. Per quanto ne sapevo, ero l'unico che la chiamava con il suo nome completo. Avevo cominciato a farlo come uno dei miei tanti sistemi per depistarla e non farle capire chi ero veramente. Ma poi era rimasto. Era la mia Emilia. Mia era come la chiamavano tutti gli altri.

Eloisa a te: Già... allora, davvero, non stai lavorando troppo, vero?
Tu a Eloisa: Definisci «troppo».
Eloisa a te: Adam...

Mi appoggiai allo schienale, con le dita sopra la tastiera. Sentivo di nuovo il petto stringersi. Ero commosso e allo stesso tempo irritato dalla sua preoccupazione. Dio, quanto mi mancava. E c'eravamo lasciati solo da qualche settimana.

Tu a Eloisa: Va quasi sempre bene.
Eloisa a te: Perché solo "quasi"?
Tu a Eloisa: Immaginavo che fosse ovvio.

«Sta arrivando un bastardo cazzuto! È Grubius il grande. Prendetelo! Ha della roba buona!» gridò Heath nel suo microfono quando il suo personaggio apparve dal nulla, inseguito da un troll molto grosso e molto arrabbiato. Il gruppo entrò in azione e qualche minuto dopo c'era il cadavere del troll ai nostri piedi, mentre noi quattro ci spartivamo il bottino.

Eloisa a te: Mi dispiace. Volevo dire con la querela e roba simile. I blogger non sono molto gentili.

Tu a Eloisa: L'ho notato. Sono contento di notare che Girl Geek ne è rimasta fuori.

Eloisa a te: Ovvio che ne resti fuori. Io mi occupo di cose serie, come lamentarmi dei bikini di maglia di ferro, non di cause legali.

Passammo oltre un'ora facendoci strada tra quei troll, che si generavano alla stessa velocità con cui li uccidevamo. La mitica chiave non apparve, ovviamente. Ero quasi tentato, *quasi*, di entrare con l'altra piattaforma e programmare qualcosa che sembrasse una chiave, per fare uno scherzo, ma decisi che sarebbe stata una cattiveria troppo grossa.

Pensai fosse meglio dar loro un indizio, anche se molto, molto sottile.

«Allora, gente, sta diventando decisamente noioso e non stiamo arrivando da nessuna parte» dissi. «Che ne dite se andiamo a creare qualche nuovo personaggio e torniamo nella zona di partenza?»

«Che cazzo, Fallen, principianti? Uhm, no. Non ho voglia di continuare a farmi uccidere da una mazza di primo livello mentre raccolgo narcisi gialli per il perduto amore del generale SylvanWood» disse Kat, riferendosi a una delle prime semplici missioni che venivano assegnate a un nuovo personaggio nel mondo di Dragon Epoch.

*Fragged a te: Qual è il problema... stai diventando nervoso. Ho la sensazione che stiamo avvicinandoci e stai cercando di dirottarci. *È* la chiave, vero???»*

Scoppiai nuovamente a ridere. Figurarsi se glielo avrei detto. Non avevo detto niente di utile a Emilia ed ero andato a letto con lei ogni notte per mesi.

Tu a Fragged: Ooops, mi hai beccato.

Un po' dopo, Katya si disconnesse per andare a lavorare. Heath restò ancora per qualche minuto prima di disconnettersi ed Emilia ed io restammo collegati, da soli. Invece di mandarci messaggi nella chat, continuammo a parlare.

«Allora…» disse.

Mi schiarii la voce e fissai il suo avatar sul monitor del computer. «Sono contento che tu abbia deciso di tornare al lavoro» cominciai. Dio ero patetico.

«Non penso che William mi avrebbe perdonata se non l'avessi fatto.»

«Sbagliato. Non avrebbe mai perdonato *me*.»

Emilia rise, un po' nervosamente. «Forse hai ragione.»

Ci fu una lunga pausa imbarazzata. Gli elettroni della statica sibilavano tra di noi. Faceva male sentire la sua voce e sapere che era vicina. Sarebbe tranquillamente potuta essere a milioni di chilometri.

Emilia cominciò di nuovo. «Allora… stavo pensando a quello che dicono nei blog in questo momento… quelli che si stanno concentrando sugli sviluppi della querela…»

Mi strinsi il ponte del naso e lo strofinai, sentendo arrivare un altro mal di testa. Me lo meritavo. Il medico mi aveva consigliato di portare occhiali speciali quando usavo il computer e dimenticavo quasi sempre di metterli. Ovviamente non credevo completamente alla sua teoria che fosse l'affaticamento agli occhi che causava le emicranie.

«Sì? Che cosa stavi pensando?»

«Conosco questa gente. Beh, non di persona, ma comunichiamo parecchio online. Leggo e commento i loro blog e loro commentano il mio. Condividiamo le informazioni. Ci mandiamo email. So che cosa li allontanerebbe da questa campagna denigratoria.»

Mi concentrai sulle sue parole, desiderando di poterla guardare in faccia. Immaginavo la fossetta carina che le appariva tra le sopracciglia quando si concentrava. «Cioè?»

«Trovare un nuovo argomento. Farli parlare di qualcos'altro.»

«Beh, speravo che ci riuscisse il fermento sulla primissima convention della Draco, ma sembra non riesca nemmeno a intaccarlo.»

«La convention sarà eccezionale e ci saranno un mucchio di blogger. Ma io conosco un argomento migliore.»

«Sì? Quale?»

«La missione nascosta.»

Sospirai. «È un altro tentativo di estorcermi degli indizi?»

Emilia non parlò per un po'. «È un tentativo di aiutarti a salvare la reputazione della tua società. Li distoglierebbe dal sentiero di guerra. E i giocatori si lancerebbero sui loro blog se stessero discutendo i loro progressi nella missione.»

«Stronzate. Nell'attimo stesso in cui la missione viene scoperta, è finito tutto. Si metteranno insieme e condivideranno gli indizi. Poi risolveranno tutto quanto entro trenta ore e posteranno online gli spoiler in modo che tutti gli altri possano semplicemente ripetere quello che hanno scoperto. Ho lavorato *anni* a quel progetto. Non ho voglia di vederlo sparire in un giorno e mezzo.»

«Ma sono passati sei mesi da quando è stato implementato. La gente comincia a dire che la missione non esiste o che il software è guasto. Sono sicura che la missione sarà un'esperienza meravigliosa, altrimenti non cercheresti di proteggerla in questo modo. Ma devi lasciarla andare. Devi lasciarla andare in modo che anche altri ne possano godere.»

Scossi la testa, anche se sapevo che non poteva vedermi. «Io... uhm... ci penserò.»

Emilia sospirò. «Okay. Non puoi tenere per te i suoi segreti per sempre, sai.»

Sembrava un messaggio personale a me, su di *noi*. Feci un respiro profondo, capendo che eravamo entrati in un territorio proibito. Non lo avevamo mai espressamente dichiarato proibito, ma sembrava comunque pericoloso. «Li terrò per tutto il tempo che sarà necessario.»

«Capisco» disse lei a bassa voce.

«Quando posso rivederti?» le chiesi dopo un po'.

Lei si schiarì la voce. «Pensavo stessi vedendo un'altra.»

«Non è una risposta.»

«Non lo so» rispose dopo un po'.

Chiusi gli occhi, con il mal di testa che s'intensificava. Ma il dolore non era niente a confronto di quello che provavo nel cuore. Avevo incasinato tutto con lei, di brutto, e se non avessi tirato il freno, e alla svelta, avrei peggiorato ancora le cose.

«Adesso vado. Non mi collegherò più, a meno che tu lo voglia.»

«Perché non dovrei volerlo? Ti sei divertito, oggi, si capiva. Non ti chiederei mai di non collegarti.»

«Mi sono divertito, ma è più importante che tu ti goda i momenti in cui giochi.» E probabilmente non mi sarei collegato se non avessi voluto così disperatamente sentire la sua voce.

«Adam, io...»

«Sì?»

«Pensa a quello che ti ho detto, okay. E...»

Aspettai. Le ci volle un minuto.

«E prenditi cura di te, okay?»

Tirai il fiato e poi espirai violentemente. Avrei voluto andare da lei, in quel preciso momento, prenderla tra le braccia e baciarla fino a farle perdere i sensi. Quella sensazione di vuoto era quasi schiacciante. «Okay» risposi, con la voce morta.

«Grazie. Ci vediamo in giro.»

Sì... in giro. Avevo lo stomaco annodato. Ci salutammo.

Nella mia anima, la temperatura era zero assoluto, la temperatura dello spazio. Ed ero vuoto, come quell'enorme distanza tra le stelle, fuori, al margine dell'esistenza. Quando avevo passato quella settimana e mezza nella Stazione Spaziale Internazionale, una delle mie attività preferite era andare nella cupola, una volta oltrepassato il terminatore, la linea tra il giorno e la notte in orbita. Dalla cupola di osservazione potevo vedere le stelle, meravigliarmi del nero profondo dello spazio vuoto tra di loro. Crogiolarmi nella mia irrilevanza di piccolo punto di umanità davanti a quella maestosità.

Le mie preoccupazioni, la mia vita, erano sembrate così insignificanti in mezzo al vuoto dello spazio. Mi ricordava che se avevo veramente bisogno di cambiare l'approccio, avrei potuto tentare di fare un altro volo, come avevo giurato nell'attimo in cui avevo toccato terra, dopo il volo precedente.

Un'altra grande avventura per Adam. Tutto da solo. Perché la mia ultima "grande avventura", *la mia Emilia,* si stava rivelando un fallimento epico.

Capitolo Quattordici

Mancavano due settimane alla convention della Draco e dopo quel fine settimana, ricominciai a passare lunghe ore al lavoro, nonostante la richiesta di Emilia di trattenermi. Ero già alla dodicesima ora, lunedì, e cercavo di finire prima che scoppiasse il mal di testa che aleggiava come una nebbia sopra il mio cervello da ventiquattro ore. Mi stava tormentando. A volte arrivavano così... una distante ineluttabilità che sapevo di non poter evitare. A volte colpivano all'improvviso, come un fulmine incandescente che attraversasse il cervello.

Questo finì per fare entrambe le cose. E successe quando il complesso era quasi buio, intorno alle sette di sera. Parecchi dipendenti erano restati a lavorare fino a tardi, per portarsi avanti ed io stavo tornando nel mio ufficio dalla sezione sviluppo quando quella fottuta cosa mi esplose dentro. Questa volta non c'erano alterazioni visive. Solo puro dolore. Non ne avevo uno così violento da tanto, tanto tempo.

Grazie al cielo non c'era nessuno a vedermi. Sarei potuto cadere in ginocchio e piagnucolare se non fossi stato accanto a una parete. Mi appoggiai, chiudendo gli occhi, e sperando che quell'ondata di dolore che sembrava spaccarmi il cranio passasse. E con il dolore venne la nausea. Mi si rivoltò lo stomaco. E probabilmente avrei vomitato l'anima tra breve, se non avessi fatto qualcosa.

Strisciai verso il mio ufficio, aprii la porta verso il corridoio illuminato ma tenni la stanza al buio. Arrivai al divano, vi caddi sopra e chiusi gli occhi.

Rimasi lì sdraiato per quasi mezz'ora, ordinando al dolore di passare. Cercai di decidere se dovevo arrendermi subito e prendere un farmaco o cercare di superarlo senza.

Sentii qualcuno che si avvicinava dall'esterno. Mi chiesi, nella nebbia del dolore, se era Maggie che non era ancora andata a casa, quando si accesero le luci, trapassandomi gli occhi come la lama di un coltello.

«Spegnile» gemetti, coprendomi gli occhi con un braccio.

Le luci si spensero immediatamente. Ascoltai i passi che esitavano all'ingresso. Probabilmente non era Maggie, ma avrebbe potuto essere Jordan, o uno dei miei collaboratori più stretti, che sapevano delle mie emicranie. Altrimenti avrei semplicemente potuto dire che stavo male per via del sushi guasto a pranzo, o qualcosa del genere.

Poi i passi si avvicinarono, esitanti. «Adam? Stai bene?» chiese una vocina, sussurrando. Adesso stavo sudando, ma il mal di testa non era così orribile da impedirmi di riconoscere la voce quando la sentii. Emilia.

«Sto bene» dissi, con gli occhi chiusi stretti. Anche la poca luce che filtrava dal corridoio avrebbe solo aggravato la situazione. In quel momento era l'ultima cosa che volevo.

«Non stai bene.» La voce era direttamente accanto a me. «Stai sudando.»

«Ho caldo.»

«Stronzate. Che cosa sta succedendo?»

Respirai cercando di superare un'altra ondata di dolore. Mi misi la mano sulla fronte, premendola al centro... il dolore era fuori controllo. Lasciai andare il fiato, lentamente.

«È solo un mal di testa. Vattene per favore.»

Lei appoggiò qualcosa, presumibilmente quello che aveva portato con sé. «Stavo solo lasciando il tabellone di Mac perché lo controllassi. Quando ho visto la luce spenta ho immaginato che non ci fossi. Sembra che tu stia soffrendo molto.»

Sembra che tu stia soffrendo molto. Grazie, Regina dell'Ovvio, avrei voluto rispondere. E non era solo il dolore che mi faceva desiderare di staccarmi la testa. Era il dolore più profondo, quello dell'anima. Quello nel mio cuore. Il buco che lei aveva scavato quando se n'era andata.

Voltai la testa, guardando verso lo schienale del divano.

«Adam, lascia che ti aiuti. Posso portarti qualcosa, dell'acqua, qualcos'altro?»

Espirai sibilando. «Passerà presto» dissi. *Doveva* passare presto.

Emilia si alzò e chiuse la porta dell'ufficio, lasciandoci nel buio quasi completo. Come fosse riuscita ad attraversarlo senza inciampare era un mistero, ma un attimo dopo era accanto a me, seduta sul bordo del divano, con il fianco contro la mia gabbia toracica.

«Hai già avuto qualcosa di simile in passato?»

Non sapeva delle mie emicranie perché non le avevo mai parlato di quelle veramente brutte che avevo una volta. Le poche che avevo avuto quando eravamo insieme erano state facili da ignorare.

Voltai la testa verso di lei e aprii gli occhi. Studiai il suo profilo nell'oscurità, i capelli quasi bianchi risaltavano anche nella luce scarsa. La morsa che mi stringeva le tempie si allentò, appena un pochino. Almeno la nausea stava passando.

«Perché hai cambiato il colore dei capelli?» le chiesi, meravigliandomi da solo. L'avevo detto a voce alta?

Si spostò. Non riuscivo a vedere la sua espressione. Voltò la testa da un'altra parte. «Volevo cambiare.»

Chiusi lentamente le palpebre, esausto. Non volevo più lottare. Non volevo più essere arrabbiato. Aveva assassinato il mio cuore, ma non volevo vendetta. Non volevo questo dolore che schiacciava ogni mio pensiero e ogni azione. «Hai fatto un mucchio di cambiamenti, di recente.»

«Adam, stai cominciando a preoccuparmi. Stai farfugliando.» Si frugò in tasca e ne tolse il portachiavi. «Posso guardarti negli occhi?»

Era uno scherzo? Voltai la testa. «Cosa?»

«Potrebbe trattarsi di un ictus.»

«Non sto avendo un ictus. In effetti mi sento un po' meglio.»

Si curvò sopra di me. «Ti farebbe male se ti puntassi la luce di questo portachiavi negli occhi? Solo per un secondo?»

«Perché non ci infili direttamente una bacchetta, già che ci sei?»

Emilia sospirò.

Non disse niente per un lungo momento. Il dolore stava lentamente attenuandosi.

«Ok, puoi guardare, ma non per più di due secondi.»

«Due secondi per occhio?»

Si piegò e pigiò il bottone su una minuscola torcia, quella che ritenevo fosse la luce del suo portachiavi. Mi chiese di aprire gli occhi mentre si curvava su di me. Riuscivo a sentire l'odore della sua pelle, dei suoi capelli, del detersivo che usava per i suoi vestiti. Gli odori familiari di Emilia. Mi si strinse lo stomaco. La mano si mosse da sola. Avrei voluto allungare il braccio e toccarla, più di qualunque altra cosa. Passarle la mano sulla guancia. La lasciai cadere prima che si fosse sollevata di un centimetro dal divano.

Si raddrizzò, spegnendo la luce. Grazie al cielo perché sembrava che stesse infilandomi degli spilli negli occhi mentre la usava.

«Anisocoria» disse, con la voce piena di preoccupazione.

«Cosa?»

«Le tue pupille non sono dilatate in ugual misura. Te l'ha già detto qualcuno? Non lo avevo mai notato perché hai gli occhi così scuri.»

«Le mie pupille non sono della stessa misura? Uh. Sono sbilenco?»

«È abbastanza comune, se sono sempre state così, un quinto della popolazione ha l'anisocoria, ma se non sono sempre state così, beh, allora dovresti farti fare una Tac o una risonanza magnetica, per controllare.»

«Fatte, entrambe, parecchie volte.»

Smise per un attimo di parlare. «Davvero? Da quanto tempo hai questi mal di testa?»

«Da quando avevo dodici anni.»

«Merda. Perché non lo sapevo?»

Rimasi zitto un momento. «C'è parecchio che non sai, vero?» Un mucchio di cose che non sapeva perché non si era data la pena di restare abbastanza a lungo da conoscerle.

«Ti piacciono i tuoi piccoli segreti.»

Sì, era vero. Piacevano a *entrambi*.

«Sei sicuro che non ti possa portare un po' d'acqua?»

«Resta qui e parlami per qualche minuto. Passerà.»

Lei si spostò, scivolando sul pavimento ma appoggiando il braccio sul divano accanto a me. «Okay, ma vorrei veramente fare qualcosa. Mi sento impotente.»

«Ultimamente ho avuto abbastanza spesso quella sensazione.»

Emilia sospirò. «Che terapie hai provato per le tue emicranie?»

«Non ho voglia di parlare delle mie emicranie.»

«L'agopuntura, o la digitopressione?»

«Nessuno m'infila degli aghi.»

«Conosco alcuni punti di pressione per le emicranie. Ne soffriva mia madre quando… quando faceva la chemio. I farmaci non funzionavano, quindi ho studiato i punti di pressione.»

«Un cocktail di codeina e Vicodin riesce a malapena a scalfire una bella emicrania. Dubito che premere un dito riesca a fare qualcosa.»

«Posso provare?»

«Sarai il medico più strano dell'universo. La medicina occidentale di solito non ricorre a quella roba.»

«Dammi la mano.»

Le tesi la mano e lei la voltò, appoggiandola sulla sua con il palmo in su. Poi mise un dito al centro del polso, misurò circa due centimetri e mezzo verso l'alto e fece pressione. Sentii una strana scarica elettrica che risaliva il braccio.

«Ti aiuta, almeno un po'?»

«No.»

Aumentò la pressione per un po'. «Adesso?»

«No.»

«Mhmm. Il punto è questo. Ce ne sono altri nei piedi.»

«Perché non usi semplicemente i tuoi poteri Jedi per guarirmi?»

Si mise a ridere. «Dannazione, Jim. Sono un medico, non un lord Sith.»

Risi anch'io e poi gemetti quando una nuova ondata di dolore mi attraversò il cranio.

«Dio, fa schifo» brontolai.

«Non riesco nemmeno a immaginarlo.»

«Non hai mai avuto un'emicrania?»

Spostai la mano sopra la sua, e le avvolsi le dita intorno. «Aspetta… adesso comincio a sentire qualcosa.»

Potevo pensare a due possibili risultati di quell'azione. Poteva cercare di togliere le dita dalla mia mano, rimproverandomi dolcemente, o poteva chinarsi e baciarmi, premere il volto contro il mio, aprire la sua bocca alla mia. Chiusi gli occhi, concedendomi la fantasia.

Invece lei strinse le dita intorno alle mie.

Restammo seduti a lungo in silenzio, al buio, tenendoci per mano. Mossi la mano per intrecciare le dita con le sue. Lei me lo lasciò fare.

«La testa va meglio?»

«Un po'.»

Feci scorrere il pollice sopra il suo, tracciando il contorno dell'osso sottile dal polso fino all'unghia. Perfino lì la sua pelle era morbida. Emilia inspirò forte e sentii una piccola resistenza da parte sua, come se volesse togliere la mano ma non riuscisse a farlo.

Allargai le dita, dandole la possibilità di allontanarla, ma lei non la tirò via. Le nostre mani giocavano l'una con l'altra, mentre premevamo, spostando il peso, quasi come stessimo danzando solo con una mano ciascuno, premute insieme. Quel momento, seduto insieme a lei al buio, era così confortante eppure così doloroso. Così vicini eppure così distanti. Il bisogno di lei era un'enorme buco dentro il mio petto. E non era solo desiderio fisico. Avevo bisogno della sua presenza, del suo spirito, della sua anima. Mi mancava così maledettamente tanto.

Lasciai ricadere indietro la testa. Se non mi fossi sentito così dannatamente male sia fisicamente sia emotivamente, avrei potuto fare un'avance. Non sessuale, solo un tentativo di avvicinarla. Ma la rottura mi aveva fatto a pezzi. In qualche modo, ancora una volta, ero sconfitto come quel povero ragazzino maltrattato dai bulli che ero stato una volta.

Le nostre mani continuarono quello strano, confortante strofinarsi, come se la mia mano stesse facendo l'amore con la sua. Forse era così, in un certo senso. Forse quello era tutto l'amore che restava tra di noi.

«Adam» disse Emilia. «Mi dispiace...»

«Ssst» risposi. «Restiamo qui, insieme. In pace.»

«Voglio esserti amica.»

Amica. Quella parola mi riverberò nel cervello, rotolando come una lattina in una stanza vuota, piena di echi. «Non posso essere solo un tuo amico.»

«Ma... stai uscendo con qualcuno. Hai voltato pagina. È... è un bene.»

«Oh, davvero. È così che la pensi? Che sia un bene?»

Aspettò un momento a rispondermi. «No» sussurrò. «Ma è quello che direbbe un'amica.»

«Hai rotto tu con me. Perché t'interessa?»

Guardai la sua testa china, continuando a tenerle la mano. Non volevo lasciarla andare.

«Non ho mai detto che non ci tenessi. Ma non ho mai nemmeno detto che volessi vederti schiaffarmi in faccia la tua vita amorosa…»

Sospirai stancamente. «Mi dispiace. Jordan stava solo facendo lo stronzo. Non so perché lo abbia detto.»

«Sono sicuro che sia entusiasta del fatto che abbiamo rotto. Scommetto che è lui quello che ti ha organizzato l'appuntamento. Probabilmente con una delle sue amiche top model.»

Impressionante come avesse ragione su ognuno di quei punti.

«Non voglio parlare di quel fottuto appuntamento.»

«Di che cosa vuoi parlare?»

«Voglio parlare di noi.»

Emilia esitò, e la sua mano si fermò. «Stiamo avendo un momento speciale. Siamo qui. Probabilmente non dovremmo parlarne.»

Le lasciai andare la mano e il dorso delle sue dita accarezzò le mie. Avevo raramente provato un tocco più erotico, sensuale. Ora che il mal di testa stava attenuandosi, la sua presenza stava avendo un altro effetto su di me. La desideravo. Ebbi un'erezione solo al pensiero di vederla sdraiata sul divano, aperta per me. Respirai a fondo e immaginai che fosse meglio cominciare a pensare al baseball, o alla programmazione, o a qualunque altra cosa non fosse il ricordo delle sue lunghe gambe tornite avvinghiate intorno ai miei fianchi mentre mi spingevo dentro di lei.

Le strinsi forte le mani e le portai alle labbra, baciandone il dorso. Emilia si bloccò ed io la lasciai andare. Il nostro momento era finito, stava già svanendo nel passato, insieme al resto di quei momenti gloriosi che avevamo condiviso e che ora erano morti e sepolti. Lei si voltò lentamente per andarsene, ma la fermai, mettendole una mano sul braccio.

«Grazie.»

Emilia esitò, poi si piegò. Non mi voltai verso di lei, ma trattenni il fiato, sperando che intendesse baciarmi. La sua bocca calda atterrò sulla mia tempia.

«Mi manchi» sussurrò. E poi se n'era andata.

Mi manchi. Che cazzo voleva dire? Perché diavolo mi aveva lasciato con quella frase da digerire? Le mancavo. Che stronzata. Le mancavo mentre volava a Baltimora per programmare la sua nuova vita senza di me? Già, sono sicuro che avesse pianto per ore su quella decisione.

Era fortunata che quella fosse l'ultima cosa che mi aveva detto invece della prima altrimenti tutta quella conversazione nel mio ufficio sarebbe andata in modo molto diverso.

Che diavolo dovevo pensare? Sarebbe stato più pietoso infilarmi direttamente degli aghi negli occhi, o colpirmi in testa con un'incudine, come nei cartoni animati, per farmi tornare il mal di testa. Perché, grazie al cielo, era cessato subito dopo che se n'era andata, lasciandomi solo il vuoto e vago fantasma del dolore.

***

Per tutta la settimana seguente, mentre continuavo a dedicare lunghe ore al lavoro, la rividi raramente di persona, ma la sua presenza sembrava pervadere lo spazio online. Alcuni dei blogger maggiori stavano commentando la querela e alimentando le voci di un'udienza congressuale sulla capacità dei videogiochi online di creare dipendenza. Stavano ricevendo dei commenti di rimbalzo da parte di Girl Geek. E nonostante la sua ammissione che le interessavano più i bikini di maglia di ferro che non le cause legali, stava ribattendo ai loro argomenti sul suo blog.

Quando aveva cominciato il suo lavoro temporaneo alla Draco, avevamo concordato in via non ufficiale che lei non avrebbe parlato del gioco sul suo blog, dato che andava contro la politica di riservatezza alla quale dovevano aderire tutti i dipendenti. Ma come avrei potuto richiamarla? Si stava esponendo e ricevendo non poche critiche, e lo stava facendo per difendere me.

E avrei scommesso che lo faceva senza nemmeno rendersi conto che l'avevo notato. Ma io lo *avevo* notato. Notavo tutto. Aveva perfino ridotto i suoi commenti divertenti e irriverenti su Dragon Epoch. Al contrario, i suoi post sul blog sottolineavano quanto quasi ogni normale gioco fantasy di ruolo fosse misogino. Le stavano dando addosso e mi annotai di tenerla d'occhio perché sapevo che le donne tendevano a essere suscettibili al cyberbullismo nel mondo dei giochi online.

Era bello da parte sua esporsi per me in quel modo e mi obbligava a riconsiderare la mia posizione sulla missione. Forse aveva ragione. Forse avrei dovuto rivelare alcuni dei miei segreti. Ma perfino il pensiero faceva male. Quei segreti erano come un'armatura, per me, erano quello che mi separava dalle difficoltà e dalle miserie del mondo. Come avrei potuto rinunciarvi così facilmente? Nell'*Arte della guerra*, il Maestro *non* discuteva mai di termini di resa, e adesso vivevo secondo quel codice.

La seconda metà di novembre si avvicinava e, infine, fu il fine settimana prima di dover partire per la convention della Draco. Come ultimo esercizio per far gruppo, e come premio per i miei dipendenti, visto l'enorme lavoro fatto per preparare la convention, ci prendemmo una giornata per combattere la nostra epica battaglia contro i dipendenti della Blizzard. Quell'orda era riuscita a vincere di poco l'anno prima e dovevamo vendicarci. Anche loro si erano allenati, quindi non sarebbe stata una battaglia facile.

Ma Heath, Jordan e parecchi dei leader delle altre squadre erano professionisti e sapevano il fatto loro. Lavoravamo da mesi sulla nostra strategia e loro avevano addestrato i dipendenti regolari nelle varie manovre. E conoscevamo bene gli otto ettari di terreno parzialmente boschivo sul quale avremmo combattuto.

Le squadre avrebbero partecipato a tre diversi scenari. Due più brevi e poi uno lungo con una trama complicata. Avevamo circa tre ore per ogni scenario, con brevi soste e pasti tra l'uno e l'altro.

Era una giornata estremamente calda e asciutta. Quindi, nel parcheggio, prima di cominciare, passammo in giro bottiglie d'acqua e crema solare, e ci armammo.

Emilia arrivò con Heath, mettendosi una delle sue maschere di scorta, enorme per lei. E portava un fucile molto più adatto a lei, che probabilmente si era comprata da sola. Indossava vestiti comodi, jeans e una maglia a maniche lunghe, coperta da una giacca di denim per proteggersi dai duri proiettili di vernice. Probabilmente Heath l'aveva informata di quanto potessero far male. Anche se indossava una vecchia t-shirt e jeans lisi, non riuscivo a toglierle gli occhi di dosso, il modo in cui la maglietta tirava sul seno, come i jeans aderissero alla vita, al suo sedere rotondo. Quegli inquietanti capelli bianchi erano tirati indietro in una coda di cavallo e coperti da un cappello di denim. Era sexy, anche con quegli stupidi capelli.

Non alzò gli occhi mentre la guardavo cercare di sistemare la maschera per adattarla al suo viso. Scuotendo la testa, e ricordando a me stesso che dovevo riportare i pensieri alla partita, distolsi gli occhi, controllando la mia attrezzatura e cercando di concentrarmi sul compito che avevo davanti.

Il resto della nostra squadra usava un equipaggiamento noleggiato o armi di scorta prestate dai giocatori di paintball più seri. E, essendo una società di videogiochi, non ci mancavano i geek che giocavano a paintball.

Stavo parlando ai miei capitani, Heath tra loro, mentre si mettevano la crema solare. Fortunatamente eravamo quasi completamente coperti, alcuni con abiti pesanti, temendo i dolorosi proiettili di vernice. Come sempre, i regolari indossavano solo la mimetica.

Stavo parlando con Heath quando si avvicinò un gruppo di giovani stagiste del reparto marketing. «Adam, hai finito di usare la crema solare?» chiese una di loro.

Non avevo idea di chi fosse. Era giovane, probabilmente non aveva più di diciannove o vent'anni anni, e aveva metri di capelli biondo scuro ondulati.

Mi voltai verso di lei, porgendole il tubetto di crema solare. «Ecco.»

Invece, lei si voltò e sollevò la massa di capelli biondi. «Potresti mettermene un po' sul collo e sulla schiena? Per favore?» Sbatté gli occhi, civettuola, guardandomi da sopra la spalla. Cercai di non fare la faccia scura, notando che indossava una canottiera piuttosto succinta.

«Allora, sai che questi affari fanno male quando ti colpiscono, vero?» dissi strizzando un po' di crema sulla mano e spalmandogliela in fretta dietro al collo. Appena fatto, le sue tre amiche apparvero accanto a lei.

«Anche le spalle, per favore?» mi disse. Fui sul punto di dirle che ero troppo occupato e di passare il tubetto di crema a una delle sue amiche perché finisse quando notai con la coda dell'occhio che Emilia mi stava osservando con quelle ragazze. Attenta.

Quindi finii con Blondie e poi mi voltai verso la sua amica, una mora con gli occhi azzurri che assomigliava a Biancaneve. Lei mi sorrise, schiva. «Potresti fare anche me?»

L'amica accanto a lei, una giovane donna alta e incredibilmente sottile, sbuffò al doppio senso che Biancaneve aveva, probabilmente, pronunciato apposta.

Le rivolsi un sorriso diabolico. «Perché non vi fate a vicenda? Io… resterò a guardare.»

Quattro bocche rimasero aperte e tutte e quattro cominciarono a ridacchiare. Non riuscii a resistere a dare un'occhiata a Emilia, che adesso sembrava incredibilmente incazzata.

La quarta ragazza in fila prese il tubetto quando le sue amiche finirono. «Adam, vuoi che spalmi un po' di crema sul *tuo* collo?»

Sorrisi. «Già fatto. Grazie signore» dissi, con un saluto scherzoso, passando davanti a Heath, che sbuffò. Mi tirai la maschera sul viso e guardai Heath che andava da Emilia e le parlava a bassa voce. Emilia inviò un paio di volte occhiate di fuoco alle stagiste che avevano flirtato con me ma non guardò mai dalla mia parte.

Interessante. Era chiaramente infastidita da ciò che aveva visto. E mi sarei effettivamente sentito in colpa se avessi fatto qualcosa per incoraggiarle. Avevo usato una volta una donna come leva contro Emilia e non era andata bene. In effetti, l'avevo quasi persa, finché non mi ero dato una regolata e avevo deciso di correrle dietro. Non avevo intenzione di tentare un'altra volta quello stratagemma. Non con la relazione a un punto così delicato tra di noi.

In verità mi rincuorava un po' vedere la sua irritazione. Era un buon segno. Aveva detto che non voleva vedersi sbattere in faccia la mia vita amorosa e non era quello che avevo programmato. Per una volta non stavo cercando di manipolarla. Ma *lei* doveva capire che c'erano delle conseguenze nel rompere con me, anche se solo "per il momento". Avrei quasi voluto chiederle quando sarebbe finito il "per il momento". Forse allora avrei potuto dirle che sarei andato nel Maryland con lei.

Ma non ebbi il tempo per pensarci. Ci stavamo allargando nella formazione per cominciare i giochi. Ordinai a tutti di prendere posizione con il grido di battaglia "Oggi è un buon giorno per morire", prendendo in prestito da Star Trek il motto dei Klingon.

Cominciammo gradualmente, un round ciascuno di Cattura la Bandiera e Re della Collina. Ci dividemmo equamente il punteggio, noi il primo gioco e i Blizzard il secondo. Con questo pareggio, cominciammo il terzo confronto, il progetto lungo.

Durante la sosta per il pranzo, non ci fu fine alle provocazioni, agli insulti bonari. I tizi della Blizzard, come sempre, accettavano tutto di buon grado, ma penso che stessimo accendendo un fuoco in loro che avremmo probabilmente dovuto lasciare spento.

Perché il terzo scenario, basato su una missione di raccolta informazioni, andò per le lunghe e fu estenuante. Passarono ore da quando avrebbe dovuto finire. Il giorno prima, io e un dirigente della Blizzard, i capi squadra, avevamo sotterrato un forziere nel territorio della nostra squadra.

La posizione di ciascun forziere era stata disegnata su una mappa, poi tagliata in sei parti nascoste su dei membri della squadra senza segni di riconoscimento. Quando il portatore di mappa veniva fatto fuori, doveva consegnare la sua porzione di mappa al giocatore nemico. Servivano spie, cecchini e tattiche di guerriglia per ottenere le parti della mappa dai giocatori nemici, evitando la cattura dei propri frammenti da parte del nemico.

Una volta procurata la mappa e messi insiemi i pezzi, era solo questione di tempo per localizzare il forziere non protetto. Ciascun forziere conteneva i piani per una festa a tema per la squadra vincente, completa di catering, offerta dai perdenti. La tradizione era quella. Ma la Draco questa volta avrebbe vinto invece di pagare il conto come l'anno prima.

Un'ora dopo il momento in cui l'intero scenario sarebbe già dovuto essere finito, convocai i miei messaggeri per cercare di rintracciare i pezzi della nostra mappa che restavano e capire quali erano stati catturati. A quel punto, per quanto ne sapevamo, il nemico si era procurato solo due pezzi. Ma ordinai loro di fare una ricognizione mentre io controllavo una delle fortezze più pesantemente protette, un "capanno abbandonato" dove, speravo, c'era ancora il giocatore che aveva uno dei preziosi pezzi di mappa.

Quando arrivai, all'esterno non c'erano guardie. Macchie di vernice dovunque. Le guardie erano state fatte fuori, e capii che probabilmente ci avevano preso quel pezzo di mappa. Ciò nonostante decisi di entrare, solo per esserne sicuro.

Quando svoltai l'angolo e sbirciai nel buio, vidi un vago movimento e sentii un lieve ansimare in un angolo. E poi nelle mie palle esplose un dolore straziante, sconvolgente. Mi piegai in due, ansimando, senza fiato e quasi lasciai cadere la mia arma. Ero caduto in un'imboscata del nemico nel mio stesso territorio ed era stato un colpo basso, molto basso.

Era stato un colpo ai testicoli e avrei pagato un prezzo molto alto per essermi rifiutato di indossare una conchiglia da paintball.

«Cazzo» strillai, con la voce più alta di almeno un'ottava del normale mentre cadevo in ginocchio, cercando, nonostante le ondate di dolore, di tenere il fucile e mirare al mio attaccante.

«Non sparare!» Dall'ombra arrivò una voce familiare. Lei lasciò andare la sua arma e si alzò per tirarmi dentro insieme a lei. «Mi dispiace, pensavo fosse un altro Blizzard.»

Emilia.

«Non riesco a credere che tu mi abbia appena sparato nelle palle» dissi a denti stretti, cercando di non piangere come un bambino. Probabilmente sembravo veramente un bambino a quel punto. Doveva essere stata *veramente* incazzata per quelle stagiste.

Molto più probabilmente, aveva solo mirato e sparato senza sapere chi ero e senza nemmeno aspettare. Presumevo dovesse essere stata lì durante l'imboscata che aveva fatto fuori le guardie.

«La mappa» dissi con la voce soffocata, lottando contro le ondate di dolore che arrivavano ancora dal mio inguine. *Cazzo,* faceva male.

«Adam, mi dispiace tanto» disse, togliendosi la maschera, cosa assolutamente non consigliabile durante una partita di paintball.

«Non toglierti mai la maschera» mormorai, sedendomi cautamente accanto a lei. «Altrimenti qualcuno potrebbe fare a tuoi occhi quello che tu hai appena fatto ai miei gioielli.»

«Ho ancora il pezzo di mappa, ma ci sono andati vicini. Ci hanno teso un'imboscata ed io mi sono nascosta qui e li ho tenuti fuori. Ma credo che torneranno.»

«Beh, grazie al tuo fuoco-non-molto-amico, alla nostra squadra adesso manca un generale.»

«Io sono un ufficiale medico. Posso guarirti.» Era un ufficiale medico. Ovvio. Frugò nel marsupio e ne tolse un nastro rosso che legò intorno al mio braccio sinistro, a indicare che ero stato ferito e poi guarito da un ufficiale medico. Solo il personale medico portava i nastri rossi e poteva usarli. Ne avevano solo una quantità limitata e una persona poteva essere "guarita" una sola volta.

«Comunque non aiuterebbe le palle cui hai appena sparato. Gesù, sapevo che eri arrabbiata con me, ma, cazzo!» Faceva ancora un male del diavolo e quindi avevo intenzione di prendermela con lei. Perché no? Almeno potevo sfruttare per un po' la situazione.

«Posso andare all'infermeria e prenderti del ghiaccio...» disse alzandosi in piedi.

Le afferrai il braccio e la tenni lì. «No, qualcuno ti sparerebbe e poi ci mancherebbero un ufficiale medico *e* un pezzo di mappa. Inoltre pensi veramente che resterei qui con il ghiaccio sui marroni? Jordan e Heath non la finirebbero più di prendermi in giro.»

Emilia si sedette accanto a me sbuffando. «Non c'è niente che possa fare per aiutarti?»

Non riuscii a resistere. «Dare un bacio alla bua?»

Emilia prese il fucile.

«Cazzo, non spararmi di nuovo. Stavo solo scherzando.»

«No. Qualcuno deve coprirci. Probabilmente torneranno se capiranno che sono ancora qui.»

«Dov'è la mappa?»

«Infilato nel reggiseno.»

Feci per afferrarle il seno. «Fammi vedere.»

Lei mi schiaffeggiò via la mano. «Non darmi un motivo per spararti ancora nelle palle.»

Le sorrisi e appoggiai la testa contro la parete dietro di me, emettendo un altro gemito. Ero solo indolenzito, ora che il grosso del dolore straziante iniziale era svanito.

«Non lo sono, sai» disse. La guardai, aspettando che continuasse. «Non sono arrabbiata con te» chiarì.

«Davvero? Hai sparato al mio pacco per divertirti?»

Emilia scoppiò a ridere. «Sai benissimo che non sapevo che fossi tu.»

«Pensavo fossi arrabbiata per via delle stagiste» sbottai. Diavolo, se non voleva parlarne lei lo avrei fatto io. Volevo sapere che cosa le stava passando per la testa quando quelle ragazze si erano ammassate chiedendomi di mettere loro la crema solare.

«Le stagiste?» svicolò lei.

«Oh, non so, riguardo al fatto di spalmare loro la crema.»

«Ti sei perso una bell'occasione. Un paio di loro erano veramente carine.»

Alzai le spalle. «Non lo avevo notato.»

«Bugiardo.»

Non dissi niente per un minuto, controllando le impostazioni del mio fucile. Penso che m'infastidisse particolarmente il fatto che sembrava non le interessasse. Ma avevo visto l'espressione del suo viso e sapevo che cosa aveva voluto dire.

«Già. Erano sexy. Forse potrei chiedere a una di loro di uscire. O magari a più di una. Sembravano disposte a condividere.»

Silenzio. Arrischiai un'occhiata e lei sembrava stesse fissando nel vuoto. Si voltò verso di me e poi alzò il fucile e mirò oltre me. «Giù!» gridò e sparò fuori dalla porta al giocatore che era appena apparso. Vernice arancio lo macchiò sulla pancia.

Alzai il mio fucile, puntandoglielo addosso. Lui alzò le mani. «Sono morto. Torno alla base.»

Mi alzai e lo guardai andare, zoppicando, verso la porta e guardandomi attorno per assicurarmi che fosse solo. Era così.

«Ho notato che non hai sparato a *lui* nelle palle. Forse perché le stagiste non hanno flirtato con lui?»

Emilia agitò minacciosamente il fucile. «Basta parlare delle stagiste, altrimenti disferò la mia buona azione come ufficiale medico.»

Strofinai nelle vicinanze del punto dolente, sistemandomi vistosamente. «Solo perché *tu* non usi più quelle parti non significa che qualcun'altra non sia interessata.»

Il sorriso svanì immediatamente dalla sua faccia.

«Dovremmo portarti fuori da qui e tornare al quartier generale» disse. Frugò dentro la maglia e ne tolse una porzione di mappa ripiegata. «Devo consegnarla a te?»

Presi la mappa. Era calda e umida del suo sudore. «Sai quella parte nel *Ritorno dello Jedi* quando Han e Leia cercano di penetrare nel bunker e Leia viene ferita, ma finisce per coprire Han? Questa è una situazione simile.»

«Solo che Leia non aveva sparato a Han nelle palle» disse Emilia. «Inoltre sei tu quello ferito, quindi questo non farebbe di te Leia e di me Han?»

«Beh, *tu* assomigli a Han, nel senso che prima spari e poi fai domande.»

«Non ricordo che Han Solo abbia fatto saltare le palle a qualcuno.»

«Torniamo al quartier generale. Devo controllare per vedere se abbiamo fatto qualche progresso con la mappa del nemico. Penso di poter camminare adesso» dissi ridendo.

La partita stava andando per le lunghe e a causa di quello che *avevamo pensato* fosse uno scenario magnifico, ci trovavamo a un punto morto. Fortunatamente, quelli della Blizzard lo riconobbero per primi. Dopo parecchie discussioni, (noi avevamo un pezzo di mappa più di loro, dopo tutto) decidemmo di dichiarare un pari. Non era la grande vittoria che c'eravamo aspettati, ma almeno non ci avevano umiliati.

Mentre impacchettavamo le nostre attrezzature, andai a ringraziare Heath per la sua bravura nel comandare la squadra dei cecchini. Ma era distratto da un messaggio sul suo telefono.

Finalmente voltò la testa nella mia direzione. «Oh, amico, scusa. Sono piuttosto scocciato perché la partita è finita così tardi e Connor mi aveva lasciato un messaggio dicendo che voleva vedermi.»

Ci pensai un momento e vidi subito un'occasione. Quel giorno, le cose erano state più facili, più aperte tra me ed Emilia. E se avessi giocato le carte giuste, magari sarei riuscito a ottenere di passare un po' di tempo insieme a lei quella sera.

«Perché non ti dai una ripulita qui e non vai a incontrarlo da qualche parte?» gli chiesi.

Heath fece una smorfia. «Non posso. Devo portare a casa Mia e sono sicuro che voglia andare a cena con tutti gli altri prima.»

Piegai la testa, riflettendo, come se non mi fossi aspettato che dicesse esattamente quello. «Beh, ci penso io allora. Perché non la lasci andare a cena? Poi le darò io un passaggio.»

Heath mi fissò per un minuto, quindi io presi il telefono e lo guardai fingendo che la faccenda fosse più casuale che orchestrata. Ero abbastanza sicuro che lo avesse capito, nonostante la mia recita.

«Mia sarebbe d'accordo?» mi chiese.

Alzai le spalle. «Non lo so, domandaglielo.»

Heath annuì e andò a parlare con Emilia che, apparentemente fu d'accordo.

Heath se ne andò. Io finii di raccogliere le mie cose, feci una doccia e mi cambiai negli spogliatoi. Dopo, mangiammo in un ristorante locale, tutti quanti assieme, una cena in cui i membri delle due squadre socializzarono, sfottendosi a vicenda, divertendosi moltissimo. O almeno lo speravo. I dipendenti avevano lavorato sodo per preparare la convention della Draco e avrebbero lavorato ancora di più una volta che la convention fosse finita. Speravo che si fossero goduti questa breve tregua. In ogni modo, tutto il duro lavoro sarebbe finito prima delle feste, con enorme sollievo di tutti.

Emilia rimase in silenzio per quasi tutta la strada verso l'appartamento di Heath. Mi rifiutavo di considerare quel posto casa sua. Stavo anche pensando che il mio piccolo stratagemma potesse finire in un flop finché finalmente si decise a parlare.

«Come stai?» chiese quando fummo quasi arrivati.

«Bene.»

«Non sei... indolenzito?»

Le diedi un'occhiata mentre cambiavo marcia. «Oh, vuoi dire a causa del tuo tentativo di menomarmi e assicurarti che non abbia mai figli?»

Le sfuggì un sorriso ironico mentre rallentavo, mi fermavo nel parcheggio del condominio di Heath e spegnevo il motore. «Sai, potrei prepararti una borsa del ghiaccio. Se vuoi entrare, cioè.»

Esitai. Oh, stava andando meglio di quanto avessi sognato quando mi era venuta l'idea. Mi stava effettivamente chiedendo di entrare. Avevo pensato che avremmo tutt'al più chiacchierato per qualche minuto in auto prima che scendesse. Magari un bacio della buona notte.

Non avevo assolutamente voglia di piantare del ghiaccio sui miei gioielli. Erano ancora un po' indolenziti ma non abbastanza da richiedere un impacco di ghiaccio. Ma valeva la pena di mettere ghiaccio sull'inguine se significava passare un po' di tempo da solo con lei. Per breve che fosse. Anche solo per restare seduto accanto a lei sul divano a guardare le repliche di *Doctor Who*. L'impacco di ghiaccio era un piccolo prezzo da pagare per quello, decisi.

«Potrebbe servire» mentii. L'avrei tenuto per cinque minuti, forse, e poi lo avrei scartato.

E anche mentre la seguivo nell'appartamento, cominciai a chiedermi che cosa diavolo stava passando in quella sua testa ossigenata. Mi sistemai sul divano e lei arrivò dalla cucina con un sacchetto di plastica da quattro litri pieno di cubetti di ghiaccio. Decisamente troppo. Misi da parte l'orgoglio e lo sistemai sull'inguine e aspettai. Emilia sembrava non sapere che cosa fare, quindi mi spostai sul divano e lei si sedette accanto a me, come speravo che facesse.

Si chinò a prendere il telecomando della TV di Heath. Era un apparecchio piuttosto grande e aveva un sistema audio decente. Non sarebbe stata una punizione guardare qualche replica, specialmente se significava poter restare seduto accanto a Emilia. Lei esitò, giocherellando con il telecomando. Voleva parlare, si capiva, ma avrei contenuto il desiderio di prendere in mano la situazione. Avevo orchestrato io quella messinscena, ma adesso sarei rimasto zitto e l'avrei lasciata andare dove voleva.

Scosse la testa, spostando quegli strani capelli sopra la spalla. Non le toglievo gli occhi di dosso, non ci riuscivo in realtà. Era ancora la donna più bella al mondo per me, nonostante quei ridicoli capelli color platino.

«Ti sbagliavi, sai, oggi, sai… sul fatto che non fossi interessata a *quelle* parti.»

Soppressi il desiderio di sospirare per la frustrazione. Ma restai zitto. Senza dire una parola, tolsi il ghiaccio dal mio inguine e lo misi sul pavimento accanto al divano, appoggiandolo sul tovagliolo che mi aveva dato. Lei mi osservò, continuando a giocherellare con il telecomando.

«Hai intenzione di andartene, adesso?» chiese a voce bassa.

La guardai con attenzione, preoccupato di spaventarla. Quando parlai, la mia voce era tranquilla. «Tu vuoi che me ne vada?»

Emilia si schiarì la voce, evitando di guardarmi negli occhi. «Io non so che cosa voglio» disse con la voce che tremava. Non stava parlando del fatto che me ne andassi o che restassi.

Aspettai, trovando improvvisamente difficile respirare. Avrei voluto allungare le braccia, tirarla verso di me, sentire il suo odore, baciarle il collo. Ma doveva venire da lei.

Allungò una mano e giocherellò con uno dei bottoni della mia camicia, avvicinandosi un po'. «Ti sto confondendo?»

Adesso non era solo difficile respirare, ma anche parlare. «Sì.»

Lei deglutì. «Sto confondendo anche me stessa.»

Avrei voluto chinarmi verso di lei e baciarla, avrei voluto assumere io il controllo, levarle quell'indecisione, renderla la *mia* decisione, le mie azioni. Sapevo che cosa volevo *io*. Volevo *lei*. Ma prima lei doveva capire che cosa voleva *lei*. Se avessi preso io la decisione, lei si sarebbe semplicemente lamentata ancora che ero un maniaco del controllo.

Mi appoggiò piano la testa sulla spalla. Resistetti al desiderio di metterle un braccio intorno, chinarmi e odorare i suoi capelli. M'irrigidii per un momento a quel contatto, ma mi obbligai a rilassarmi. «Mi manchi» sussurrò di nuovo Emilia.

Sentii il dolore invadermi. Lo ignorai. «Sono qui» dissi. «Non c'è bisogno di sentire la mia mancanza.»

Alzò una mano e me la appoggiò sul petto, proprio in mezzo. Ero conscio di tutto quello che faceva quella mano, ogni millimetro quadrato di contatto con me, le dita allargate mentre le appoggiava sopra il mio cuore, il mio battito sotto la sua mano. Chiusi gli occhi, assaporando quella sensazione.

«Lo so» disse, con la voce tremante. Poi piegò la testa per guardarmi e cominciò a baciarmi lungo la linea della mascella. La mia sola reazione fu di stringerle più forte il braccio intorno alla vita. Chiusi gli occhi e lasciai che mi baciasse. Era lei al comando e non avrei fatto niente che cambiasse quella percezione.

La sua bocca era contro la mia e lei si spostò lentamente per mettersi cavalcioni, facendo attenzione al mio inguine dolorante. Tenni le mani sui suoi fianchi mentre le sue si muovevano sul mio petto. Fece scivolare la bocca sulla mia, aprendola e la sua lingua entrò nella mia bocca. A quel punto quasi persi la testa. Nonostante il colpo ricevuto, non ero così menomato da non diventare duro come la roccia in due secondi e pronto a farle di tutto. Ognuna delle cose che avrei voluto farle mi passò per la testa come una carrellata di dispositive, e a ogni immagine che si succedeva diventavo sempre più voglioso e pronto a prenderla. Tirarla sopra di me, spingerla contro una parete, stringerle le mani dietro la schiena mentre la scopavo, morderla, assaggiare l'interno delle sue cosce, cavalcarla fino a essere esausto e spento. Una fitta di desiderio bollente minacciò di crescere e travolgermi. Ma lottai. Chiusi strette le valvole della diga su quel rabbioso, travolgente bisogno sessuale. Non potevo controllare *lei* o cosa sarebbe successo, ma potevo controllare me stesso.

Le sue braccia si avvolsero intorno al mio collo ed io mi concentrai per riuscire a tenere le mani dov'erano invece di infilarle sotto la sua maglietta, come avrei voluto fare. Emilia mi stava baciando con selvaggio abbandono, facendo quei deliziosi piccoli rumori in fondo alla gola, quei rumori che mi facevano venire voglia di ascoltarla mentre la facevo venire, tutta la notte, ripetutamente.

Quando la sua bocca si staccò dalla mia, fu per tracciarmi una scia di baci lungo la gola mentre lottava con i bottoni della mia camicia. «Heath passerà la serata con Connor» mormorò ed io quasi persi il controllo a quella notizia. Voleva che restassi. Voleva che andassimo a letto insieme. Oh, Dio, lo volevo anch'io. Non avevo mai avuto bisogno di una donna come in quel momento. Sprofondare dentro di lei, muovermi contro di lei e ascoltarla gemere in estasi.

Lasciai che slacciasse la mia camicia e mi passasse le mani sul petto, erano bollenti contro la mia pelle. Era così incredibilmente, fottutamente bello averla di nuovo tra le braccia. «Emilia» mormorai nei suoi capelli. «Ti voglio, voglio che tu torni...»

«Ssst» disse lei, premendo le dita sottili sulle mie labbra mentre continuava a passarmi la bocca sul collo, scatenando fitte di piacere.

Spostai le mani dai suoi fianchi alla schiena. Restare lì, godermela, fare una bella, piacevole scopata e andarmene. Usarla per i miei bisogni e lasciare che mi usasse per i suoi. Fare di quell'incontro solo il nostro giochetto di "una botta e via".

O renderlo un momento significativo. Un punto di svolta. Una chance per noi di porre rimedio a quel maledetto casino. «Emilia» ripetei e lei alzò la testa e mise la bocca sulla mia per un bacio ardente, vorace. Le sue labbra coprirono le mie e la lama della sua lingua le disegnò. Il suo fiato caldo contro la mia bocca. Il suo seno premuto contro il mio petto.

Le misi le mani ai lati della testa e la staccai da me. Quando ci separammo, respiravamo entrambi affannosamente. Il desiderio mi stava bruciando, creando un buco attraverso me e mi sentii vuoto, incompleto.

«Verrò con te.»

Lei si bloccò per un momento. «Cosa?»

«Nel Maryland. Mi trasferirò io. Possiamo restare insieme...»

Emilia si chinò e mi baciò di nuovo, con la lingua che si spingeva nella mia bocca, le mani tra i miei capelli. Poi ricominciò a baciarmi il collo.

«Ho bisogno che mi scopi» mi sussurrò all'orecchio.

«Emilia...»

Ma lei non mi stava ascoltando. La sua bocca scese sul mio petto, con la lingua e le labbra che mi bruciavano la pelle. Le accarezzai la schiena. Avrei solo voluto rilassarmi e seguirla dove voleva portarmi. Ma questo non avrebbe solo incasinato ancora di più le cose tra di noi. Non le avrebbe solo rese più confuse? La parte organizzata del mio cervello, dove viveva la mente del programmatore, voleva risolvere tutto subito. Avrei recuperato dopo il sesso mancato... e mi sarei assicurato che entrambi ne godessimo, e tanto.

«Ti rivoglio con me» sibilai. Mi faceva male l'inguine, per il colpo e la tensione creata dal desiderio. Oh, Dio, come la volevo.

«Ti voglio dentro di me» replicò lei.

«E il resto di me?»

Emilia mi zittì di nuovo, riportando la bocca sulla mia, ma le misi le mani sulle spalle e la spinsi via.

«Emilia, di' che sei mia. Dimmi che staremo insieme. Verrò con te.»

Lei esitò, fissandomi con gli occhi spalancati, quasi avesse paura.

Si schiarì la voce e distolse gli occhi. «Non voglio parlarne.» Si tirò indietro e si alzò in piedi, prendendomi la mano, «Vieni» disse.

Non ero un idiota. Non c'erano santi che mancassi quell'occasione. La seguii nella sua camera buia. Aveva un letto singolo, per l'amor di Dio. Non avrei potuto dormire con lei, ma potevo scoparla quasi dovunque. Ma lì non avrei potuto restare sdraiato con lei, dormire accanto a lei, nel letto di qualcun altro, sotto il tetto di qualcun altro. La volevo al suo posto, sotto il *mio* tetto. Lei si voltò e mi tirò giù sopra di lei, agganciandomi le braccia intorno al collo.

«Prendi un po' delle tue cose e andiamo a casa mia. Puoi restare con me.»

Le sue mani scesero sul mio petto e mi spinsero via. «Dannazione, per una volta tanto *non* puoi cercare di evitare di prendere le redini? È veramente così difficile?»

«Emilia, voglio che questa storia finisca. Voglio che voltiamo pagina. Ti darò quello che vuoi. Puoi frequentare medicina nel Maryland. Mi trasferirò io. Staremo insieme.»

Lei risucchiò il fiato e voltò di colpo la testa, voltandomi la schiena.

Sarei voluto andare da lei, prenderla tra le braccia, ma mi resi conto che avevo già mandato tutto a puttane.

Invece mi passai le mani tra i capelli e aspettai. E aspettai. Lei non diceva niente, ma le spalle stavano tremando. Sembrava che...

Tirò su forte col naso. Come se stesse piangendo. Si portò le mani sul viso.

Deglutii. «Che cosa c'è che non va?»

Lei scosse la testa.

Andai da lei, le mise le mani sulle spalle. S'irrigidì, scosse di nuovo la testa, questa volta violentemente. «Dovresti andare» disse con la voce soffocata.

Merda. Avevo fatto nuovamente un casino. «Non posso lasciarti così.»

Si voltò verso di me, con il volto arrossato nella luce fioca, con le lacrime che le rigavano le guance. Mi aspettavo che urlasse, che mi mostrasse i pugni, che pestasse i piedi o perfino che si precipitasse fuori dalla stanza.

Non mi aspettavo quello che fece in effetti. Venne da me e mi abbracciò, stringendomi forte, con il volto bagnato premuto sul mio petto nudo, le braccia intorno alla vita. Successe così in fretta che quasi mi tolse il fiato.

«Emilia, che diavolo sta succedendo?»

«Ho bisogno che mi tenga stretta» disse tirando su col naso.

E lo feci. Aveva smesso di piangere, era completamente immobile. Respirava appena. Il puro senso d'impotenza che provai in quel momento quasi mi uccise.

Arretrai verso il letto. «Vieni qua.» La feci stendere, poi chiusi la porta prima di raggiungerla. Mi voltò la schiena, ma si spinse verso di me immediatamente quando la abbracciai.

«Stringimi più forte.»

Quindi la strinsi più forte e lei si rilassò contro di me, inserendo la testa sotto il mio mento.

«Emilia... ci penso da un po'. Chiamerò il mio agente immobiliare. Gli farò cercare un posto dove vivere insieme. Io *posso* gestire la società da là. Ma *non posso* perderti.»

Emilia scosse la testa. «Non farlo... non mi trasferirò nel Maryland.»

Esitai, completamente confuso. Non aveva appena passato una settimana là?

Non disse niente per un bel po', poi fece un respiro profondo. «L'università è in sospeso per ora.»

Che diavolo? Aprii la bocca per chiederglielo, ma parlò lei per prima, interrompendomi, con la voce che tremava. «Non voglio parlarne. Per favore, Adam. Ho bisogno che mi tenga stretta stanotte. Tienimi stretta e basta, per favore.»

Come avrei potuto rifiutare una richiesta così semplice? Appoggiai il volto accanto al suo, con la guancia che premeva sulla sua, stringendola più forte che potevo pur lasciandola respirare. C'era un vortice di emozioni confuse che infuriava dentro di me. Sollievo: Emilia sarebbe rimasta. Preoccupazione: ovviamente la cosa non la rendeva felice. E l'università era in sospeso? Perché diavolo? Aveva già rimandato di un anno per via del test. Ora avrebbe rimandato ancora di un anno? O forse stava rinunciando definitivamente?

Non più di un quarto d'ora dopo, Emilia si addormentò ed io stavo ancora cercando di capire questo nuovo sviluppo e, sì, avevo un caso spettacolare di palle gonfie insieme alla frustrazione. Più tardi mi avrebbe detto qualcosa di più? C'erano sistemi per scoprirlo, ma non ero poi *così* idiota. Non avevo intenzione di usarli e non solo per non rischiare di essere scoperto un'altra volta. Ma anche perché era sbagliato, una violazione della sua privacy che non avrei mai dovuto prendere in considerazione e di cui, francamente, mi vergognavo terribilmente.

Avrei aspettato che me ne parlasse lei. Dio, speravo solo che non ci mettesse troppo.

Mi alzai e le baciai la guancia quando sentii Heath che entrava dalla porta d'ingresso, mi allacciai la camicia, la coprii e uscii nel salone. Heath si fermò, sorpreso, quando mi vide, dando una lunga occhiata alla porta chiusa di Emilia.

«Che cosa stai…? Beh, immagino che non siano affari miei.»

Respirai a fondo. «Stavamo solo parlando. Si è agitata.»

«Sta bene?» mi chiese preoccupato.

Mi strofinai la guancia, alzando le spalle. «Ha detto… ha detto che non andrà più all'università…»

Heath alzò di colpo le sopracciglia. «Ha detto perché?»

Scossi la testa, fissandolo, aspettando. Lui *doveva* sapere qualcosa di più. Se Emilia non voleva dirmelo, forse lo avrebbe fatto Heath.

Heath lanciò un'altra occhiata preoccupata alla porta, con un'espressione di forte disagio sul volto. Poi si voltò per appoggiare la sua roba, sospirando.

«Allora... puoi dirmi che cosa sta succedendo a Emilia?»

Si raddrizzò e mi guardò. «Adam» disse in tono di rimprovero. «Mi conosci, sai che non posso. Non tradirei mai la sua fiducia.»

«Ma *c'è* qualcosa in ballo...»

Heath strinse le labbra, senza parlare. Dopo un momento annuì.

Mi bloccai. «Ma non hai intenzione di dirmelo...»

Heath guardò nuovamente la porta. «Te lo dirà *lei*. Ne sono sicuro. Solo... cerca di esserci per lei, amico. Hai la possibilità di rimediare ai casini che hai fatto in passato. So che le tue intenzioni erano buone. Ma devi stare molto attento, altrimenti sarà finita. Non voglio fare lo stronzo, perché mi piaci e penso che voi due...» La voce svanì e poi Heath spostò il peso da un piede all'altro e si passò la mano tra i capelli, con un'espressione imbarazzata. «Mi fa sembrare una fighetta sentimentale, ma penso che voi due siate fatti l'uno per l'altro.»

Concentrai tutta la mia attenzione su di lui, senza levargli gli occhi di dosso. Avevo le mani sui fianchi. «Ma... non hai intenzione di dirmi che cos'ha che non va.»

L'espressione di Heath divenne dura. «No. *Ma* ti dirò di che cosa ha bisogno da te. E se sei intelligente almeno la metà con questo tipo di cose come lo sei con i tuoi programmi, allora non manderai tutto a puttane. Ha bisogno di te, chiaramente. Le sei stato vicino stasera. Continua a starle vicino. Sii l'uomo a cui si rivolge quando ha bisogno di una spalla. Sii un *amico*, va bene? Solo un amico. Come sei stato per un anno prima di incontrarvi.»

Inspirai ed espirai lentamente. Tornare a essere FallenOne ed Eloisa. Dentro mi sentivo gelato e tremante per la preoccupazione, ma sapevo che aveva ragione. Annuii.

«Parlerà con te, amico, te lo prometto. Ma non puoi fare pressioni, con lei. Non puoi fare un'altra mossa come quella dell'investigatore. Aspetta. Verrà lei da te. Fidati di me. E, cosa più importante, fidati di *lei*.»

Gli augurai la buonanotte. Erano le due del mattino quando me ne andai e nel breve tragitto fino a casa passai da una canzone all'altra della mia playlist. Prima fu *Owner of a lonely heart*, Proprietario di un cuore solitario, degli Yes. Già, grazie tante per avermelo ricordato, stronzi. Passai alla canzone seguente. *The night your murdered love*, La notte in cui uccidesti l'amore, degli ABC. Che diavolo? Nessuno aveva registrato una canzone felice, dolce, negli anni Ottanta? Mi fermai quando arrivai al lamento doloroso di Sinéad O'Connor in *Nothing compares 2 you*, Niente si può paragonare a te. Proprio adatto. La ascoltai e ogni parola della canzone mi penetrava nella pelle come una piccola scheggia di vetro. Mi tenne sveglio mentre guidavo e mi fece pensare.

Era vero che niente si poteva paragonare a Emilia. Ma era anche vero che niente poteva paragonarsi al dolore che provavo. Ed erano due facce della stessa medaglia. Mi chiesi quanto avrei potuto ancora sopportare. E quando sarebbe venuta da me. Tutti mi avevano assicurato che l'avrebbe fatto, perfino Sun Tzu. Ma ero pieno dei soliti vecchi dubbi e delle solite paure. Il difficile era non permettere loro di distruggermi.

Capitolo Quindici

Il giorno successivo, dopo la colazione, stavo per prendere il telefono e chiamarla quando arrivò un messaggio.

Grazie per essere rimasto con me ieri sera. Grazie di tutto.

Strinsi forte il cellulare e dovetti frenare il mio bisogno di sapere, quell'onnipresente bisogno di controllare tutto.

Stai bene? Sono preoccupato.

Non preoccuparti. Sto bene. Ci vediamo domani al lavoro.

Esitai, fissando l'ultimo messaggio. Chiaramente un messaggio per impedirmi di andare a trovarla. Respirai piano, placando l'istinto di cercare di scoprire che cosa diavolo stava succedendo, o pretendere una risposta da lei. Ovviamente il mio istinto mi aveva messo in guai grossi con lei di recente, quindi lo avrei ignorato, per incredibilmente difficile che fosse.

Invece passai l'intera giornata in ufficio. Sapevo cosa stavo facendo, ma mi dissi che era solo per la convention. *Avevamo bisogno* che la convention andasse bene, specialmente vista l'azione legale che si stava avvicinando. *Non* volevo che il mio gioco fosse associato a eventi tanto negativi invece che alla forma d'intrattenimento che piaceva a milioni di persone.

E, fortunatamente, quell'aspetto del gioco era ciò su cui era incentrata la convention.

Parecchi giorni prima del suo inizio, i dipendenti della Draco si trasferirono a Las Vegas per preparare la nostra prima convention annuale. L'evento avrebbe avuto luogo il fine settimana prima del giorno del ringraziamento, proprio prima dell'ultima settimana di novembre, e dato che i preparativi erano roba da pazzi, lavoravo diciotto ore al giorno e dormivo ben poco. E, sfortunatamente, vedevo pochissimo Emilia.

Ma sembrava stesse lavorando sodo anche lei e che fosse esausta. Riuscivamo a salutarci quando ci incrociavamo, ci fermavamo e conversavamo per qualche minuto. Lei sembrava voler evitare di parlare di quello che era successo tra di noi la notte dopo il paintball. Ed io continuavo a rammentarmi di controllare il mio istinto di scavare per ottenere informazioni. Dovevamo ancora sederci e discutere di tutto. Trovare un modo per stare insieme, essere felici.

Speravo che ne avremmo avuto la possibilità dopo la convention a Vegas.

Ricordai la prima volta che avevo visitato Sin City, la città del peccato, durante l'ultimo anno delle superiori da studente indipendente. Avevo avuto un mucchio di tempo libero tra un minimo di lavoro scolastico e la programmazione del gioco che sarebbe diventato "Mission accomplished", missione compiuta, il mio primo grande successo. Lindsay mi aveva invitato a passare il fine settimana con lei a Las Vegas e mi era sembrato di entrare in un altro mondo.

Ero un ragazzo innocente e ingenuo, troppo giovane per bere (non che bevessi molto anche ora) o per giocare. L'avevo seguita mentre mi portava nei vari casinò. Avevamo visto un paio di spettacoli. Era stato il mio primo viaggio fuori dal mio piccolo mondo da quando avevo lasciato lo stato di Washington e mi ero trasferito in California.

Luci scintillanti di ogni colore brillavano per tutto il Las Vegas Boulevard, meglio conosciuto come "The Strip", dal tramonto fino all'alba. La nostra convention avrebbe avuto luogo nell'hotel Excalibur, il cui tema era il mito di re Artù, costruito per sembrare un enorme castello fiabesco. Sembrava una sede adatta, dato il tema fantasy del nostro gioco.

Feci un giro d'ispezione per approvare personalmente ogni installazione prima che cominciasse la convention. Jordan rimase al mio fianco per la maggior parte del tempo, sbuffando e brontolando contro la mia mania di controllo.

«Non hai qualcosa da fare?» gli dissi alla fine.

«Beh, c'è il riscaldamento per la gara di cosplay. Alcune di quelle ragazze avranno succinti bikini di maglia di ferro. Mi sono autonominato membro della giuria.»

Sospirai, spuntando le caselle di una checklist sul mio tablet mentre mi spostavo allo stand successivo. «Ovvio.»

«E tu? Sarebbero tutti entusiasti se tu fossi uno dei giudici.»

«Sono sicuro che avrò altro da fare.»

Jordan si portò una mano all'orecchio. «Hai detto che avrai *altro da fare* o *qualcun altro* da farti?»

Scossi la testa e cercai di rispondere con la voce più severa che riuscii a fare. «A volte mi stupisce che tu sia il direttore finanziario della mia società.»

«Dai, quelle stagiste...»

«Lavorano per me. E quindi sono off-limits. Per me *e* per te. Una querela alla volta è sufficiente.»

Dopo aver sistemato qualche particolare su una mostra vicina, Jordan si avvicinò di nuovo. «Sei così teso in questi giorni. Quanto tempo è passato? Non è ora di un po' di... antistress?»

Lo guardai di traverso. Nessuno, nemmeno lui, era al corrente dei particolari della mia vita sessuale.

«O ti concentri sul lavoro o vai a fare qualcos'altro» sbraitai.

La convention vera e propria fu un periodo di tre giorni di caos, adrenalina e fantastica euforia. Alla gente piaceva il nostro prodotto. Viveva il nostro prodotto. C'erano demo e prove e concorsi. Gare di cosplay, con la gente vestita come i loro personaggi nel gioco. E, come aveva predetto Jordan, c'erano bikini di maglia di ferro. Ero sicuro che, da qualche parte, Emilia stesse sbuffando come un mantice.

C'erano eventi con giochi di ruolo e duelli corpo a corpo, sia virtuali sia ricreati dal vivo. Non ero mai stato così fiero del nostro gioco come in quei giorni, potendo vedere i veri volti dei nostri giocatori. Che, sorprendentemente, erano di tutte le età, perfino pensionati. Ebbi la possibilità di girare per le varie mostre e concorsi. A volte i giocatori mi riconoscevano, a volte venivo fermato da un reporter che mi chiedeva della querela, e a cui davo la risposta standard: no comment.

Quando vidi Emilia, mi sembrò stanca. Sembrava che non stesse dormendo molto. Scherzavamo tra di noi tutte le volte che avevamo un secondo per parlare. Una volta mi si avvicinò e, mentre nessuno guardava, mi palpò il bicipite. «Dovevo averne almeno un pezzetto» mormorò prima di allontanarsi.

Decisi di darle una sculacciata di nascosto, appena possibile.

E mi sembrava ancora così strana. Con i suoi grandi occhi castani e le sopracciglia scure e quei bizzarri capelli platino, sembrava quasi ultraterrena, come le ragazze elfiche che le piaceva tanto prendere in giro nel suo blog.

Alla festa in costume per i dipendenti, aveva aggiunto trecce rosa e viola brillanti ai suoi capelli quasi bianchi. Indossava una gonna corta, quasi un tutù da ballerina e delicate ali da fatina e aveva il volto dipinto di colori brillanti e scintillanti. Sembrava esotica, diversa, quasi come una delle modelle di Jordan. Le sue gambe lunghe erano scoperte ed io non riuscivo a toglierle gli occhi di dosso.

Io avevo scelto di partecipare come un famoso personaggio non giocatore che dava la sua prima missione praticamente a ogni nuovo personaggio creato. Era l'ombra triste e derelitta di un uomo che si struggeva per il suo perduto amore. Dava ai nuovi giocatori il semplice compito di andare in un campo vicino e affrontare le creature ostili per raccogliere un mazzo di narcisi gialli in ricordo della donna che aveva perso.

Indossava la sua uniforme di Alta Guardia, completa di giacca militare vecchio stile e kilt. Maggie aveva trovato qualcuno per mettere assieme il costume per me e quando ero arrivato alla festa, tutti capirono immediatamente chi rappresentavo.

«Generale Sylvan Wood!» esclamarono. Mi mancavano solo le orecchie a punta. Sylvan Wood era un elfo, ma su quello avevo posto il veto. Avrei indossato un kilt, ma non le orecchie a punta. Perfino la mia secchionaggine aveva un limite.

Quell'ultima festa divenne pazza dopo la chiusura. Ci furono alcune strane gare e giochi prima che la notte si trasformasse in una piattaforma pulsante di ballerini leggermente ubriachi e folle di gente impacciata installata intorno a un bar.

Il mio kilt, sfortunatamente, attrasse un mucchio di attenzioni sbagliate. Perfino l'Adam di cinque anni prima sarebbe stato a disagio con le stagiste che flirtavano senza vergogna. Avevo già avuto a che fare con colleghe troppo entusiaste, ma questa infornata di stagiste proveniente dall'università a breve distanza dagli uffici centrali della Draco sembrava più sgradevole del solito. Non mi lasciavano praticamente mai solo.

Più alcol ingurgitavano, meno discrete diventavano. Alla fine decisi di sedermi con i bevitori impacciati all'angolo del bar accanto a Jordan, continuando a osservare le pazzie dei miei dipendenti che si rilassavano dopo molti giorni di lavoro difficile. Mentre la notte continuava, la folla diventava sempre più disinibita. E dopo un'assenza di quasi mezz'ora (perché tenevo nota dei suoi movimenti) Emilia tornò e andò diretta al bar, chiedendo da bere.

Incrociai il suo sguardo attraverso il bar e lei mi sorrise. Non staccai gli occhi da lei e lei alzò le sopracciglia, come a chiedermi che cosa volessi. Le feci segno di venire da me e lei rise, buttò giù il suo cicchetto e si allontanò.

Irritato, la seguii con gli occhi. Blondie stava cercando di attirare la mia attenzione, voleva sapere se mi piaceva ballare. La ignorai.

Emilia attraversò la folla e cominciò a ballare in gruppo con alcuni di quelli del marketing. Dopo un quarto d'ora di quella storia, vidi che aveva perso la capacità di giudizio, perché quegli idioti con cui stava ballando le avevano messo le mani addosso e lei non stava facendo niente per scoraggiarli.

Se le occhiate avessero potuto uccidere, quelle che stavo inviando a quei tizi li avrebbe stesi. Poteva anche essere del tutto innocente, ma mi stavano facendo incazzare. Uno ballava davanti a lei, con le mani sui suoi fianchi, l'altro dietro e si muoveva, strofinandosi ogni tanto contro di lei. Sentivo tutti i muscoli rigidi, e la rabbia che m'infuriava nelle vene. Chiusi un pugno sopra il bancone.

Jordan seguì il mio sguardo. «Calma, ragazzo. Sta solo ballando.»

Non stava "solo ballando" e sembrava sbronza dopo un solo drink.

Non sapevo che non reggesse l'alcol fino a quel punto. Mi rivolsi al barista e ordinai una tequila.

Jordan quasi cadde dalla sedia, a bocca aperta, quando il barista me lo versò. «Non credo di averti mai visto toccare quella roba. Cento dollari che non ce la farai a mandarla giù.»

Lo guardai sprezzante. Ero pronto alla sfida. Tirai indietro la testa e ingollai la tequila, tutta di un fiato, prima di sentire il bruciore. Ammetto che sputacchiai e tossii un po', ma non tanto da sembrare una femminuccia. Almeno a *mio* parere.

Ma non riuscii a sentire l'effetto che volevo abbastanza in fretta, quindi, con gli occhi sempre fissi sulla figura di Emilia che ballava, ne ordinai un'altra.

«Il doppio o niente» gli dissi, e lui alzò le spalle ridendo. «Fare una scommessa da cento dollari con un multimilionario non ha senso» disse Jordan.

Non m'importava. Comunque non stavo bevendo per impressionare lui. Ingurgitai il drink numero quattro prima di scendere dallo sgabello barcollando e andare sulla pista da ballo, verso Emilia e i suoi inquietanti capelli multicolori. Assomigliava ben poco alla mia Emilia, questa pallida imitazione dai capelli ancora più pallidi. Ma guardarla ballare in modo sensuale con l'assistente del direttore marketing mi stava veramente innervosendo.

Nell'attimo in cui li raggiunsi sulla pista, i miei dipendenti fischiarono e applaudirono sonoramente. Speravo che non si aspettassero molto in fatto di mosse. Sarei stato il primo ad ammettere che non sapevo ballare al ritmo della musica contemporanea. Sembravo un orso, perché non avevo mai imparato. Quando ero alle medie, avevo imparato i balli da sala con mia cugina Britt. Balli come il foxtrot, il triplo swing e il valzer. Niente musica moderna.

Ero un nerd, concentrato sui computer, quando avrei mai potuto avere il desiderio o il bisogno di ballare? Avevo fatto i miei ultimi due anni di superiori come studente indipendente. Mentre i miei compagni di classe faticavano a imparare l'algebra, io stavo progettando i miei algoritmi d'intelligenza artificiale. Quando i miei compagni di classe cercavano di darsi da fare sul sedile posteriore dell'auto dei loro genitori, con le vergini che avevano portato al ballo scolastico, io avevo una bella, comoda relazione con una studentessa di legge, favolosa ed esperta. Quindi non avevo mai partecipato a un ballo scolastico, né lo avevo mai desiderato. Avevo vissuto in modo molto diverso dai tipici teenager e l'effetto collaterale era che non avevo la minima idea di come diavolo muovermi.

Ma non sembrava difficile ed ero pieno zeppo d'alcol. E in fondo si trattava solo di seguire il ritmo, no? Emilia si stava buttando contro Richard, che nella mia testa sarebbe per sempre stato "quel coglione di Richard" perché aveva messo le mani addosso alla mia ragazza. Per un attimo mi passò per la mente il dubbio se fosse o meno vero che era la mia ragazza. Attraversai a fatica il mare di ballerini per arrivare da lei. Fosse o meno mia, l'avrei comunque rivendicata. Vedevo Jordan che mi osservava con un'espressione preoccupata, ma non m'importava. Se le cose mi fossero sfuggite di mano, sarebbe sicuramente venuto a riprendermi. Ma a quel punto, probabilmente, avrei già perso i sensi. Mi ero ubriacato qualche volta in vita mia, ma non era capitato spesso.

Insieme alla vaporosa gonnellina-tutù, Emilia indossava una canottiera viola che aderiva al seno e alla vita. Era splendida, qualunque cosa indossasse. Il ballo mi avrebbe dato un'ottima scusa per mettere ancora le mani su di lei.

Quindi mi avvicinai da dietro e feci qualche impacciato contorcimento, sperando di mimetizzarmi a sufficienza con la folla. Cominciò *Naughty Girl* di Beyoncé e metà della stanza si mise a battere le mani e a fischiare. Ed Emilia reggeva il gioco, ancheggiando e ondeggiando al ritmo della musica. Mi dava le spalle, quindi io mi avvicinai e le misi le mani in vita, cercando di seguire i suoi movimenti come meglio potevo.

Lei non perse un colpo, apparentemente per niente turbata che un estraneo (avrei potuto esserlo) le era arrivato alle spalle e ora si stava premendo contro la sua schiena. Mi sentivo sporco. Ma, cazzo, era troppo bello.

In quel momento mi stavo solo chiedendo quanto si sarebbe lasciata toccare. Pochi tra i presenti, sapevano veramente di Emilia e me. In effetti, erano talmente pochi quelli che sapevano ciò che eravamo stati l'uno per l'altro, che era quasi come se fosse stato quello a portarci sfortuna. Quello che *ci* aveva cancellato dalla memoria, perfino dalla nostra. Non c'era nessuno che facesse il tifo perché restassimo insieme.

Avevo le mani sul suo sedere tondo e sodo e lei stava cominciando solo in quel momento a mostrare di voler capire chi fossi, voltando la testa. Quando i nostri sguardi s'incrociarono, si bloccò per qualche istante, prima di riprendere a ballare. Qualche momento dopo, fece dietrofront e voltò la schiena a Richard. Punteggio della partita tra Adam e "quel coglione di Richard": uno a zero. Gli rivolsi un'occhiata spavalda sopra la spalla di Emilia, ma lui non reagì. Mi restava ancora il desiderio latente di prenderlo a botte più tardi, per averla toccata in quel modo.

Emilia si avvicinò fino a toccarmi e mi mise le braccia intorno al collo. I suoi fianchi mi sfiorarono l'inguine ed ebbi immediatamente un'erezione. Poi ogni strusciata fu una pura, magnifica tortura. La premetti la mano sulla schiena, tirandola ancora più vicina. Lei non sembrava aver problemi a dare spettacolo, anche se io sentivo le occhiate curiose che ci davano gli altri dipendenti. Non me ne fregava niente. E se non importava niente nemmeno a lei, allora avremmo continuato, perché la sensazione era favolosa.

Ballammo in quel modo per qualche altra canzone prima che lei si voltasse e si facesse strada verso il bar. La seguii. L'avevo vista bere solo un bicchierino ma sembrava ne risentisse più di quanto avrebbe dovuto.

«Non ne hai avuto abbastanza?» Mi chinai a parlarle all'orecchio in modo che potesse sentirmi sopra tutto quel frastuono.

Lei ondeggiava seguendo il ritmo della musica. «Ho appena cominciato» disse, e poi inciampò nei tacchi alti. Era più vicina alla mia altezza del solito. Guardai in basso. Normalmente non portava tacchi così alti, ma quelle scarpe erano immense e piuttosto dozzinali e facevano sembrare ancora più belle le sue fantastiche gambe.

Avrei voluto leccare quelle gambe, dalle caviglie sottili ai polpacci muscolosi fino alle cosce setose. *Guarda da un'altra parte, Drake, guarda da un'altra parte.* Dovetti farmi forza per non pensarci mentre la mia erezione diventava di proporzioni epiche e scomode sotto il kilt.

Ma cercare di non pensare a quanto volevo ogni centimetro di lei era come chiedere a un nomade del Sahara di non bere un sorso quando aveva un'intera oasi davanti a sé. La afferrai quando inciampò. «Ti ammazzerai con quelle maledette cose. Hai bevuto abbastanza.»

«Sono solo un po' stordita. Passerà.»

«Emilia...»

Voltò la testa dall'altra parte, con aria di sfida. «Barista! Un giro di shottini, qui» gridò, indicando noi due.

Sembrava divertita, apparentemente ignara che io avessi già bevuto la mia parte ma quella sensazione piacevole di lieve ebbrezza stava cominciando a svanire e non ero ancora pronto a rinunciarvi e a tornare al vuoto della realtà. Quindi ci sedemmo uno accanto all'altra e bevemmo altri due bicchierini ciascuno.

Dopo il secondo round, lei si portò il dorso della mano alla bocca e disse: «Merda, sto per vomitare».

«Basta drink per te.»

Lei mi diede un'occhiataccia. «Non sei il mio capo.»

Risi. Nello stato in cui mi trovavo, quella era la stronzata più divertente al mondo. «In effetti, sì.»

Lei alzò la mano per attirare l'attenzione del barista ed io gliela tirai giù. «Basta, a meno che intenda decorare il bar con il tuo vomito.»

In quel momento sembrava nauseata... e pallida. «Oh, Dio, forse hai ragione.»

«Cosa?»

«Ho detto che forse hai ragione.»

«Eh?» ripetei, portandomi la mano all'orecchio con un sorriso.

Mi aveva beccato. «Ti piace un po' troppo sentirmelo ripetere.»

«Niente "forse", comunque io ho sempre ragione» dissi ridendo.

«Fottiti» disse, dandomi uno spintone scherzoso sul braccio.

«Preferirei fottere te» borbottai, facendo segno al barista e pagando entrambi i conti. «Penso che sia ora di dire che la serata è finita.»

«La serata è finita.»

Sbuffai. «Divertente.»

Emilia si lasciò scivolare dallo sgabello e ondeggiò su quei ridicoli tacchi. «Dove diavolo hai trovato quelle scarpe?» le chiesi, afferrandole il braccio per tenerla in equilibrio. Questa volta non si staccò.

«Le ha scelte Alex per me.»

«Già, adesso capisco.»

Vacillò di nuovo e mi guardò. «Oh, fanculo.» Le scalciò via, preferendo andare a piedi nudi e si piegò per raccoglierle. Quando si raddrizzò di colpo, quasi si rovesciò all'indietro. La afferrai, tirandola verso di me e quando lei mi cadde contro barcollammo entrambi.

«Non credo che fossero solo le scarpe» dissi.

Lei mi diede un'occhiata di traverso. «Forse no.»

Quando arrivammo davanti all'ascensore le chiesi: «Dov'è la tua stanza?»

«Terzo piano... mhmm, 309 o 903 o qualcosa di simile...»

«Probabilmente 309.»

«Già, niente suite all'attico per me.»

«Nemmeno per me» le dissi con un sorriso. Okay, era una suite, ma non all'attico.

«Andiamo nella tua» disse. «Io ho una compagna di stanza.»

Mi dispiace dover ammettere che l'implicazione nel suo invito mandò tutto il mio sangue a sud dell'equatore. Vorrei poter pretendere che la mancanza di circolazione del sangue nel cervello avesse compromesso la mia capacità di giudizio. Ma probabilmente era più perché stavo pensando con la testa sotto la cintura che con quella sopra.

Lei era ubriaca. Io non stavo molto meglio e non avremmo dovuto fare niente. Tutte quelle cose mi passarono per la mente in due secondi, tra il momento in cui le porte dell'ascensore si aprirono e quando premetti il tasto per l'ottavo piano, il mio.

Emilia mi fu addosso appena le porte si chiusero. La sua bocca sulla mia, il seno premuto contro il mio torace. Sapeva di tequila e lime. Affondai la lingua nella sua bocca, lasciando che mi spingesse contro la parete mentre mi metteva le braccia intorno al collo e strusciava il bacino contro il mio.

«Cazzo, sì. Stai benissimo in kilt» mormorò. «Che cos'hai sotto?»

Le rivolsi un'occhiata maliziosa. «Le solite cose.»

Lei mi baciò di nuovo, mormorando contro la mia bocca. «È tutta la sera che l'hai duro» disse. «L'ho sentito mentre ballavamo.»

Chiusi gli occhi, godendo della pressione dei suoi fianchi contro i miei. «Sì» dissi. Riuscii appena a sussurrarlo. Ero così eccitato da non riuscire quasi a parlare.

Speravo in Dio che fossi veramente io quello che lei voleva e che non sarebbe stata in quell'ascensore con Richard il coglione o chiunque altro avesse tentato di stare con lei quella sera. Il pensiero mi fece incazzare di nuovo.

«È passato molto tempo?» mi chiese, alzando la testa per intrappolarmi nella ragnatela, aggrovigliato dei suoi magnifici occhi castani.

La guardai furioso. «Sai esattamente quanto tempo è passato.»

«Quelle stagiste del marketing parlano sempre di quanto sei sexy. Come vorrebbero fare un giro con te.»

«Mhmm» risposi ridendo. «Non è proprio una novità. Non è che siano molto discrete.»

«Non sei mai stato tentato?»

«E tu, ballare con le mani di quell'idiota sul tuo sedere? Ti potrei chiedere la stessa cosa.» Sentii una strana emozione chiudermi la gola. Ero arrabbiato, frustrato, confuso e pieno di desiderio rovente. Strinsi possessivamente le braccia intorno a lei. Emilia fece una smorfia, ma prima che potesse dire qualcosa, si aprirono le porte sull'ottavo piano.

Uscimmo tentoni. A un certo punto Emilia lasciò cadere una scarpa e pensò che fosse una cosa divertentissima. Mi abbassai per raccoglierla e quasi mi ribaltai. Poi finalmente riuscimmo a barcollare nella mia suite.

Rimasi accanto alla porta, cercando di schiarirmi la testa per un momento, mentre lei lasciava cadere le scarpe ed entrava. Non era una suite d'attico, ma non era male. Ero stato in posti migliori, e comunque non ci avevo passato molto tempo durante la convention, né avevo avuto in programma di portarci qualcuno.

Avevo un salotto, un tavolo conferenze e un paio di TV a grande schermo. La camera era dall'altra parte della suite, separata da una porta a due battenti, che ora era aperta.

Mi chinai contro la porta, osservandola, cercando di raggiungere la porzione che ancora ragionava del mio cervello, attraverso la foschia causata dall'alcol. Ma tutto quello che riuscii a fare fu osservarla, desiderarla più di quanto avessi mai desiderato una donna in vita mia, perfino durante il mese in cui non mi ero permesso di andare a letto con lei, quando avevamo cominciato a vederci.

Allora l'avevo desiderata, tantissimo. Quel mese era stato una lunga, lenta tortura, anche se nel più piacevole dei modi. Un andare in bianco volontario. Ma ora che sapevo come poteva essere bello tra di noi, e che quando era bello era la cosa migliore che avessi mai avuto, dubitavo di avere la volontà o il desiderio di fermarmi, nonostante la quantità di alcol che avevo ingurgitato.

Quella particolare notte poteva non cambiare niente tra di noi. Eravamo ancora fermamente riparati dietro le nostre ben disposte difese. Lei mi stava nascondendo delle cose. Forse non provava nemmeno i sentimenti che una volta professava di avere. Forse per lei si trattava solo di una cosa fisica.

A quel punto, in quelle condizioni, non m'importava. Potevo baciare una bella modella di costumi da bagno e pensare solo a Emilia, castrato dai miei stessi ricordi e dalla mia immaginazione. Ora avevo la cosa vera nella mia suite e non avevo intenzione di perdere l'occasione. Emilia non era tanto ubriaca da aver superato la capacità di decidere.

Lasciai la porta e la seguii nella stanza. «Wow, bel posto» disse, voltandosi verso di me e ridendo. «Ti ho cosparso di glitter quando ti ho baciato» disse, avvicinandosi e passandomi una mano sulla guancia.

Io le misi un braccio intorno alla vita per stringerla a me. «E tu?» le chiesi.

«Cosa?»

Feci un respiro profondo e poi espirai, sperando che la risposta alla domanda che stavo per farle fosse quella che pensavo. «Quanto tempo è passato per te?»

«Mhmm. Lasciami pensare...» E cominciò a contare sulle dita. Che cazzo? Lei mi diede un'occhiata maliziosa e poi scoppiò a ridere. «Dovresti vedere la tua faccia in questo momento.»

La strinsi più forte. «Non è per niente divertente» ringhiai.

Lei sorrise, subdola. «Conosci già la risposta alla tua domanda. L'ultima volta che ho fatto sesso, tu c'eri.»

Meglio. Molto meglio. Grazie al cielo. Il pensiero di un altro uomo, come Richard per esempio, che la toccava aveva quasi fatto emergere quella rabbia cieca. Espirai lentamente e ordinai a me stesso di calmarmi.

Mi chinai a baciarla e lei mi sfuggì dalle braccia. «Vado a togliermi tutta questa robaccia dalla faccia» disse, dimenandosi per togliersi quelle ridicole ali da fatina. «A meno che tu voglia essere l'uomo glitterato in kilt.»

«Non vuoi che tolga il kilt, vero?»

Lei si voltò prima di entrare in bagno. «Cazzo, no.»

Ed io risi. Nonostante le irritanti stagiste, era valsa la pena di portare il kilt, vista la reazione che stava ottenendo. Seguii Emilia in bagno e mi lavai la faccia in un lavabo mentre lei si lavava e puliva lentamente la faccia nell'altro.

«Non stai per vomitare, vero?»

Lei mi guardò nello specchio. «No. E tu? Non è che tu beva di solito. Anzi mai.»

Alzai le spalle e lei si tamponò il volto con un asciugamano. Si voltò a guardarmi e tra di noi ci fu un silenzio imbarazzato. Poi alzai il mento verso di lei. «Vieni qua.»

Invece lei mi lanciò un'occhiata maliziosa e si voltò, uscendo nell'antibagno. La seguii e lei si fermò davanti allo specchio a tutta parete. Colse il mio sguardo nello specchio e non era uno sguardo innocente o furtivo. Era concentrato, intenso.

Mi mossi lentamente dietro di lei, continuando a fissarla. Lei deglutì e alzò la testa per continuare a guardarmi negli occhi.

La mia erezione stava diventando dolorosa. Le agganciai un braccio intorno alla vita e mi premetti contro la sua schiena. «Mi stavi chiedendo che cosa avessi sotto il kilt...»

«Devi portare quell'affare più spesso» disse ridendo.

Chinai la testa per baciarle il collo. «Forse, dipende dal risultato di questa notte.»

Emilia tremò tra le mie braccia. Avevo colpito il segno. E poi si voltò, ma invece di restituirmi il bacio, mi aprì di colpo la camicia. I bottoni volarono dappertutto. Me la tolse dalle spalle. «Oh, molto meglio» disse, passandomi il palmo delle mani sui pettorali. Il suo tocco era elettrico e m'incendiava ogni terminazione nervosa. *Maledizione* la volevo. E non volevo aspettare un secondo di più.

Mi premetti contro di lei, spingendola contro lo specchio, con le mani ai lati della testa. «Non sono molto contento di te.»

«Oh?» disse con un sorrisino malizioso sulle labbra. «Alcune parti di te sembrano *molto* contente in questo momento.» Spinse il bacino contro il mio per sottolineare la sua frase.

Gemetti quando mi percorse una fitta di piacere. Spinsi anch'io, premendola contro lo specchio. «Hai intenzione di stuzzicarmi adesso? Come hai fatto con i tizi sulla pista da ballo?»

Tornò seria. «Non hai intenzione di lasciar perdere, vero? Non dirmi che hai tenuto le mani lontane dalla modella amica di Jordan, perché non ti credo.»

Tirai indietro la testa e la guardai. «Te l'ho detto. Non ho fatto sesso con nessuno dopo di te.»

«Quindi non hai fatto assolutamente niente con lei?»

Aspettai un momento a rispondere e lei mi guardò storto. «Ah. Vedo. Quindi Rich non può mettermi le mani sul sedere mentre stiamo ballando, ma tu puoi palpare e baciare una modella...»

M'innervosii. «Se ti toccherà un'altra volta, gli strapperò il braccio e poi lo licenzierò.»

«Mhmm. Non sono sicura che vorrebbe continuare a lavorare per te se gli staccherai un braccio. Forse non dovresti preoccuparti per la seconda parte.»

Mi piegai e le premetti la bocca sul collo. «Guarda che sono serio. Nessuno ti tocca.»

«Eccetto te...» aggiunse seccamente Emilia.

«Se lo vuoi.»

«Non lo so... fai un sacco di minacce violente quando sei ubriaco.»

Continuai ad assaporare il suo collo, cercando di bloccare la rabbia negativa che cercava di entrarmi nella mente. Non mi ero mai sentito così possessivo nei suoi confronti prima di quel momento e probabilmente era a causa della paura terribile che avevo di averla persa. «Non mi piace che la gente tocchi ciò che è mio.»

«Ma io non sono tua» disse piano Emilia, con la voce che tremava un po'.

Sentii i muscoli tendersi e lei che s'irrigidiva contro di me. Avrei passato tutta la notte a convincerla del contrario.

Allungai la mano per toglierle la canottiera, ma lei abbassò le braccia, impedendomelo. «No...»

Alzai la testa per guardarla di nuovo in faccia. «Non vuoi...?» Speravo che la mia voce non rivelasse la delusione che stavo provando.

«Non voglio togliermi la maglietta.»

Mi fermai, stupito. Intendeva dire niente sesso? Oppure non voleva essere nuda? O che cosa. «Okay. E...?»

Lei mi guardò e poi rimise decisa le mani sul mio petto. Io chiusi gli occhi, assaporando quel tocco ardente. Poi si chinò in avanti e mi baciò il torace. Emisi un lungo gemito, assaporando la sensazione della sua bocca calda su di me.

«Ti voglio... ho bisogno... di te, nuda, sotto di me» ringhiai a denti stretti.

Lei continuò a baciarmi. «No. La maglietta resta. Tutto il resto via.»

Mi tirai indietro e lei mi fissò a occhi sgranati. «Non mi stai prendendo in giro, vero? Come, per esempio, che cambierai idea o roba simile? Perché non vale la pena di continuare altrimenti, e non ho voglia di partire da Las Vegas con le palle gonfie.»

Scoppiò a ridere. «Te lo faccio spesso, vero. In un modo o nell'altro... paintball o sesso mancato.»

Le passai il pollice sul labbro inferiore, che tremò mentre lei chiudeva piano gli occhi. Dentro di me scoppiò un'altra ondata di desiderio. Le disegnai il contorno delle labbra, poi le spinsi il pollice in bocca. Le sue labbra si chiusero intorno e la lingua accarezzò il polpastrello. Il mio respiro divenne affrettato per l'eccitazione.

Piegai la testa per accarezzarle il lobo dell'orecchio con le labbra. «Sarà meglio che ne sia sicura» sussurrai. «Perché se ti porto sul letto, allora sarò dentro di te.» Le spinsi più in fondo il pollice in bocca e lei aprì la bocca ansimando. Lo tolsi di nuovo.

«Sono sicura.»

La rabbia, il risentimento, i giochi erano stati troppi e stavo riprendendo il controllo. Le afferrai il mento, le spostai la testa di lato e affondai i denti nel suo collo. Non fui delicato. Spostai la bocca contro il suo orecchio. «Voltati e metti le mani sullo specchio» ringhiai.

Lei fece esattamente quello che le avevo chiesto. Un'altra fitta di desiderio bollente arrivò fino al mio sesso. Avrei potuto alzare il kilt e infilarmi sotto la sua gonna in un secondo. Una parte di me, che temeva ancora che lei potesse cambiare idea, voleva fare proprio quello.

Con una mano intorno al suo collo, le misi l'altra intorno alla vita, tirandola verso di me. Presi in bocca il lobo del suo orecchio e lei tremò contro di me, ansimando, con gli occhi semichiusi.

«Ti piace…»

«Sì» mormorò.

«Ho intenzione di fotterti, forte. E ti piacerà.»

«Sì» ripeté.

«Mi pregherai per averne ancora.»

Emilia strinse forte gli occhi. Spostò le mani dallo specchio, mi afferrò il polso che premeva sulla sua vita, che la teneva contro di me e affondò le unghie nella pelle. Il dolore di quelle punture fu così bello.

«Sullo specchio. *Adesso*.»

E lei ubbidì, con solo una lieve esitazione. La mia mano stringeva e poi allentava la stretta sul suo collo.

«Ti guarderò venire, Emilia. Voglio sentire i tuoi piccoli, meravigliosi sospiri, i tuoi gemiti disperati. Voglio sentirti urlare il mio nome. Il *mio* nome. *Perché tu sei mia.*»

Infilai la mano sotto la cintura del suo tutù e direttamente dentro le mutandine. La tirai verso di me e la baciai mentre la mia mano trovava il clitoride gonfio, sensibile. Le mie dita scivolarono sul suo sesso: era bagnata e pronta. Riuscii a malapena a resistere al desiderio di spingerla immediatamente sul pavimento.

Emilia gemette nella mia bocca, con le mani che si stringevano intorno al bordo dello specchio. Ma non le tolse mai da lì. «Apri gli occhi» dissi, con la voce roca per il desiderio. Lei mi guardò. «Guardati nello specchio. Guarda quello che ti sto facendo.»

Per un lungo momento lei non si mosse, tenne la testa appoggiata sulla mia spalla, guardandomi. Quindi le afferrai il mento e le voltai la testa. I suoi occhi trovarono i miei nello specchio ed io aumentai la pressione della mano.

«Oh» ansimò.

«Di' il mio nome, Emilia. Chi vuoi?»

«Te...» mormorò, con le palpebre che si chiudevano di nuovo. «Adam.»

«Giusto» dissi, con la voce tesa. Le avvolsi l'altra mia mano intorno alla vita per tenerla contro di me quando le sue ginocchia cedettero. «Tu. Sei. Mia.»

Emilia emise un altro lungo gemito che mi colpì nel profondo. Era doloroso. Un dolore piacevole e profondo nel mio sesso. Ma sapevo che una volta che avessimo cominciato sarebbe stato bello. Che ne sarebbe valsa la pena.

Emilia arcuò la schiena, mostrava tutti i segni di essere molto vicina a un orgasmo. Il respiro aspro, quei favolosi piccoli sospiri. Ci stavamo guardando nello specchio e i suoi occhi d'ambra si fissarono sui miei.

«Adam» gemette ed io chiusi gli occhi, assaporando il suono del mio nome sulle sue labbra, imbevuto del suo stesso desiderio. Passai la mano sulla sua carne bollente, traendo musica da lei come un musicista dal suo strumento.

«Ti voglio, Adam. Ti voglio dentro di me.»

Affondai il volto nei suoi capelli, le mordicchiai l'orecchio. «Molto presto. Ma ora penso che sia ora di farti venire, Emilia.»

E così, quasi avesse aspettato il mio permesso, s'irrigidì contro di me e sentii le convulsioni del suo orgasmo contro la mia mano. Ansimò, con gli occhi che si rovesciavano all'indietro mentre li chiudeva. La strinsi più forte in vita per impedirle di cadere, ma non le diedi molto tempo per godere del piacere che persisteva. Invece mi abbassai, la presi in braccio e la portai nella stanza, dove c'era il letto.

«Quella notte a Yosemite ti ho scopato quattro volte. Penso che stanotte arriverò a cinque.»

Lei si accoccolò contro di me, con una mano intorno al mio collo. Cominciò a baciarmi il petto ed io non volevo più lasciarla andare. C'erano mille domande che mi ronzavano in testa. Mi stavo ancora chiedendo perché volesse tenere i vestiti addosso. Ma il mio corpo voleva semplicemente spegnere la mente, assaporare il piacere di quella notte insieme senza pensare. E a me stava bene.

Parole, conversazione, interi monologhi e dichiarazioni erano rimasti inespressi tra di noi. E sapevo che quella singola notte uno tra le braccia dell'altro non avrebbe risolto i nostri problemi. Ma forse a quel punto tutto ciò di cui avevamo bisogno era comunicare in un altro modo, quello più istintivo, primitivo.

O forse, semplicemente, era da troppo tempo che entrambi non facevano una bella scopata.

Riuscii a malapena a contenermi quando la sua bocca calda trovò il mio capezzolo e succhiò. Poi, senza preavviso, Emilia affondò i denti. Ansimai per il dolore, staccandomi. Lei aveva un sorriso malizioso sul volto. «Pensavo che adesso stessimo usando i denti.»

La gettai sul letto. «Faremo quello che io deciderò di fare. Togliti la gonna.»

E, come prima, lei fece esattamente quello che le avevo detto, fissandomi con gli occhi spalancati. La guardai togliersi lentamente la sottana e le mutandine di pizzo blu. Strinsi i pugni. Emilia stava respirando affannosamente, le guance rosa. Dopo un lungo momento, in cui restammo a fissarci. Lei mise le mani sopra la testa, con i polsi uniti, come se fossero legati in quel modo e poi aprì le gambe, piegando indietro la testa e mostrando la gola.

Oh Dio, se non fossi stato attento, sarei venuto prima ancora di penetrarla. Guardarla in quel modo, sottomessa e aperta davanti a me. Non ero tipo da apprezzare il bondage. Una volta avevo avuto una partner sessuale che lo aveva preteso da me e avevamo scoperto di non essere molto compatibili.

Eppure vedere Emilia in quel modo, dopo tutto quello che era successo tra di noi il mese prima, scatenò tutta l'aggressività feroce e il senso di protezione che ora provavo nei suoi confronti. Slacciai il kilt e lo lasciai cadere sul pavimento. Poi mi tolsi la biancheria

«Voltati» dissi senza toccarla.

Lei aprì gli occhi e mi fissò. Pensai che potesse resistere, quindi le afferrai il braccio e la voltai a faccia in giù sul letto. Le tirai le mani dietro la schiena e le tenni i polsi uniti con una mano. Poi mi sdraiai su di lei per inchiodarla sotto di me.

Lei ansimò e si dimenò, mandando scariche di elettricità per tutto il mio corpo e diritto giù, alle mie palle dolenti. Quel mese e mezzo era stato lungo. Ma il mio corpo ricordava ancora il suo. Lo desiderava ancora follemente.

Le misi la bocca sull'orecchio e affondai i denti. Emilia non disse niente, a parte un piccolo guaito che servì solo a eccitarmi di più. «Odio questi capelli» le dissi.

«Non m'interessa» fu la sua risposta.

«Ho intenzione di punirti per questo colore orrendo.» Mi spostai di lato, continuando a inchiodarla di traverso contro il letto. Poi le morsi ancora il collo, più forte questa volta. Nello stesso tempo, la mia mano atterrò, forte, sul suo sedere.

Emilia s'irrigidì sotto di me. Pensavo che potesse protestare, ma prima che potesse farlo, la sculacciai di nuovo. «Questo perché hai cambiato i tuoi bellissimi capelli.»

Adesso stava respirando forte. Le strinsi più forte i polsi e la sculacciai di nuovo. Lei ansimò.

«Questo per avermi negato il tuo corpo sexy» le dissi baciandole la nuca. Adoravo il suo odore, misto al sudore, il suo gusto salato. Chiudendo gli occhi, le diedi un'ultima sculacciata. «E questo perché sei riuscita a farmi vedere solo te anche quando sono con un'altra.»

Lei si dimenò sotto di me, come se cercasse di rotolare sulla schiena, ma glielo impedii.

«Adam, maledizione, smettila di perdere tempo!»

«No, non prenderai tu il controllo. Non ti toccherò finché non dirai che sei mia.»

Ci fu un lungo silenzio. Le lasciai andare i polsi.

Bene. L'avevo detto ed ero pronto a subirne le conseguenze, se non avesse obbedito. Feci un respiro profondo, sperando di non dovermi fermare a quel punto.

«Avevi detto che se fossimo stati su un letto saresti stato dentro di me.»

Le passai la mano sulle cosce morbide e respirai. «Solo se sei mia.»

Lei si mosse di nuovo contro di me ed io ingoiai una grande boccata d'aria, cercando di controllarmi. Mi piegai, le succhiai il collo, l'orecchio. «Dillo» le ordinai.

Emilia ansimò, voltando di lato la testa, cercando di guardarmi negli occhi, ma non ci riuscì perché non le permisi di alzarla. «Per stanotte sono tua.»

Esitai solo un momento. Doveva bastare, per adesso. Presto sarebbe stata mia per sempre e non avrebbe esitato un secondo a dirmelo. Giurai a me stesso che sarebbe diventata realtà.

«Affonderò il mio sesso dentro di te.» Mi spostai, aprendole le gambe sotto di me. E scivolai dentro di lei. Mi calzava come un guanto bollente, bagnato, così stretta, così salda. Mi spinsi più in fondo che potei e lei gridò. Il suo corpo si chiuse intorno a me, quasi soffocandomi di piacere.

La sensazione del suo corpo morbido sotto il mio mi stava facendo impazzire. Le passai le mani sulle gambe, sul sedere. Era così liscia. E l'odore della sua pelle, mi stordiva come l'alcol che avevo nel sangue.

Cominciai a muovermi, spingendomi dentro di lei. Mi alzai sulle ginocchia, tirandola verso di me per poter aumentare il ritmo. Emilia appoggiò entrambe le mani alla testata del letto per far leva.

Ci fu una lenta salita verso quell'orgasmo. Emilia venne di nuovo, e i suoi gemiti mi lacerarono dentro. La sensazione dei suoi spasmi che la facevano stringere attorno a me mi portarono, finalmente, al mio orgasmo. Quando finalmente venni, fu incredibile, così intenso da non riuscire a respirare, da non riuscire a muovermi. Non riuscivo a pensare ad altro che alla sensazione di pompare dentro di lei. Lei si stava ancora muovendo sotto di me e tesi una mano per fermarla, il piacere bruciante mi aveva lasciato così sensibile che ogni movimento era quasi doloroso.

Crollai, per metà addosso a lei mentre le nostre gambe s'intrecciavano, appiccicose di sudore. Passarono minuti prima di riuscire a parlare ed Emilia quasi non si mosse. Voltai la testa e le baciai lentamente la bocca. Le sue labbra si mossero contro le mie, per baci leggeri, affettuosi. Sarebbero forse bastati a farmi ripartire se non fossi stato così esausto.

Stavo per appisolarmi quando la sentii spingermi da parte, liberandosi, e alzandosi per andare in bagno. Sentii il rumore della doccia e immaginai che avrei probabilmente dovuto fare una doccia anch'io, quindi mi alzai per raggiungerla. Mi era sempre piaciuto fare la doccia con lei dopo il sesso, e parecchie volte era diventata una doccia pre-sesso. O anche una doccia durante il sesso. Belle anche quelle.

Mi fermai di colpo quando abbassai la maniglia e non si aprì. Scossi la porta, nel caso si fosse incastrata, ma no, era chiaramente chiusa a chiave. Lei era nella doccia e mi aveva chiuso fuori dal bagno.

Pensai a quella strana richiesta di tenere la maglietta. Che diavolo le stava succedendo? Adesso me lo avrebbe detto? Ci avrebbe portato a parlarci di nuovo? Lo speravo, ma dentro di me lo dubitavo.

Maledizione.

Feci in fretta la doccia quando lei uscì, quasi aspettandomi di non trovarla, uscendo, ma no, era raggomitolata nel letto e stava dormendo. Sembrava così piccola e sola, come una ragazzina. Mi sdraiai accanto a lei, la tirai contro il petto e le misi un braccio intorno alla vita, baciandole il collo. Con il suo corpo caldo appoggiato al mio, scivolai finalmente in un sonno tranquillo.

Mi svegliai alle tre del mattino, disorientato, al buio e con un mal di testa incombente. Il respiro di Emilia era lento e ritmico: stava ancora dormendo. Aveva il sedere premuto contro il mio sesso, duro come una roccia. Probabilmente mi aveva svegliato il mio subconscio, considerandolo un momento perfetto per andare a segno. Mi premetti contro il suo sedere, godendo della sensazione.

Emilia aveva la maglietta, ma era nuda dalla vita in giù. E la parte più primordiale, più animalesca di me, la vide come un'opportunità da prendere intanto che c'era. La voltai dolcemente sulla schiena, resistendo al desiderio di metterle la mano sotto la maglietta. Desideravo disperatamente sentire il suo seno tra le mani, i capezzoli che si indurivano sotto il mio tocco. Ma dovevo rispettare i suoi desideri, anche se bruciavo dalla voglia di ignorarli.

Invece, le allargai lentamente le gambe, abbastanza da contenere le mie spalle. Le baciai i fianchi, le cosce, il morbido monte di Venere sopra il suo sesso. Poi divisi le sue pieghe e la assaggiai lì, leccando e succhiando la carne calda. Adoravo il suo sapore, più speziato che dolce. Come lei.

Emilia non si mosse, non si era svegliata. Normalmente non aveva il sonno molto leggero ma sospettai che quella notte stesse dormendo più profondamente del solito a causa dell'alcol. Ciò nonostante, si capiva che era eccitata. Intanto, si stava bagnando grazie alle mie attenzioni e poi cominciò a emettere lunghi gemiti mentre continuava a dormire. Erano forti, e il suono mandò lampi di eccitazione direttamente al mio sesso, che era più che desideroso di rispondere a quel richiamo.

Ascoltai attentamente, succhiando e leccandola per portarla all'orgasmo. Quando venne, arcuò la schiena, emettendo un forte grido.

«Adam» disse con la voce roca. Sorrisi soddisfatto. Quindi l'amante che stava sognando ero io. Grazie al cielo. E se avessi potuto dire la mia, e ne avevo tutte le intenzioni, non sarebbe mai cambiato.

Mi pulii la faccia sul lenzuolo e appoggiai i fianchi tra le sue cosce. Lei avvolse le sue lunghe gambe intorno a me, passandomi le mani sul petto e sull'addome. «Che cosa diavolo è stato?» mormorò mentre entravo lentamente in lei.

«Era un *dorgasmo*. Prego» dissi, appoggiando la bocca sulla sua. Mentre la prima volta era stata un'ardente, violenta collisione di volontà, questa volta il sesso fu dolce, lento e languido. Emilia si muoveva sotto di me, con i fianchi che incontravano i miei in un ritmo perfetto. Il suo corpo sotto il mio era il paradiso e desideravo sentire il suo seno nudo contro il mio petto. Ma cercai di non pensare a ciò che non potevo avere e pensare invece a ciò che *avevo*. Quella meravigliosa donna tra le mie braccia, sotto di me, per le ultime ore morenti di quella notte.

Chiusi gli occhi e assaporai, odorai e sentii solo lei. Per quei lunghi minuti l'uno tra le braccia dell'altro, lei divenne il mio mondo, la mia ancora, il mio porto sicuro. E poi venni e fu dolce e lento, proprio com'era il nostro fare l'amore. E non avrei mai voluto vederne la fine.

CAPITOLO SEDICI

MI SVEGLIAI QUELLA MATTINA CON UN MAL DI TESTA formato famiglia e un letto vuoto. Con un brutto presentimento, cercai Emilia, ma se n'era andata. A un certo punto doveva essere uscita ed essere tornata furtivamente nella sua stanza. Mi strofinai la fronte e ci pensai per un momento, con gli occhi chiusi, ricordando la sensazione di averla sotto di me. Sembrava surreale, come se fosse successo in un sogno, ma quando diedi un'occhiata al resto della suite attraverso la porta aperta, intravidi le piccole ali da fatina che aveva scartato, ancora sul pavimento.

Era stata qui. Eravamo stati insieme. Non era stato un sogno. Ma tanto valeva che lo fosse. La volevo di nuovo e lei se n'era andata. E non era solo un bisogno fisico. Volevo svegliarla con un bacio, sussurrarle parole dolci, tenerla stretta, chiacchierare degli avvenimenti della convention, ridere dei contrattempi, prendere in giro il comportamento ridicolo della gente durante il party per i dipendenti. Invece ero rimasto da solo, a piombare nuovamente nella solitudine dopo la meraviglia di una notte di sesso fantastico, e del dolce rapporto che era seguito. Prima di riaddormentarmi avevo sperato che la nostra notte insieme sarebbe stata l'inizio di qualcosa di grande, di un cambiamento, di una riconciliazione.

Invece lei se n'era andata senza nemmeno salutarmi. Strinsi i pugni per la frustrazione, guardando l'orologio. Era ancora presto, ma era il giorno in cui dovevamo imballare tutto e caricarlo sui camion per tornare in autobus a OC.

Mentre organizzavo lo smontaggio delle installazioni e dell'altra roba, tenni gli occhi aperti per trovarla. La intravidi un po' di volte. Era difficile non notarla, anche da lontano, con quei capelli color platino con le strisce rosa e viola.

Non ebbi l'occasione di vederla di nuovo finché non fummo sull'autobus. Lei era seduta qualche fila dietro di me, nella corsia opposta. Non riuscivo a toglierle gli occhi di dosso; i suoi erano coperti da un paio di occhiali da sole enormi. Il portiere mi aveva procurato un farmaco da banco per il mal di testa e mi chiesi se lei non stesse ancora soffrendo per i postumi della sbornia. Sembrava voler evitare il mio sguardo, però, con la testa bassa e poi un cuscino ficcato tra la testa e il finestrino, come se intendesse dormire per le quattro ore del viaggio fino a Orange County.

Io ero seduto davanti, accanto a Jordan e al gruppo delle stagiste che apparentemente si erano accaparrate i sedili subito dietro i nostri. Non ne ero così contento e avrei voluto che ci fosse Emilia seduta lì. Dovevamo parlare e forse l'autobus non era il posto migliore per farlo, ma man mano che il tempo passava, cresceva in me la disperazione e il bisogno di chiarire i problemi che ancora restavano tra di noi.

Distolsi lo sguardo, sentendomi improvvisamente in colpa per la notte prima, anche se non sapevo esattamente perché. Non si era trattato solo di aver bisogno che mi stesse vicina, il bisogno di fare sesso con lei, o chiunque altro, dopo un periodo di magra. Era qualcosa di più. Avevo voluto riavere il controllo su di lei. Avevo voluto prenderla e dominarla. Era da lì che era arrivata l'aggressività. Avevo avuto bisogno di sapere, che *lei* sapesse, che il *mondo* sapesse, che lei era mia.

Stalle vicino. Sii un amico per lei. Le parole di Heath mi colpirono, condannandomi. Le ero stato vicino la sera prima? O era stata lei a starmi vicino? Non riuscivo a prendermi tutte le colpe. Emilia aveva partecipato più che volentieri. Non era stata lei a strapparmi la camicia? E poi a sdraiarsi, aperta, sottomessa? *Aveva voluto* che mi facessi avanti e prendessi il controllo. Ed io ero stato ben lieto di obbedire.

Le stagiste dietro di noi stavano sussurrando tra di loro, continuamente, e ridacchiando. Quattro ore di quella roba sarebbe diventata insopportabile. Sarei voluto andarmi a sedere con Emilia, ma non c'erano sedili vuoti intorno a lei. Guardai intorno per accertarmi che non fosse seduta accanto a Richard e fui contento di vedere che non era nemmeno su quell'autobus.

Emilia era incastrata tra il finestrino e un altro passeggero e sembrava che stesse già dormendo. Tenni gli occhi fissi su di lei, sperando che fosse solo questione di tempo, un tempo breve, prima di riuscire a risolvere tutti i problemi. Avevo pianificato tutto perché tornasse a casa mia quella sera. Era ottimistico, lo sapevo, ma dopo la notte che avevamo passato insieme, e in gran parte a causa alla mia testarda determinazione, sapevo che saremmo stati di nuovo presto insieme. E finalmente avrei scoperto che cosa le stava succedendo.

«Allora… ieri sera è stato interessante vederti ballare» disse Jordan con un'occhiata significativa.

«Non sapevi che avessi tanto talento, vero?»

«Non credo che il tipo di ballo che hai fatto più tardi nella tua suite fosse molto raccomandabile, però.»

Mi voltai a guardare fuori dal finestrino, senza sapere se ero incazzato che lo sapesse (il che probabilmente significava che lo sapevano anche molti altri) o confortato perché mi guardava le spalle. Jordan mi aveva sempre sostenuto, ma per qualche motivo non era mai stato entusiasta della mia relazione con Emilia.

«Amico, non ho intenzione di assillarti. Credimi, sono troppo fuori di testa io per darti consigli... ma mi sembra che stessi appena riprendendoti dopo l'ultima volta che ti ha frantumato le palle.»

«Grazie per l'interessamento. Ma sono un adulto. Posso pensare da solo ai miei casini.»

Jordan annuì. «Certo, certo. Stavo solo pensando a tutti gli altri casini che ci sono in ballo. La società, la querela.»

Voltai la testa, sul punto di rispondere, quando qualcuno mi batté sulla spalla. «Adam» disse una delle stagiste dietro di me, quella con troppi capelli biondi per una persona sola. Si gettò la voluminosa criniera sopra la spalla e mi rivolse un enorme sorriso pieno di denti bianchi. «Scusa se t'interrompo, ma April ed io abbiamo fatto una scommessa che dovresti decidere per noi.»

Guardai Jordan, che si era voltato anche lui per esaminare il gruppo di donne che occupava i sedili dietro di noi. Ricordavo le parole di Emilia la sera prima in ascensore, su come le stagiste parlassero di me. Ricordai anche le occhiate feroci che aveva rivolto loro durante il loro piccolo interludio con la crema solare prima del paintball. Giuro, sembrava volesse aggredirle. La guardai cauto. «In che modo?»

«Beh...» La bionda diede un'occhiata alla sua amica, la ragazza carina con i capelli neri e gli occhi azzurri che mi ricordava

Biancaneve. «April dice che sei impegnato ed io ero sicura che tu fossi single. Allora, qual è la verità?»

Restai a bocca aperta. Alla faccia della sottigliezza.

«Ah.» Guardai Emilia. Avevo pensato che si fosse addormentata, ma aveva alzato la testa. Non riuscivo a vedere i suoi occhi ma sapevo che ci stava guardando. Non sostenni per molto il suo sguardo. Ma come potevo rispondere? Emilia ed io ci *eravamo* lasciati, dopo tutto. Tutto quello che era successo tra di noi la notte prima non aveva cambiato la situazione, non ancora, almeno. Lo aveva detto lei stessa: *per stanotte sono tua.* Quindi, nonostante i campanelli di allarme che mi risuonavano in testa, decisi di sfruttarla un po'.

«In questo momento sono libero.» Emilia non si mosse. Non voltò la testa.

La stagista bionda alzò le mani in segno di vittoria. «Ho vinto!» disse, mentre la sua amica se ne stava tranquilla, apparentemente per nulla dispiaciuta di aver perso la sua "scommessa".

«Sono sicuro che voi signore avete cose più interessanti di cui parlare della mia vita personale.» Ad esempio i prodotti per i capelli, o lo shopping con la carta di credito di paparino.

Il sorriso della bionda divenne famelico. Quasi si leccò le labbra. «Nessuna a cui riesca a pensare.»

Jordan questa volta sbuffò ed io gli lanciai un'occhiata.

«Roba da querela» mormorò ed io annuii, d'accordo con lui.

Mi voltai e mi sistemai gli occhiali da sole, guardando fuori dal parabrezza. Non avevamo ancora nemmeno lasciato il Nevada. Altre tre ore di quella roba. Presi il laptop e lo accesi, cominciando a lavorare al mio nuovo progetto segreto. Jordan non poteva sbirciare, grazie al mio filtro anti-intrusi, ma le ragazze dietro di me cominciavano veramente a darmi fastidio con i loro sussurri e le loro risatine. Quindi presi tutta la mia roba e mi trasferii in fondo all'autobus dove c'erano due sedili vuoti e potevo allargarmi.

Mentre passavo, diedi alle ragazze un'occhiata severa, perché non si facessero venire in mente di cercare di seguirmi in fondo. Qualche minuto dopo ero felicemente sprofondato nel mio piccolo mondo fatto di codice.

Mi piaceva programmare. Potevo perdermi nel codice come un artista immerso nella creazione della sua visione pittorica del mondo intorno a lui, come un musicista perso nella creazione della sua musica durante una jam session. Programmare era la mia jam session. Potevo sparare una stringa di codice e godermi la sfida mentre aggiustavo e sistemavo e risolvevo i problemi finché tutto era perfetto. Era come un puzzle gigante che creavo e risolvevo allo stesso tempo.

Un'ora dopo, mentre controllavo la presenza di bachi prima di passare alla sub-routine seguente, notai qualcuno che veniva verso di me nel corridoio. Alzai gli occhi, sperando non fosse una delle stagiste troppo zelanti.

Era Emilia, diretta al bagno dietro di me. Mi passò accanto senza darmi nemmeno un'occhiata. Forse non si era accorta che mi ero spostato. Mi guardai intorno. Non c'era nessuno nel sedile di fronte al mio e davanti a me, uno dei motivi per cui mi ero spostato lì, e l'uomo seduto in diagonale davanti a me, uno degli sviluppatori di Dragon Epoch, era appoggiato al suo zaino e dormiva profondamente. Misi il laptop aperto sul sedile davanti a me e aspettai che Emilia uscisse dal bagno.

Quando la porta si aprì di nuovo e lei avanzò nel corridoio, tesi il braccio e le afferrai il polso, facendola sedere accanto a me.

«Che cosa c'è?» disse, ma io mi misi il dito sulle labbra per indicarle di stare zitta e puntai il dito verso Tony, il tizio che dormiva sullo zaino, uno degli sviluppatori che lavorava più sodo, e che probabilmente stava chiudendo gli occhi per un po' dopo essere stato sveglio per almeno ventiquattro ore.

Emilia gli diede un'occhiata e poi si voltò verso di me.

«Che cosa ci fai qui dietro?» sussurrò. «Pensavo avessi parecchio da divertirti là davanti.»

La studiai. Interessante. Era chiaramente gelosa e non si preoccupava nemmeno di nasconderlo. Era un buon segno.

«Volevo parlarti di stasera.»

«Stasera?» Il suo sguardo divenne cauto.

«Mi piacerebbe che venissi da me. Dobbiamo parlare.»

Emilia emise un lungo sospiro e distolse lo sguardo. Le lasciai andare il polso e le misi un braccio sulle spalle, per poterle massaggiare la schiena.

«Hai mal di testa?»

«Si» rispose. Poi aggrottò la fronte, preoccupata.

«Vuoi dell'aspirina? Ne ho un'altra confezione da qualche parte. Penso nella custodia del laptop.» Mi abbassai e la presi per lei, porgendole anche la mia bottiglia d'acqua.

Lei prese il flacone, dandomi un'occhiata guardinga mentre si metteva in bocca le pillole e beveva un sorso d'acqua. «Adam, riguardo a ieri notte…»

«Non dirlo» le ordinai, alzando una mano per interromperla.

«Dovremmo parlare anche di quello» sussurrò.

«Ne parleremo. Capiremo come muoverci da ora in poi.»

Lei si morsicò il labbro. «E se non stessimo andando da nessuna parte?»

La fissai, senza dire una parola.

Emilia cominciò a dimenarsi. «Non deve significare niente più del fatto che eravamo entrambi eccitati e ubriachi. Che c'è di male in una bella scopata senza importanza, una volta ogni tanto?»

«Una scopata senza importanza?»

Lei alzò le spalle. «Sì.»

«Sì, stai dicendo una puttanata. Non era senza importanza.»

Aspettai. Lei si agitò ancora per un momento, poi si schiarì la gola. «Sai quel vecchio detto: "quello che succede a Las Vegas resta a Las Vegas"?»

Alzai il dito e tracciai il profilo della sua guancia, fino alla pelle morbida del collo dove si vedevano ancora i segni scuri dei miei morsi. Li studiai. Ce n'era una mezza dozzina. Alcuni molto scuri. Ricordai com'era stato, affondare i denti nella sua carne cedevole, sentire i suoi piccoli gemiti di dolore. Il suo sapore. Mi eccitai in un attimo, mentre mi chinavo a sentire il suo odore.

Lei rabbrividì quando le mie labbra le toccarono l'orecchio, ma non si tirò indietro.

Sfiorai con le labbra ogni segno che le avevo lasciato. Avrei voluto lasciargliene altri. Volevo coprirla con i segni del mio possesso. Era una sensazione primordiale, da uomo delle caverne. Non possedevo Emilia, ovviamente, ma quel bisogno ossessivo, feroce di stare con lei, di tenerla al sicuro era una forza palpabile. Avevo bisogno di marcare il mio territorio.

«Adam» disse premendomi la mano sul petto. «Non cominciare, non qui.»

Spostai la bocca al suo orecchio. «Quando arriviamo, vieni a casa con me.»

Lei esitò. «Io non…»

Cercai di nascondere la frustrazione che mi fece contrarre ogni muscolo. Si stava comportando come se fosse un cervo spaventato ed io fossi un lupo affamato. E forse non era così lontana dalla verità. «Solo per la giornata, allora.»

Mi guardò a lungo, e poi annuì in silenzio. Presi il tablet, aprendo l'ultima app. Avrei passato l'ultima parte del viaggio in autobus giocando ad Angry Birds Star Wars.

Capitolo Diciassette

QUANDO L'AUTOBUS CI SCARICÒ DAVANTI AGLI UFFICI, MI assicurai di prendere la sua borsa e ficcarla nel portabagagli della mia auto prima che potesse cambiare idea. Heath aveva partecipato alla convention da giocatore ed era tornato sul bus sponsorizzato dai giocatori. Avevo sentito dire che anche la nostra amica Katya era venuta dal Canada per partecipare e che Heath aveva passato del tempo con lei. Io non ero ancora pronto a rivelare a nessuno, a parte Heath ed Emilia, il segreto che FallenOne era, in effetti, l'amministratore delegato della Draco, quindi avevo mantenuto le distanze, anche se mi sarebbe piaciuto incontrarla di persona.

Ora Emilia stava parlando con Heath accanto alla sua Jeep ed io mi appoggiai alla portiera della mia auto guardandoli da dietro gli occhiali da sole. Sentivo la tensione nel tono di Heath mentre cercava di non alzare la voce. Mi chiesi di che cosa stessero discutendo.

«Whoa, bella macchina!» disse Blondie, la stagista che, a quanto pareva, era riuscita ad arrivarmi alle spalle di nascosto. Non avevo mai chiesto come si chiamasse e non m'interessava. Tenni gli occhi fissi su Heath ed Emilia per assicurarmi che non saltasse sulla sua auto e se ne andasse senza la sua roba. Sembrava volesse farlo, ma Heath le stava dicendo di venire con me. Bravo ragazzo!

«Grazie» mormorai. *E adesso vattene.*

«Pensi che, forse, potrei avere un passaggio?» chiese Blondie

La guardai da dietro gli occhiali da sole. Aveva una mano sul fianco e la schiena arcuata in modo che il seno sporgesse. Mi permisi di guardarla. Erano belle tette, dopo tutto. Aprii la bocca per rispondere quando sentii la portiera della Jeep sbattere. Emilia si stava precipitando verso di me e Heath era al volante della sua auto che scuoteva la testa e la guardava con un'espressione dura.

Okay, stava per diventare imbarazzante.

«Mhmm, devo andare» dissi alla bionda, sperando che capisse l'antifona e se ne andasse. Non fu così. Emilia arrivò accanto alla mia auto, diede alla stagista un'occhiata con la coda dell'occhio e poi si rivolse a me.

«Mi serve la mia borsa. Dove l'hai messa?»

Le sopracciglia della bionda volarono verso l'alto, poi diede una bella occhiata a Emilia. Quelle due dovevano lavorare insieme abbastanza regolarmente, quindi non volevo rendere la situazione imbarazzante per Emilia. «Ho sentito che ti serviva un passaggio per andare a casa» dissi. Poi mi rivolsi alla bionda. «Scusami. Ho posto solo per un passeggero.»

La ragazza restò a bocca aperta ed io afferrai il gomito di Emilia, facendolo apparire, per quanto possibile, un gesto casuale mentre la guidavo verso il sedile del passeggero. Blondie incrociò le braccia sul petto, si voltò e se ne andò in fretta. «Grande, adesso Cari è furiosa con me» brontolò Emilia, sedendosi.

«T'importa?»

Emilia alzò le spalle. «Non proprio. Non lavorerò con lei ancora per molto.»

Accesi il motore, pensandoci e sentendo lo stomaco che si stringeva. Mi sembrava che un timer avesse appena cominciato a ticchettare. Un timer che di colpo mi fece temere che se non avessi scoperto che cosa non andava in Emilia, con *noi*, e non avessi sistemato la faccenda prima che lasciasse la Draco, avrei rischiato di non vederla più. Mai più.

Il viaggio fino a casa mia fu breve e silenzioso. Emilia non fece commenti sul fatto che non fossi stato completamente sincero riguardo a dove l'avrei accompagnata. L'avrei portata a casa, quindi non era proprio una bugia. Solo non l'avrei fatto subito.

Era metà pomeriggio ed io mi sentivo rigido per il lungo viaggio in autobus. Suggerii che facessimo una nuotata nella piscina. Immaginavo che avrebbe alleviato un po' la tensione e ci avrebbe aiutati a rompere il ghiaccio, almeno un po'. Pensavo che sarebbe andato bene anche un po' di vino con la cena. Avevo già mandato un messaggio alla cuoca mentre ero ancora sul bus, perché preparasse qualcosa di buono.

Emilia aveva dimenticato un po' di cose che aveva lasciato in un cassetto quando si era trasferita, incluso un costume da bagno. Il suo bikini sexy, bianco e nero, il mio preferito. Le avevo fatto cose stupendamente osé mentre lo indossava.

Quando lo tolsi dal cassetto, lei sbatté gli occhi, perplessa e poi allungò lentamente la mano per prenderlo. La guardai per un lungo momento. Lei alzò gli occhi di colpo e impallidì.

«Io… io penso che immergerò solo i piedi. Non ho bisogno di un costume» disse, con le parole che echeggiavano stranamente vuote. Sembrava la voce stessa della tristezza.

La osservai, aspettando che si spiegasse mentre slacciavo i pantaloni per mettermi il costume.

Lei si voltò. Sembrava a disagio. Continuai a osservarla attentamente, la strana rigidità delle spalle, il modo in cui le sue mani si aprivano e si chiudevano lungo i fianchi. Perché l'improvvisa timidezza, mi chiedevo? Mi aveva visto nudo centinaia di volte. Avevamo scopato, quasi nudi, nelle ultime ventiquattr'ore.

Finii di cambiarmi mentre lei s'interessava agli articoli sulla mia scrivania, come non aveva mai fatto in passato: le fotografie in cornice e altra roba. Guardava dovunque, eccetto che verso di me. Era nervosa. Sembrava quasi vibrare.

Una volta infilato il costume, andai a metterle una mano sulla spalla. Lei non si mosse. Fissava attentamente una fotografia. *La* fotografia. Quella di me e mia sorella da bambini. La guardai da sopra la sua spalla. Ricordavo il giorno in cui era stata presa. Sembrava fosse passata una vita intera. Il mio sesto compleanno.

Mia madre lo aveva dimenticato, ancora una volta. Bree aveva risparmiato un po' dei soldi che guadagnava facendo la babysitter, soldi che aveva nascosto in uno dei miei animaletti di peluche per impedire alla nostra meravigliosa madre di rubarli per comprarsi da bere. Aveva tirato fuori dalla tasca del mio orso di peluche preferito quei dollari stropicciati ed era andata in pasticceria. Avevamo festeggiato a casa della sua amica Christina, evitando completamente di andare a casa nostra finché non era stato buio. La fotografia era stata scattata dalla madre di Christina, che me l'aveva consegnata tutta fiera una settimana dopo mentre andavo a scuola. Avevo inserito la fotografia nel mio quaderno e l'avevo tenuta sempre con me.

Due anni dopo Bree era scappata da casa. E quella fotografia era l'ultimo ricordo materiale che avevo avuto di lei finché non l'avevo rivista, fragile ombra di se stessa. Mi si stringeva il petto con la stessa cupa sensazione tutte le volte che mi permettevo di pensare a quanto mi mancasse. Sbattei gli occhi.

Emilia fece scorrere il pollice sulla cornice mentre studiava la fotografia.

«Dai» dissi. «Andiamo.»

Lei annuì, ma non mi stava ascoltando, aveva gli occhi ancora incollati a quella foto. Potevo quasi vedere le rotelline che le giravano in testa. Era completamente assorbita da qualche terrificante, profondo pensiero e quelle emozioni si vedevano benissimo sul suo volto. Le misi le mani sulle spalle e strinsi. «Emilia.»

Si riscosse come se stesse svegliandosi da un sogno a occhi aperti, voltandosi verso di me. Eravamo vicini ed io ero mezzo nudo e sentivo il calore del suo corpo così vicino. Avrei voluto tirarla contro il mio petto nudo, accarezzarle la schiena, sentire le sue mani e la sua bocca muoversi su di me. Maledizione, era difficile. Eravamo in una stanza dove avevo dormito con lei tra le braccia per tutta la notte, in cui avevo fatto dolcemente l'amore su quasi tutte le superfici, lì e in bagno e sul ripiano, la vasca, la doccia.

Era orribile essere lì con lei, adesso. Sentire quella distanza, come un canyon tra di noi, come uno di quegli epici mega canyon che si vedono nelle fotografie di Marte prese dal Rover, un canyon così enorme e remoto che la topografia terreste in confronto impallidisce. Non eravamo più sulla terra. Eravamo su Marte, dove le montagne che dovevamo superare erano tanto più alte e le valli tanto più basse, i burroni tanto più profondi. Dove il cielo era rosso bruciato. Eravamo in un territorio alieno, distante, adesso, e non avevo idea se saremmo riusciti a trovare la strada di casa. Uno tra le braccia dell'altro. Almeno finché non ci fossero stati più segreti tra di noi.

E non era ironico, quando tutta la nostra relazione era fondata sui segreti, segreti enormi, e tutti creati da me? Non credevo nel karma, ma se ci avessi creduto, sarebbe stato uno di quei momenti in cui lo avrei maledetto, perché ora era tornato ad azzannarmi il culo.

Emilia stava fissando la mia spalla. Aveva gli occhi fissi sul tatuaggio. E aveva trasferito qualunque morboso pensiero stesse avendo su quella foto vecchia di vent'anni, al nome tatuato sulla mia clavicola sinistra.

Arretrai e mi voltai per portarla fuori dalla stanza. Comunque era stata un'idea da idiota portarla lì.

Sul lato della casa dall'altra parte della spiaggia, c'era una piscina coperta totalmente privata, completa di tetto e pareti retraibili. Scelsi di tenerla chiusa e nuotai avanti e indietro per circa trenta minuti mentre lei restava seduta sul bordo con i piedi nell'acqua, schizzandone un po' ogni tanto, di solito quando le passavo davanti.

Dopo una dozzina di tentativi di schizzarmi, finalmente decisi di giocare anch'io e le afferrai la gamba. Lei ansimò e cercò di liberarla, ma a quel punto le avevo afferrato entrambe le gambe. Quando le diedi uno strattone, come se intendessi trascinarla in acqua, lei smise di ridere e mi disse fermamente di smetterla, quindi la lasciai andare.

Restai a galleggiare davanti a lei. Lei si chinò e mi spinse indietro i capelli, studiandomi il volto. «Ti ho lasciato dei segni sul collo» disse. «Immagino che Jordan non te l'abbia fatta passare liscia.»

Le risposi con un pigro sorriso. Se avessi potuto decidere io, ci saremmo lasciati dei segni sul collo molto presto, reciprocamente. «Ho lasciato più segni io sul *tuo* collo.»

Agganciai un braccio sul bordo della piscina proprio accanto alla sua gamba. Allungai una mano e le accarezzai il polpaccio morbido e muscoloso. Le sue gambe mi facevano impazzire. Erano lunghe, tornite, sode. E la sensazione di seta della pelle all'interno delle cosce bastava a eccitarmi solo al pensiero. In effetti, avevo una semi-erezione proprio in quel momento, che sarebbe diventata un'erezione completa molto presto.

Una volta avevamo scopato in quella piscina. Era stato piuttosto divertente. Ma oggi avrei tranquillamente potuto stenderla sul mio letto, o piegarla sopra una sedia. Dio, la mia testa stava andando in tutte le direzioni e non glielo potevo permettere.

Ma più di tutto volevo parlare con lei. Volevo sapere che cosa la preoccupava. Volevo definire che cosa c'era tra di noi, assicurarmene per il futuro. La rivolevo con me appena possibile e avrei fatto tutto quello che ci voleva per ottenerlo.

Quindi quella sera… niente sesso. Avremmo parlato.

Uscii dalla piscina issandomi dal bordo e atterrai accanto a lei, allungando una mano per prendere un asciugamano dallo scaffale. Mi asciugai i capelli e la faccia,

Emilia prese un altro asciugamano e cominciò ad asciugarmi il torace. Feci una finta verso di lei, come se intendessi stringerla in un abbraccio bagnato. Lei mi diede una manata e si tirò indietro. Le misi una mano sulla nuca e le tirai la testa verso di me per un lungo bacio.

Ci baciammo per un po', la mia bocca sulla sua. Non feci pressioni per avere di più. *Volevo* di più, ma sarebbe stato troppo facile farsi distrarre. Con l'energia che si sprigionava tra di noi sapevo che non ci sarebbe voluto molto prima di finire di nuovo a letto.

Ed era un momento buono come un altro per affrontare l'argomento. «Allora» dissi, quando ci staccammo e lei fece un respiro profondo. Sentii l'aria fredda che mi passava sulle labbra. La fissai negli occhi castano-dorati.

«Allora» disse lei, togliendo i piedi dall'acqua e tirando le ginocchia verso il mento. Mi fissò per un lungo momento.

«Probabilmente dovremmo parlare...»

Lei smise immediatamente di respirare.

Voglio dire, sembrava che avesse smesso di respirare. Rimase così, ferma, immobile come una statua, come se fosse terrorizzata. Per un secondo mi chiesi se il suo cuore avesse smesso di battere. Ed era decisamente impallidita e si stava mordendo il labbro.

Ci fu un lungo silenzio. Ero tentato di lasciar perdere. Ma non potevo. *Non ci riuscivo.* Sapevo che tra spingerla a dirmi che cosa stava succedendo e spingerla troppo forte c'era un confine molto sottile. Dovevo trovare quella linea e muovermi con estrema cautela.

Emilia fece un respiro profondo e sollevò la testa dalle ginocchia, con gli occhi fissi nuovamente sul mio tatuaggio. «Perché non parli mai di lei?»

Restai di ghiaccio. «Non c'è motivo di parlare di lei.»

Sembrò stupita. «Non ti manca?»

Una strana sensazione mi chiuse la voce. Il mio cuore sembrava... sbilenco. Ogni battito era come una coltellata nel mio petto, un'accusa silenziosa. *Non ti manca?* Ogni giorno. Ogni maledetto giorno.

«Emilia...»

«Perché la tieni segreta?» aveva la fronte aggrottata come se stesse cercando di capire una cosa impossibile da decifrare. Poi allungò la mano e passò un dito sul nome di mia sorella.

«Non hai mai nemmeno pronunciato il suo nome a voce alta. Lo scrivi sul tuo corpo in modo indelebile, ma non parli mai di lei.»

Le catturai il polso e tolsi la sua mano dal tatuaggio. «Perché. Non. C'è. Niente. Da. Dire» ripetei a denti stretti. Quello che non le dissi era che faceva troppo male parlare di lei, pensare a lei. Le uniche volte in cui lo facevo era quando il mio subconscio mi portava in quel posto spiacevole, quella terra di perdita e solitudine.

I suoi occhi castani trovarono i miei. «Non pensi che ti aiuterebbe parlare di lei? Preferisci seppellirla dentro il tuo cuore, tenerla segreta? Anche con me?»

Alzai le spalle. «Che cosa sei tu in questo momento per me perché te ne debba parlare? Sei la mia ragazza o solo una donna con la quale me la sono spassata ieri notte?»

Il suo labbro tremò di nuovo e lei se lo prese tra i denti. «Non lo so.»

Ci fissammo a lungo, in silenzio, e i suoi occhi andarono di nuovo al tatuaggio.

«Non puoi nemmeno dirmi com'era?»

«Perché vuoi saperlo?»

«Perché… Penso…» Mi guardò prima di continuare, «… penso che perderla abbia fatto di te quello che sei. In molti sensi.»

Feci una smorfia e tornai ad asciugarmi per avere qualcosa da fare. «Pensavo che la tua laurea fosse in biologia non in psicologia» dissi bruscamente.

La sua espressione cambiò, divenne cupa e si capiva che si stava agitando, ma non sapevo che cosa dire. Era così frustrante e mi sembrava che stesse usando quei ragionamenti, quelle domande come tattica diversiva. Mi passai la mano tra i capelli gocciolanti. «Non è una cosa di cui voglio parlare, o, per meglio dire, di cui io *riesca* a parlare.»

Emilia mi fissò per un lungo momento, con il volto inespressivo, poi si chinò in avanti e si spinse in piedi. «Ho veramente fame.»

Ora che ci pensavo, avevo fame anch'io. E speravo che un po' di vino con la cena l'avrebbe fatta rilassare, l'avrebbe fatta parlare. Quindi dopo aver fatto la doccia ed essermi vestito, cenammo nell'angolo colazione chiuso che dava sul molo. Faceva troppo freddo per mangiare all'aperto. Il sole era sceso, quindi mangiammo alla luce delle candele. Avrebbe potuto essere romantico se avessi creduto a quelle stronzate. Fare gesti romantici per lei in quel momento sembrava fasullo e inutile.

Mi venne in mente che quel pensiero era piuttosto ridicolo perché stavamo mangiando insieme, dopo aver passato la maggior parte della giornata insieme. Dopo aver passato la notte insieme, aver fatto sesso, e sesso strabiliante. Nelle ultime ventiquattro ore avevamo finto di essere nuovamente una coppia.

Ma non eravamo una coppia. C'era ancora un muro che ci separava, ci impediva di parlare. Le versai un secondo bicchiere di vino, la guardai mentre lo sorseggiava, sperando che facesse presto la sua magia. Il vino funzionava come il siero della verità su Emilia, lo avevo notato. Quindi speravo che potesse facilitare la discussione.

«Mhmm. Narcisi gialli» disse, masticando un pezzetto di pane e concentrandosi sul centrotavola, fiori freschi che avevo chiesto alla cuoca di ordinare per la tavola.

Non dissi niente, ma continuai a mangiare e tenni conto del suo consumo di vino.

«È una coincidenza?»

La mia forchetta rallentò mentre la portavo alla bocca. «Cosa?»

Lei indicò con la testa il centrotavola. «I fiori. Ieri sera, il costume da generale SylvanWood. E ora i narcisi gialli.»

La scrutai un momento prima di distogliere lo sguardo, alzando le spalle. «Ah, non lo so. Immagino che fosse quello che aveva il fiorista. E la cuoca ha preso proprio quelli.»

Non la guardai mentre mi fissava attentamente. Forse stava tirando le somme dei vari indizi. E questo indizio era solo per lei. Nessun altro. Il costume era stato un indizio per tutti.

Mise da parte il bicchiere di vino e si alzò per andare in bagno. Chiese la sua borsa e la portò con sé. Lo trovai insolito, ma non ci pensai molto. Mi alzai da tavola, pensavo che avremmo potuto parlare in salone, così la aspettai sul divano, giochicchiando con il tablet. Ci mise un po', ma finalmente uscì, lasciò cadere la sua borsa sulle scale, venne dov'ero seduto e restò in piedi davanti a me.

«Allora… dovrei andare?» chiese esitante.

Io non accennai ad alzarmi. «Non lo so. Dovresti?»

«Beh, non può teletrasportarmi Scotty…»

Battei sul cuscino accanto a me. «Emilia, possiamo parlare, per favore. O vuoi che restiamo in questo… limbo?»

Si sedette accanto a me, ma mentre lo faceva barcollò un po', come se fosse un po' ubriaca. Aveva bevuto solo un bicchiere intero di vino e qualche sorso del secondo. Sospirò e si strofinò la fronte. «Pensi che una conversazione possa sistemare tutti i casini tra di noi?»

Strinsi i denti. «Penso che potrebbe essere un inizio.»

Si appoggiò allo schienale e guardò il soffitto, sospirando. «Ma da dove possiamo cominciare?»

«Cominciamo col dire che cosa vogliamo. Io so che cosa voglio *io*. E *tu*?»

Lei voltò la testa e mi diede una lunga occhiata da sotto le palpebre pesanti, poi fece un respiro profondo. «Io non so che cosa voglio.»

«Vuoi diventare un medico» le suggerii, cercando di aiutarla.

Lei ruotò la testa dall'altra parte e guardò il soffitto, sbattendo gli occhi. «Già... forse.»

«Emilia, che cosa sta succedendo? Abbiamo rotto perché volevi andare nel Maryland... ora *non* hai intenzione di andare nel Maryland e...»

Si accigliò, ma la sua voce era ancora tranquilla quando parlò. «Abbiamo rotto perché avevi violato la mia fiducia e avevi assunto qualche imbecille per mettere un localizzatore sulla mia auto. Perché non ti fidavi di me.»

Mi morsi la lingua. Non aveva assolutamente niente a che vedere con la mancanza di fiducia in lei, ma con la costante paura che sentivo dentro di me.

Allungai la mano e le accarezzai la guancia. «Posso chiederti di superarlo? Di perdonarmi?»

Chiuse lentamente gli occhi sotto il mio tocco e deglutì. «Ti ho già perdonato. Ma continuo a non fidarmi di te. Abbiamo grossi problemi di fiducia, tu ed io.»

Le lisciai i capelli. «Non siamo perfetti. Ma penso che valga la pena di lottare per *noi*.»

Chiuse e riaprì pigramente gli occhi. «Penso che valga la pena di lottare per i tuoi abbracci…» mormorò con la voce assonnata.

«Solo i miei abbracci?» le chiesi, vagamente divertito.

«È un buon inizio.» Si chinò verso di me, accoccolandosi contro il mio petto. Le avvolsi automaticamente le braccia intorno.

«Mhmm» disse. «Più stretto.» Ed io ubbidii.

Quindi la tenni stretta finché si appisolò tra le mie braccia. Le baciai i capelli, guardando l'orologio. Erano solo le nove e la sua strana sonnolenza cominciava a incuriosirmi. Aveva bevuto un bicchiere di vino, quindi poteva essere per quello. E, grazie a me, non aveva dormito molto la notte prima. Ma non quadrava.

La sistemai contro di me e fu in quel momento che notai due piccoli lividi sul suo braccio sinistro. Glielo alzai, dapprima pensando che fossero stati causati dal sesso un po' violento della notte prima, ma sembravano lividi freschi. Diedi un'occhiata più da vicino… e com'era prevedibile, vidi segni di puntura dove c'erano i lividi.

M'irrigidii per lo shock, ricordando che aveva portato con sé la borsa in bagno e che ci era rimasta un bel po'. Quando era uscita, era sembrata più ebbra di quanto avrebbe dovuto dopo un bicchiere di vino. Il mio cuore cominciò a battere forte. *Cazzo.*

Fissai la sua testa di capelli quasi bianchi, annidata contro il mio petto e pensai alla sua strana richiesta della sera prima di tenere la maglietta, la sua riluttanza a mettersi il costume da bagno. La spostai e con una gelida paura che mi saliva in gola, alzai l'orlo della maglietta abbastanza da controllarle lo stomaco.

Era coperto di vecchi lividi. Alcuni erano giallastri, a indicare che erano lì da settimane. Segni d'iniezioni. Pensai alla sua fissazione con Sabrina, al suo desiderio di sapere di più su mia sorella. Emilia si stava evidentemente iniettando qualcosa. Era una tossicodipendente? Che diavolo? Quando era successo?

Con una sensazione di buio e di gelo in gola, la appoggiai delicatamente sul divano per potermi alzare. Poi mi piegai e la presi in braccio. Non l'avrei lasciata dormire sul divano tutta sola. La portai su per le scale, in camera mia. Appoggiandola delicatamente, le tolsi le scarpe e poi il telefono dalla tasca, mettendolo sul comodino accanto al mio. Lei si voltò sul fianco e le misi una coperta. Ne avremmo parlato la mattina dopo.

Ma prima di parlare avevo bisogno di informazioni ed ero disperato. Andai dov'era la sua borsa e la fissai per un lungo momento, esitando prima di aprirla. Se stava usando stupefacenti, aveva bisogno di aiuto. Se potevo aiutarla, allora *dovevo* aiutarla. Feci un respiro profondo aprendo la cerniera della borsa, rendendomi vagamente conto che aveva appena detto, nemmeno un'ora prima, che aveva dei problemi a fidarsi di me.

Eppure eccomi qui di nuovo, a frugare nella sua borsa. Mi tremavano le mani e non riuscivo a togliermi l'immagine di Bree dalla testa... ero di nuovo quel ragazzo che guardava la sorella morente camminare con passo malfermo sul marciapiede. Sapevo che non l'avrei più rivista mentre fissavo fuori dal finestrino dell'autobus. Ero impotente, incapace di aiutarla per quanto la pregassi.

Non sarebbe successo di nuovo, maledizione. No. Non a Emilia. Non riuscivo a respirare quando chiusi la mano su un contenitore di plastica, un contenitore portatile per siringhe usate. Lo tolsi dalla borsa, e restai a bocca aperta, incredulo. All'interno c'erano delle siringhe vuote.

Cazzo! Cazzo! Mi tremavano le mani mentre portavo le siringhe nel mio ufficio per controllare l'etichetta su Google. Oxycodone... un oppioide potente prescritto come antidolorifico ma anche il farmaco più usato dai drogati. Era così che aveva cominciato Bree, aveva rubato un flacone di antidolorifici dall'armadietto dei medicinali della madre di Christina. Aveva nascosto anche quelli nei miei animali di peluche.

«Medicine speciali, solo per me» aveva detto. «Adam, tu non devi toccarle, okay? Ti farebbero star male. Sono solo per me.»

E poi aveva trovato un modo per averne ancora, e a quel tempo ero stato troppo giovane per capirlo. Aveva usato la prescrizione in farmacia, più e più volte, dicendo che erano per una zia malata. E quando non era più stato possibile usare la ricetta e non c'erano più stati flaconi da rubare, aveva cominciato ad accompagnarsi ai duri del quartiere. Mi aveva avvertito di non avvicinarmi a lei quando era con loro. Lei flirtava e rideva e loro le davano pacchetti di roba. E lei nascondeva anche quelli.

Prendeva le pillole quando nostra madre la picchiava. Strillavano e si urlavano contro ed io mi nascondevo nella mia stanza e piangevo, troppo terrorizzato per uscire e difenderla, ero troppo piccolo, dopo tutto, e lei era un'adolescente. Ma la mamma la picchiava e lei veniva nella nostra stanza, prendeva le pillole e singhiozzava nel cuscino mentre io fingevo di dormire.

Mi presi la testa tra le mani, cercando di arginare il dolore. Dio santo.

Stava succedendo tutto di nuovo.

Con una determinazione ferrea, tornai alla sua borsa e la rovistai. C'erano altre due siringhe, queste piene e non ancora usate. I pezzi stavano cominciando a incastrarsi. Si era allontanata perché sapeva dei miei problemi con le dipendenze. Era fissata sulla storia di Sabrina per via delle similitudini con la sua. Non era riuscita a parlarmene perché aveva paura di come avrei reagito.

Ero arrabbiato? Cazzo, sì. Ma ero entrato in modalità di risoluzione problemi. Ore dopo, prima di sdraiarmi accanto a lei, spedii tre diverse richieste d'informazione su centri di riabilitazione. Al mattino ci saremmo seduti e avremmo cercato di capire. Lei sarebbe rimasta qui ed io l'avrei convinta che era questo il modo di procedere, anche se significava organizzare quel tipo d'intervento di cui aveva scherzosamente parlato Alex settimane prima.

Heath ne era al corrente? Decisi di parlarne anche con lui. Guardai l'orologio. Erano le undici passate. Troppo tardi per chiamare. Lo avrei chiamato come prima cosa il giorno dopo.

Superare quel problema sarebbe stato difficile. Alla fine sarebbe stata *la sua* battaglia, *la sua* lotta. Ma le avrei procurato il miglior aiuto possibile. L'avrei sostenuta anche dopo. Avevo percorso anch'io i dodici passi, dopo essermi reso conto della mia dipendenza dal lavoro. Avevo svolto quel programma da solo, ma sapevo che Emilia avrebbe avuto bisogno di aiuto. Ed io sarei stato lì per lei.

Mi sdraiai accanto a lei e la presi tra le braccia, completamente vestito anch'io, ma così stanco da non riuscire quasi più a pensare. Mi addormentai al suono del suo respiro tranquillo.

Mi svegliai ore dopo con la sensazione della sua bocca e delle sue mani sul mio torace nudo. Sdraiato sulla schiena, tenni gli occhi chiusi e assaporai la sensazione. Non era solo un sogno piacevole, grazie a Dio. Emilia mi aveva slacciato la camicia e mi stava baciando dappertutto. Ed io ero duro come una roccia.

Non mi mossi, curioso di sapere dove stava andando. Avevo continuato a desiderarla dall'ultima volta. E la situazione era promettente. Una delle sue mani scivolò lungo il mio addome per afferrare il mio sesso eretto. Mi accarezzò attraverso i jeans ed io emisi un gemito involontario.

Lei non smise di toccarmi, ma alzò la testa. «Accidenti. Volevo darti anch'io un *dorgasmo*.»

Aprii appena gli occhi. Era mattino presto. Il cielo era ancora grigio pallido e riuscivo a malapena a vederla nella luce prima dell'alba. Mi sembrava ancora così estranea con quei capelli pallidi a strisce rosa e viola. Resistetti alla voglia di afferrarla, tirarla sopra di me. Desideravo tanto penetrarla che stavo quasi vibrando.

«Non fare caso a me» sussurrai roco. «Fingerò semplicemente di dormire e tu puoi fare quello che vuoi.» E speravo che quello che voleva fosse montarmi sopra e cavalcarmi come una cowgirl.

Slacciò e aprì la cerniera dei miei jeans, tirandoli. «Perché ti sei addormentato tutto vestito, stupidone?»

Alzai il sedere e lei mi tolse i jeans. «Non posso rispondere. Sto dormendo, ricordi?»

«Ah, già. Peccato che te lo perderai, allora» inserì la mano nelle mutande ed estrasse il mio sesso eretto, muovendo delicatamente la mano. Strinse leggermente la punta ed io gemetti di nuovo e in due secondi la mano fu sostituita dalla sua bocca calda e bagnata.

«Cazzo» gracchiai quando le sue labbra si chiusero su di me. La sua lingua accarezzò le parti più sensibili del mio sesso. Strinsi forte gli occhi. Tutto quello che potevo fare, era godermi la sensazione. Dovetti resistere alla voglia di afferrarle la testa e controllarne i movimenti. In quel periodo avevo ricevuto raramente una fellatio ed era comprensibile che non fosse la cosa che Emilia preferiva fare, vista la sua storia. Ogni volta quell'atto era un regalo, per come la vedevo io. Non me n'ero mai aspettati da lei. In passato, un uomo l'aveva violata in quel modo e solo il fatto che stesse volontariamente offrendomela la diceva lunga sul suo livello di fiducia.

Ingoiai un po' di senso di colpa a quel pensiero. *Fiducia.* Avevo frugato tra le sue cose la sera prima. Avevo trovato…

Era così difficile pensare a qualunque cosa in quel momento perché la sua bocca mi stava facendo cose incredibili. Succhiò forte mentre passava la bocca sul mio sesso. Facendolo scivolare in fondo, più in fondo di quanto avesse mai fatto in passato. Tanto che, nel mio stato semi-delirante, mi chiesi se non le avrebbe causato un conato di vomito.

Mi obbligai ad aprire gli occhi e a guardarla. Lei aveva gli occhi chiusi, ed era concentrata mentre continuava a far scivolare la testa su e giù, con movimenti regolari, concertati. Aggrottò le sopracciglia scure e le sue magnifiche labbra gonfie si sigillarono intorno al mio fallo. Vederla quasi mi fece venire.

Ma poi lei spalancò gli occhi e mi fissò. Non riuscii a distogliere lo sguardo mentre la sua testa continuava il suo movimento. Un piacere bruciante si stava espandendo dall'inguine verso lo stomaco e giù nelle gambe. Era così dannatamente bello. Non volevo che smettesse. Volevo che continuasse a succhiarmi finché fossi venuto. E volevo venire nella sua bocca, una cosa che non avevo mai fatto prima.

Lo volevo così dannatamente tanto che ero mezzo tentato di non avvertirla quando sentii lo spasmo familiare appena sotto l'ombelico. «Emilia» ansimai. «Sto per...» Ma lei non si fermò e il mio orgasmo aveva raggiunto la cresta di quell'onda di piacere ardente, fremente. Chiusi forte gli occhi e mi riversai nella sua bocca.

Cazzo, era così bello, così caldo e intenso da essere quasi doloroso. Lei non staccò la bocca. Ed io stavo ancora venendo, e lei continuava a succhiare. Oh. Mio. Dio. Pensavo che la forza di quel piacere mi avrebbe fatto esplodere la testa.

Mi persi nella sensazione di quel piacere assoluto per lunghi minuti, ma quando finì e la sua bocca era ancora sigillata intorno a me, aprii gli occhi e la osservai. Ero certo che si sarebbe alzata e sarebbe andata al lavabo per sputare. Invece, mentre la sua bocca era ancora sigillata intorno a me, vidi la sua gola muoversi. Inghiottì. Tutto.

Chiusi gli occhi e gettai indietro la testa, così incredibilmente eccitato che sentii ricominciare tutto da capo. Emilia tolse lentamente la bocca e si sarebbe alzata dal letto, ma la fermai, mettendole un braccio intorno alla vita per impedirle di andarsene.

«È stato dannatamente sexy. Devo averti di nuovo» gemetti.

Lei ansimò. «L'hai appena fatto.»

«Di nuovo. E poi ancora. Perché non ne avrò mai abbastanza» continuai. «Ho bisogno di te. Qui. Con me. Per favore.»

Lei restò immobile. «Dovremmo parlare» disse.

Inspirai e poi espirai lentamente. Stava per parlarmi della droga. Bene. Meglio che venisse da lei... che fosse lei a riconoscere che aveva un problema.

Si chinò a baciarmi e poi si alzò per usare il bagno ed io mi sdraiai, godendo ancora quella sensazione di profonda soddisfazione. Guardai l'orologio. Erano le sette di un martedì mattina. Chiusi gli occhi ed ero quasi completamente addormentato quando lei uscì dal bagno e tornò a letto accanto a me.

Ora dovevo alzarmi, ma di una cosa ero certo, quando fossi tornato a letto lei avrebbe avuto un orgasmo tutto per lei, in un modo o nell'altro. Con quel pensiero in testa, mi alzai e feci la doccia. Forse lei si sarebbe riaddormentata nel frattempo. Mentre mi lavavo, pensavo a tutti i modi più favolosi in cui svegliarla. Prima ancora di uscire dal bagno avevo una semi-erezione solo grazie ai pensieri sporchi che mi erano passati per la testa. Era stupefacente, davvero, che potessimo essere così lontani emotivamente eppure così sessualmente in sintonia, tanto da non riuscire a togliermi il pensiero del suo corpo dalla mente.

E presto, dopo aver parlato, ci saremmo occupati delle emozioni. Ci saremmo occupati di qualunque cosa le stesse succedendo e tutto sarebbe andato bene. Lei sarebbe tornata con me e lo avremmo affrontato insieme. Esattamente come avremmo dovuto fare fin dall'inizio.

Mi avvolsi l'asciugamano intorno ai fianchi e lasciai il bagno mentre mi strofinavo i capelli per asciugarli. Con mia sorpresa, Emilia era in piedi accanto al letto, piegata sulla sua borsa. Ne aveva tolto praticamente tutto, praticamente come avevo fatto io la sera prima. E stava evidentemente cercando qualcosa. Feci un respiro profondo, sentendomi sprofondare lo stomaco. Probabilmente stava cercando una delle siringhe pre-riempite, allineate sulla mia scrivania davanti al mio computer.

Bene. Voleva parlare. Ecco l'occasione.

«Hai frugato nella mia borsa?» chiese senza alzare gli occhi.

Esitai e il suo sguardo fiero mi bucò. Feci un respiro profondo. «Sì.»

Emilia scosse la testa. «Sei *incredibile*» disse a denti stretti.

«Sono preoccupato per te. Ho visto i lividi sulle braccia e sullo stomaco.»

Lei impallidì. «Mi hai tolto la maglietta?»

«Ho visto i lividi sulle tue braccia e i segni delle punture. So maledettamente bene che cosa sono quindi ho guardato per vedere se avevi lividi sullo stomaco. Ed erano dappertutto.»

Lei sbatté gli occhi un paio di volte e poi tornò alla sua borsa, rimettendo tutto dentro in fretta.

«Voglio quelle siringhe, dannazione. Anche quelle vuote. Sono un rischio biologico.»

Quasi risi all'ironia della situazione. Solo un aspirante medico si sarebbe drogato e al contempo preoccupato di una cosa simile.

«Emilia, hai un problema. Dobbiamo parlarne.»

«No. *Tu* hai un fottuto problema. Proprio. Non. Puoi. Starne. Fuori.» E con quello chiuse rumorosamente la cerniera della borsa, con le lacrime che scendevano sulle guance.

«Sono preoccupato per te.»

Si asciugò gli occhi con un gesto furioso. «Così dici.»

«Non sto mentendo. Ma qui non si tratta di me, si tratta di te. Ti stai drogando.»

«No. Non sto facendo uso di droghe. Ora portami a casa. *Adesso.*»

Incrociai le braccia sul petto. «Dobbiamo parlare.»

Lei scosse la testa. «Basta parlare. Tu ed io abbiamo finito. Tu non ti fiderai mai di me ed io non mi fiderò *mai* di te.» Finì la frase con un singhiozzo.

«Emilia…»

«No! Portami a casa, Adam.»

Io non mi mossi e non dissi una parola.

Imprecando sottovoce, Emilia si mise in spalla la borsa e scese le scale andando verso la porta.

La seguii da vicino. «Che cosa stai facendo?»

«Andrò a piedi.»

«Sono quindici miglia.»

«Ho bisogno di fare esercizio.»

«Emilia, fermati.»

Lei continuò a camminare.

«Ti accompagnerò io» dovetti concedere alla fine. Attraversammo l'isola uno accanto all'altra. Era una bella mattina, il sole splendeva, c'era una brezza fresca. Inspirai l'odore particolare, pungente di Back Bay e dell'erba appena tagliata, con la mente che cercava disperatamente qualcosa da dirle. La seguii nel garage, e gli odori freschi dell'esterno furono sostituiti dall'odore di gas di scarico e olio vecchio. Deglutii, dandole un'occhiata. Avevo mandato tutto all'aria? Avrebbe rifiutato il mio aiuto, adesso, se glielo avessi offerto? Non potevo obbligarla ad accettarlo.

Ma non c'era niente da dire. Curva sul suo telefono, messaggiava in continuazione. Immaginai che stesse mettendo al corrente Heath di tutto. Quando arrivammo al suo parcheggio, Heath la stava aspettando, con le braccia incrociate sul petto come un buttafuori pronto a sedare una rissa. Emilia scese dalla macchina quasi prima che mi fermassi e Heath venne a mettersi davanti a me mentre lei fuggiva.

«Emilia…» dissi.

Lei si voltò, con gli occhi rossi. «Addio, Adam.» E si affrettò verso il condominio.

Mi rivolsi a Heath, che mi guardava con un'espressione di pietà sul volto. Mi fece infuriare. Strinsi i pugni. «Lascia che vada da lei.»

«Non vuole parlare.»

«Ho mandato tutto a puttane, okay?»

«Sì. *Di nuovo.*» Confermò.

«Penso che Emilia stia facendo uso di droga» sbottai. Come se quell'informazione potesse darmi una chance con lui.

Heath alzò di colpo le sopracciglia. «Perché lo credi?»

«Perché ci sono i segni… i cambiamenti nell'aspetto, il comportamento. Ho trovato delle siringhe…»

Heath scosse la testa. «Già, perché hai frugato nella sua borsa.»

Imprecai, passandomi la mano sui capelli e distolsi gli occhi. «Ho visto il segno delle punture sul suo braccio! Che cazzo avrei dovuto fare?»

«Non sta facendo uso di droga, okay? Fidati di me. Non si tratta di questo.»

«Allora di che cosa cazzo di tratta?»

Il suo sguardo era gelido. «Non tocca a me dirtelo. Voleva parlartene oggi, ma hai mandato tutto all'aria. Lei non si fida di te, non più di quanto tu ti fidi di lei. Tu continui a fare cazzate.»

Sospirai, frustrato. «Dimmi che cosa devo fare. Devo farmi perdonare.»

«Fai un passo indietro. Stai lontano da lei per un po'. Se la smetti di fare il coglione, verrà lei da te.»

Strinsi di nuovo i pugni, con la rabbia che m'invadeva. Avrei voluto prenderlo a botte. «L'avevi già detto.»

«E lei lo aveva fatto, no? Era venuta da te, poi tu hai fatto una cazzata, amico.»

Era difficile da sentire. Difficile da accettare, ma aveva ragione. «Bene, ma promettimi…»

«Mi prenderò cura di lei. Come stavo già facendo.»

Scossi la testa. «Stavi facendo il *mio* lavoro.»

Sembrò amareggiato. «Sì, esatto.»

Ci fissammo a lungo.

Io abbassai la testa, scuotendola. Avevo tradito la sua fiducia, ancora una volta. Non serviva spiegare che l'avevo fatto in un momento di panico assoluto. Che non potevo togliermi Bree dalla testa. Tirai un lungo, doloroso respiro. «Sono un fottuto idiota.»

L'espressione di Heath era di compassione vera. Mi mise una mano sulla spalla, stringendola. «Alla fine imparerai. Ma per adesso devi lasciarla stare.»

Odiavo quello che aveva da dire e non ero così sicuro che avesse ragione. Quell'espressione tradita negli occhi di Emilia mentre si voltava. Il modo in cui mi aveva detto "addio" era suonato così definitivo. Cazzo.

Tornai alla mia auto muovendomi come un automa e uscii dal parcheggio, tornando a tutta velocità verso Newport Beach.

CAPITOLO DICIOTTO

DECIDEMMO ENTRAMBI DI RESTARCENE A CASA PER IL giorno del ringraziamento, il fine settimana seguente, per risparmiarci l'inevitabile imbarazzo. Sia Peter sia Kim non nascosero la loro delusione. Peter mi chiamò e dichiarò che non dovevo nemmeno pensare di poterlo fare anche a Natale.

«Non posso prometterti niente, Peter.»

«Siamo la tua famiglia, Adam. La tua unica famiglia.»

Sospirai. «So solo quello che posso fare io. Non so che cosa deciderà lei, fin dove deciderà di arrivare.»

«È giusto che ti avvisi che Kim ed io stiamo facendo sul serio. So che non è la migliore delle notizie per voi due, in questo momento.»

«No. Ma siamo adulti. Ci adatteremo.»

Peter sospirò. «Kim è molto preoccupata per Mia.»

Non era l'unica. «Dille che deve parlarne con Heath, allora. Perché io non so un cazzo.»

***

Dicembre cominciò con un tempo quasi estivo nel sud della California, mentre il resto del paese era immerso in un clima artico. M'informarono che la composizione extra-giudiziale era imminente e che, come parte dell'accordo, dovevo parlare personalmente con la famiglia del giovanotto che aveva perpetrato i crimini.

Non mi piaceva per niente quel nuovo sviluppo e Jordan dovette perorare e implorare per convincermi a farlo.

«Amico, sarò là con te. Lo faremo insieme.»

Aprivo e chiudendo continuamente i pugni lungo i fianchi. «Ho forse un accidente di scelta? Una qualunque?»

«Possiamo vedere se Joseph riesce a fare qualcosa con i tizi dell'assicurazione per far togliere quella clausola, ma... se la famiglia ritiene che tu sia battagliero potrebbe puntare i piedi, magari vederlo come un modo per ottenere più soldi. E in quel caso l'assicurazione potrebbe veramente farci il culo.»

«Non ho idea di che cosa dire a quella gente. Significa che resterò seduto in una sala conferenze per mezz'ora ad ascoltarli mentre mi dicono che sono la progenie del diavolo che ha distrutto il loro innocente figliolo.»

«Adam... *tu* sai che quella merda non è vera. *Io* so che quella merda non è vera. A volte, nella vita, bisogna semplicemente... ingoiare il rospo, lo sai.»

Mi premetti le mani sugli occhi, completamente abbattuto. Era veramente esasperante dover essere complice della pretesa che fossi colpevole di fornire una sostanza che creava dipendenza, come un crack virtuale. E, maledizione, per me era una faccenda *personale*.

Oltre a tutto, non riuscivo a togliermi il pensiero di Emilia dalla testa. Era passata più di una settimana da quando l'avevo vista l'ultima volta e ora questo nuovo sviluppo mi avrebbe tenuto fuori dallo stato per quasi tre settimane. Avevo degli incontri d'affari a Chicago, fissati mesi prima. Poi questo viaggio a New York City per i documenti della composizione extra-giudiziale e l'incontro con la famiglia. E poi dovevo andare a Washington D.C., dove mi avevano citato a comparire a un'audizione congressuale sui possibili effetti di dipendenza che potevano provocare i videogiochi online.

Smaltita la sbornia di adrenalina della convention e dell'essere stato con Emilia per quelle brevi ventiquattro ore, quasi tutte felici, mi sentivo come se fossi colato a picco.

Dato che dovevo prendere un volo molto presto la mattina dopo, preferii mandare un messaggio a Emilia riguardo a Natale. Era possibile, anzi probabile, che non sarei comunque tornato in tempo per festeggiarlo con la mia famiglia, ma se per caso ci fossi riuscito non avrei avuto il tempo di definire con lei una tregua per soddisfare il desiderio di mio zio e di Kim di festeggiare tutti insieme. Come gli avevo promesso, avremmo risolto il problema come due adulti.

Le mandai un messaggio, chiedendole di vederci dopo il lavoro in un bar lì vicino. Rispose mezz'ora dopo.

Riguardo a che cosa?

Cazzo. Davvero? Era così che sarebbe andata?

Riguardo a che cosa faremo a Natale. Sono sicuro che tua madre ti abbia contattato.

Aspettai altri dieci minuti e stavo scrivendo una lunga, noiosa email quando il telefonò mi avvertì di un messaggio in arrivo.

Ci vediamo al Carlos Café alle sei.

Emilia era lì, seduta in un separé nell'angolo in fondo quando arrivai. Percorsi il corridoio e lei alzò gli occhi dal telefono e mi guardò. Senza sorridere.

Aveva un aspetto orribile. Non la vedevo da una settimana e sembrava... diversa. Tanto per cominciare era vestita in modo strano, con un vestito di maglia e leggings. Sembrava una scolaretta con quei ridicoli capelli bianchi e le sopracciglia scure e i grandi occhi marrone dorato. Era pallida e aveva profonde occhiaie.

Nonostante tutto, però, quando posai gli occhi su di lei, tutto sembrò illuminarsi, almeno nella mia mente. Non mi ero reso conto di quanto fossi ansioso di vederla di nuovo e quanto mi fosse mancata, perché non mi ero permesso di pensarci. Mi ero seppellito nel lavoro.

«Ciao» le dissi, prendendo il menu e dandogli un'occhiata.

«Ehi» disse lei a bassa voce, mettendo da parte il telefono e guardandomi.

«Come va?»

Lei alzò le spalle. Aspettai. A quanto pareva quella era l'unica risposta che avrei avuto.

La cameriera si avvicinò ed io ordinai il mio piatto preferito, carne asada con due taco. Emilia ordinò una bibita al limone e lime.

«Non hai fame?»

Sembrò impallidire ancora di più alla menzione del cibo. «Non proprio.»

Strinsi i denti, preoccupato. In quel momento sentii una fitta di dolore direttamente nell'occhio sinistro. Mi premetti un dito sulla fronte, appena sopra l'occhio, cercando di far finta di niente, di ignorarlo.

Lei mi studiò. «Stai bene?»

«Sto bene. Perché non mangi?»

Lei alzò nuovamente le spalle. «Non me la sento.»

Quando la cameriera tornò con i nostri drink, ordinai una ciotola di zuppa per lei, che fece una smorfia ma non obiettò.

«Allora, di che cosa volevi parlare?»

«Te l'ho detto nel messaggio. Ho promesso a Peter che avremmo parlato di Natale. Tu ed io dovremo trovare un modo per andare d'accordo a Natale perché ci hanno già detto che vogliono passarlo insieme e malgrado come ci sentiamo tu ed io, non ho intenzione di evitare di passare le feste con la mia famiglia a causa tua.»

Lei alzò gli occhi al cielo. «Potrei semplicemente non venire io. Renderebbe tutto più facile.»

M'irrigidii. «Non ho nemmeno intenzione di prendermi una sgridata da parte di tua madre e di Liam perché è colpa mia se tu non ci sei.»

Lei infilò la cannuccia nella bibita un paio di volte e alzò le spalle. «Mancano oltre tre settimane a Natale. Perché parlarne adesso?»

«Perché non ci sarò per un po' e non sono nemmeno sicuro di tornare in tempo.»

La sua mano si fermò di colpo. «Via? Cioè... dove?»

Mi strofinai nuovamente la fronte. Il mal di testa stava cominciando a stringermi le tempie. «All'est. Per la querela...»

«E l'audizione congressuale? Hanno intenzione di procedere? Pensavo fossero solo voci.»

Sbuffai. «No, a quanto pare no. Qualcuno ha fatto uno scoop. Mi dispiace non sia stata tu.»

Emilia strinse le labbra, pensierosa. «Non me ne frega niente dello scoop. Tu... andrà tutto bene?»

La fissai per un lungo momento, in silenzio e annuii. «Sopravvivrò. E tu? A quanto pare hai smesso di mangiare...»

Evitò di fissarmi negli occhi. Io mi guardai intorno e feci scivolare sul tavolo una busta imbottita. Lei mi guardò incuriosita.

«È il farmaco che hai lasciato a casa mia. Ho fatto smaltire correttamente le siringhe vuote.»

Senza una parola, infilò la busta nello zaino. E poi rimase seduta in silenzio, giocherellando con le dita. Questo era il mio gesto, per dimostrare che mi fidavo di lei. Per dimostrarle che le avevo creduto quando mi aveva detto che non stava abusando dei farmaci. Mi ci erano volute lunghe ore di riflessione per decidere che cosa fare. Alla fine, le avevo restituito le siringhe con una paura gelida in fondo alla gola, rinunciando a quel minimo di controllo che avevo, pur di dimostrarle qualcosa.

«Hai... hai voglia di parlare?» le chiesi, schiarendomi la voce.

Lei mi guardò negli occhi ed io sentii una fitta di qualcosa. Quella fitta dolorosa che mi procurava la sua assenza. Lei mi guardò con gli occhi sgranati per un lungo momento, poi scosse la testa.

«Emilia...» Allungai la mano attraverso il tavolo e coprii una delle sue. Era morbida, fresca al tatto. «Se hai bisogno di qualcosa. Qualsiasi tipo di aiuto. Sai che puoi venire da me, vero?»

Lei distolse gli occhi e li sbatté. Dopo un lungo momento di tensione, scosse la testa. «Dovevamo parlare di Natale» disse con una vocina sottile.

Tirai indietro la mano, lentissimamente. Mi strofinai il labbro con il dito. «Non voglio rovinare loro le feste» dissi. «Dobbiamo comportarci da adulti per il loro bene. Dio sa che entrambi si meritano un po' di felicità e chi siamo noi per decidere che non debba funzionare per loro solo perché *noi* siamo un vero disastro?»

Le sue sopracciglia scure quasi si unirono e sembrò che stesse per emozionarsi, poi annuì. «Hai ragione» disse. «Non è giusto per loro e meritano di essere felici. La mamma merita di avere qualcuno.»

E anche noi. Sentii la gola che si stringeva. Non riuscivo nemmeno a deglutire.

Quando arrivò la cena, Emilia intinse un pezzo di pane nella zuppa e lo mangiò lentamente. La guardai mentre facevo fuori il mio taco in due bocconi.

«Allora...» cominciai a dire, sentendomi di colpo imbarazzato.

Lei ingoiò il pezzo di pane inzuppato e alzò gli occhi.

«Hai intenzione di vedere lo speciale di Natale del Doctor Who con qualcuno?»

Emilia strinse i denti. «No, probabilmente lo vedrò da sola.»

«Nemmeno Alex e Jenna?»

«Jenna va a casa per le vacanze invernali. E Alex sarà occupata con la sua famiglia.»

«Se vuoi... potresti venire a vederlo da me, nella saletta audiovisivi.»

Il suo volto divenne completamente inespressivo. «Adam, non credo che sia una buona idea. Non insistere, okay? Sono venuta per parlare di Natale...»

Chiusi il pugno sul tavolo, frustrato. «Abbiamo finito di parlare di Natale. Voglio sapere di *te*.»

Emilia prese il tovagliolo e si pulì la bocca. «Adesso devo andare.»

Una nuova fitta di dolore mi trapassò la testa così di colpo che ansimai, premendomi la mano sulla tempia.

«Hai il mal di testa?»

La guardai furioso. «T'interessa?»

«Ovvio che m'interessi.»

«Parla con me, Emilia.»

Invece afferrò la borsa e si alzò. «*Per favore*, Adam. Ci vedremo a Natale, okay? Prometto che mi comporterò da adulta.»

La guardai mentre se ne andava. Forse avrei portato con me quella stagista bionda invadente per vedere quanto sarebbe stata "adulta".

Mi presi la testa tra le mani, dopo aver mangiato solo metà della cena. Quella sensazione di completa impotenza che detestavo mi stava inondando. Chiusi gli occhi e invece di Emilia, nella mia mente vidi Bree.

«Torna sull'autobus, Adam. Il tuo posto non è qui.»

Io le tiro la manica, trascinandola con me. «Devi venire con me. Devi! Io non me ne vado finché non vieni anche tu.»

Sono deciso, pesto un piede, incrociando le braccia sul petto.

«No!» strilla lei. La gente intorno a noi si volta a guardare. Lei si strappa i capelli come una pazza. «Devi andare! Questo non è un posto per te. Non puoi restare qui.»

«Vieni con me!»

I suoi occhi sono vuoti, tormentati. «Non posso. Non posso tornare. Io non sono forte come te.»

Le stringo le braccia intorno e comincio a piangere. «Per favore. Tu sei la sola persona al mondo di cui m'importi, Bree. Per favore, torna indietro.»

Lei mi spinge sull'autobus, ma io sono testardo, lascio cadere lo zaino, l'abbraccio e scendo di nuovo. Lei urla ancora, con le lacrime che le rigano le guance.

«Io mi ucciderò, Adam. Se non sali su quell'autobus, mi sdraierò per strada finché qualcuno m'investirà.»

Afferra il mio zaino e me lo lancia, con le guance pallide che prendono un'ombra di colore per la prima volta da giorni da quando sono con lei.

Adesso sto piangendo. Singhiozzando. «Bree.»

Ma l'autista dell'autobus mi sta trascinando indietro, mi spinge su un sedile. Le sue mani non sono gentili e mi ringhia un avvertimento, che sta per partire e che se metto piede fuori dall'autobus mi lascerà in centro a Seattle, da solo.

Ma tutto quello che riesco a fare è premere la guancia bagnata sul finestrino. Sto singhiozzando così forte da non riuscire a muovermi. Quasi non riesco a tirare il fiato. Ho il singhiozzo e un altro di quei mal di testa veramente feroci, dove sembra che qualcuno mi stia spaccando la testa.

Minuti dopo l'autobus parte. E lei resta lì a guardarmi, sul marciapiede. Sembra una silfide in quel cappotto troppo grande che le pende addosso. Le sue guance sono pallide e scavate. Sta morendo. Lo so.

E questa sarà l'ultima volta che la vedo.

Quella notte, sono a letto e fisso il soffitto buio, immerso in quello stesso maledetto senso d'impotenza. Esattamente come Bree, Emilia mi sta respingendo, obbligandomi a farmi indietro. E non c'è niente che io possa fare al riguardo.

***

Quasi una settimana dopo, ero seduto fuori dalla sala conferenza negli uffici della società di assicurazione per la responsabilità civile, aspettando il temuto incontro con le famiglie delle vittime della furia omicida di Tom Olmquist. Quasi tremavo per la tensione e l'energia nervosa. Nemmeno le cinque miglia che avevo corso sul tapis roulant quella mattina erano riuscite a ridurle.

Aprivo e chiudevo ossessivamente una mano lungo il fianco, fissando nel vuoto, quando Jordan si sedette accanto a me. «Allora...» cominciò.

Scossi la testa. Non ero dell'umore giusto per le sue stronzate.

«Sarò lì con te, amico. Al tuo fianco. Ricorda quello che Joseph ci ha detto di dire: nessuna ammissione di colpa. Esprimiamo le nostre sentite condoglianze per la loro terribile perdita e l'orribile tragedia, bla bla bla...»

Scossi la testa, battendo ritmicamente un piede. «Tutta questa storia fa schifo. Io entro lì ed è come se ammettessi che sono colpevole, come se fossi uno spacciatore di crack virtuale.»

«No. È come... beh, *loro* hanno il loro punto di vista e noi abbiamo il nostro. Abbiamo entrambi ragione, moralmente. È come la partita di paintball con i Blizzard. Loro ci hanno fatto il culo a Re della Collina. Noi li abbiamo stracciati a Cattura la bandiera. Alla fine, abbiamo dovuto dichiarare la parità.»

Lo guardai di traverso. «Stai paragonando questa situazione a una partita di paintball?»

«Perché no? È un paragone buono come un altro. Se non vogliamo dichiarare la parità e cedere, questa storia si trascinerà per anni e anni e finirà solo per fare del male a tutti quelli coinvolti.»

Ci pensai per un minuto, strofinandomi la guancia. Sembrava avere senso, anche se avrei preferito che non lo avesse.

Qualche minuto dopo, ci fecero entrare in una sala conferenze dove c'erano tre persone. Dalle interviste televisive riconobbi immediatamente la coppia, erano i genitori di Tom Olmquist. La terza persona, una donna sui quarant'anni, ci fu presentata come la madre della ragazza di Tom, Evy. C'era un'atmosfera seria, pesante. Erano ancora in lutto, ovviamente, la perdita dei loro cari ancora così recente.

Sentivo i loro sguardi accusatori pesare su di me e quindi cercai di non guardarli mentre leggevo la mia dichiarazione "per pararsi il culo", scritta e rivista dal mio avvocato e da quello dell'assicurazione. Misi da parte il foglio una volta finito e intrecciai le mani sul tavolo di fronte a me.

«Permettetemi di aggiungere le mie... condoglianze personali. So che deve essere molto difficile.»

Il padre di Tom, il signor Olmquist, parlò per primo. Mi aveva guardato con un'espressione furiosa per tutto il tempo in cui avevo letto la dichiarazione e ora, visto il pugno chiuso sul tavolo davanti a lui, capii che era pronto a sfogarsi. «Sinceramente, che cosa ne sa lei di quanto sia difficile? È ancora un ragazzo anche lei. Che cos'ha, quattro o cinque anni più di Tom? È rimasto seduto davanti a un computer a programmare giochi per tutta la sua vita. Che cosa ne sa del dolore, di questo tipo di perdita? Dell'orrore di vedere qualcuno cui vuoi bene diventare l'ombra di se stesso, mentre si ritrae dal mondo reale?»

Deglutii mentre qualcosa mi afferrava dentro, una sensazione che non potrei descrivere, nervosismo, rabbia, frustrazione. Quest'uomo che non sapeva niente di me, di quello che avevo passato, mi stava giudicando. Jordan mi mise la mano sul gomito: aveva capito che cosa provavo.

Rilassai la mascella. «Signore, mi dispiace che la pensi in quel modo. Sono sinceramente dispiaciuto per la sua perdita...»

«Ma *non è* dispiaciuto per i milioni che ha fatto mentre forniva ai ragazzi giovani come lei, e più giovani, un gioco distruttivo, che crea dipendenza. Un gioco che rovina le vite prima ancora che siano cominciate. Lei se ne va in giro nella sua limousine, usando i suoi gadget sofisticati. Non si rende conto della distruzione che crea nelle vite degli altri. Per lei è solo questione dell'onnipotente dollaro.»

Mi appoggiai allo schienale, sentendomi come se mi avesse preso a botte. Aprii le mani, che avevo stretto. Ci fissammo a lungo. Feci un respiro profondo, cercando di non cedere alla rabbia. «Con tutto il rispetto, signor Olmquist, posso anche essere giovane, posso anche avere solo sei anni più di suo figlio, ma so qualcosa della dipendenza e dell'abuso di sostanze. E so che cosa significa soffrire quando qualcuno che ti è vicino ne dipende. Mia madre era un'alcolista, e per quello io tocco raramente l'alcol, temendo di sviluppare lo stesso problema...»

Lui non disse niente, fortunatamente, continuò solo a guardarmi con gli occhi duri come pietre. La donna accanto a lui, la madre di Tom, si asciugò gli occhi con un fazzolettino di carta. Io mi fissai le dita intrecciate. «Ma non è mia madre che mi ha insegnato il dolore infinito e il senso d'impotenza che dà voler bene a qualcuno che soffre di una dipendenza.» La mia voce divenne tesa per l'emozione e Jordan si agitò al mio fianco. Forse stava cercando di attirare la mia attenzione, zittirmi. Ma qualcosa dentro di me mi diceva che era ora di lasciar uscire quel segreto. Perché tenerlo stretto, così in fondo a me, mi stava solo danneggiando e chiudendo fuori tutti gli altri.

Mi schiarii la voce e deglutii. «Ho... *avevo* una sorella maggiore. Aveva sette anni più di me e a causa della nostra situazione familiare, era come una madre per me. Cominciò a usare le droghe quando aveva tredici anni.»

La madre di Evy ansimò forte. Io continuai. «A quindici anni, scappò di casa, lasciandomi indietro e visse per strada, schiava della sua dipendenza. Quindi, per risponderle, signor Olmquist, *so* che cosa significa. Esattamente. E mi dispiace che abbia dovuto sopportarlo. Che abbia dovuto vedere suo figlio ammalarsi. Perché so...» Feci una pausa, aspettai, mi schiarii la voce. Perché era così facile eppure così difficile allo stesso tempo? Stavo parlando di cose di cui non parlavo *mai*. Nemmeno con le persone più vicine a me al mondo. Jordan, per esempio, lo sentiva per la prima volta. Non aveva nemmeno una fottuta idea che avessi avuto una sorella. Era seduto al mio fianco, immobile come una statua. Non osavo guardarlo per paura della pietà che avrei potuto leggere nei suoi occhi.

Tirai il fiato, tremando. «Conosco la sensazione di impotenza. La lotta. I dubbi continui. Li ho vissuti per gli ultimi tredici anni, da quando è morta. Se solo mi fossi rifiutato di salire su quell'autobus. Se solo mi fossi rifiutato di lasciarla indietro. Se solo fossi stato un po' più grande, se fossi stato in grado di prendermi cura di lei come un uomo, invece del ragazzino che ero...» Smisi di parlare, cercando di tirare il fiato.

Il signor Olmquist mi fissò, con la bocca aperta. La signora Olmquist stava singhiozzando apertamente nel suo fazzoletto e la madre di Evy si stava asciugando gli occhi con la mano. Non tolsi gli occhi dall'uomo davanti a me. «So che una dipendenza è una dipendenza, che sia dall'alcol, dal cibo, dal gioco o perfino da un videogioco. Una persona con quella predilezione dentro di sé graviterà verso il suo veleno e a meno che riesca ad aiutarsi da solo, quelli a cui vuole bene sono impotenti, non lo possono aiutare. E la mia speranza per voi, per tutti voi, è che non facciate quello che ho fatto io. Che non viviate le vostre vite nel rimpianto, con la vergogna segreta di non essere stati in grado di cambiare quello che non potevate cambiare.»

L'incontro finì poco dopo. Il signor Olmquist ed io riuscimmo a stringerci la mano, anche se non a guardarci negli occhi. Quando uscirono, Jordan si voltò, guardandomi con attenzione. «Amico, devo chiederlo, ma... non ti sei inventato tutta quella roba solo per toglierti dai pasticci, vero?»

Lo guardai come se avesse appena parlato in Klingon. «Ehi, hai una gran bella opinione di me, vero?»

Fece un verso, poi tornò serio. «No, è solo che... beh, era roba pesante. Io... io non ne avevo veramente idea.»

Avrei voluto fingere indifferenza, far sparire la sua preoccupazione, che mi metteva a disagio, come se non meritassi la sua compassione. Invece la accettai. «Non parlo mai di questa roba. E immagino che sia stato il mio più grande errore.»

Lui mi guardò attentamente e poi annuì.

Distolsi lo sguardo, strofinandomi la mascella. «Penso sia quello che lei cercava di dirmi» borbottai.

Jordan aspettò un attimo. «Mia?»

Annuii. Aveva detto che perdere Bree aveva fatto di me quello che ero e aveva ragione. Mi ero tenuta stretta la vergogna segreta della mia impotenza. L'avevo usata come armatura, per tenere tutti a distanza, specialmente lei. Avevo lasciato che la paura di perdere quelli che amavo mi spingesse all'imprudenza. E a ferirla.

E tutto ciò a cui riuscivo a pensare in quel momento era come avesse ragione su di me. Come mi conoscesse meglio di chiunque altro, come mi avesse letto nell'anima, come se avesse visto la parte peggiore di me senza mai distogliere lo sguardo, almeno finché la mia stessa folle paura mi aveva condotto a spingerla a lasciarmi.

L'emozione che mi salì in gola dovette essere evidente sul mio volto perché Jordan si scusò e uscì, presumibilmente per darmi un momento per riprendermi.

Quella sera, quando tornai nella mia stanza in albergo, dovetti fare i bagagli in previsione del tratto successivo del viaggio, il breve salto fino a Washington D.C., il mattino dopo. Ma prima di andare a letto, presi il cellulare e restai a fissarlo. Era mezzanotte sulla costa est, ma erano solo le nove in California. Volevo chiamarla. Avevo bisogno di sentire la sua voce. Avevo il dito sospeso sopra il numero ma poi rinunciai. Non potevo rischiare che non rispondesse. Quella sera mi sentivo troppo sensibile, troppo vulnerabile per espormi in quel modo.

Avevo il pollice sospeso sul tasto invia…

Ehi. Volevo solo farti sapere che sto pensando a te. Xoooooo (tutte le *"o" significano abbracci stretti).*

Probabilmente sarebbe rimasta stupita. Non ci scambiavamo spesso messaggi sdolcinati. Normalmente i nostri scambi di messaggi erano pratici. Ci vediamo qui. Ci vediamo là. Tenevamo la roba intima per quando eravamo insieme, come piaceva a me. Con un sospiro, cancellai il messaggio prima di inviarlo. Cercai di ignorare il dolore che mi comprimeva il petto. Gettando da parte il telefono, mi sdraiai sul letto e restai sveglio per ore.

Stavo cominciando ad avere qualche idea su come dovevo procedere con lei. Quel momento di rivelazione, quello che aveva detto Jordan, riguardo al fatto di dover cedere qualche volta, per far finire una lunga lotta che avrebbe fatto ancora più danni, mi era rimasto in testa. Come se potesse essere un indizio su come comportarmi con Emilia, se fossi riuscito a capire come applicarlo. Avevo preso in considerazione e poi respinto il consiglio dell'*Arte della guerra* che dicevano più o meno la stessa cosa. *Il generale che avanza senza bramare la fama e si ritira senza provare vergogna, il cui solo pensiero è proteggere la sua patria e servirla... questo generale è il gioiello del regno.*

Ero pronto ad arrendermi, finalmente. A mettere tutto nelle sue mani. Non avevo idea di quando avrei avuto l'opportunità di farlo o se fosse già troppo tardi. Era tutto così fuori dal mio controllo, così confuso... così incerto.

***

La settimana seguente ci fu l'audizione congressuale sulle dipendenze e i videogiochi online. Ero stato convocato come testimone chiave, insieme a dirigenti di altre importanti società. C'era il mio vecchio capo della Sony. Pranzammo insieme, ridendo dei vecchi tempi mentre mi sgridava scherzosamente per la concorrenza che Dragon Epoch stava facendo alla creazione della sua società, Everquest, e ai suoi sequel.

Tuttavia furono giornate stressanti. Specialmente quando un senatore da uno degli stati moralisti del sud, cominciò a scagliarsi su di me per come venivano dipinti la magia e gli elementi demoniaci nel mio gioco. Non capiva che molte di queste cose erano elementi chiave nel genere fantasy: draghi, maghi, incantesimi. Lo vedevo come uno di quei tizi di cui sentivo parlare all'inizio del millennio, che volevano bruciare tutti i libri della serie Harry Potter. *Stupido babbano*, avrei voluto borbottare sotto voce. Anche se era stressante, c'erano momenti in cui pensieri irriverenti come quello mi attraversavano la mente. Mi raffiguravo quel politico serio e conservatore che vomitava una sfilza di lumache o che affondava i denti in una caramella gommosa al sapore di vomito. O forse di cerume.

Quando cominciò il maltempo, e le feste si avvicinarono, il Congresso sospese i lavori fino all'anno nuovo e ci furono voci che, a causa di altri avvenimenti recenti che stavano ricevendo l'attenzione della stampa, queste audizioni sarebbero potuto essere sospese per un po'.

Speravo che i politici perdessero interesse e che la storia sarebbe finita lì. Un altro motivo per essere grato per il Natale. E dopo aver vissuto per un po' al gelo nell'est, ero fin troppo pronto a tornare a casa, al sole, ai venti asciutti e ai 27 gradi previsti per il giorno di Natale. Grazie al cielo vivevo nella California del Sud.

Riuscii ad arrivare a casa la mattina della vigilia di Natale. Mentre ero via, avevo incaricato Maggie di comprare i regali al mio posto. Di solito non mi piaceva quel sistema, preferivo fare regali più personali. Ma quell'anno, visto tutto quello che c'era in ballo, avevo dovuto ammettere che proprio non ne avrei avuto il tempo.

Jordan chiamò mentre stava andando a San Luis Obispo, dove vivevano i suoi genitori, per passare le feste con loro. Era tornato dalla costa est qualche giorno prima di me, per chiudere gli uffici per le feste.

«Ehi» dissi.

«Buon Natale, amico.»

«Come va?»

«Mentre eri in volo, ho ricevuto una chiamata dal reparto sviluppo. Hanno sbloccato la missione nascosta. Porca vacca. Adam. Il generale SylvanWood? Alla faccia, l'avevi nascosta sotto il naso di *tutti*. Non riesco a credere di non averlo assolutamente capito. Sei un fottuto genio.»

Il mio mondo roteò per un momento e mi sembrò di essere di nuovo senza peso nello spazio. Per un momento non riuscii a parlare. Mi sembrò che mi avessero tolto un peso dalle spalle. Mi sentivo stordito e un po' eccitato. Era una sensazione di sollievo? La divulgazione di un altro dei miei segreti, profondi e oscuri? Uno di quei segreti che mi piacevano tanto, secondo Emilia.

Mi resi conto che il personale della sezione sviluppo sapeva che avevano sbloccato la missione perché c'era un programma inserito nel gioco che prevedeva di mandare loro una notifica quando fosse successo. Avremmo avuto qualche informazione sul personaggio che l'aveva sbloccata e l'account del giocatore.

«Dimmi quello che sai. Chi è stato? Uno dei giocatori di potenza su un server hardcore?»

Jordan rise. «Non ne hanno idea, in effetti. Il nome del personaggio è MisterRogers ed è un assassino di livello quattro.»

Un principiante. «Deve essere un personaggio alternativo di qualche altro giocatore. Dev'essere un giocatore potente o qualcuno che appartiene a una grossa gilda, che sta giocando in modo anonimo su un server diverso. Hai controllato le informazioni sull'account?»

«MisterRogers non appartiene a una gilda ed è l'unico personaggio creato da quell'account. Nessun personaggio di alto livello su nessuno dei server. Abbiamo controllato. L'account è nuovo. E posso aggiungere che trovo divertente il nome?»

«Che informazioni ci sono sul pagamento dell'account?»

«Nessuna. Un altro vicolo cieco perché l'account è stato pagato con una carta-gioco prepagata.»

Il mio progetto prevedeva che la missione si sbloccasse quando un personaggio si fosse avvicinato al generale SylvanWood e avesse cominciato a interrogarlo sul suo amore perduto invece di seguire il solito copione della missione che conoscevano tutti i principianti, quella dei narcisi gialli. Una certa serie di frasi, che il giocatore doveva intuire, sbloccava il copione che avrebbe condotto il malridotto generale a rivelare gli inizi della missione per salvare la principessa elfica prigioniera.

La chiamata s'interruppe subito dopo, quando Jordan mi disse che stava per entrare nella lunga galleria sulla 101, fuori Lompoc. Fissai a lungo il mio cellulare, quasi tentato di mandare un messaggio a Emilia e dirglielo. Ma mi fermai. L'avrei vista il giorno dopo. Potevo dirglielo allora... o magari no.

Comunque, la sensazione che provavo dentro non era il panico che mi aveva colpito a Yosemite, quando Emilia mi aveva detto, scherzando, che avevano sbloccato la missione. No, questa volta mi sentivo… leggero. Come se mi avessero tolto un peso. Riuscivo a respirare meglio. La reazione sorprendeva anche me.

Andai a casa e passai la vigilia di Natale da solo quando sarei potuto stare con lei. Se solo non avessi mandato tutto a puttane.

E dopo essere stato in viaggio per settimane, tutto quello che feci fu allenarmi, nuotare e andare a letto presto.

Avremmo festeggiato il giorno di Natale a casa di Peter, come sempre. E quest'anno le dinamiche familiari erano a dir poco strane. Emilia arrivò tardi, pallida e con i suoi stranissimi capelli raccolti in due trecce. Fu subito ovvio che Kim non vedeva la figlia da un po', perché fece un commento sul nuovo look di Emilia, completo di ciocche rosa e viola.

Ora che ero a casa e potevo raccogliere i pensieri su di lei mentre la guardavo salutare rigidamente sua madre, con la faccia inespressiva, rimuginai su quel mistero. Il cambiamento di aspetto, l'uso di farmaci, anche se, presumibilmente, se dovevo dar retta a Heath, *non l'abuso* di farmaci. Il fatto che stesse evitando sua madre. La distanza che aveva messo tra lei e gli altri amici. Il suo strano e a volte imprevedibile comportamento nei miei confronti.

E poi quella faccenda della facoltà di medicina. Non voleva più andarci? Aveva detto che era in sospeso. Mi stava facendo venire il mal di testa. Da quanto potevo vedere, sembrava che la sua vita si stesse sbriciolando davanti ai miei occhi ed io ero come quel bambino sull'autobus, che piagnucolava, incapace di cambiare qualcosa.

Ogni volta che avevo cercato di scoprire qualcosa, avevo solo fatto casino perché avevo affrontato la faccenda nel modo sbagliato. Quindi ora dovevo tentare un approccio più diretto. Sincero. Sincero ma non invadente. Ci sarei riuscito?

La qualità della cena natalizia era migliorata moltissimo con l'aggiunta di Kim alla squadra di cuochi composta da Peter e mia cugina Britt. Liam era ancora arrabbiato con me, ma rimase in soggiorno con noi mentre chiacchieravamo e aprivamo i regali. Era seduto accanto a Emilia, e parlavano e scherzavano.

Circondato dalla mia famiglia, che adesso era cresciuta, mi sentivo più solo che mai. Emilia era solo a un metro da me, ma sarebbe anche potuta essere su un altro pianeta, visto che non ci parlavamo, non potevo abbracciarla e scoprire che diavolo stava succedendo in quella sua testa ossigenata.

Lei evitava studiatamente il mio sguardo. Anche quando, parlando, mi rivolgevo a lei, i suoi occhi non si alzavano mai oltre il mio torace e non mi rispondeva mai direttamente. Ero frustrato. Cazzo. La situazione tra di noi era peggiore di quanto fosse prima della convention.

Era come se Las Vegas non ci fosse mai stata. Come se tra di noi non fosse mai successo niente. E, come prima, mi stavo stancando a morte di aspettare.

La famiglia stava preparandosi a giocare a carte al tavolo da pranzo quando Emilia scomparve. Immaginai che fosse andata a parlare con Liam. Ma quando mi scusai per andare in bagno, misi la testa nella stanza di Liam per vedere che cosa stava combinando. Liam era lì, da solo, a dipingere i particolari su alcune statuine di D&D.

«Ehi, amico» dissi, sapendo perfettamente che mi avrebbe snobbato.

Liam voltò la testa, ma non mi guardò. «Mia mi ha detto che non è stata colpa tua.»

Mi appoggiai allo stipite della porta. «Ehm, che cosa?»

«Ha detto che non dovevo più essere arrabbiato con te. Vuole che siamo nuovamente amici.»

«È una buona cosa. Lo voglio anch'io.»

«Le ho detto che dovrebbe mettere in pratica quello che predica, è così che si dice, vero? Che anche lei dovrebbe essere amica con te.»

Sorrisi. «Già. Hai detto bene.»

«Sì, è quello che le ho detto. Poi si è agitata ed è andata in bagno.»

M'irrigidii contro lo stipite. «Stava piangendo?»

Liam alzò le spalle.

Gli chiesi scusa e continuai nel corridoio, fermandomi accanto alla porta del bagno. Era dentro da un po'. Si stava bucando lì dentro? Non avevo ancora accantonato tutti i miei sospetti.

Finalmente, quasi mezz'ora dopo, sentii muoversi la maniglia e mi raddrizzai, pronto per lei. Lei aprì la porta, uscì in corridoio e, vedendomi, restò di sasso.

Guardò nel vuoto, evitando il mio sguardo. «Mi dispiace. Stavi aspettando…?»

Sembrava stupido, dato che c'erano altri due bagni in casa. «Già» dissi.

«Oh, mi dispiace» ripeté imbarazzata e fece per superarmi nello stretto corridoio, ma tesi un braccio per sbarrarle la strada.

Mi guardò male. «Che cosa c'è?»

Io indicai sopra di noi. C'era un ramo di vischio sospeso al soffitto. L'avevo pianificato io.

«Devi baciarmi» dissi.

Lei alzò gli occhi, e poi, sorprendendomi, sul suo viso apparve il primo sorriso che vedevo in tutto il giorno.

Fece un passo avanti e cercò di baciarmi sulla guancia senza toccarmi. Ma dato che era più piccola di me e non mi aveva messo le mani sulle spalle per restare in equilibrio quando si era messa sulla punta dei piedi, tutto quello che mi servì fu fare un passo indietro e afferrarla quando perse l'equilibrio. La schiacciai contro di me e poi mi voltai, piantandole uno sbalorditivo bacio sulla bocca. Con mia sorpresa, lei mi restituì il bacio, stringendomi la camicia tra le mani. Feci un passo avanti, spostando entrambi verso la parete per poter far leva e premere il mio corpo contro il suo. Era bello, così bello...

Lei respirava affannosamente quando staccai la bocca dalla sua, e diede un'occhiata nel corridoio. «Qualcuno potrebbe vederci.»

«Non m'interessa se ci vedono.»

Si voltò a guardarmi. «A me sì.»

Mi chinai in avanti per rubarle un altro bacio. Le avrei fatto tornare il buonsenso a baci, se non funzionava altro. Se parlare con lei, cercare di fare cose carine per lei, se nient'altro funzionava, *questo* funzionava ancora tra di noi. Perché non usarlo a mio vantaggio? Potevo ancora sopraffarla con un bacio appassionato, un abbraccio.

Emilia mi fermò voltando la testa, quindi le baciai la linea della mascella fino all'orecchio. «Buon Natale» sussurrai mentre lei rabbrividiva contro di me, facendo schizzare alle stelle la mia eccitazione.

«Adam...» sussurrò. «Smettila.»

«Non sembri molto convinta.»

«La situazione è troppo confusa.»

«Non è obbligatorio che lo sia.»

Lei mi mise le mani sulle guance per impedirmi di abbassarmi ancora. Aveva le guance arrossate, respirava forte. Lo desiderava esattamente come lo desideravo io. «Non possiamo... non dovremmo. Abbiamo già fatto una volta quell'errore.»

«Non è stato un errore. È lo stato naturale delle cose, per noi. Siamo come magneti, cerca di separarci e ci faremo a pezzi pur di tornare insieme. Mettici assieme, lascia che giriamo, e produrremo elettricità.»

«Dio, sei un tale nerd.» Sorrise mentre lo diceva. «Ma questa è la cosa più romantica che qualcuno mi abbia mai detto.»

«Emilia, vieni a casa con me. Parliamone. Io... io ho alcune cose che vorrei dirti.» Volevo dirle ciò che era successo a New York con i genitori di Tom Olmquist. Che mi ero aperto con loro. Che era innanzitutto grazie a lei che ci ero riuscito. Che mi ero reso conto che se mi ero aperto con loro, allora potevo denudare la mia anima con lei.

Mi aveva accusato, giustamente, di avere dei segreti. Anche lei aveva i suoi. E se le avessi raccontato i miei, se le avessi dato ciò che lei cercava da me quella sera a casa mia, prima che si addormentasse tra le mie braccia, forse si sarebbe fidata di me abbastanza di rivelarmi i suoi.

Almeno, Dio, speravo che lo facesse. A volte bisognava solo cedere e dichiarare la parità per far finire la lotta. Mi era finalmente entrata in testa la lezione di vita ricevuta dalla partita di paintball e dal patteggiamento.

Emilia esitò. Poi, e vidi che le ci era voluto ogni grammo di volontà per farlo, scosse la testa.

Cercai di reprimere la frustrazione che stava crescendo in ogni mio muscolo. La frustrazione mi aveva messo nei guai già troppe volte. Non potevo comportarmi come mi dettava l'istinto, farmi avanti, assumere il controllo, *dominare*.

La fissai negli occhi. «Significa che non vorrai più parlare con me?»

Lei abbassò gli occhi, fissandomi il petto, dappertutto, eccetto che negli occhi. Alzò la mano, giocherellando con uno dei bottoni della mia camicia. Cambiai posizione, ma rimasi con le mani ai lati della sua testa, appoggiate sulla parete dietro di lei.

«Non oggi...»

Piegai la testa, incrociando il suo sguardo. «Quando?»

Chiuse gli occhi e poi li riaprì. «*Dovremmo* parlare. Ma io...»

«Non continuare a rimandare.»

Emilia scosse la testa. Io mi raddrizzai, staccandomi da lei. Avevo perso la pazienza e cominciavo ad arrabbiarmi. «Spero che tu sia in grado di toglierti presto dai casini da sola, perché, diavolo, sono sicuro che non permetterai a nessuno di aiutarti.»

Lei non mostrò la minima emozione davanti alle mie parole furiose. «Non ho bisogno di aiuto.»

«Tutti hanno bisogno di aiuto, di tanto in tanto. Ma tu lo rifiuti. Nonostante la gente intorno a te che ti vuole bene e si preoccupa per te. Come tua madre. Perché non può aiutarti? Perché tieni tutti a distanza? Stai parlando di non frequentare medicina. Hai cambiato aspetto. Sei...»

«Smettila di farmi pressione, Adam.» Mi passò di fianco e si allontanò, lasciandomi lì, sotto il vischio, da solo.

Mi passai la mano sulla faccia. Ero confuso e completamente impotente e odiavo quella sensazione. E stavo cominciando a odiare il fatto di essere così preso da lei. Forse era semplicemente ora di lasciar perdere tutto quel casino? Chiaramente lei non voleva trovare una soluzione. Chiaramente non le importava abbastanza di noi da voler fare ciò che era necessario. Avevo praticamente dovuto convincerla perfino per cominciare la nostra relazione.

Forse *era* veramente troppo immatura, o troppo codarda. Oppure semplicemente troppo giovane, come dicevano Lindsay e Jordan. Non era allineata con me semplicemente perché non era possibile. Quel pensiero mi scavava nelle viscere, ferendomi più di tutto perché non c'era un cazzo di niente che potessi farci.

Capitolo Diciannove

DUE GIORNI DOPO NATALE TORNAI AL LAVORO. MI diressi al reparto sviluppo per la riunione quotidiana, che chiamavamo "la mischia del mattino", dove avremmo discusso della catena di missioni delle Montagne Dorate appena sbloccata. Mentre ci andavo, sfuggii a malapena a un incontro ravvicinato con le rapaci stagiste del marketing. Erano riunite non lontano dai bagni. Mi fermai, non mi andava che mi vedessero e cominciassero nuovamente a fare le stupide.

Quella mattina ero di umore nero, in effetti lo ero fin da Natale, tra lo stress al lavoro e le stronzate familiari. Emilia se n'era andata poco dopo il nostro scontro in corridoio. Peter aveva dovuto consolare Kim. Anche se non avevano detto niente, sapevo che pensavano che io le avessi detto qualcosa che l'aveva offesa e spedita a casa presto.

Non avevo ancora pensato a un piano. Tornavo sempre al concetto "aspetta finché se ne va a gennaio e poi volta pagina". Lei voleva la sua libertà, chiaramente, qualunque fosse il motivo. Ma stavo lentamente cominciando ad accettare che qualunque cosa volesse Emilia, quello non ero io.

No, non era del tutto vero. Lei mi voleva. Ma aveva paura.

Invece di fare marcia indietro per evitare le stagiste, aspettai dietro l'angolo che l'orda ridacchiante si disperdesse. Quella che assomigliava a Biancaneve era appena uscita dal bagno.

«Chiunque ci sia dentro sta vomitando di nuovo. Ogni giorno, questa settimana.»

«Ssst, stiamo aspettando per vedere chi è» disse la bionda con tutti quei capelli. «Deve essere incinta o qualcosa di simile.»

«Forse si strafoga a colazione e ora se ne sta liberando» disse Biancaneve.

«Qualcuno sa chi è?» chiese una terza stagista che non conoscevo. E chi diavolo assumeva tutte quelle stagiste? Perché diavolo vagavano per il mio complesso spettegolando sulle colleghe?

Svoltai l'angolo e mi fermai, fissandole. Decisi di fare il duro. «Che cosa sta succedendo qui?» chiesi a voce alta.

Si voltarono tutte simultaneamente e sobbalzarono quando mi videro; la bionda aveva un enorme sorriso sul volto. «Buongiorno, Adam! Come...»

Non le permisi di continuare. Invece guardai platealmente l'orologio, alzando le sopracciglia. «Non credo di pagarvi per restare qui a spettegolare.»

Biancaneve rimase senza fiato e scambiò una lunga occhiata con la bionda. «Oh, già, scusa. Stavamo solo... già. Andiamo.» Si voltò e seguì il resto del branco, che si stava precipitando lungo il corridoio più in fretta che poteva.

Le osservai per un momento prima di continuare per la mia strada. Stavo passando davanti al bagno delle donne quanto si aprì la porta. Non avrei dovuto guardare, ma quando intravidi gli sfolgoranti capelli bianchi con la coda dell'occhio, diedi una seconda occhiata. Emilia uscì dal bagno con la faccia più pallida della parete. Si fermò quando mi vide. Aveva un'espressione quasi colpevole.

Cercai con tutte le mie forze di nascondere lo shock che stavo provando. Poi lei si stampò un sorriso sul volto e alzò le spalle, brontolò qualcosa che suonava come "si torna al lavoro!" e si voltò, lasciandomi lì, inchiodato sul posto. La guardai andare e ripensai alla conversazione delle piccole, maliziose stagiste.

Era una settimana che vomitava, tutte le mattine? Le cattivelle erano arrivate a una conclusione che io non avevo nemmeno preso in considerazione, un disordine alimentare. Ma Emilia aveva mangiato normalmente tutte le volte che avevo mangiato con lei. E quando avevamo cenato a casa mia aveva mostrato poco appetito, ma niente che indicasse l'anoressia. Aveva perso un po' di peso, ma niente di drastico. Ma poi, quando ci eravamo incontrati per parlare di Natale e poi a casa di Peter, aveva mostrato un appetito quasi nullo.

Tornai nel mio ufficio e feci una veloce ricerca su Internet sui disordini alimentari. Bulimia? Forse…

O forse il suo comportamento imprevedibile e i cambiamenti nel suo aspetto indicavano un disordine mentale, come ansia o depressione. Aggiunsi anche quelle al mio catalogo di problemi di cui poteva soffrire.

Non poteva trattarsi di una gravidanza. Prendeva la pillola, quindi eliminai quella possibilità. Ma qualcosa in quella conclusione continuava a insinuarsi nella mia mente e non riuscivo a individuare il motivo. Ore dopo, mentre firmavo una montagna di carte, la penna si fermò di colpo quando mi resi conto di che cosa si trattava. Avevo frugato nella sua borsa la sera in cui si era addormentata a casa mia. Avevo trovato il contenitore per gli aghi, le siringhe ed ero andato fuori di testa. Poi, avevo svuotato tutto, guardato nella trousse del trucco e dappertutto. E l'unica cosa che non avevo visto? Le pillole anticoncezionali. Avevano una confezione speciale. Le avevo viste, ovviamente, quando viveva con me e quando avevamo viaggiato insieme. Il tipo che usava aveva una piccola confezione quadrata, verde, che si apriva come un portacipria quando si premeva il bottoncino argentato, ed erano infilate in una griglia con il giorno della settimana.

Non le dimenticava mai, le portava con sé dovunque quando viaggiavamo, ovviamente. Ma non erano nella sua borsa insieme alle sue cose quando era venuta a casa, tornando da Las Vegas.

E a Vegas, avevamo...

Contai all'indietro i giorni dalla convention. Quasi quattro settimane. Mi mancò il fiato quando me ne resi conto. Camminai avanti e indietro davanti alla finestra. La maggior parte dei dirigenti, incluso Jordan, era ancora fuori città per le feste. Inventai una commissione per tenere Maggie lontana dalla sua scrivania e poi andai in farmacia durante la pausa pranzo.

Quando tornai, chiamai direttamente la scrivania di Emilia. Lei rispose al primo squillo. E sapeva che ero io perché appariva il nome sul display. «Ho bisogno di vederti nel mio ufficio.»

Una lunga pausa dall'altra parte. «Uhm. Okay, puoi...»

«Adesso» ringhiai e sbattei il telefono, cercando di contenere una rabbia inaspettata e la frustrazione che era cresciuta quando avevo sentito la sua voce. Respirai a fondo un paio di volte e mi sforzai di rilassarmi, altrimenti le cose sarebbero potute andare veramente male.

Andai alla porta e la socchiusi, in modo che non dovesse bussare, controllando ancora che Maggie non ci fosse.

Quando entrò, Emilia dovette capire che c'era in ballo qualcosa perché non chiuse la porta, restando invece in piedi lì accanto. Io ero seduto alla mia scrivania e stavo osservando il giardino nell'atrio, con il mento sulla mano, cercando di decidere che cosa diavolo dirle.

Senza guardarla le dissi: «Chiudi la porta, per favore».

Emilia esitò, poi chiuse lentamente la porta alle sue spalle. Le indicai la sedia davanti a me senza parlare. Lei attraversò lentamente la stanza e si sedette, proprio sul bordo. Era un venerdì casual, quindi indossava un paio di jeans. Sembravano troppo grandi per lei e mi resi conto che erano un paio che indossava sempre, che una volta le aderivano come un guanto e mettevano in risalto le sue lunghe gambe e il meraviglioso sedere rotondo. Adesso le pendevano addosso.

Mi guardò a occhi sgranati. «Ho fatto qualcosa per farti incazzare?»

La guardai negli occhi, ancora col mento appoggiato alla mano. «Che cosa te lo fa pensare?»

Lei mi guardò sbattendo gli occhi. «Uhm. Perché ti stai comportando come se fossi incazzato.»

«Forse mi sto stancando delle stronzate tra di noi.»

Lei fece un respiro profondo, poi espirò, sembrò diventare ancora più pallida, se possibile. Intrecciò le dita in grembo, con un ginocchio che saltellava su e giù.

«So che aspetti da un po' che parliamo, so che hai delle cose da dirmi. Anch'io ho delle cose da dirti. Solo… non posso. Non adesso.»

«Sei malata» sbottai.

Il ginocchio si fermò. Le mani lisciarono i jeans. Fece un respiro profondo e chiuse gli occhi. «Uhm. Sì» disse alla fine, mormorando appena.

«Sei incinta?»

Fece una mezza risata. «No.»

«Ne sei sicura?»

«Certo. È...»

«Stai ancora prendendo la pillola, giusto?» Ed era a quel punto che avrei saputo se stava mentendo. Perché conoscevo già la risposta.

Lei distolse gli occhi e guardò fuori dalla finestra. «Non sto prendendo la pillola anticoncezionale. Ma sto...»

«A Vegas non hai mai menzionato di aver smesso di prendere la pillola.»

«Ero piuttosto sbronza. Ci sono un mucchio di cose che non ho menzionato, ma...»

«Quindi non ne sei sicura.»

Lei tornò a guardarmi. «Come?»

«Non sei sicura di non essere incinta.»

Respirò nuovamente a fondo. «Non sono incinta... non sono nemmeno fertile.»

«Non ho idea di che cosa significhi.»

Emilia si agitò sulla sedia e afferrò una ciocca di quei grotteschi capelli bianchi, facendola ruotare intorno a un dito. «Significa che non posso restare incinta, okay? Quindi smettila di preoccuparti.»

«C'è solo una cosa da fare perché io smetta di preoccuparmi.»

Emilia mi guardò con una domanda negli occhi.

Aprii il cassetto, inserii la mano e poi sbattei un test di gravidanza sulla scrivania in mezzo a noi.

Lei scosse la testa, alzando gli occhi al cielo. «Non ho intenzione di fare un test di gravidanza.»

«Perché no?»

Mi guardò come se fossi un idiota. «Perché. Non. Sono. Incinta.»

«Allora non ti costerà niente andare in bagno e usarlo, per il bene della mia pace mentale.»

«Adam, devi smetterla…»

«Non ho intenzione di smetterla. Ho il diritto di saperlo e ci vogliono solo due minuti per usarlo.»

«Adesso stai cominciando a fare incazzare *me*.»

«Tu vuoi tenerti i tuoi segreti. Non vuoi parlare con me, o con chiunque altro, del motivo per cui sembra che la tua vita stia finendo nel cesso davanti ai nostri occhi. Bene. Ma *io ho il diritto di saperlo*, maledizione. Ora vai a pisciare su questo cazzo di coso e se è negativo, potrai andartene da qui e non dovremo più nemmeno guardarci in faccia.»

Emilia afferrò la scatola dalla scrivania, continuando a guardarmi furiosa. Si alzò e mi girò attorno per andare nel mio bagno privato, e si sbatté la porta alle spalle.

Aspettai finché sentii il rumore dello sciacquone e l'acqua che scorreva nel lavabo. Quando chiuse il rubinetto, aprii la porta ed entrai. Avevo già letto le istruzioni. Indicavano di aspettare tre minuti dopo l'uso. Guardai l'orologio. Lei fissava lo specchio mentre si asciugava le mani.

«Spero che sarai contento. Questa volta hai talmente esagerato che non riesco nemmeno a parlarne» sbuffò, rossa in volto per la rabbia. «Io me ne vado, vale a dire che svuoterò la mia scrivania e me ne andrò da qui.»

«Non hai intenzione di aspettare un minuto per sapere il risultato?»

Lei sbuffò di nuovo. «So già quale sarà il risultato. È già abbastanza umiliante dover pisciare su un bastoncino nel tuo bagno. Non ho bisogno di aspettare per sapere quello che so già.»

Diedi un'occhiata al test appoggiato sul retro della toilette, dove l'aveva appoggiato. Lei si voltò per andarsene. Vidi chiaramente due linee. Due linee rosa. E non erano ancora nemmeno passati i tre minuti.

Era quasi fuori dalla porta quando dissi: «È positivo.»

Restò di sasso e si voltò, fissandomi nello specchio. «Se è un fottuto...»

Ma io alzai il test perché potesse vederlo e lei non finì mai la domanda. Fissò il test e poi i suoi occhi si spalancarono per l'orrore. Era stata assolutamente convinta di non essere incinta.

Ma lo *era*. Cercai dentro di me una reazione, una qualsiasi, a quella notizia e tutto ciò che sentii fu freddezza, distanza. Shock. Incredulità. Una volta avevo letto che erano quelli i meccanismi che la mente usava per impedirsi di andare in pezzi nei momenti di stress.

Il suo atteggiamento cambiò immediatamente. Cominciò a tremare. «È un errore. Deve essere un errore. Dov'è l'altro?» Emilia era passata in fretta oltre lo shock e stava giù rifiutando la verità.

Trovai la scatola e le porsi il secondo test. Ero praticamente sicuro che il risultato sarebbe stato lo stesso, ma se lei aveva bisogno della conferma non avevo intenzione di negargliela. Lo fissò, con le sopracciglia aggrottate per la confusione.

«È... è sbagliato. Queste cose a volte sbagliano, no?» La sua voce era a metà tra l'isteria e il panico e tremava insieme a tutto il resto di lei. «Non posso fare di nuovo pipì subito.»

Ammetto che in altre circostanze, se non fossi stato incazzato da morire, forse avrei tentato di confortarla. Ma non lo feci.

Perché non volevo che quella cosa fosse positiva più di quanto lo volesse lei. Qualunque speranza avessimo avuto di riconciliarci, di riavere quello che avevamo perso, ora sembrava svanita, spazzata via. Il peso di questo nuovo sviluppo avrebbe spezzato il ramo sottile a cui erano appesi i nostri cuori, le nostre vite. Non riuscivamo a gestire le nostre vite, come avremmo fatto ora che ce n'era un'altra in ballo?

Emilia mi fissò a lungo ed io non mi mossi, non dissi una parola. Non avevo idea di che cavolo dire. Non sapevo che cosa volevo. Ero così stufo di tutta quella storia. Di noi. Delle bugie e di quegli stupidi giochetti. La rabbia cominciò a crescere, bruciando gli strati di ghiaccio nelle mie viscere, fondendo lo shock. Dio come odiavo la sensazione d'impotenza che provavo in quel momento. La mia vita stava sbandando, completamente fuori controllo.

Strinsi i pugni e quella lava ardente mi stava bruciando dappertutto. Lei sembrava voler sprofondare dentro la porta del bagno, o forse la stava usando per restare in piedi. Le passai accanto sfiorandola e tornai nel mio ufficio. La prima cosa che feci fu afferrare quel ridicolo vaso che Maggie aveva messo sul tavolo il mese scorso, quello pieno di un mucchio di biglie colorate. Mi voltai e lo sbattei contro la parete. Si ruppe in mille pezzi, con le biglie che rimbalzavano ovunque. E non mi fece sentire per niente meglio. *Cazzo.*

Mi voltai e andai alla finestra. La parte superiore del mio campo visivo cominciava ad avere quella curiosa qualità ondulata, l'aura dell'emicrania che presagiva da un momento all'altro lo scatenarsi di un maledetto mal di testa. Splendido. Fottutamente meraviglioso.

Dopo un lungo momento in cui continuai a fissare la luce del giorno come a sfidare l'emicrania a esplodere, Emilia rientrò nella stanza. Non riuscii a guardarla.

Rimasi rigido, fermo, con le braccia incrociate sul petto. Ero sempre stato così attento con le mie partner sessuali. Non avevo mai fatto sesso senza un preservativo e di solito anche un altro tipo di anticoncezionale da parte della donna. Ma non avevo mai usato un preservativo con Emilia. Avevo lasciato a lei il peso del controllo delle nascite. Probabilmente non era stato del tutto giusto, ma, maledizione, era stato così tra di noi fin dall'inizio e a accidenti a lei per aver cambiato le regole senza informarmi.

Che fosse stato o meno intenzionale, era una trappola. Lei aveva scientemente fatto sesso con me senza protezione.

«Adam» disse con una voce spenta, roca per le lacrime non ancora versate.

Scossi la testa. Non riuscivo nemmeno a trovare le parole.

«So che pensi che lo abbia fatto apposta.»

«Non so che cosa pensare.»

«Pensavo sinceramente che fosse impossibile. Non-non ho il ciclo da mesi.»

Mi voltai a guardarla. Okay, era magra, ma non *così magra*. Dalla ricerca affrettata sui disturbi alimentari che avevo fatto, sapevo che le donne a volte cessavano di avere il loro ciclo, ma non sembrava che lei avesse perso abbastanza peso perché succedesse.

«Chiaramente hai qualcosa che non va. Dimmi di che cosa si tratta.»

Lei aprì la bocca per rispondere, poi scosse la testa, con le mani che tremavano mentre si toglieva i capelli dal volto, agitata.

«Devo andare» disse.

Non riuscivo a credere alle mie orecchie. «Hai intenzione di andartene proprio adesso? Vuoi andartene così, senza dirmi un dannato accidente?»

«Sei troppo arrabbiato in questo momento. Siamo al lavoro, per l'amore del cielo. La tua segretaria è appena fuori dalla porta! Non *posso* parlare con te qui.»

«Basta con queste stronzate, Emilia! Sono stufo delle tue scuse.»

Alzò la testa, stringendo gli occhi. «Hai appena mandato in mille pezzi quel vaso e pensi che sia un buon momento per parlare? Niente da fare.»

Il mio mal di testa s'intensificò al punto che sembrò che avessi un esercito dentro il cranio che stava facendo la guerra per uscirne. Mi premetti il palmo sulla testa.

«Ti fa male la testa?»

Scossi la testa, stringendo i denti. «Smettila di rimandare.»

«Parleremo. Domani. Verrò… verrò a casa tua.»

«Se esci da quella porta adesso, se mi pianti in asso un'altra volta, è *finita. Per sempre.* Come avrebbe dovuto essere quando te ne sei andata in ottobre.»

Una lacrima scivolò sulla sua guancia pallida.

«Bisogna essere in due per incasinare un rapporto e se tu non puoi riconoscere i tuoi errori, allora hai ragione… è finita» disse con la voce che tremava.

«Era finita mesi fa. Sono solo stato un idiota a continuare a sperare.»

Emilia annuì, sbattendo gli occhi, lottando furiosamente per contenere le lacrime che stavano sfuggendo di nuovo. Di colpo desiderai di avere altri dieci vasi come il primo da fracassare contro la parete.

«Non hai bisogno di preoccuparti, allora. Me ne occuperò io» disse con la voce soffocata. Poi si voltò e uscì dalla porta. Io girai la testa, fissando verso l'atrio, rifiutandomi di guardarla uscire dalla mia vita per sempre.

Chiusi gli occhi, strizzandoli forte contro il dolore che si stava intensificando come un torrente di martelli che piovesse dal cielo. Anche se avessi voluto rincorrerla, dubito che ce l'avrei fatta. La porta si aprì e si chiuse altrettanto velocemente con un clic. Premetti la fronte contro il vetro fresco, con la testa che scoppiava dal dolore.

Capitolo Venti

ASSAI METÀ DELLA NOTTE CHIEDENDOMI CHE COSA FARE. Desiderando che ci fosse qualcuno con cui poterne parlare. Impossibile ricorrere a Jordan. Avevo una mezza idea di chiamare Heath, ma non ero sicuro che Emilia glielo avesse già detto. Fui sul punto di chiamare il mio avvocato per cercare di capire quali erano i miei diritti.

Nella mia rabbia e nel mio dolore l'avevo efficacemente tagliata fuori dicendole che era finita, definitivamente. Ora lei non lavorava più per me. Si era alienata sua madre, quindi era improbabile che quel legame familiare sarebbe servito a qualcosa. Ironicamente, mi ero preoccupato sapendo che una volta che avesse smesso di lavorare per me non ci sarebbe più stato alcun legame tra di noi.

Sembrava che la preoccupazione fosse stata inutile. Perché adesso saremmo stati legati per sempre.

Non sapevo quanto tempo ci sarebbe voluto perché riprendessimo il controllo tanto da discuterne come gli adulti che avremmo dovuto essere. Quanto tempo mi ci sarebbe voluto per calmarmi? O a lei per darsi una regolata, tanto da decidere se sarebbe perlomeno stata in grado di portare avanti la gravidanza.

Finii per vederla di nuovo prima di quanto pensassi.

Alle otto del mattino successivo, sabato, mentre dormivo ancora, il mio telefono ronzò sul comodino. Lo presi e vidi un messaggio di Heath.

Vieni qui, IMMEDIATAMENTE. EMERGENZA.

Mi sedetti e risposi: *Che cosa sta succedendo?*

Rispose. *Ho bisogno del tuo aiuto, appena possibile. Emilia sta andando fuori di testa.*

Esitai, pensando veramente di dirgli di chiamare qualcun altro. Era finita tra di noi, no? Ma mi si stringeva lo stomaco sentendo che stava passando un brutto momento. Il suo comportamento mi aveva fatto arrabbiare, ma non potevo farne a meno. Sarei riuscito a starle lontano, anche se avessi tentato?

In quel mese in cui eravamo stati divisi, dopo St. Lucia, quando lei era tornata a casa di sua madre, avevo tentato di dimenticarla. La nostra avventura era durata solo poche settimane. In effetti, avevamo fatto sesso solo una mezza dozzina di volte. Ma per quanto avessi tentato, non ero riuscito a togliermela dalla testa.

Emilia era impressa in modo indelebile in ogni mio pensiero, ogni sentimento, come un tatuaggio sulla mia anima. Il ricordo della sua voce, della sua risata, la sensazione del suo corpo erano permanentemente parte di me. Soffiai il fiato, passandomi le mani tra i capelli. Avrei lottato e avrei trovato la volontà di resistere a questo... resistere a lei. Ma... *eravamo come magneti che si facevano a pezzi pur di tornare insieme.*

Deglutii, con la gola che sembrava pungere. Un'ultima raffica di testarda resistenza mi fece mettere da parte il telefono, deciso a dimenticarla.

Poi mi diedi del coglione, lo ripresi e risposi.

Sarò lì appena possibile.

Arrivai a casa di Heath poco più di un quarto d'ora dopo, Heath viveva nelle Orange Hills, quindi era a un bel pezzo da Newport. Superai parecchi limiti di velocità ma, per fortuna, la polizia stradale non ne seppe niente.

Quando bussai alla porta, Heath la spalancò quasi immediatamente. Aveva ancora il pigiama. Lo fissai.

«Che cosa sta succedendo?»

«Si è chiusa in bagno e sta singhiozzando. Non mi risponde e continua a ripetere il tuo nome e "mi dispiace". Dobbiamo tirarla fuori di lì.»

Mi avvicinai alla porta. Non ero sicuro che Heath sapesse, o se Emilia voleva che sapesse. Quindi non dissi niente. La sentivo piagnucolare dall'altra parte della porta, quindi bussai.

Lei non rispose.

«Emilia» la chiamai. «Apri la porta.»

«Adam?» rispose dopo un lungo momento.

Aveva la voce strana, sembrava stesse farfugliando. Guardai Heath e gli chiesi a bassa voce. «Hai degli attrezzi? Un cacciavite? Mi serve anche una torcia elettrica.»

Heath andò a frugare in un cassetto in cucina. Io tornai a guardare la porta.

«Apri la porta, Emilia. Siamo preoccupati per te.»

«Tu non sei preoccupato per me» disse. «Tu sei incazzato con me.»

«Posso essere tutte le due cose contemporaneamente. Apri la porta.»

«Continua a uscire lo stesso risultato. Su tutti quanti.»

Heath tornò con un enorme cacciavite e una torcia elettrica. Cercai di inserire il cacciavite nel forellino della maniglia. Scossi la testa, rivolto a Heath, che andò in cucina e tornò con l'intero cassetto, che aveva estratto dall'armadietto. Cominciai a frugare per cercare un attrezzo che funzionasse.

Scelsi un cacciavite sottile e feci luce sulla maniglia, infilandolo nel foro. «Emilia, devi uscire. Apri la porta.»

«Hai detto che non volevi parlarne. Che era finita.»

«Ho avuto un po' di tempo per calmarmi.» Heath agitò una mano per attirare la mia attenzione, un'espressione preoccupata sul viso, mimando *Che diavolo?*

Quindi era così. Non lo sapeva. Emilia continuava a mantenere i suoi segreti. Aveva ripreso a piangere, in modo soffocato, come se stesse piangendo nelle mani o in un asciugamano. Girai il cacciavite. C'ero quasi. «Possiamo parlarne adesso. Lasciami entrare.»

La maniglia scattò e la abbassai piano, spingendo lentamente la porta. Emilia era dentro la vasca da bagno con solo un accappatoio stretto in vita. Sul ripiano, una lunga fila di test di gravidanza. Di tutte le marche, colori e forme diverse… doveva aver speso centinaia di dollari per comprarli tutti. Tutti usati. E tutti mostravano esattamente lo stesso risultato, anche se in modi diversi: alcuni avevano linee rosa, alcuni azzurre, alcuni avevano il segno "più" e alcuni semplicemente la parola "incinta" sui minuscoli schermi digitali. Beh, ecco la risposta. Doveva essere rimasta alzata per metà della notte a fare pipì sui test.

E a giudicare dal suo aspetto, non dormiva dall'ultima volta che l'avevo vista. Andai a sedermi sul bordo della vasca e lei mi guardò con gli occhi patetici, bordati di rosso. «Emilia, hai bisogno di dormire.»

Entrò Heath, guardò il ripiano e rimase a bocca aperta. Diede a Emilia un'occhiata letale. «Che cazzo significa?»

Emilia non si mosse, si premette solo il palmo delle mani sugli occhi. Mi voltai verso Heath. «Ehi, amico, ci penso io, ti dispiace...?»

E fu allora che mi afferrò per la camicia, mi sollevò e mi spinse contro la parete.

«Sei stato tu?» mi urlò in faccia. Lo spinsi via. Heath era grosso, pesava almeno una decina di chili più di me. Non sarebbe finita bene per nessuno di noi se avessimo lottato ed io di certo non ero dell'umore giusto per stronzate del genere in quel momento.

«Toglimi le mani di dosso...»

«Che cazzo hai fatto? L'hai messa incinta?» Il volto di Heath, a pochi centimetri dal mio, era furioso.

Emilia si era messa in piedi nella vasca. Afferrò Heath per la spalla. «Heath, lascialo andare!»

Subito dopo sentii un forte pugno nella pancia e il fuoco che esplodeva nel basso ventre. Diedi un forte spintone a Heath, lottando per respirare. Lui volò contro il lavabo e sparpagliando l'esercito di test. Io uscii dal bagno, alzando le braccia.

«Calmati, Heath.»

Anche Emilia stava urlando. «Heath! Ci penso io, okay. Smettila!»

Heath si voltò di colpo, scaricando la sua rabbia su Emilia. «Ci pensi tu? Ci pensi *tu*? Hai la chemio la settimana prossima. Che cosa cazzo pensi che succederà adesso?»

Chemio? Quella parola mi colpì come un secondo pugno nello stomaco. Emilia stava dicendo qualcosa a bassa voce a Heath, ma lui era rosso in viso e furioso. Tornò nel bagno. «No, no. Non ho intenzione di "chiudere il becco", va bene? Avresti dovuto dirglielo settimane fa. Avresti dovuto dirlo a *tutti* settimane fa. Forse allora lui non avrebbe incasinato tutto e non ti avrebbe condannato a morte.»

Feci un passo indietro, stordito. Da dov'ero non riuscivo a vedere nessuno dei due, ma riuscivo a vedere il ripiano dietro il lavabo e adesso, oltre la pletora di test di gravidanza sparpagliati, notai un assortimento di flaconi di farmaci. A quel punto capii e fu come se un TIR mi avesse colpito direttamente nel petto.

Emilia aveva il cancro.

Ed era incinta.

E aveva bisogno della chemioterapia.

Mi voltai e barcollai nel corridoio, cercando di riprender fiato, passandomi la mano tra i capelli. Heath uscì subito dopo di me. Mi voltai.

Lui sembrava essere sul punto di darmi un altro pugno. «Hai mandato tutto a puttane un'altra volta. Un'altra volta.»

Sentivo il sangue defluire dal viso. Avevo quasi voglia di farmi avanti, lasciare che mi prendesse a pugni. Sarebbe stato meglio del terrore assoluto che provavo in quel momento. Non riuscivo nemmeno a pensare.

«Ha un tumore al seno, HER2 positivo, al secondo stadio» disse con la voce soffocata, sembrando sul punto di crollare. «È *estremamente* pericoloso, *estremamente* aggressivo. Quando era nel Maryland, le hanno asportato un pezzo di seno e sta prendendo dei farmaci che le incasinano gli ormoni. Ha preso anche degli antidolorifici per un certo periodo, le siringhe che hai trovato nella sua borsa. Aveva finito la radioterapia appena prima della convention. E avrebbe dovuto cominciare la chemioterapia la settimana prossima, ma non gliela faranno se è incinta, quindi vaffanculo, amico.»

Gli voltai le spalle, mettendomi la faccia tra le mani. Non m'importava che mi prendesse a pugni. Oh, Dio. Le cose peggioravano di minuto in minuto. Sarei voluto tornare al giorno prima quando il problema peggiore che pensavo dovessimo affrontare era che cosa fare riguardo alla sua gravidanza. Ma questo mi faceva desiderare che la terra si aprisse sotto i miei piedi e mi inghiottisse tutto intero.

Restammo in silenzio e vedevo che Heath stava cercando di capire che cosa fare o dire. Eravamo in due. Io ero sbigottito, mi sembrava che la stanza girasse intorno a me. Chiusi gli occhi, strizzandoli forte. Avevo ancora il cuore che batteva a mille.

Quando finalmente parlò, la voce di Heath era carica di emozione. «Ho fatto una cazzata anch'io. Perché avrei dovuto dirtelo, anche se lei aveva giurato di disconoscermi. Mia ha chiuso fuori tutti e la patata bollente è rimasta in mano a me per tutto questo tempo.»

Sbattei gli occhi, guardai il pavimento, non mi fidavo a parlare, lieto che non potesse vedermi in viso. «Grazie per esserti preso cura di lei. Io...» mi mancò la voce e smisi di parlare. Mi faceva male la gola e non riuscivo a pensare.

Sentii Heath avvicinarsi lentamente alle mie spalle. «Dovresti parlare con lei, amico.»

Cercai di respirare e perfino quell'atto così semplice era doloroso. «Non ho idea di che cosa abbiamo da dirci a vicenda.»

Heath si avvicinò ed io m'innervosii. Mi afferrò una spalla con la mano. «Devi parlare con lei. Sai che cosa deve fare e lei non ascolterà me.»

«Non ascolterà nemmeno me.»

«Adam» disse Heath, con la voce che stava diventando dura. «Comportati da uomo, okay? Cerca di andare oltre ai tuoi sentimenti feriti. Emilia potrebbe morire, se non farà ciò che entrambi sappiamo che deve fare.»

Scrollai via la sua mano, mi voltai verso di lui, strofinandomi l'accenno di barba che avevo sul mento, sapendo che aveva ragione. Annuii.

Heath sospirò pesantemente. «Vado a vestirmi e poi uscirò per qualche ora. Vi lascerò parlare.»

Annuii di nuovo, senza riuscire ancora a guardarlo o a concentrarmi su qualcosa. Lui uscì dalla stanza. Mi sedetti sul divano e fissai a lungo il corridoio anche dopo che Heath ebbe infilato la testa nella stanza degli ospiti dov'era Emilia, dicendole che la lasciava con me. Presi lo smartphone e feci una ricerca veloce sul cancro al seno HER2 positivo. Aggiunsi la gravidanza ai parametri di ricerca. Lessi più in fretta che potevo per ottenere tutte le informazioni possibili. La paura gelida stava svanendo in sottofondo e stava subentrando la modalità razionale, di risoluzione dei problemi. Così funzionava per me. Questo lo sapevo fare... Mentre raccoglievo le informazioni di cui avevo bisogno, la mia mente stava lavorando costantemente per trovare una soluzione al puzzle.

Aspettai che uscisse, chino sul piccolo schermo, con i gomiti sulle ginocchia e la faccia appoggiato a una mano. Dopo mezz'ora la sentii uscire in corridoio. Mi rimisi in tasca il telefono.

Emilia indossava gli stessi jeans troppo grandi del giorno prima e si era infilata una t-shirt rosa intenso, altrettanto enorme. Non mi mossi, non alzai gli occhi finché non la sentii sedersi sul divano accanto a me e ripiegare le gambe sotto il sedere.

Mi alzai. «Hai bisogno di fare colazione» dissi.

Lei distolse lo sguardo. «Non è che abbia particolarmente fame in questo momento.»

La ignorai, andai in cucina, misi una fetta di pane nel tostapane, la spalmai con un pochino di burro, come piaceva a lei e gliela portai, mettendogliela davanti. «Mangia» le ordinai.

Con un sospiro ben udibile, Emilia la prese dal piatto e diede un minuscolo morso, poi la allontanò dal viso, mettendoci un secolo per masticarlo. Io continuai a osservarla e quando inghiottì il primo morso alzai le sopracciglia, aspettando. Lei fece una smorfia e prese un altro boccone, strappandolo con riluttanza e masticando.

Quando fui sicuro che avrebbe continuato, mi sedetti nello stesso punto accanto a lei. Emilia finì solo metà della fetta prima di rimetterla sul piatto. Non protestai. Era meglio di niente.

«Heath mi ha detto che sai tutto» disse finalmente con la voce incerta.

Piegai la testa verso di lei, cercando di ignorare l'iceberg di panico che si stava formando al centro del mio essere. Ma non era solo panico, mi sentivo tradito. Ferito. Impotente. Dio, era un'altra volta Bree, ma dieci volte peggiore.

«Davvero?» le chiesi alla fine, con la voce distaccata.

Lei sbatté gli occhi. «Volevo dirtelo fin dall'inizio ma...» Smise di parlare quando la guardai incredulo. «È vero. Quella sera che abbiamo passato insieme al Dale & Boomers... avevo la biopsia il giorno dopo e stavo per dirtelo... ma tu eri stressato e agitato per via della denuncia ed io non sapevo nemmeno se avrebbero trovato qualcosa, quindi non dissi niente.»

Continuai a fissarla senza reagire, sperando di ottenere più particolari. «Adam, sono stati mesi tremendi per te ed io non volevo peggiorare le cose. Ma quando il test è risultato positivo… sono venuta a casa tua per dirtelo.»

Sbattei gli occhi, smettendo di guardarla. Il giorno che aveva saputo dell'investigatore.

«E sì, mi sono arrabbiata perché stavi cercando di riprendere le redini invece di aspettare che venissi io da te. Ero così arrabbiata e mi sentivo tradita. Quindi non ho voluto dirtelo per un po'. E dopo ti sei arrabbiato perché ero andata a Baltimora e poi hai cominciato a uscire con altra gente e quindi ho pensato che fosse finita…» La sua voce tremò e si interruppe con un singhiozzo. Si mise la mano sulla bocca come per reprimerlo.

Chiusi gli occhi, inorridito per tutto quello che aveva passato da sola, per poi pensare che avessi un'altra. «Una persona. Una volta. E solo perché… perché pensavo che fossi andata nel Maryland perché avevi deciso di voltar pagina, di continuare la tua vita senza di me.» Le presi la mano. Sembrava senza vita, fredda. «Mi dispiace» mormorai.

Le sue dita restituirono la pressione delle mie, ma non mi guardò. «Ci sono state tante volte in cui avrei voluto dirtelo, in cui te l'ho quasi detto. Ma c'era sempre qualcosa che mi fermava. O forse era solo la mia vigliaccheria.»

Dentro di me crebbe la frustrazione, stringendomi il petto in una morsa. «Avrei potuto aiutarti. Mi sarei preso cura di te. Cazzo, avrei attraversato l'inferno a piedi nudi se necessario.»

«Avresti deciso tutto *tu*.»

Restai in silenzio a lungo, passandomi una mano sul volto. «E il fatto che io non potessi decidere niente è finito così bene» dissi seccamente.

«Adam…»

«Ricordi quando dicevi che io ero come un uragano che ti sbatteva di qua e di là? Ed io ti dissi che quell'uragano era la vita ed io ero l'ancora che ti teneva a terra? Avrei potuto esserlo, in questo caso. *Sarei* stato lì per te, se me lo avessi permesso.»

Lei abbassò il volto in modo che non potessi vederla, ma stava tirando su col naso e si asciugò una lacrima con il dorso della mano. Restammo in silenzio, un silenzio pesante, di piombo. Mi sentivo stordito, disorientato.

«Che cosa succederà adesso?» le chiesi.

Lei aprì la bocca per rispondere e poi la richiuse. «Io... io non ci ho ancora pensato.»

Ovvio che non lo avesse fatto. Nessuno di noi lo aveva fatto. Ma le parole di Heath erano ancora fresche nella mia mente. *Sai che cosa deve fare.* Lo sapevo. E non sapevo quale sarebbe stata la sua reazione.

«Beh, dovresti vedere il tuo medico subito lunedì mattina. Sei in contatto con un oncologo?»

Annuì.

«Uno *bravo*?»

Si schiarì la voce. «Il giorno dopo aver ricevuto la diagnosi, sono andata a vedere il dottor Martin, l'oncologo con il quale avevo fatto la ricerca per la laurea in biologia. È quello che ha sponsorizzato la mia domanda alla Hopkins. Lui ha chiamato una collega specializzata in oncologia qui e poi ha organizzato un consulto e l'intervento chirurgico nel Maryland.»

Restai a bocca aperta. «Come sei riuscita a permettertelo?»

Lei fece un respiro profondo, dandomi un'occhiata impaurita. «Uhm. Carta di credito e... l'anello di fidanzamento.»

Distolsi gli occhi, e, stranamente, sentii una risata esplodermi in gola. Una strana creatura orfana, questa risata cinica e senza umorismo. Era nata dalla bizzarra ironia in cui ci trovavamo. Quell'anello, il simbolo del mio tentativo di prendere il controllo di una situazione che mi stava velocemente scivolando di mano, usato invece per rivendicare la sua indipendenza, per non dover venire da me per farsi aiutare finanziariamente.

Tirai via la mano dalla sua. Probabilmente avrebbe dovuto ferire i miei sentimenti più di così, ma a quel punto cominciavo a sentirmi morto dentro.

«Ti serve una seconda opinione. Scoprirò chi è il migliore e lo, o la, vedrai.»

Emilia s'irrigidì accanto a me. «Ho già il mio piano di cura. Sto già…»

Alzai la voce. «Ah, davvero? E quale parte del piano di cura includeva restare incinta?»

Lei sbatté gli occhi. Mi sentii immediatamente uno stronzo per averlo detto in quel modo. Le presi di nuovo la mano. «Mi dispiace. So che non era nei tuoi programmi, sono solo…» lasciai che la voce svanisse.

«Spaventato?» chiese.

Io avrei detto assolutamente, fottutamente terrorizzato. Distolsi gli occhi e annuii. Le strinsi la mano. Heath aveva ragione? Metterla incinta aveva significato condannarla a morte?

«Troveremo anche una buona clinica. Sono sicuro che ci sia un posto fantastico a LA, dove si potrà farlo in fretta.»

Mi guardò sorpresa. «Fare che cosa?»

«L'interruzione di gravidanza.»

Lei si tirò indietro, togliendo la mano dalla mia. «Non ho ancora deciso.»

Mi voltai sul divano per guardarla direttamente in faccia. «Qualcuno ha già deciso per te. Hai il cancro. Hai bisogno della chemioterapia. Non puoi farla mentre sei incinta. E sai che danno possono aver fatto le radiazioni al…»

Emilia scosse la testa. «Ho finito la radioterapia prima di concepire. Non c'è nessun rischio, una volta finita.» Il suo sguardo andò alla finestra e piegò la testa, pensando. «Per quanto riguarda la chemio, potrei rimandarla.»

Chiusi il pugno sul cuscino del divano accanto alla mia gamba. «No. *Non puoi.* Non hai tempo. Devi combattere quella cosa *adesso.*»

Emilia riportò lo sguardo su di me. «Ci sono alcune forme di chemio che sono sicure per il feto nel secondo trimestre.»

Già, lo avevo letto. Ma non era il tipo di chemioterapia di cui aveva bisogno lei e al secondo trimestre mancavano almeno due mesi. «Non hai tutto quel tempo. Sono rimasto qui a leggere e questo è peggiore della maggior parte dei tipi di tumore al seno e…»

Emilia alzò una mano per fermarmi. «Per favore. Lo so e non ho bisogno di sentirmelo ripetere proprio adesso.»

«Ma forse è utile ricordarti che il tuo tipo di cancro è particolarmente sensibile agli ormoni. È per quello che hai smesso di prendere la pillola, giusto?»

Lei annuì.

«E che cosa pensi che faranno gli ormoni della gravidanza? Che cosa pensi *veramente* che ti dirà l'oncologo?»

Lei si lasciò andare all'indietro, strofinandosi la fronte. «Per favore dimmi che non me lo stai dicendo perché non lo vuoi.»

«Quello che *io* voglio non rientra nemmeno in questa conversazione, a parte il fatto che tu abbia le chance migliori per *combattere.* Per *vivere.*»

«Dove sarei *io* se mia madre avesse fatto la scelta di abortire quando è rimasta incinta?» chiese a voce bassa. «Poteva scegliere e ha scelto di non farlo.»

Oh, cazzo. *Cazzo.* Stava veramente prendendo in considerazione quella pazzia. «Le sue circostanze erano diverse. Se fosse qui in questo momento, ti direbbe esattamente la stessa cosa.»

Emilia si voltò verso di me, impallidendo. «Per favore, non dirglielo. Si preoccuperebbe. Potrebbe ammalarsi di nuovo… per favore, Adam!»

Quella era una discussione che avrei rimandato a un altro giorno. Non le avrei fatto quella promessa. Se avessi deciso che Kim era l'unica che poteva fare entrare in testa a sua figlia un po' di buon senso, allora glielo avrei sicuramente detto. E, porca puttana, c'erano già stati abbastanza segreti.

«Non puoi lasciar proseguire la gravidanza.»

«Mio padre voleva che mia madre abortisse» disse con la voce roca, squadrandomi.

Splendido, adesso mi stava paragonando a quel bastardo. Perché si arrivava sempre a questo punto? «Emilia, potrai avere altri bambini, quando sarai tornata sana.»

«Se la chemio non distruggerà la mia fertilità, come potrebbe fare. Potrebbe essere *questa* la mia unica possibilità.»

Strinsi i denti. «Non c'è la minima possibilità, per te o un bambino. Se il cancro dovesse metastatizzare durante la gravidanza, allora finirebbe tutto e quel bambino non avrebbe una madre, crescendo.»

«Avrebbe un padre» rispose.

Soffiai fuori il fiato, quasi sibilando e distolsi gli occhi. Dopo un minuto scossi la testa. «Per favore, dimmi che non stai veramente prendendo in considerazione…»

«Sto dicendo che posso scegliere e che ci devo pensare.»

«*No!*» esclamai, quasi urlando, facendola sobbalzare. Poi mi schiarii la voce e respirai a fondo per calmarmi. «No, non c'è niente su cui riflettere. C'è solo la scelta tra la vita e la morte.»

«No, è la scelta di una vita o una *vita*. La mia vita o quella del bambino. E mettere fine alla gravidanza non mi garantisce comunque che tornerò sana.»

Mi passai la mano tra i capelli, stringendo le dita tanto da tirarli. Li avrei strappati volentieri se facendolo avessi potuto risolvere il problema. Mi alzai di scatto dal divano, con l'energia nervosa che mi impediva di restare fermo. Cominciai a camminare avanti e indietro, come se stessi risolvendo mentalmente un problema di programmazione o di sviluppo, con la mente che individuava e scartava tutte le eventualità.

In ognuna di loro, eccetto quella dell'aborto, la vedevo morire. O fra un anno o tra cinque anni da adesso.

Lei mi osservava, con gli occhi incollati a ogni mio movimento. «Non mi aspetto che tu capisca…»

Scossi furiosamente la testa. «No. No, io *non* capisco. È come se stessi rinunciando. Come se non ti importasse un cazzo della tua vita.» Mi fermai e la guardai. «Beh, e la *mia* vita? Che cosa pensi che sarebbe di me se tu avessi il bambino e poi morissi?»

Lei tirò il fiato, tremando. «Non decidere tu per me, non forzare la mia decisione, la *mia* battaglia, la *mia* lotta. È in parte per questo che non te l'ho detto fin dall'inizio. Perché sapevo che cosa sarebbe successo. Ti saresti intromesso e te ne saresti "occupato". È la mia vita…»

«È la *nostra* vita, Emilia. Ma tu non hai mai voluto pensare a niente come a *nostro*. Mai. È sempre stato questo il nostro problema.»

Lei balzò in piedi, con il volto arrossato dalla rabbia. «Io stavo pensando a *te*, Adam. Davvero. Non cercare di scaricarlo su di me. Chi è quello che ha dato di matto quando pensava che avessi intenzione di andare alla Hopkins? Stavi pensando a "noi" o a te stesso? E quando hai assunto quell'investigatore per seguirmi e riferirti tutto? O quando hai frugato nella mia borsa. Oh, cazzo… non finirà mai? Quindi non tentare con quel trucchetto, col tuo "io sono l'unico che pensa a noi". Perché io dico che è una stronzata.»

Durante la sua tirata, il viso pallido si era arrossato. Aprii la bocca per rispondere, ma lei mi zittì con un gesto secco.

«Tu non capisci, non potesti mai capire. Io ho la vita *e* la morte che crescono nel mio corpo in questo momento. Io scelgo la vita.» Si voltò e uscì dalla stanza.

Rimasi lì, attonito, guardandola andare via. Scomparve nella sua stanza e la sentii frugare nei cassetti. Sapevo che cosa significava. Mi precipitai dentro la stanza quando il suo borsone era già pieno a metà.

«Oh, no, cazzo, non puoi» dissi, rovesciando la borsa e svuotandola sul letto. «Tu *non* scappi un'altra volta.»

«Smettila! Devo andar via e schiarirmi le idee. Vado ad Anza per un paio di giorni.»

«Significa che hai intenzione di parlare con tua madre?»

Lei mi guardò mentre afferrava una manciata delle sue cose e le ficcava nuovamente nella borsa. «Lei è da Peter questo fine settimana. Stavano cercando di convincermi ad andare a cena con loro stasera. Non sarà ad Anza.»

«Quindi sarai là da sola?»

Lei alzò le sopracciglia. «Sono grande.»

«Sarà meglio che porti il culo nello studio del medico lunedì mattina.»

«Oppure?»

«Oppure verrò a prenderti e ti ci trascinerò io.»

Scosse la testa, esasperata. «Questo non è uno di quei problemi che puoi far sparire tirando fuori il portafogli, firmando un assegno o che puoi risolvere ragionandoci nel tuo pensatoio, con il tuo gruppo di cervelloni. Non c'è un'unica risposta giusta e tu pensi di riuscire a farmi ingoiare la *tua* decisione. È il motivo per cui non potevo fidarmi di te.»

Il pugno che Heath mi aveva dato nello stomaco un'ora prima? Già aveva fatto meno male delle sue parole. *È il motivo per cui non potevo fidarmi di te.*

«Emilia...» La presi per il braccio quando mi passò accanto, con la borsa riempita di nuovo.

Lei si scrollò via la mia mano. La afferrai di nuovo e lei si voltò e mi schiaffeggiò sul viso, poi si tirò indietro. Ora le lacrime erano arrivate e stava tremando.

«No! Sei tu che devi capire una cosa. Questo è il *mio* corpo e sono mesi che non ho più il controllo di quello gli succede. Mi hanno punta, tagliata, irradiata. E ora vogliono pomparmi delle tossine per scacciare il cancro. Ma *questa* è una cosa che posso decidere io e nessuno, non tu né nessun altro, può togliermi questa facoltà.»

Cercai di respirare. La paura era tornata. Bree, che mi urlava di tornare sull'autobus, gettandomi lo zaino. Mi sentii mancare per un secondo.

«Non puoi andartene.» Ma lei si stava già voltando, era già fuori dalla camera. La seguii. Ma tutto quello che riuscivo a vedere era mia sorella, morente, su quel marciapiede, che fissava l'autobus che partiva. Avevo voltato la testa, con la faccia bagnata, appiccicosa, premuta contro il vetro. L'avevo guardata finché era sparita dalla mia vista. *Per sempre.*

A volte devi cedere, dichiarare la parità per far finire una lunga lotta.

Aveva la mano sulla maniglia e avrei voluto sbarrarle il passo, buttarmi contro la porta, impedirle con la forza di andarsene. Ma non potevo. Aveva ragione. Era una *sua* decisione.

Ma ora che conoscevo il suo segreto, era ora che conoscesse il mio. «Ti amo» dissi con la voce roca mentre abbassava la maniglia. Si bloccò.

Poi, fece un respiro profondo, aprendo la porta. E sussurrando piano rispose: «Lo so».

«No, non lo sai. Ci sono tante cose che non sai perché... perché non sono mai riuscito a dirtele. Perché facevano troppo male. Se uscirai da quella porta, sarà esattamente come fece Bree quella notte che se ne andò senza più tornare.»

In silenzio, Emilia richiuse la porta e tolse la mano dalla maniglia, ma non si voltò a guardarmi, aspettando che continuassi, probabilmente.

«Lei mi rimboccava le coperte tutte le sere. Dopo che mi ero messo il pigiama e aveva controllato che mi fossi lavato i denti. Lo faceva tutte le sere. Mi faceva aprire la bocca per sapere che non stavo mentendo, perché odiavo lavarmi i denti.» La mia voce tremava e in quel momento mi sentivo tutt'altro che virile, ma non riuscii a smettere di parlare. Emilia abbassò la testa e la appoggiò sulla porta, ascoltando.

«Ma quella notte fu diversa, perché lei non si mise il pigiama. Restò con gli stessi vestiti e il suo borsone era pieno. Mi disse che sarebbe andata a stare da Christina per un po'. Ma sapevo che era una bugia perché Christina non aveva il permesso di vederla da mesi, da quando Bree aveva rubato i farmaci di sua madre e lei l'aveva scoperta.» Stavo blaterando come un idiota, lo sapevo. Era probabile che Emilia non sapesse di che cosa stessi parlando.

«Così quella notte mi fece sedere prima che andassi a letto e mi disse che mi voleva bene e che mi avrebbe sempre protetto. Che non ci saremmo visti per un po' perché nostra madre non la smetteva di picchiarla e lei doveva andarsene. Io feci esattamente quello che vorrei fare adesso con te, mi buttai contro la porta, sbarrandole la strada. Perché sapevo che non sarebbe tornata... come poteva lasciarmi in quel modo?»

La mia voce si affievolì. Le spalle di Emilia sobbalzavano come se stesse piangendo.

Mi schiarii la voce e aspettai un momento, per essere sicuro di riuscire a parlare. «Era una brava ragazza. Intelligente. Avrebbe voluto fare la giornalista un giorno e viaggiare per tutto il mondo. Non è mai arrivata oltre la parte più squallida di Seattle. Era incasinata. Ma per me era una mamma. La mia piccola mamma, la chiamavo. Mi raccontava le storie e si assicurava che avessi vestiti puliti nel cassetto. Quando se ne andò, dovetti cominciare a pensarci da solo. Avevo otto fottuti anni e l'unica persona che mi avesse mai voluto bene, e che io avevo amato, mi stava lasciando ed io ero del tutto impotente, non potevo aiutarla. Non potevo fare un fottuto niente e lei morì ed io sentirò per sempre la colpa di non essere riuscito a salvarla.»

Mi strofinai la nuca e ripresi fiato. «Mi dispiace di aver mandato a puttane la nostra relazione. Vorrei poterti spiegare quanta fottuta paura ho dentro di me, continuamente, di perderti proprio come ho perso lei. Quella paura è la voce nella mia testa che mi dice che devo agire, prendere le redini della situazione. Che se non lo farò, perderò tutto. Ma è tutto un casino, perché quella paura è ciò che fa sì che ti faccia scappare...»

Mi fermai quando si voltò a guardarmi, appoggiandosi alla porta. Aveva il volto bagnato di lacrime e gli occhi rossi per la stanchezza. *Io* avrei voluto piangere solo perché dovevo vederla così. L'emozione mi stringeva la gola, sentivo mille aghi in fondo agli occhi. Ma mandai giù tutto. Non potevo crollare. Non lì. Non di fronte a lei.

«Perché me lo stai dicendo adesso?» disse Emilia, con la voce che era quasi uno squittio. «Perché non me lo hai detto mesi fa?»

Scossi la testa, passandomi una mano sulla faccia. «Avrei dovuto fare tutto il contrario di quello che ho fatto. So che non è un gran conforto, adesso. Non riesco a togliermi le parole di Heath dalla testa... che ti ho condannato a morte...» Mi mancò la voce, con le parole che mi cadevano come sassi nella gola.

Lei si staccò dalla porta e venne verso di me, piangendo. Mi mise le mani sulle guance e mi tirò giù la testa perché la guardassi negli occhi. «Non è colpa tua, okay? Avrei dovuto dirti della diagnosi. Avrei dovuto essere più flessibile, su tutto. Ma anch'io avevo paura. Di perdermi in te. Che se avessi rinunciato completamente agli obiettivi che avevo prima di *noi*, in qualche modo avrei tradito la persona che ero prima. Ma hai ragione. Eravamo un *noi*. Non si trattava più solo di "me".»

Le misi le mani intorno alla vita e la tirai contro di me. «Ti prometto che potrai andare dovunque vorrai a scuola. Non dirò una sola parola. Anche se volessi andare in Germania, ti seguirei là, o dovunque. Mi gelerei il culo in Alaska o cuocerei nel Sahara, o in qualunque altro posto. Sarò dovunque andrai tu. Ma mi devi promettere che lotterai, maledizione.»

«Sono così persa, Adam. Non so che cosa fare.»

Eravamo in due. Lasciò cadere la testa contro il mio petto e riprese a piangere nella mia camicia. Le baciai i capelli, inghiottendo l'emozione che stava montando di nuovo. «La prima cosa che devi fare è dormire, perché non dormi da tanto.»

I minuti passarono finché lei riprese un minimo di controllo, poi le tolsi lentamente la borsa dalla spalla. Lei non resistette, appoggiandosi pesantemente a me. «Vieni…»

«Non sono riuscita a dormire per tutta la notte.»

«Sono qui adesso. Puoi dormire, okay? Ti terrò anche stretta, se lo vuoi.»

Tornammo nella sua stanza e liberai in fretta il letto dalle cose che vi aveva lasciato nella fretta di preparare la borsa. Emilia si tolse le scarpe e i jeans e praticamente crollò sul letto. La coprii e le scostai i capelli dal volto. «Perché i capelli bianchi?»

Lei sbatté pigramente gli occhi. «Ho immaginato che tanto sarebbero comunque caduti tutti, quindi prima volevo vedere come sarei stata da bionda.»

L'emozione mi strinse il petto al pensiero che avrebbe dovuto affrontare la chemioterapia. Distolsi gli occhi, e li chiusi. Sarebbe successo? La decisione era completamente fuori dalle mie mani. Era il *suo* corpo. Ma ero terrorizzato, temevo che avrebbe fatto una scelta che non avrei potuto sopportare.

Mi abbassai e le baciai la fronte. «Saresti splendida con i capelli verdi, o gialli o viola. Ma io li preferisco del loro colore naturale» le dissi.

Sorrise. «Mhmm. È un'idea... forse verdi, la settimana prossima.»

«Un giorno per volta, okay? Dormi un po' adesso. Resterò qui con te, se vuoi.»

Emilia si voltò sul fianco, verso la parete, proprio come aveva fatto quella sera, dopo che io e Heath eravamo tornati dal pub. Mi stesi sullo stretto lettino, la presi tra le braccia e la tenni stretta. «Stavi soffrendo tanto ed io non l'ho mai saputo. Ed io che mi sono lamentato per un paio di fottuti mal di testa.»

Lei mi mise una mano sulla guancia. «Ssst. Facciamoci una promessa, okay? Basta recriminazioni, per nessuno dei due. Abbiamo fatto entrambi un mucchio di errori. Ma siamo persone intelligenti. Impareremo dai nostri errori.»

Dio, lo speravo proprio.

Rimase a lungo in silenzio, poi fece un respiro profondo. «Più stretta» sussurrò e premette le gambe contro di me. «Ti amo» mormorò.

«Lo so» risposi, avvolgendola nelle braccia e stringendo forte.

«Le tue braccia intorno a me... sono la medicina per tutto quello che mi affligge.»

Dio, come avrei voluto che fosse così.

«Ci saranno sempre quando ne avrai bisogno» sussurrai.

Si rilassò tra le mie braccia. «Ho avuto paura, costantemente, ogni singolo giorno da quando è successo. Le uniche volte in cui non avevo paura era quando mi tenevi stretta. Erano le uniche volte in cui sentivo che sarebbe andato tutto bene.»

Le premetti le labbra sulla tempia. «Dormi, mia dolce Mia. Sarò qui a tenerti stretta.»

Il mio cuore batteva come un tamburo contro la sua schiena. A ogni battito, sentivo la domanda, che diavolo avrebbe fatto?

Che avremmo fatto, in nome di Dio? La domanda mi soffocava, come una coperta pesante che mi coprisse la testa. Sentivo il panico crescere dentro di me. Non avevo il minimo controllo e odiavo quella sensazione.

Tutto quello che sapevo era che non potevo perderla. Non potevo. Ascoltai il suo respiro rallentare mentre scivolava nel sonno. Sembrava più magra tra le mie braccia. Premetti la guancia contro la sua, pensando alla difficile strada che aveva davanti a sé. Ci sarebbero stati mesi e mesi di dure cure mediche. E questo in aggiunta alla complicazione della sua gravidanza.

E se non ce l'avesse fatta? Le percentuali di guarigione non erano buone per il suo tipo di cancro come invece lo erano per altri tumori al seno. E più giovani erano le pazienti, più pericoloso poteva essere.

L'anno prima, solo un misero anno prima, appena prima del nuovo anno, Emilia era solo un'amica online, una di cui mi piaceva la compagnia, di cui mi piaceva leggere il blog. Quella che mi faceva trovare una scusa per collegarmi e giocare con il gruppo. Mi piacevano anche gli altri, ma era Emilia che mi portava a tornare, ogni volta.

Non avrei mai e poi mai potuto immaginare come sarebbe cambiata la mia vita il giorno in cui avevo deciso di vincere la sua asta. Avevo pensato che avremmo fatto quel viaggio ad Amsterdam, un tentativo mancato di rispettare i termini dell'asta e poi sarei tornato nell'ombra e fuori dalla sua vita. Ma una volta passato un po' di tempo con lei, non ero più riuscito a smettere. A lasciarla andare. Anche se all'epoca non lo avrei mai ammesso, mi ero innamorato, e in fretta. La mia vita era cambiata in meglio da quando lei vi faceva parte.

Ma mi avrebbe lasciato altrettanto in fretta?

Dopo un'ora di questi pensieri spaventosi che mi correvano nella mente e m'impedivano di respirare liberamente, mi staccai da lei e la baciai prima di sistemare le imposte per lasciare la stanza in penombra. Poi andai in cucina a prendere una bottiglia delle birre artigianali di Heath. Aprendola, mi sedetti davanti al computer di Emilia nell'alcova per continuare le mie ricerche. Avrei passato il resto del fine settimana a organizzare per bene tutto quello che avremmo dovuto fare lunedì: consultazione di emergenza con il suo medico, seconda opinione obbligatoria, forse anche una terza, se necessario. E, speravo, se fossi riuscito a convincerla, incontrare sua madre.

Mossi il mouse per risvegliare il computer. Stava suonando la musica di Dragon Epoch, presumibilmente aveva lasciato aperto il sito per tutta la notte. Era fermo alla schermata di log-in, come si lamentava sempre Heath. Feci per uscire dal suo account quando mi fermai di colpo.

Stava giocando su un server diverso e aveva un personaggio completamente nuovo nella schermata di carico, un assassino di livello quattro. Sbattei gli occhi e dietro un inesplicabile velo di lacrime, e con l'emozione che mi chiudeva la gola, lessi il nome del personaggio: MisterRogers.

Aveva sbloccato lei la missione segreta. Giusto, dato che aveva anche superato l'impossibile labirinto per impiantarsi fermamente nel mio cuore. Mi aveva spogliato di tutti i segreti di cui mi ero ammantato. Ero nudo e sincero e non mi nascondevo più.

Aveva idea di che potere avesse su di me? O di che cosa aveva fatto? Ero un uomo nuovo. Emilia mi aveva offerto la mia pillola rossa ed io l'avevo presa. In *Matrix*, quella pillola rossa era la scelta di abbracciare la verità dolorosa della realtà. Ma, come diceva il proverbio, la verità mi aveva reso libero. Mi ero liberato dei pesi. Era la libertà.

Mi presi il volto tra le mani e mi permisi quel momento di dolore che avevo trattenuto fin da quando avevo saputo della sua malattia. Finalmente arrivarono le lacrime. Sembravano puntine da disegno che mi bucassero il fondo degli occhi, la gola. Non potevo perderla. Non anche lei.

Chiusi i pugni per la rabbia impotente, premendoli contro gli occhi bagnati. Avevo voglia di scagliare qualcosa contro il muro. La mia vista si offuscò, la mia mente si offuscò. *Come* potevo pensare quando lei era in ogni mio pensiero? Come potevo respirare senza di lei quando lei era il mio respiro? Come potevo vivere senza di lei quando lei era la mia vita?

Questa vita. Imprevedibile. Più misteriosa di quanto un gioco potesse mai simulare. Un minuto eri più in alto delle stelle, solo per essere scagliato all'inferno, urlando, l'attimo dopo. Cambiava a ogni svolta. E ciò che una volta era normale ora era perso per sempre nel passato.

Quindi mi permisi cinque minuti per lasciar uscire tutto e piangere come un bambino per la prima volta da quando ero un ragazzino che guardava la sorella morente dal finestrino di un autobus. Ma non potevo permettermi di più. Dovevo esserci per lei, essere la sua roccia. Essere forte per lei. Per *noi*.

Avevo tanto da farmi perdonare.

Brenna Aubrey è un'autrice bestseller di USA TODAY di romanzi contemporanei centrati sulla cultura geek.

Ha sempre cercato conforto in un buon libro e nelle storie lunghe e convolute che intesse nella sua testa. Brenna è una ragazza di città con un grande amore per la natura nel cuore. Quindi, appena può, cerca i grandi spazi verdi e aperti. È anche una mamma, un'insegnante e una geek, una francofila, un'indomita dipendente dai videogiochi, nonché un'accumulatrice compulsiva di libri.

Attualmente risiede sulla costa occidentale degli Stati Uniti con suo marito, due bambini e due adorabili golden retriever.

Ulteriori informazioni sul sito www.BrennaAubrey.it